大鱼

有爱的青春陪伴者

奔赴山海，奔赴你

抹茶丸子 著

孔學堂書局

图书在版编目(CIP)数据

奔赴山海，奔赴你 / 抹茶丸子著. — 贵阳 : 孔学堂书局，2022.5

ISBN 978-7-80770-327-3

Ⅰ. ①奔… Ⅱ. ①抹… Ⅲ. ①长篇小说－中国－当代
Ⅳ. ①I247.5

中国版本图书馆CIP数据核字 (2022) 第018817号

奔赴山海，奔赴你 **抹茶丸子 著**

BENFU SHANHAI,BENFU NI

责任编辑：窦玥声 胡 馨
责任校对：寇 辰 胡国浚
责任印制：张 莹 刘思好

出 品：贵州日报当代融媒体集团
出版发行：孔学堂书局
地 址：贵阳市云岩区宝山北路372号
贵阳市花溪区孔学堂中华文化国际研修园1号楼
印 制：长沙鸿发印务实业有限公司
开 本：880mm×1230mm 1/32
字 数：400千字
印 张：10.5
版 次：2022年5月第1版
印 次：2022年5月第1次
书 号：ISBN 978-7-80770-327-3
定 价：42.80元

目录

目录

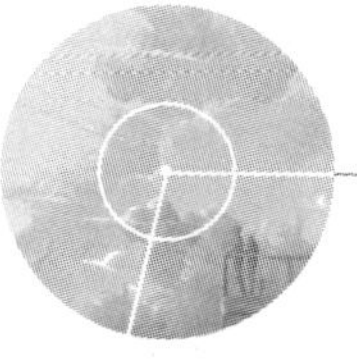

ben fu shanhe, benfu ni

第一章

神秘男人

“像这种，随同弹头一起进入人体的高压气体遇到人体组织，受顿挫后旋转翻滚、搅碎组织所形成的巨大创口，在临床上我们称其为‘空腔’。”

医学院的阶梯教室里，一个年轻女人站在讲台上，不疾不徐地给台下的学生们解释着枪伤形成的原理和临床上的处理方法。

台下的学生认真地聆听着台上的年轻女教授讲述着枪伤，安静地做着笔记……

下午三点的阳光斜洒在女人的脸上，为她白皙的脸庞增添了一分静谧的柔美。她垂眸看了一眼教案，而后食指在触摸屏上轻轻滑动，继续播放教学视频。她微微低头时，夹在耳后的发丝有几绺垂坠下来，柔顺乌黑的发丝，像是情人的手，温柔地滑过线条漂亮的颈部……最后停在衬衣领口下露出的一字形锁骨上。

坐在后排的一个男生趁她不注意，偷偷举起手机，迅速按下快门，捕捉了这让人心跳加速的一幕。

“扑哧……”坐在他身侧的女生发出一声轻笑。

男生耳根微微一红，迅速将手机塞回了口袋，故作泰然状低头做笔记。然而笔尖落到纸上，却半天写不出一个字。

台下暗潮汹涌，台上的人却似浑然未觉，一派云淡风轻。

“刚才视频里所演示的射入孔产生的十字形或星芒形炸裂，射出孔的面积可能会达到射入孔的二十倍，甚至三十倍……”曲筱阳说到此处，微微一顿。

像是为了迎合她的停顿似的，台下传来了几声参差不齐的吸气声，然而学生们眼神中的惊讶是装不出来的。

枪之所以被列为最危险的违禁品，是有原因的。和电影电视里中了几枪还能行动自如的超人不同，普通人要是受了枪伤，哪怕是在非要害位置的四肢上，都会迅速丧失行动力昏厥，并且随时会因为失血过多和创口感染而丧命。

“曲老师，我有问题。”前排一个戴眼镜的鬈发男生忽然举起了手。

曲筱阳停下来，目光淡淡地扫过去：“讲。”

“老师，您有遇到过枪伤患者吗？”

曲筱阳安静地看着提问的那名学生，思绪似有片刻飘远。

她还真遇到过。

人生中仅有的那么一次，触目惊心，刻骨难忘。

五年前的夏天，还是住院总医师的曲筱阳跟随导师一起远赴西南边疆支援。随行的包括她和导师在内的医护人员一共七名，和当地的医生一起，两两一组，在周边几个比较偏远的村县展开为期一个月的义诊活动。

曲筱阳和她的搭档小护士负责的是距离西南边防一百公里不到的黑水村。

曲筱阳发现村里大多数住户，尤其是小孩子都出现了不同程度的腹痛、便秘、头痛、易怒，甚至记忆力减退的问题。在经过挨家挨户地考察后，曲筱阳排除了传染病和寄生虫的可能性，最后推测这可能是在大城市里并不常见的慢性铅中毒的典型症状。在详细了解村民的生活习惯后，曲筱阳得知了村民的饮用水和作物的灌溉水源都来自一条他们自己挖建的水渠。

“我去看一下他们说的那条水渠，”曲筱阳和搭档小护士吩咐道，“你留在这里录入一下他们的血压和体温。”

开药容易，但毕竟治标不治本。直觉告诉曲筱阳，村民的中毒源头可能来自饮用水。

村民说的水渠就在村子南面，露天挖凿的一条沟渠，从苍江的支流引流过来。取了一试管的饮用水后，曲筱阳立刻注意到水渠沟壁上那颜色鲜艳得有些刺眼的涂料。

有些不正规厂家生产的涂料建材，铅元素超标是常有的事。她心中大致有了数，而后小心地刮了一点涂料作为检测样本。

就在曲筱阳准备起身离开的时候，她忽然瞥到沟渠旁的杂草上沾染着一些新鲜的血迹。本来不仔细看可能还注意不到，但出于职业本能，曲筱阳还真就仔细多看了好几眼。而就这么一看，却让她发现，这些不太明显的血迹一路蜿蜒进了附近一个堆放稻草和杂物的仓库……

后来回想起这件事，曲筱阳也觉得自己不知是脑子被门夹了，还是热血上涌昏了头，竟然敢只身前去查看情况。但当时她确实没想那么多，只想着是否有人受伤，需不需要帮忙什么的。毕竟，那出血量看着，还挺危险的……

仓库的门虚掩着，露着条缝，伸手一推就开了。

兴许是因为很少使用的缘故，刚一开门就有一股潮湿的霉味扑鼻而来。仓库里光线暗淡，看不太清里面的情况。曲筱阳往里瞅了瞅，没看见人影，于是她又朝里走了两步。

暗处里忽然伸出一只手，绕过她的脖子，精准无误地捂住了她的嘴。

“唔……”

她的声音全被按在了那人宽大的手掌下，连带着呼吸都有些憋闷。曲筱阳手脚并用地奋力挣扎，然而在悬殊的力量对比下，她那些小动作就如隔靴搔痒。身后那人力大无比，肌肉结实的臂弯箍住她，就跟拎一只小鸡似的。曲筱阳抓着他的胳膊，感觉像抓着一块烙铁似的，又硬又烫。她使出全身力气也无法撼动他分毫。那是她人生中第一次，深刻地认识到男人和女人的力量的差距。

被人拖着往仓库里倒退了几步，就在她心里的惊恐和无助即将达到顶峰时，身后那人却忽然放开了她，一如之前从身后袭击她时那般毫无预兆。

“抱歉。”一个略微沙哑低沉的男声从头顶传来。

简单的道歉，毫无由头，亦没有对刚才突袭的行为做解释。曲筱阳脚步仓皇地转身，想看清那人的模样。

眼前的男人身高一米八五左右，脸很窄，五官似乎也很立体。然而他脸上涂满了黑绿色的油彩，只露出一双深色的眸，让人难以分辨出他本来的样貌。

和他对视的刹那，曲筱阳微微一愣。那双淡定的黑眸和犀利的眼神，让曲筱阳瞬间联想到某种动物——蛰伏的猎豹，或是在高空盘旋的鹰隼。

面对这不知是恶是善的男人，曲筱阳心里重重地打着鼓，一边慢慢向后退，一边思索着是跑路还是报警，还是边跑路边报警。然而出于职业本能，她很快被空气中那抹淡淡的血腥味吸引了注意。而后她注意到，男人那紧抿的薄唇微微发白，甚至有些干裂。

这是失血过多的表现。

她的视线迅速在男人周身扫过一遍，最后停在他左腿上潦草绑着的布条上。上面已经洇染开一大片血迹，还有不断渗出的血珠滴滴答答地往下淌。难怪他身上那么烫，原来是这伤引起的。

“你的伤口需要马上处理。”这是曲筱阳跟男人说的第一句话。

男人看着眼前这个身材娇小的女孩儿，静默两秒：“你是医生？”

曲筱阳微微点了一下头，又问：“你这腿是怎么伤的？还能走吗？先跟我回村里的急救站吧，我们的车在那边，可以送你去镇上的医院。”

曲筱阳的建议合情合理。虽然当时她确实多留了个心眼，毕竟男人来路不明，且两人初见的情形也称不上愉快。不知是不是她的错觉，男人眼神有些微变，然而再仔细看，却又看不出任何端倪。

而后他果断地拒绝了她的提议："不用。"

曲筱阳沉默。

"你走吧，不用管我。"男人眼中闪过一丝戏谑，像是看穿她的顾虑。

曲筱阳与他僵持片刻，最终叹了口气，卸下肩上的医疗包。她终究做不到对一个重伤之人视而不见，甚至有些怀疑男人是吃准了她不会见死不救。

"让我看看你的伤口。"

那是曲筱阳人生中第一次亲眼看见枪伤造成的伤口。

那是很明显的一个洞，一个血肉模糊的洞。表皮组织几乎是被炸开的，浓浓的血腥味里还混杂着皮肉烧焦的味道。子弹的直径不大，大概是射击距离较远的缘故，弹头卡在了肉里。不幸中的万幸是没有打中大血管，否则他大概已经死了。

就在检查伤口的这短短几分钟里，曲筱阳的手心已经沁出一层冷汗："你这……这弹头，必须取出来。"

曲筱阳从来没遇到过这么淡定，或者说意志力如此坚韧的患者。从中枪到现在，他不仅没有痛晕过去，还能做出刚才那样敏捷的擒拿动作，简直称得上是奇迹中的奇迹了。甚至于，从头至尾，她都没听到男人哼过一声。如果不是那苍白的唇色和额上细密的汗珠出卖了他，她都要怀疑男人是痛感神经非常迟钝的那一类人了。

"嗯。麻烦你了。"

曲筱阳猛然抬头看向男人。什么意思？是让她现场帮他取弹？他疯了不成？

曲筱阳噎了一下，好言相劝："你这个伤最好还是去医院做手术，我不……"

"帮我取子弹。"男人对她的建议充耳不闻，直接打断了她。

"或者，离开。"他直截了当地给了她两个选择，完全没有要商量的意思。

曲筱阳差点气笑了，怎么会有这么自大而不要命的人？

她抬眼睨着他："我走了，你打算怎么办？"

男人漠然道："自己取。"

他的言语简练，平淡的语气里却充满了决断之意。

曲筱阳握紧了拳，竭力忍住想骂人的冲动。看来之前男人转瞬即逝的紧绷情绪并不是她的错觉。她能想到的，宁死也不想求医的原因，大约只有一个——他不能，或者说不敢暴露身份。支边的日子虽不及大城市里那样多姿多彩，但也是安静平和。当地医院里的"老油条们"最喜欢讲的故事就是边防武警是怎么和狡诈的毒贩周旋，又是如何智取武斗，将那些不法分子一锅端的。他们讲得绘声绘色，就跟亲眼见过似的。大家听这些故事权当打发时光，也没真的往心里去。

男人身上没有任何彰显身份的标志，曲筱阳看不出这人的来历。过往的影视剧让她明白，此时知道得越少，便越安全。对自己都能这么狠的人，绝非善类。

曲筱阳现在有种赶鸭子上架的感觉。她毕业后因为成绩优异顺利进入了外科，经常跟着导师上手术台，担任一助。复杂的大手术跟过台，简单点的小手术也主过刀。但处理枪伤，她却是头一回，心里不可能不紧张。

曲筱阳从医疗包里拿出手术剪、镊子、针线、消毒酒精、纱布，一一摊开来。

中弹的位置离腿根部很近。曲筱阳小心翼翼地将覆盖在男人大腿上的那一圈面料全部剪开，伴随伤口露出的，还有健康的小麦色皮肤，和紧实的腿部肌肉……那是经年累月锻炼出来的效果。

两人离得很近，男人的呼吸就在曲筱阳头顶。鼻尖萦绕着血腥味，然而在这血腥味当中，还夹杂着一股淡淡的草木香。意识到这味道也来自男人身上，曲筱阳手下微微一顿，而后迅速定了定神："我先跟你说一下可能遇到的风险……没有 X 光，我没办法确定子弹卡的位置，离大血管有多近。而且这里的条件不好，如果之后发生感染……"

"放心。"男人再次打断她。

曲筱阳抬起头，正对上男人那双犀利的黑眸，那眼底似有一丝隐秘的笑意："不会让你负责的。"

曲筱阳微窘，什么负责不负责的……

取弹前必须先清创。曲筱阳手里捏着装酒精的瓶子，举棋不定……这半瓶酒精是她包里仅剩的消毒药水了，但对他的伤口来说，却不是理想的选择。

真要直接往伤口上倒？没有麻醉剂，甚至没有止痛药，他真能受得了？曲筱阳光是凭想象，就觉得头皮发麻。

正在这时，一只有力的手掌忽然横插过来，牢牢握住她纤细的手腕。从那人掌心传来的温度，烫得她整个人一哆嗦，差点没把手里的酒精瓶扔了。

男人稳稳地握住她的手，轻轻一倾，瓶里的酒精"哗啦"一下就这么直接朝伤口浇了下去……

这顿猛如虎的操作让曲筱阳整个人瞬间石化。

过得半晌，她听到耳旁传来男人的轻笑："紧张什么。"

笑什么笑，她心脏病都要被吓出来了，好吗？这是什么人啊……

如果不是那略微急促的气息和苍白的脸色出卖了男人此刻的状态，曲筱阳真要以为他是披着人皮的机器人了。

曲筱阳看一眼他额角刚渗出来的冷汗，无言——你说你装什么呢？

不过经他这么一打岔，后续操作却莫名地顺畅许多。

曲筱阳将一条干净的纱布叠成豆腐块，递给男人：“一会儿疼了就咬这个。”

男人意味不明地看她一眼，没接。

曲筱阳将纱布往他手边一放，埋头继续做自己手里的事。

清创完毕，曲筱阳用手术剪将伤口向两旁撑开一些，终于看到了那枚卡在肌肉里的弹头。

曲筱阳试探着缓缓地将消过毒的镊子探入创口，小心翼翼地夹住弹头，而后试着轻轻往外拉了一下……弹头纹丝不动。

紧实有力的肌肉牢牢包裹住弹头，仿佛在嘲笑她的犹疑不决。

曲筱阳咬咬牙，攥紧镊子，加大了些力，再次往外一提……

一股鲜血忽然从创口里飙了出来，而后又是一股。

曲筱阳呆了呆，大脑有瞬间的空白——不敢放松钳着镊子的手，却也不敢继续使劲。

经验告诉她，这出血的速度，碰到的应该不是大血管，但……人命关天，她害怕了。

就在她发愣的那一瞬，男人宽大的手掌包裹住了她微微有些发凉的手。

透过那人掌心传来的温热触感，让她稍微冷静了些。

然而不等她再次发力，男人已经握着她的手，使劲往外一拉。他动作干净利落，丝毫不拖泥带水。

“啊……”曲筱阳震惊之下直接叫出了声。

但也正因为他的果断，子弹顺利地被取了出来。所幸，以目前的出血量来看，多半是移动弹头带出了之前堵在创道里的瘀血，并没有伤到周围的大血管。

“你也太乱来了！你知不知道刚才那个行为有多危险？！”长舒一口气后，曲筱阳立刻训斥了男人。此时她早已经忘记之前男人身上自带的那种压抑又可怕的气场。在她眼里，这就是她的病人。

“这不是没事嘛。”男人淡淡地勾了一下唇。

曲筱阳原本还想再数落两句的，然而话到嘴边，看到男人脖子上一滴接一滴淌下的豆大汗粒，便再也说不出口了。她微微垂眸，莫名地，眼眶也有些热。

她知道那有多疼。没有麻醉药，没有止痛药，这得要有多刚强的毅力，才能忍着钻心剧痛完成刚才的动作。这大概是她见过的，最坚韧、最耐痛的人了，没有之一。

曲筱阳抿了抿唇，没再说话，只是加快了手里的动作。

接下来的事情，曲筱阳也算是轻车熟路了。肌肉缝合，皮下组织缝合，表皮缝合，伤口再次消毒，包扎。

男人的目光从曲筱阳那张略显稚气的脸上，移到她迅速而又娴熟的手上动作，眼底闪过一抹几不可见的笑意。

“我用的缝合线不是那种可吸收的外科缝合线，”仔细打好最后一个结，曲筱阳叹了口气，抬眼看着男人，“这种线……”

曲筱阳本想说这种缝合线留下的疤痕会很明显，但仔细一想，伤在这种位置，一般人也没机会看到。何况，一个中了枪都还能面不改色行动如常的人，会在意身上的一点疤痕？

最后她只说：“伤口长好后，还是要记得去医院拆线。”

男人也看着她，眼神依然犀利，眼底似乎又多了一点什么。

而后，他忽然笑了一下：“谢谢。”尾音微沉，略微有些嘶哑，大概是因为身体失去了大量水分。

曲筱阳取出身上带的还剩下大半瓶的矿泉水和一些口服用的消炎药。

“这些……给你。你失血量不小，这几天最好少行动，多补水，多休息。消炎药一天三次，这是七天的量。如果晚间出现高热或者伤口红肿胀痛的情况，就必须立刻去医院。”

男人目光落在她脸上，不动声色，只微微一点头。

那灼灼的目光，看得曲筱阳莫名地有些不大自在。她低头开始收拾医疗包，男人则卷起一旁用了一半的纱布，递了过来。

从他手中接过纱布的时候，他指腹上厚厚的茧轻擦过她的掌心，微微有些痒。

曲筱阳愣怔了两秒，而后迅速将纱布塞入医疗包，起身朝外走去。

她一刻也不想在这里多待。

从仓库走出好远，曲筱阳才缓缓舒出一口气。

她想到那人的眼神，想到他身上的枪伤和敏捷得超出常人想象的身手，怎么看都觉得这个人很可疑。

要不要报警呢？曲筱阳插在外套口袋里的手微微收紧，手机屏幕传来的冰凉触感让她心头一跳。

之前她在医院给导师打下手的时候，也遇到过类似的情况。当时送来一个杀人犯，在和警方搏斗的时候，甚至砍伤了警察。但即便这样的人送来，导师也毫不犹豫地进行了全力抢救。

她至今记得导师那时说的话：医生的责任是救死，扶伤。至于其他，交给警察来做。

现在，人她已经救了。她做了她应该做的事，那剩下的，好的不好的，是不是都应该交给警察和法律来裁决了？

曲筱阳停下脚步，掏出了手机……

就在这时，有什么东西忽然从一旁飞了过来，落在了曲筱阳脚边发出一声脆响。

曲筱阳心中一惊，条件反射地低头看向脚边。那是一支用过的针管。

曲筱阳胳膊上起了一串鸡皮疙瘩，大概猜到那是用来干什么的。这东西在这块地界上不是秘密。他们来这边做医疗援助，遇到过不少瘾君子。

顺着这针管飞来的方向，曲筱阳也终于发现了猫在巷角的几名“杀马特”青年。这几人大概是正处于比较“嗨”的状态，眼神张狂，毫不掩饰地上下打量着曲筱阳，冲她吹口哨。

“美女，哥几个有东西落在你那边了，帮忙捡一下呗？”

曲筱阳心脏狂跳，立刻移开视线，朝另一个方向快步走去。

其中一个戴棒球帽的青年站得离曲筱阳最近，三两步便直接冲了过来，拦在曲筱阳的面前。而就在此时，剩下那几人也围了过来。

曲筱阳被逼得退了两步，后背抵上了身后的红砖墙，退无可退。

棒球帽青年“啪”地将一只手撑在曲筱阳的耳侧。他低头看着身材娇小的女孩，一边打量她，一边含混不清地笑：“跑什么？”

曲筱阳感觉自己就像是被放入油锅里待煎的鱼一样……她甚至怀疑自己今天犯了太岁，前有狼后有虎的。

就在她寻思着要不要趁其不备冲着他的敏感部位来一脚时，青年头上那顶棒球帽忽然被一股大力朝前掀飞了。

没有谁看清事情是怎么发生的。等有人回过神来时，那顶棒球帽已经被稳稳钉在了曲筱阳身后的墙上。棒球帽青年在看清将他帽子钉在墙上的东西后，脸都青了。

那是一把匕首。更准确地来说，是柄短刺刀。外观朴实无华，但一看就能削铁如泥，很实用的那种。

短刀在阳光折射下泛起的寒光让棒球帽青年混沌的大脑清醒了不少，他咽了口唾沫，缓缓回头。

首先映入眼帘的是一双黑色的山地靴，一步一步，不疾不徐地叩击着青石板地面。那声音听在棒球帽青年耳里，像极了死神的脚步，让人不寒而栗。

劲瘦修长的腿上包扎着醒目的绷带，绷带边缘沾了些血迹。这样的伤，却丝毫没有影响他走路的节奏和力道。那人上身只穿了一件便于行动的黑色T恤，薄薄的布料被挺括结实的胸肌撑出了一个很有力量感的形状……

就在棒球帽青年打量他的时候，男人走得更近了些。他比青年整整高出一个头，青年要仰起头，才能和他对视。

对上男人视线的瞬间，棒球帽青年的腿就有些软了，连带着手也不知该如何安放。

男人微微掀唇："还不滚？"

话虽是对着棒球帽青年说的，然而下一秒行动的，却不仅仅是眼前手忙脚乱的棒球帽青年。连带那几个和棒球帽青年一起的"杀马特"，都脚底抹了油似的跑了。

等一伙人都消失得干干净净后，男人才缓步上前，低头看着曲筱阳："这村子离边境线很近，以后不要一个人到处乱跑。"

"咳，那……那什么……"

曲筱阳"死里逃生"，神经依然处于极度紧张状态。

"你……咳，怎么从仓库里出来了？不是说让你少动吗？还是说，你这条腿不想要了？"

男人的目光在女孩神色紧张的脸上停顿片刻，而后不甚在意地说："不走，等着你报警？"

曲筱阳喉头一哽，攥着手机的那只手也微微一僵。被人一眼看穿的狼狈让她无处可藏。

男人见她不说话，嘴角微微上挑一下，眸中闪过一丝戏谑，而后朝着她的脑袋伸出了手。

曲筱阳惊魂未定，脑子转得慢，以为男人也要对她动手。

若是刚才那个火柴棍样的瘾君子，她也许还能勉强挣扎一下，但对上这个男人，她知道自己毫无胜算。所以在那只大掌探过来的瞬间，她条件反射地闭上了眼，之前压在嗓子眼里的惊恐也跟着流泻出来。

"啊——"

一秒，两秒，三秒……脸上并没有感到想象中的疼痛，耳边听到的，只是来自头顶上方的一声低笑。

曲筱阳睁开眼睛时，只看到男人转身离去的背影。

原来他只是去取插在墙上的短刀。

仿佛知道曲筱阳在盯着他看似的，男人微微抬手，随意地晃了一下："后会无期，小医生。"

“曲老师？”

学生疑惑的声音拉回了曲筱阳的思绪。

毕竟，现在不是战乱年代，能真正接触到枪伤患者的外科医生，少之又少。他也只是本着好奇的心态随口一问。只是曲筱阳安静的时长，令那名提问的学生稍稍生出了一丝不安，唯恐自己触及了老师的雷区。

正当他思索着是否要说点别的什么岔开话题时，便见曲筱阳那形状漂亮的红唇微微勾起一个弧度：“你们生长在和平年代，咱们国家治安又这么好。所以，我想你们中的绝大多数同学在职业生涯中都不会遇上枪伤患者……当然，这是好事。”

台下的学生露出“唉，我就知道”的可惜的表情。

“不过，”曲筱阳微微一顿，“就算遇到了，也没什么可怕的。按照今天我给你们讲的步骤处理就行了。好好记笔记，下星期随堂考。”

教室里瞬间哀鸿遍野。

“不是吧……不是上周才考了吗？”

曲筱阳扫了号得最大声的男生一眼：“我没有想给大家施压的意思，不过我觉得有必要提醒在座的你们，今年留院实习的名额只有五个……将从你们这上百来号人里产生。”

众人无语，你这叫没施压？

曲筱阳露出一个灿烂的笑容：“加油吧。”

课后收拾教案的时候，曲筱阳纤细的手指停在之前展示给学生看的几张真实枪伤的照片上，微微一顿。

直面生死，是每个医学生都必须迈过的一道坎。

曲筱阳也不例外。当时的她，其实很害怕在取弹的时候出了什么差错，也害怕那个人挺不过各种术后可能出现的并发症。那是她手术生涯中，第一次赤裸裸地直面残酷的生存法则。

但那人的生命力就像旷野上的野草一般，顽强地向她展示了人类的意志能达到的极限。

现在回过头来看，那不过是她人生中的一段小插曲，甚至，她连那个男人真实的长相都不知道。但不知为何，后来就算面对更棘手的病患，她的手也再没抖过。她就这么一步一个脚印，终于走到了三甲医院大外科主刀医生的位置。

再后来，曲筱阳记忆里仅存的一点印象，就剩那双鹰隼一般的黑眸，和那个转身挥别自己的背影了。

——“后会无期，小医生。”

ben fu shanhe, benfu ni

第二章 不说再见

“我看这帮学生是真的很喜欢你啊……今天课后又堵了你大半个小时？”

曲筱阳刚回到医院的办公室，就听见靠窗的电脑后面传来一个声音。问话的是曲筱阳的导师梁绍文，大外科的主任，他们院的第一把刀。

“梁老师？您已经下手术了？”

如果她没记错，梁绍文今天下午应该有台肝移植的手术。

梁绍文长叹一声：“D 城刮台风，所有航班都取消了，肝源也送不过来了。”

曲筱阳愣了一下：“耽误了这么久……”

梁绍文点头：“嗯，就算今天晚上送到也用不了了。”

曲筱阳沉默片刻，才问：“11 床那边已经通知了吗？”

梁绍文拿起手边的保温杯，吹了吹里面的茶沫：“你说呢？”

曲筱阳不知该说什么。

这种事曲筱阳不是第一次见了，但每每遇到，心里也还是沉甸甸的，梗得慌。

思来想去，也不过那四个字——命运弄人。

先给点希望，再一盆冷水浇个透心凉。个中滋味，只有尝过的人才知道。

梁绍文摆了摆手：“不说这个了。说点开心的。”

曲筱阳不明所以：“开心的？”

梁绍文抬头，冲她笑道：“你忘啦？前段时间跟你提过的。”

“呃……”曲筱阳心中隐约有不好的预感。

梁绍文乐呵呵地说：“就之前跟你提过的那小伙儿。人家最近正好有时间，见一面？”

曲筱阳瞬间头皮发麻。经梁绍文这一提醒，她倒是真想起来之前答应了这么件事。

“老师，我……”

梁绍文淡淡一摆手：“就周六吧。也别再给我找这样那样的借口，你这周时间很宽裕。”

一句话就把曲筱阳刚要说出口的借口堵了回去。

她这位导师，什么都好，除了一点——老人家特别喜欢关心后辈们的终身大事。

据说，当年他自己对此事就颇有遗憾。而他们大外科的人，很多因为工作关系，年纪一大把了还打着光棍。所以，梁绍文对这事也就格外上心，他越喜欢你，就越关心你。

之前几位师兄也是被各种催婚、拉郎配搞得苦不堪言。

即便如此，也没人敢明着违抗梁绍文的意思。毕竟对方德高望重，身份地位摆在那儿，而且他的出发点也是好的。

曲筱阳作为梁绍文唯一的女弟子，自然更逃不过长辈的“关心”。

前几年她正值青春年少，一腔热血献给了热爱的事业，这也无可厚非。现在终于混出了点名堂，但眼看着也要奔三了。搁外人眼里，就是差一步的大龄剩女了。曲筱阳却依然我行我素，白天站手术台，晚上熬夜搞学术。梁绍文把她当亲闺女，能不着急吗？

之前梁绍文就说要给曲筱阳介绍对象来着，前两个都被曲筱阳找各种借口躲过了。然而事不过三，曲筱阳终究没好意思再三地驳了导师的面子，只能松口。

曲筱阳之所以能答应这次相亲，另一个原因是听闻这位朋友是部队上的，军人时间不太自由，这正中了她的下怀，若是两人时间总对不上，这事最后多半就能不了了之。

可惜……是她太天真。姜，还是老的辣。

“你说，这叫什么事儿啊……没想到还真给我整出个续集来。”曲筱阳回头跟同事兼闺蜜的莫梨抱怨。

“你就装吧，我还不知道你？你这回能答应下来，肯定是冲人长相吧。”莫梨呼噜着碗里的面条，头也不抬地评价。

曲筱阳无言。

莫梨吃完最后一口面，搁下筷子，抽了张纸巾擦了擦嘴，笑嘻嘻地冲曲筱阳眨了眨眼：“我说……这是你喜欢的类型吧？”

曲筱阳盯着手机里那张证件照，没说话。

众所周知，证件照这种东西，对于颜值就是降维打击。何况照片上的男人还留着最易暴露脸型缺点的板寸头。然而……一张普通证件照，竟被男人拍出了时尚大片的感觉，邪了门了。

男人生了一张非常适合镜头的窄脸，英气勃发的剑眉，高挺的鼻梁，刀削般的薄唇。但真正让人错不开眼的，是那双狭长好看的黑眸。

都说眼睛是心灵的窗口，饶是曲筱阳在门诊见过形形色色的人，也从来没见过眼神如他这般犀利的。那双黑眸给人一种莫名的压力，很容易让人联想到锁定了猎物的鹰隼，或是蛰伏待发的猎豹。

莫梨凑过来看了一眼那张照片："有一说一，这脸长得是真的帅！剪了寸头还这么帅的，明星里我都没见过几个……就是眼神有点吓人，感觉是个硬脾气。"

曲筱阳没说话。

她之所以鬼使神差地答应了相亲，大概就是因为那双眼睛，有种似曾相识的感觉。

有一件事莫梨说对了，这长相，完全是她的理想型。

莫梨摸着下巴若有所思："听说还是个校官，也算青年才俊了。对了，他叫什么来着？"

曲筱阳终于开口："单世钧。"

陆军飞刃大队的格斗训练场上，十几个战士将一个男人团团围住。

男人身材修长高大，匀称分布的肌肉将身上的军用T恤撑出好看的线条。就算看上去处于绝对劣势，他的眼神依然淡然无波，像一口见不到底的深井。须臾，他微微抬手，冲站在对面蓄势待发的战士们随意地勾了勾手指。

战士们的血性瞬间被他这副不甚在意的态度激了出来，也顾不得什么阵型了，几乎是一窝蜂地扑了上去。

虽说大家事先没有商量好战术，但到底都是经历过严苛训练的特种部队的尖子兵，所以一个人被击退后就立刻补上另一个人，一前一后配合得张弛有度。在场旁观的战士们，在接下来的时间里，都屏息凝神不敢挪眼。

男人的动作实在是太快了，一套动作行云流水，又飒又帅。拳飞腿影之间，战士们的目光都几乎跟不上他出手的速度。十几个战士，全方位、无死角地不停地向他进攻，而他以一敌十，却依然显得游刃有余，不一会儿，就将围攻他的战士一个一个击倒在地，场面甚是惨烈。

"哇，你们又来围观单队虐菜啊。"一个吊儿郎当的声音从场边围观的战士们身后传来。

这人简直就是问了句废话。谁都知道，放眼整个飞刃大队，单世钧的格斗技巧若说排第二，没人敢称第一。据说早些年参谋长还在前线的时候，倒是能和单世钧一较高下，但现在参谋长早已退居二线，于是单世钧就当仁不让地坐稳了这第一把交椅。是以，能亲眼看一场他的训练，对于这些普通的战士来说，都算是赚到了。

众人都有些不太情愿地回头去看这扰了他们兴致的人，但真见到人后，却又迅速齐刷刷地立正敬礼。

“陈指导！”

“指导员！”

陈冲和颜悦色地朝众人摆了摆手。

“陈指导，您是来找单队的吗？”

陈冲咧嘴一笑，眼中忽现一丝少年顽皮的狡黠，竖起食指，冲众人做了个“嘘”的手势……

一个横扫撂翻最后一名战士后，单世钧忽然感到脑后一阵劲风袭来，他头微微一偏，那拳头便擦着他的耳郭过去了。

单世钧眼眸微微一亮——这速度和力道，是个高手。于是他也不再放水，左手迅猛地抓住对方胳膊一拧，右手牢牢锁住对方的肩头，用力往前一顶……一个干净迅猛的过肩摔。

场面顿时安静了。

“咳咳……”仰躺在地上的陈冲咳了两声，笑道，“哇，你对这些兵苗子下手都这么狠的吗？难怪大家都在背后叫你‘单魔头’。”

单世钧居高临下地盯着躺在地上要赖的人：“皮痒了？”

陈冲一个鲤鱼打挺蹦起身，泰然自若地拍了拍屁股上的尘土。

他挑眉朝场边扫了一眼，众人立刻做鸟兽状散了。

单世钧看着他：“有事？”

陈冲长臂一伸，嬉皮笑脸地钩住单世钧的脖子：“想你了，来看看你。”

单世钧握了握拳头。

听见某人拳头握得咯吱作响的声音，陈冲立刻改口：“错了，兄弟，是咱林大参谋长要见你。我嘛，假公济私来看看你。你说你，出任务回来也不说一声，想见你一面整得跟面圣似的，什么时候我们兄弟几个聚一聚？”

单世钧伸手捞起搭在一旁单杠上的作训服：“我现在过去。”

陈冲跟在他身后哇哇大叫：“喂，姓单的，你也太偏心了！听见是林队就这么上心，对我就这么无情！”

已经走出训练场的单世钧微微勾了一下嘴角：“你太吵了。”

“咚咚咚！”

“进来。”

单世钧推开参谋长办公室的门，走了进去。

宽敞明亮的办公室里，简简单单地摆着一张红木办公桌、一排书柜和一张沙发。办公桌后坐着一个高大俊朗的男人，锐利有神的视线落在单世钧脸上。

“你来了。”

单世钧走到屋子正中央，端正挺拔地站定，正要敬礼，林竞忽然随意地摆了一下手：“把门带上。”

单世钧照做了。

林竞指了指沙发：“坐下说吧。”

他转身去给单世钧倒了杯茶。

“你的报告我看了。”

单世钧从林竞手中接过茶，却没有喝。他看着林竞，安静地等待下文。

林竞在他对面坐下，不经意似的转了话题：“我上次跟你说的换岗的事，你考虑得怎么样了？”

单世钧看着林竞：“我的回答和之前一样。”

林竞安静了一会儿，忽然叹了口气：“为什么？陈冲那小子都要当爹了，余海下半年也要结婚了。我带的兵里，就剩你一个在前线玩命了。这些年，你已经为国家牺牲了很多，就不想过点安稳的日子？”

单世钧摩挲着手里的茶杯，没说话。

林竞打量着他，目光里透着几分了然：“是因为常远那件事？”

单世钧安静片刻，才道：“不管怎么说，不能这么放着罗显洋不管……我们好不容易把线索都捋顺了，就差收网。”

“当然不能放着他不管。”林竞比谁都清楚这点。近年来流入国内的毒品百分之八十都来自罗显洋的跨国贩毒集团。他们花了大力气埋线布局，为的就是能将这伙人一网打尽。

“但我也说过，你的任务已经完成了。接下来的事我会让三队的人继续跟进。”

单世钧微微蹙眉：“三队的人对楔罗那边形势不熟。若是打草惊蛇，再要接近罗显洋就难了。”

这回换林竞沉默了。

单世钧盯着林竞，不放过他脸上任何一个表情：“你心里明明很清楚，整个大队，没有人比我更适合这个任务。”

林竞明白单世钧的意思。单世钧是现役飞刃大队最优秀的狙击手，无人能出其右。很多任务里，狙击手是主导全局的关键。越是危险的任务，就越需要一个优秀的狙击手。因为他太好用了，所以但凡是有难度的任务，组织都会派他过去。

单世钧自己也清楚这点——他就是飞刃最快的那把刀。

也正因为如此，他一直坚守并活跃在前线。

林竞揉了揉眉心："先不说这事了。你难得回来一趟，先好好休息一段时间。对了，之前跟你提过的那姑娘还记得吗？微信上传了照片给你，在你嫂子朋友医院工作的那个。"

单世钧握着茶杯的手微微一紧："记得……"

林竞："人家正好这周末有空，去见一面吧。"

单世钧沉默两秒："不用了吧。"

林竞一扬手，作势要揍他："你小子，别给脸不要脸。人家姑娘那么优秀，还是个顶漂亮的。"

女孩确实比以前更漂亮，也更成熟了。单世钧低头看着杯中的茶叶，没说话，不知想到了什么，黑眸里闪过一丝不易觉察的笑意。

林竞见他兀自走神不答话，冷哼一声："怎么，你嫂子介绍的人，还能坑了你不成？！"

单世钧收敛心神，摸了摸鼻子："不是……我现在这情况，不适合谈朋友。"

林竞打断他："废话少说，先去见一面，就当多交个朋友。你这都推第几回了，你不要脸我还要脸。"

单世钧抬眸，盯着林竞的脸皮，不语。

林竞被他盯得毛骨悚然，正色道："好歹我是你长官，让你做点事就这么难？两件事，你总要答应一件吧？"

单世钧没作声。

"好了，这事儿就这么定了。"林竞大手一挥，"周六你休假，都给你安排上了，中午去跟人家姑娘吃顿饭，晚上正好到我家来。"林竞拍了拍他的肩，"你嫂子说要给你接风，把冲子、余海他们一块儿叫上。"

单世钧无语。

既然早安排好了，何必还问他意见？

周六约见的地方是家日料店。每桌一间小隔间，还有半张布帘挡着，给足了客人隐私。

出于礼貌，曲筱阳还是稍微收拾了一下。为了尽量显得平易亲和，她特地选了条颇有淑女气质的小飞袖白色连衣裙，化了个自然清新的韩式妆。她算好了时间，踩着点到的，这样既守礼，也不会显得唐突。然而让她有些意外的是，男方竟然还没到。不是说军人最守时了吗？

不过曲筱阳也没多想，多半是路上耽误了。

十五分钟过去了，对方依然没现身。当初双方介绍人是给了两人对方的联系方式的，曲筱阳想了想，发了条信息过去：“我在进门靠墙倒数第三个隔间。”

消息发出去，她点了一壶茶，而后一边刷手机，一边继续等。

又过了足足十五分钟，那边终于回了三个字：“马上到。”

曲筱阳盯着屏幕上那毫无感情的三个字，冷笑。

若说真有事耽搁了，人之常情，至少应该解释一下吧？这样把人晾一边算什么事。

时间一分一秒地过去，等到一壶煎茶都见底的时候，曲筱阳终于有些忍无可忍了。这位兄台对“马上”的定义似乎和常人颇有不同。虽然她没相过亲，不过相亲能迟到一个小时的，无论是无意还是刻意为之，都称不上守信之人了。

就在曲筱阳打算直接给梁绍文发条信息然后开溜时，一条穿着深色牛仔裤的腿出现在了隔间半挡的帘子外。而后，那张半挡的布帘被一只肌理分明的长臂撩起。

曲筱阳第一眼注意到的，依旧是男人的眼睛——古井无波，深不见底。男人的瞳孔是很纯正的墨黑，这在黄种人的血统里都很少见。她和他对视的那瞬间，有种被人一眼看透的感觉，还隐隐有些后背冒汗的错觉。

曲筱阳的第一个想法是，本人比照片好看。他的脸是真的窄，五官和轮廓也是真的立体。天生的电影脸，也难怪那么上镜。然而她的第二想法是，再好看也没资格仗脸欺人。按她平常的性子，应该是要礼貌而不尴尬地发丑拒卡了。但考虑到这毕竟是梁绍文介绍的人，不看僧面也要看佛面，于是皮笑肉不笑地弯了弯形状好看的红唇：“单世钧？你好。”

男人就这么站在桌前，居高临下地和曲筱阳对视两秒：“你好，抱歉来晚了。”

对于迟到的原因，他却没有半句解释。

单世钧身高一米八五，曲筱阳这么仰着头和他说话，脖子都要望断了，心中怒火更添一层。

单世钧坐了下来，二话不说拿过桌上的菜单翻看起来，多一个眼神都不屑给对面等了他整整一个小时的女士。

曲筱阳头顶缓缓打出一个问号。早就听说相亲就像逛动物园，什么珍禽异兽都能遇见。如今一看，古人诚不我欺啊！

曲筱阳心里已经叠了几百句骂人的话了，脸上还挂着在门诊营业时带的微笑。敌不动，我不动，她倒要看看，这位哥是有多么出尘绝艳。

单世钧翻了一圈菜单，而后直接按铃叫来了服务员。

曲筱阳无语片刻。

男人一气呵成，报完一大堆菜名，而后才将菜单递给曲筱阳。

曲筱阳努力保持微笑："刚才点的，是你一个人要吃的？"

单世钧："对。"

曲筱阳移开视线，看向服务员："麻烦给我来一碗黑豚拉面。"

服务生显然也被单世钧自顾自点单的彪悍作风震慑到了，望向曲筱阳时眼神里竟带了一丝同情，和她说话时也似乎格外温柔了几分。

"我们店现在有特价活动，如果点拉面套餐的话，会附赠红豆羊羹和抹茶冰激凌。"

虽然对面那人让人没有食欲，但抹茶和红豆曲筱阳还是很喜欢的。

曲筱阳正要开口，单世钧忽然插话："羊羹和冰激凌的糖分都很高。"

到这地步如果还能忍，曲筱阳就得改名叫曲圣母了。

曲筱阳微笑："没关系，我不怕胖。我们平时工作很辛苦，有机会还是要犒劳一下自己。就要套餐，谢谢。"

单世钧若有所思地看着她："哦。"

曲筱阳努力维持的笑容面具，终于缓缓裂开了。其实因为长时间进行高强度的工作，曲筱阳的身材称得上骨感了，连莫梨都说她应该再长一点肉的，那样会更有女人味。虽然男人依旧目光淡淡，没有任何逾矩的行为，但曲筱阳总感觉自己像是被放在计重器上的猪肉，任人评判挑选似的。

曲筱阳面无表情地说："单先生，我们还不是很熟。"言下之意是大哥你醒醒，我是胖是瘦都跟你没半毛钱关系！

服务生显然也感受到了两人之间剑拔弩张的诡异气氛，记下菜单后，立刻便闪人了，剩下两个不对盘的人大眼瞪小眼。

曲筱阳现在只有一个想法，赶紧吃完饭闪人，然后跟梁老师交差。她是真的饿了，早上也没吃什么东西。她自我排解道，一个相亲对象而已，自己在医院见惯了大风大浪，这点涵养她还是能保持的。反正以后也不会再见了，就当是磨炼心性。

"你平时很忙？"

曲筱阳本来已经打定主意自个儿埋头吃了，却没想到对方会主动跟她搭话。

“很忙，加班是家常便饭。”本着营业精神，曲筱阳还是决定礼貌地和他说些场面话，“你们呢？听说部队都特别重视纪律，时间管控也很严格。”

单世钧淡淡道：“正常情况一年能有二三十天探亲假。所以，我们在一起后，你需要配合我的时间。”

钢筋一般直的“直男癌式”发言让曲筱阳一时之间都不知道应该接什么话了。而看他一脸认真严肃的表情，竟一点都不像在开玩笑的样子。

隔了半晌，曲筱阳再次委婉地提醒他：“我们这才刚见面呢。”

单世钧不甚在意地一点头：“所以才先跟你说清楚，省得你误会。你们女孩子，不是最讨厌男人不回信息、不打电话、不约你们出去吗？我工作的时候，可能十天半个月都不会跟你联系。能联系你的时候，我自然会联系你……”

“单先生！”虽然打断别人说话不礼貌，但曲筱阳实在是听不下去了，“你想多了。不用联系我！我也很忙！”

曲筱阳放在桌下的手都有些抖，她虽然告诉自己要忍，不能也不值得生气。但是对上这种重度“直男癌”，真的很难不动肝火。是她错了，这人比胡搅蛮缠的病人家属杀伤力大太多了。

这种话里话外都将女人当作附属品的优越感，让曲筱阳觉得极度不适。那种由内自外，从心理到生理上的不适。梁绍文给她介绍对象的出发点肯定是关心和在意，她也不会质疑她导师看人的眼光。但很明显，男方那边的介绍人要么不靠谱，要么也是个深度“直男癌”。不过，这种细枝末节的事她也不打算告诉梁绍文了，省得老人家跟着生气。

为避免单世钧再说出什么惊世骇俗之语，曲筱阳借故起身：“我去下洗手间。”

单世钧不动声色地看着女孩儿匆匆离去的背影，黑眸中闪过一丝意味不明的笑意。

方才跟曲筱阳说的，其实半真半假。他隶属的部队情况比较特殊，休不休假的，全视任务情况而定。像他这样常年待在前线的，全年无休的确是常态。

曲筱阳躲在洗手间刷微博寻清净的这段时间，服务生将菜端了上来。

餐厅完全是按照日式风格设计的，就连地板都是全实木的——不过正因为这样，也有着木地板的通病，用的年份一久，地板之间就会因热胀冷缩形成缝隙。

服务生上菜的时候，好巧不巧，脚趾就在那道儿拇指宽的缝里卡了一下……

餐盘上大大小小七八道菜，非常沉。是以，当服务生身体失去平衡时，那一整盘的东西全都朝着单世钧的方向倾倒过去……包括那碗刚出锅的、滚烫的拉面。

彼时服务生大脑一片空白，根本来不及做出任何反应，满脑子只剩两个字：完了。

当时他所有的注意力都集中在了那碗汤上，根本没看清单世钧是什么时候行动的。

但等他回过神来的时候，单世钧已经站在了他身侧，一手扶住他的肩，另一只手替他稳稳托住了托盘。男人的手臂很有力，很轻松地单手就接过了那个沉甸甸的托盘。那是他两只手才能勉强托起的重量，在男人手里，竟然轻得就像一条毛巾。同为男人，力量的差距让他略微有些尴尬。

回神后，服务生立刻结结巴巴地说："对，对不起……我是说，谢谢您！谢谢……啊……先生，您的手！"

那碗黑豚拉面分量足，本来汤就多得快要满出来了。经过这么一折腾，面汤还是撒了一些在单世钧的手臂上。他今天穿着一件白色的短袖T恤，被汤一泼，前臂上立刻红了一片。

单世钧神情镇定地将托盘放到桌上，淡淡道："没事。"

"可……先生，您的手……"服务生都要哭出来了，这客人要是投诉，这周估计就白干了。

单世钧微微低头，直视着服务生依然有些慌乱的眼，安慰道："放心，真没事。"

他收敛了眼中的犀利，目光竟显出几分柔和，浑身散发着强大又可靠的气质，莫名地令人感到安心。服务生愣了一下，这男人似乎与刚才自视甚高目中无人的模样又截然不同了。

莫非人都有两副面孔的？

服务生咽了口唾沫，依旧是不好意思地道歉："实在太对不起了，今天的菜品会给您五折优惠。您有什么需要随时叫我。"

单世钧礼貌地一点头："谢谢。"

曲筱阳从洗手间回来时，看到桌上已经摆满了食物，瞬间松了口气——吃饭总能堵上他的嘴了吧。她走到单世钧对面，淡定地坐下："不好意思，久等了。"

单世钧撩起眼皮看她一眼："你肠胃不好？"

曲筱阳感觉刚平复下去的那股子怒意，又蹿上了脑门儿。

恶心人谁不会呢？曲筱阳索性爽快地点头："对啊，是不太好。所以每次去公众场所都得小心憋着，免得撇气撒风什么的，唉。"

单世钧不动声色地看着姑娘表情夸张故作苦恼的模样，嘴角不易察觉地上扬了一下，而后垂眸敛去神色。

曲筱阳扳回一城，心里舒畅了些，注意力也被摆在面前的那碗热气腾腾的黑豚拉面吸引了去。扑鼻而来的黑蒜油混杂着猪肉的醇香，奶白的汤头看着很是浓郁，除了两片厚实的黑豚叉烧，拉面上还铺满了笋干、豆芽、木耳丝，还有她最喜欢的溏心蛋！

唯有美食不可辜负！至于美男……还是算了吧。

曲筱阳心里这么想着，不经意地抬头看了男人一眼。好巧不巧，单世钧的视线也正瞥了过来。

曲筱阳微微一愣。男人一言不发盯着人看的时候，很容易让人手足无措，手心出汗，尤其是那双眼，像不见底的深潭，一不小心就会迷失其中。

不过好在，男人很快便收回视线。

曲筱阳也松了口气，埋头专心享用眼前的美食。

她吃了几口后，忽然想起什么，抬眼在桌上找寻每桌必配的调味品。唐辛子是日料里常用的一种调味辣粉，用来调和拉面和乌冬的汤最是合适。

装着唐辛子的调味瓶就放在单世钧的左手边，曲筱阳不想麻烦他，微微倾身自己去够。

单世钧余光瞥到她的动作，默不作声地将手边的调味瓶递了过去。

曲筱阳愣了一下："谢谢……"

单世钧的左手本来是放在桌下的，现在他一抬起来，曲筱阳立刻便注意到他略微有些红肿的前臂。

"你的手……是烫伤？"毕竟跟她职业相关，曲筱阳一眼就明白是怎么回事。

她记得他来的时候手上并无异常……

她心头一动："刚才烫伤的？"

单世钧递完调料，又将那只胳膊放回了桌下。

"嗯，刚被茶水泼到一点。"

到底职业本能在那儿，曲筱阳忍不住提醒："你赶紧去冲下凉水吧……"

就算这烫伤不严重，可应该还是很痛。平常人被开水烫下手指都能疼老半天了，何况还红了那么一大片。曲筱阳忍不住抬眼看了一下男人的表情，毫无破绽的一张脸，一点不适的神情都没有。这就是军人的忍耐力？

能忍归能忍，曲筱阳到底还是见不得别人这么糟蹋身体，忍不住又说了一遍：“你先去冲一下，晚点儿买支烫伤膏药涂上。这么硬扛着，一会儿起泡了会更疼。”

单世钧看着她，没说话，眸中闪过一抹未知的情绪，目光微微变得柔和了一些。

她还是和以前一样，对不喜欢的人，也能报以同样的善意和责任心。

单世钧没再推拒，起身去了洗手间。

其实他说没事，并不是逞能。他常年活跃在前线，大大小小的伤早都挨过一遍了。被滚水泼一下这种程度，比起在战场上受的那些伤，简直就是九牛一毛。

也许是食物的诱惑力较大，又或许是曲筱阳无意间的关心起了催化作用，相亲后半程倒不似之前那样难熬了。

曲筱阳一直闷头吃自己的，单世钧也没再主动搭话。

曲筱阳忍不住想，这人不说话的时候，也还挺岁月静好的。

感谢男人的沉默寡言，曲筱阳得以专心地享用了这顿美味的拉面和她喜欢的甜品。满足了口腹之欲，曲筱阳心情也好了不少，正准备说两句好听的来结束这场诡异的相亲时，对面的男人却先发制人，打破了这种虚假的和谐。

“曲医生，你待会儿有什么安排？”

曲筱阳心里警铃大作，立刻道：“院里有事，我得回去。”

单世钧向后一靠，眉尾微微上挑：“女孩子工作这么辛苦没必要，拼事业应该交给男人。男主外女主内，搭配起来，干活不累。”

曲筱阳微微偏头，似笑非笑地看着他：“搭配起来干活不累这点我同意，不过，为什么就不能是女主外男主内呢？”

“我妈说，”单世钧面无表情地答道，“女人就应该贤惠持家。”

曲筱阳的假笑再次冻结在脸上。

“……单长官说笑呢。”

单世钧看着她，眼神似乎很认真：“我从不说笑。”

曲筱阳觉得自己的眼角和嘴角都在不受控制地微微抽搐。

这人可真是太让人“惊喜”了。“钢铁直男癌”加“妈宝”的人设，也是非常新颖了。如果这副模样不是装出来的，那这人不仅凭实力单身，还能凭实力“注孤生”。

曲筱阳觉得没必要再继续浪费彼此的时间了。她看了看手机，直接道：“抱歉，我得先回去了。”

单世钧不置可否地看着她：“所以，曲医生应该不会考虑我母亲的建议了。”

曲筱阳笑：“你愿意主内的话，我倒是可以考虑考虑。”

单世钧淡淡地道：“哦，可惜了。我娶媳妇，一定要过我妈这关的。”

话既然都说到这儿了，曲筱阳也不介意再说直白一点：“说实话，你其实不是我喜欢的类型。”

男人眸光微闪，而后露出一抹微微有些桀骜的笑：“好巧，同感。”

曲筱阳直接按铃叫来了服务生：“结账。”

服务生礼貌地说：“这位先生已经结过账了。”

“呃……”曲筱阳微微有些吃惊，不由自主地转头看了单世钧一眼。

什么时候的事？难道是刚才他去洗手间的时候？这才刚撕破脸皮，就要承他的情，是不是有点太尴尬了？

服务生耐心地询问：“女士还有什么别的需要吗？”

曲筱阳赶忙道：“没有了，谢谢你。”

服务生走后，曲筱阳心里有种说不清的怪异感，只能别扭地建议道：“我们还是AA吧。多少钱，我转你微信？”

她是真不想和这男人再有什么后续牵扯了。

男人意味不明地看她一眼：“不用。”

曲筱阳下意识脱口而出：“为什么？”

刚问完她就后悔了。

果不其然，下一秒便从男人嘴里听到了洗脑般的一句——“我妈说，吃饭不能让女孩子掏钱。”

得，怪她嘴贱。

曲筱阳拿包起身的时候，男人也跟着站起身。两人一路无言，一前一后地走到餐厅门口。

身后的男人忽然没头没脑地问了句：“要我捎你一程吗？”

这问话的时机和语气，感觉男人是思索了很久才问出来的。这又是何必呢？

曲筱阳斩钉截铁地拒绝：“谢谢，不用！”

她快步走下台阶，走了几步，心里终究有些堵得慌，忽然又转身拾级而上。

曲筱阳在倒数第二级台阶上站定，仰头和单世钧对视。她离得有些近，单世钧闻到女人身上淡淡的雏菊花香。

女人漂亮的杏眼里闪着傲气的光，红唇润泽，像涂了一层淡淡的蜜。

单世钧视线不由自主地落在那张唇上，心跳忽然漏了一拍。

而后便见那张红唇微微开合：“后会无期，单长官。”

“……”

曲筱阳走得潇洒，所以也不知道，男人站在台阶之上，安静地目送她离开。

手机忽然“叮咚”一响，单世钧低头，看见微信弹出一条信息。

那是一款烫伤药膏的名字。

他手指点在那条消息上，停顿片刻，嘴角微勾，露出一个淡淡的笑。

这周六轮到莫梨值班，她刚从住院大楼查完床回来，就看见曲筱阳站在办公室门口冲她笑：“我过来拿点资料，没带办公室钥匙。”

莫梨夸张地揉了揉眼睛，三步并作两步冲过来，抢走了她手里的奶茶：“我的妈呀！你这是‘诈尸’吗？！”

曲筱阳笑：“别抢，都是你的。”

莫梨午饭还没吃，正饿得头晕眼花，拿出一杯奶茶，插上吸管就喝了三大口。

“多肉葡萄，我的最爱！阳阳，还是你了解我。”

“说过了，别这样叫我。”

两人一前一后进了办公室，莫梨斜眼盯着曲筱阳看：“说起来……你这会儿不是应该和大帅哥花前月下，怎么跑回医院来了？”她半真半假地啧啧摇头，“讲真的，你再这么工作狂下去，可是要‘注孤生’的。论文有帅哥养眼吗？手术刀能陪你睡觉吗？”

听到“注孤生”这三个字，曲筱阳终于破功：“论文还真比帅哥养眼，手术刀也比男人让我有安全感。”

莫梨听出了些端倪，放下奶茶，聚精会神地看着曲筱阳：“哟，这么大怨气。来跟姐姐说说，发生了什么事？大帅哥不香吗？”

曲筱阳瞅她那八卦样儿有些好笑，故作严肃地竖起食指：“我总结了八个字。”

莫梨点头：“曲老师请说，我洗耳恭听。”

“自大、庸俗、‘妈宝’、‘直男癌’。”

莫梨无语。

曲筱阳：“厉害了吧？你也没见过这等珍兽吧！”

莫梨严肃地看着她：“你刚刚说了九个字。”

曲筱阳：“你关注的重点错了。”

莫梨“扑哧”一声笑了：“我之前还说呢，长这么帅还打单，简直没天理。现在看来，他的确是凭实力单身的。”

曲筱阳摆了摆手，一副很是心累的样子：“我以后再也不去相亲了，浪费时间，还受气。”

莫梨走过来，拍了拍她的肩，以示安慰。

“梁老师那儿你打算怎么交代？”

曲筱阳摸了摸额头：“这个我当然是……”

“据实以告？”

“怎么可能？”曲筱阳不赞同地看她一眼，“我就跟老师说，性格不合。毕竟老爷子也是出于好心。而且背后说人闲话这事儿，总归不太厚道。”

莫梨点了点头：“也行吧，其实我一直觉得相亲这事儿不太……那啥。你说这成了倒好，没成的、撕破脸的，之后要再见面，也挺尴尬的。”

曲筱阳斩钉截铁地说：“没有以后了。”

两人相视一笑。

“我应该不至于那么倒霉吧？”

“来，庆祝我们单队再次死里逃生！这杯兄弟我先干为敬了！”陈冲举着红酒，豪气十足地吆喝着。

坐在他身侧的余海给了他一胳膊肘，从牙缝里龇声儿道：“不会说话没人当你是哑巴。”

林竞笑：“乱用成语这坏毛病，他可能一辈子都改不了了。”

单世钧微一颔首：“习惯了。”

周六晚上，林竞果真在家攒了个局。猎鹰小队的老成员齐聚一堂，还是那些人，还是那个味儿。

齐玥将一大盘香喷喷的酱肘子端上桌，笑道：“难得大家聚一下，敞开吃。”

陈冲看见酱肘子就两眼发光：“嫂子做的酱肘子，最好吃了！”

林竞拉着她的手：“别忙活了，先吃饭。”

齐玥拍了拍他的手背，说还有一个汤，盛出来就好了。

林竞起身，按着她的肩让她坐下：“你先吃，我去盛汤。”

齐玥也不再推拒，在他身边坐了下来。

陈冲啧啧摇头：“老夫老妻了，还秀恩爱，没看着这儿还有条单身狗吗？”

余海一个肘子塞他嘴里：“吃还堵不上你的嘴。”

陈冲就着余海的手啃了一大口肘子，而后将八卦之矛转向了单世钧：“对了冰块脸，你今天不是去相亲了？姑娘怎么样啊，跟哥几个说说呗？”

单世钧看着他：“你怎么知道？”

陈冲：“哎，姑娘长什么样？是美是丑，是圆是扁，嗷呜……”

余海再次给了陈冲一胳膊肘。陈冲是个嘴上没把门的，竟然当着介绍人的面就开始“口嗨”。

“嫂子，您别介意。”

齐玥摇了摇头，陈冲这性子，她早就适应了。

陈冲：“喂，冰块脸，问你话呢，别装聋啊！”

齐玥也转回头来看了单世钧一眼。毕竟这事是她牵的头，也想听听当事人的看法。

单世钧盯着杯中的红酒，不知怎的，就想到曲筱阳强忍怒意还得保持礼貌的模样，眼里闪过一抹笑意。

“还行吧。”

“还行是什么意思？”林竞刚好端着一大碗冬瓜炖肉汤回来，挨着齐玥坐下了。

单世钧敛了心思，淡淡地解释：“姑娘是个好姑娘。只是……我们不太合适。”

林竞侧头看着单世钧沉静如水的面容，进一步问道：“哪里不合适？”

单世钧举起酒杯，主动和林竞手边摆着的杯子碰了一下：“队长，你还是别操心我的事了。”

这搁平时，林竞一般也就揭过算了，但今天林竞却像是跟他杠上了，眯眼看着他：“这也不行，那也不行。你小子到底怎么回事，还真想着找个仙女啊？”

单世钧叹了口气，放下酒杯，转头认真看着林竞：“原因，你想必也知道。我现在不想也不适合考虑个人问题。既然这样，何必祸害人家姑娘呢？”

两人沉默对视着，眼神里各有不明意味，谁都不肯退步。

“哇，你们快尝尝嫂子做的剁椒鱼头，光是这个辣椒拌饭吃我都能吃五大碗了。”余海忽然大声嚷嚷，打破了桌上尴尬的气氛。

陈冲：“真的？给我也尝尝！”

齐玥也打圆场道：“难得你们聚一下，老说那些有的没的干什么。今天就要大口吃肉，大口喝酒，玩尽兴！”

老婆的面子，林竞当然是要给的，于是也没再说什么，撸袖子开吃。

单世钧向齐玥递了一个感激又抱歉的眼神，齐玥轻轻摇了一下头，示意他别往心里去。

酒足饭饱后，余海和陈冲抢着去洗碗，林竞冲单世钧偏了一下头。

单世钧很自觉地起身跟着他去了阳台。

这次没等林竞说话，单世钧主动起了头：“楔罗那边传来了消息，近期可能会有一批货入境。”

林竞安静了许久，才说：“你打算什么时候动身？”

“下个月。”单世钧低头轻笑一声，“我还以为你会反对我过去。”

林竞撩起眼皮冷冷扫他一眼：“越级汇报这种事都做了，我反对还有用吗？”

单世钧垂眸，不知在想什么，许久才低声道：“抱歉……”

又是一阵沉默。

林竞看着天边黑沉沉的雨云，叹了口气：“你妈妈过世的时候，你在外面出任务，没回来见她最后一面。对此，我一直感到很抱歉，也很遗憾。”

单世钧沉默片刻：“那不是你的错。”

林竞摇一摇头：“阿姨跟我说，她只有一个遗愿。”

单世钧沉默。

“她说上半辈子你为国家流血流汗，她以你为荣。但求你能平平安安的，下半辈子找个好姑娘，过点平静的日子。我答应了阿姨要照看好你。”

单世钧低着头仍没应声。

林竞转头看着他：“罗显洋这桩案子，我可以交给你。不过你也得答应我，这次任务完成后，认真考虑换岗的事情。”

单世钧沉默良久，终于松口：“行。”

ben fu shanhe, benfu ni

第三章 边境奇遇

每年这个时节都是滇疆的雨季。连绵数日的阴雨，让盘曲蜿蜒的山路变得泥泞不堪。从云城到下辖的红羽镇，还有四个小时的车程。

近来B国内乱，边境不断有难民拥入，外加天气炎热，伤员和疫病的增加造成当地医疗资源紧张。曲筱阳他们医院作为省级三甲医院，被指派过去进行医疗援助。

一路行来都是弯弯绕绕的山路，历经数日暴雨冲刷，路上更是颠簸。曲筱阳随手拍了一张挂满泥水的车窗，发给莫梨，调侃道：吉普也沦陷。

那头莫梨直接打了语音电话过来，曲筱阳刚接起来，莫梨咋咋呼呼的声音便传了过来：“你说你这是不是自找的，为什么要主动报名带队过来？”

曲筱阳将手机拿远了些：“咱们科总要出一个人带队，我不来难道你来？”

莫梨轻轻咳一声：“我去也不是不可以，不过你也知道，我下周要去A国参加一个学术交流项目，我跟院长申请了一年才好不容易批下来的。”

曲筱阳笑道：“我知道啊，所以我这不来了嘛。总不可能让梁老师亲自跑一趟吧？”

莫梨的气势瞬间萎了一截，垂死挣扎：“让小师弟去也行啊……”

曲筱阳摇头：“你这师姐脸皮忒厚了啊，好意思让人家一刚毕业的过来带队？你放心我还不放心呢。而且这边形势复杂，我之前来过，有经验，比你们都适合。”

莫梨顿了顿，忽然压低了声：“曲筱阳，你就跟我说实话吧，你跑那么远去，是不是为了躲梁老师……”

她话还没说完，就听见一阵尖锐的声音从电话那头传了过来，隐隐约约还有类似于撞击和摩擦的嘈杂声音。

莫梨愣了一下：“筱阳？”

电话那头没有回应。

“曲筱阳？曲筱阳，你别吓我！发生什么事了？！”

“唔……前面好像出了点事……”

过了好一会儿，曲筱阳的声音才又传来，听上去忽远忽近的。

“刚刚师傅急刹车，我手机掉到座位下去了。”

莫梨悄悄松了口气：“没事就好，我还……”

“莫梨，我晚点再跟你聊。先挂了。”

曲筱阳不等莫梨说完，就挂了电话。他们这边确实出了点事，前方路段突发山体滑坡，而刚才莫梨听到的那怪声，是急刹时车轮和地面在巨大摩擦下发出的尖啸。

“曲医生，路被堵住了。”开车的张师傅转头看向带队的曲筱阳，有些拿不定主意该怎么办。

其实不用他说，曲筱阳也透过挡风玻璃将前面的情形看了个一清二楚——毕竟，那么大一块山岩堵在道路中央，让人想忽略都难。

曲筱阳他们前面还有两辆车，因为紧急刹车，侧滑出十几米，几乎滑到了横在路中间的山岩上。而更前面的车，却已经看不见了，只剩一小截车尾露在外面——想来是在山体滑坡的瞬间就被掩埋在了乱石和土堆之下。连日来这些山头都被雨水冲刷着，土壤湿度大，山体也逐渐松动。进山以来，一路上都能看见四处溅落的山石和土堆，直觉告诉曲筱阳，山体滑坡是迟早的事情。只是没想到，这种概率万分之一的事竟真被他们遇上了。这运气，无以言表。

曲筱阳之前在打电话，没能目睹到滑坡的瞬间。等反应过来的时候，灾难现场已经形成，所见之处一片狼藉。滑坡的泥沙、断树和巨石堆在路中，拱出一块小山包，切断了整条公路。这条路，是通往红羽镇的唯一一条能通车的路。

“曲医生，我们现在怎么办？是等，还是先回云城？”

曲筱阳蹙眉看着前方乱成一锅粥的灾难现场，镇静地发布指令：“前面有人受伤。通知急诊科的两位医生，跟我下车查探伤员情况。吴笛，你打电话通知消防部门和救护人员。其余人，留在原地待命。”

“好的，曲医生。”吴笛是这次派驻过来的医疗队的副队长，是手术室护士，也是曲筱阳的老搭档。

这边事宜交代完毕，曲筱阳立刻背上急救包下了车，大步向事发地点走了过去。两名年轻的急诊科医生也紧随其后。

“呜呜，怎么会遇到这种事情，我眼睁睁地看着前面那车一下子就被吞了，太可怕了……”

“闭嘴，哭有什么用。啧，贼老天。”

前面两辆车里的人都下来了，看着也都是拖家带口的。有胆子小的女人被吓得腿软，苍白的脸上挂着泪，小声啜泣着。心烦意乱的男人则站在一片狼藉的路边皱着眉抽烟。

后面的车也走不了了，很快就在山路上排成一条长龙，有人直接原地掉头往回开，有不嫌事大的走上前来围观，也有热心人想看看能不能帮上什么忙。

“请让一下，我们是医生。”

曲筱阳皱眉盯着被压在泥石洪流下的那辆家轿。两侧的车门都被堵死了，只剩一截车屁股露在外面。露出来的那小半截车身因为巨大的压力，已经完全变了形，前面的车头是个什么情况可想而知。车后的挡风玻璃被一层泥沙糊住，看不太清里面的情况，也不知道还有没有幸存者。

“砰……砰……砰……”

虽然周围很嘈杂，但曲筱阳还是听到了从车内传来的微弱的拍打声。她不再犹豫，将急救包往地上一扔，三两步跑上前，双手并用，想要扒开糊住后挡风玻璃的泥沙……

“曲医生，小心点！”跟着曲筱阳过来的年轻医生见她和出事车辆靠得这么近，立刻出言提醒。

这一截路方才经历了山体滑坡，肉眼也能看见还有些细小的泥沙碎石源源不断地顺着之前被“横劈”出来的坡道一路朝下滚。谁都不知道山石是否已经稳固，还会不会有下一拨滑坡。

然而人命关天，曲筱阳哪敢托大。她有些焦急地用胳膊肘扫开部分糊在挡风玻璃上的泥土和碎石，侧趴在后备厢盖上朝车里张望……

一只沾着血的手，毫无预兆地拍到了曲筱阳的脸前，吓了她一跳。那只纤细的手掌在挡风玻璃上拖出一道血印，慢慢滑落下去，过了片刻，又抬起手拍了一下……

曲筱阳漂亮的杏眸微微睁大，她终于看清了车内的情形——一个女人半趴在后座上，她微微拱起的身体形成了一道柔弱却又坚固的屏障，保护着身下弱小的孩子。

她身上和脸上都是血，一只有些变了形的胳膊勉强地撑住前方的座椅靠背。明明自己已经虚弱得发不出声了，另一只手却还坚持着一下又一下地拍打着后车窗，向外求救。

保护自己的孩子，是母亲的本能——尽管自己伤痕累累，头破血流，也在所不惜。

曲筱阳眼睛微微一热，立刻回头冲周围站着的几个人喊道："谁有工具？锤子、斧子、大的扳手都可以，得想办法把挡风玻璃砸开！里面的人还活着！"

离得最近的几人面面相觑。

"我车上没有。"

"我也没有。"

"这当口的哪儿去找什么锤子、斧子……"

"……我车上倒是有小的扳手，能用吗？"

曲筱阳低头思索片刻，忽然灵光一闪，看向跟上来的一个小医生："李斌，你去咱们放设备的那辆车上，取手术用的骨锤来。"

那小医生经曲筱阳提醒，一拍额头："对啊，我怎么没想到？我这就去。"

手术用的骨锤的材质一般都是医用不锈钢，坚硬且密度强，兴许真能对付这挡风玻璃。

等待的时候，曲筱阳直接爬上了那辆车的后备厢盖，跪在上面用力地拍了拍挡风玻璃。

被困在车内的那位母亲听到声音，缓缓转过头来。她在看到曲筱阳后，眼泪唰地流了下来，受了伤的嘴唇一开一合，嗫嚅着。虽然听不见她说什么，但看口型也知道她是在求救。

曲筱阳扒着车窗，冲她露出一个抚慰的笑："放心，一定会救你们出来。"

"曲医生，曲医生，骨锤取来了！要不您先下来，让我来砸？"

说话的是刚被分到急诊科的实习医生李斌。他一路跑回车上取工具，又一路跑了回来，生怕耽误了救援时间。

曲筱阳一伸手："锤子给我。"

李斌赶紧双手递了过去。

前后挡风玻璃其实是汽车最坚固的两扇玻璃。原因是挡风玻璃一般都是三层式结构，不仅有内外两层玻璃，中间还有一层夹胶。但就现在车门全部被封死的情况下而言，他们也没有更好的选择了。

挡风玻璃最薄弱的位置是四个角。虽不是专业人士，但这点常识曲筱阳还是知道的。她抡起手中的骨锤，精准地朝着挡风玻璃左上角和两条边框连接的位置砸了下去。

她这一砸用了八九成的力道，挡风玻璃倒也不至于纹丝不动，好歹是裂了一条缝。但这一条缝的动静，和纹丝不动也差不到哪儿去了。整体结构没变形，根本就伤及不到中间那层夹胶，就算外面的玻璃全部碎了也没用。

这世上锦上添花的事不算多，但雪上加霜的事却一件都跑不了。就在曲筱阳铆足劲对付玻璃的时候，人群里忽然传来了一阵骚动。原来是山上的土石又有了松动的迹象。

之前山体滑坡打开了一条缺口，那些本就不稳固的泥土和山石再次沿着这条坡道汹涌而下，一路吞噬掉大大小小的山石和树木，眨眼间便冲向曲筱阳所在的位置……

“曲医生！小心！”

离得最近的李斌呆了两秒，才有些后知后觉地想上前去拉曲筱阳。然而他脚还没来得及动，就见一个高大的身影以迅雷不及掩耳之势从他身侧掠过……男人赶在泥土吞没那辆车前的刹那，稳稳搂住了曲筱阳的腰。

曲筱阳之前集中精力对付那挡风玻璃，根本没注意周遭情况，等听到有人叫她时，转头便看见土色的洪流迎面奔涌而来，像一头张着大口的巨兽。

千钧一发之际，一只强有力的手臂箍住曲筱阳的腰，从“怪兽”口中将她夺了下来。

顷刻间，嘈杂的人声、山石的轰鸣声和延续不断的天旋地转感，都在不断冲击着曲筱阳的意识。

一路上有茂密的杂草和树木闯入旋转的视野，让曲筱阳大致明白自己是处在一个翻滚的状态，应当是从山路边沿滚了下来。至于别的，却也想不了了。最终停下来的时候，曲筱阳脑袋里依然在天旋地转，有些想吐，还有些耳鸣。逐渐恢复的四肢知觉告诉她，身上应该没有什么致命伤……

“还好吗？”

尚未完全搞清状况，身下却忽然传来一个低沉的声音。

曲筱阳这才意识到自己似乎压着个人。不仅如此，男人结实的臂膀依然环着她的腰，她几乎是被人整个儿抱在怀里的。难怪刚才滚下来的时候也没觉得多疼，大部分的磕碰和撞击都被男人挡了去。想来刚才第二拨山体滑坡倾泻而下时，便是此人在电光石火间将她救下。

她手下摸到的那硬邦邦的触感，是那人结实的胸膛。她手掌下方正是他心脏所在的位置，那一下一下有力的律动，隔着匀称的肌肉和薄薄的衣衫传了过来。

那种令人无法忽略的，至刚至阳的力量感。

曲筱阳微羞，而后立刻起身。

“对，对不起……”一抬头，她便对上一双静若寒潭的黑眸。

“是你？”眼前这人，不是单世钧又是谁？

所谓冤家路窄，也不过如此了。

这张脸，无论看几次，都还是会被惊艳到。撇开性格缺陷不说，这人的确生了一副好皮相。但现在显然不是惊艳的时候，刚才第二拨山体滑坡来得迅猛，也不知其他人什么情况……对了，那辆车，车里的那对母子也不知道怎么样了？

曲筱阳心中惴惴不安，她抓住一旁的树干，艰难起身，视线向四周扫视。

“其他人呢？”

视野里除了被山体滑坡冲得凌乱倾倒的树干，和四处散落的山石，再无他物。

单世钧向山崖方向点了点下巴：“都在上面。”

曲筱阳仰头望着距离不算近的陡峭山崖，缓缓吁出一口气，咬了咬牙：“得想办法上去。”

曲筱阳以树干为支撑点，稍微站直了些。她右脚前倾踏在身前一块稍微内陷的沙土上，微微使力……却没想到，脚下那块凹陷的地方下方本就是砂石结构，又被雨水冲得太久，根本不足以支撑一个人的重量。一脚下去，那一小片土皮都被踏散。脚下没了支撑，曲筱阳整个人也迅速顺着陡坡滑了下去……

“呃……”

单世钧反应倒是很快，他长臂一伸便将曲筱阳死死摁在地上，瞬间止住她下滑的趋势。

“留神。”男人沉声道。

曲筱阳惊魂未定，急促的呼吸带得胸口剧烈起伏。她没想到他们所在位置的坡度会这么陡峭，且不说根本没有落脚之处，就算是手脚并用也不见得能攀住这道坡。她必须全身紧贴着地面，张开双手，十指抠进泥土里，才能勉强稳住身形不往下滑。简直就是极限挑战。

曲筱阳定了定神，缓缓探头朝下望了望。这一眼，让本就沉甸甸的心脏又朝下坠了几分。

他们目前的处境可以说是非常尴尬。

一般情况下，盘山公路都是随海拔提升呈 Z 字形上升的。就算从上层的公路滚下来，不出意外的话应该很快能抵达下一层的公路。然而，之前发生山体滑坡的这一段路，刚好是从山背绕过来时的转折段，所以离山崖下方的另一层公路还有很长一段距离，需要跨越两个以上的“层级”才能到达。以垂直距离来讲，他们原先所在的路段反而离他们近一些。

从小到大都是资优生的曲筱阳，终于也切身体会了一次“上不得下不去”

的尴尬。

曲筱阳闭了闭眼，深呼吸几次，慢慢让自己冷静下来。

而这段时间里，男人早已站起身来。他右手撑着一棵看上去很细小的水杉，两条修长劲瘦的腿一前一后地踏在泥泞的陡坡上，像生了根似的，稳稳立于陡坡之上。他微微仰着头，似在观察上方的情况。

从曲筱阳的角度看过去，男人长身玉立，孤高卓绝，微微仰头时，露出的下颌线条清晰又流畅。同处困境，她身陷泥泞，狼狈到需要四肢并用才能勉强撑住，而男人却临危不乱，挺拔如坚韧的劲松，又稳又飒。

正出神时，单世钧忽然回头看向她。

曲筱阳视线猝不及防地和他撞上，心里“咯噔”一下。

单世钧淡淡看了她一眼后便移开了视线，只礼貌地朝她递出一只手：“站得起来吗？我们从这儿上去。”

曲筱阳抿了抿唇，搭着他的胳膊借力起身，再次抬头瞻仰了一下那比医疗用的角钢还要陡峭的坡度，陷入沉思。

怎么上？攀岩吗？

哦，不对，这儿还没岩可攀，只能攀泥巴。还得祈求那坨泥巴没被雨水冲得太松散。

曲筱阳有些不可抑制地手脚冰凉，掌心冒汗……过了片刻，她努力平静地说：“走吧。”

单世钧见她一副视死如归又强忍着不肯露怯的样子，眼神微动，几不可察地勾了一下嘴角，淡淡道：“你走前面，我告诉你怎么走。”

曲筱阳眨巴了一下眼：“行，我走前面，帮你挡泥石流。”

冷场。

曲筱阳：“开玩笑的。”

其实她心里很清楚，单世钧主动殿后是为了保护她。如果她掉链子，他在下面也能及时做出反应。

单世钧没搭话，只再次将手伸到她面前。

曲筱阳可没打算在这种生死时刻盲目逞强，她毫不犹豫地握住了单世钧递过来的那只手。

男人顿了顿，而后紧紧握住了曲筱阳的手。他的手掌宽大有力，掌心的温度令人心安。

曲筱阳借着外力，好不容易才稳住身形。她刚踩实在斜坡上，左脚脚踝处却忽然传来一阵钻心的痛。曲筱阳脸色微微一僵。经验告诉她，不是单纯的扭伤，极有可能是脱臼了。要不人们总说屋漏偏逢连夜雨，倒霉的时候喝凉水都塞牙呢……

单世钧见她脸色不太对，还是追问了一句："怎么了？"

曲筱阳敛眸，微微摇头："没事，只是有点不太适应……没爬过这么陡的山。"

单世钧眼神微微一缓："放心，不会让你摔下去的。"

曲筱阳轻轻点了一下头："嗯……谢谢。"

她总觉得这男人和之前有些不一样了。但具体哪儿不一样，她又说不太上来。曲筱阳想，兴许是这种生死存亡的险境，为他"直男癌"的那一面添了一层"英雄"滤镜。

"重心向前，别直着腰。"

"看见你左前方的那棵树了吗？抓住树干，脚踏在十点钟方向土壤比较干的那个位置。对。"

"别踩那块石头，踩这条沟。手，攀住这边。"

曲筱阳依据单世钧的指示，一步一个脚印地向上攀爬，还真没再踏错过。虽然这是她从前无法想象的挑战，虽然她的速度很慢，但有这个人在身边，莫名就多了很多信心。即使每一步都像踩在刀尖上，即使剧烈的疼痛让她背上沁出了一层冷汗，她也没有停下脚步。

途中有个角度非常刁钻的小土坡，曲筱阳需要用力将脚尖塞进土里才能踩实，但这样做无非是让她受伤的脚踝伤上加伤。脚背扭曲的程度，疼得她眼泪都快飙出来了。但她知道自己不能在这个关键时候掉链子，只能死死咬着唇，愣是强忍着没有哼一声。

就在这时，身后的男人忽然毫无预兆地贴近过来，一把握住了她的手腕。

曲筱阳心里一惊，重心立刻偏了半寸……

那半声惊呼卡在嗓子里打了个转，男人另一只手已经迅速扶住她的肩，帮她稳住了身形。

曲筱阳差点被吓掉了魂，转头瞪他："你干什么？"

哪儿有人是这样的，一声不吭搞突然袭击，是嫌她死得不够快吗？

单世钧没说话，幽深的黑眸盯着曲筱阳惨白的脸看了半晌，最后目光落到被她自己咬破的嘴唇上。

那抹鲜艳的红让他瞳孔微微一缩。

"受伤了怎么不早说？"

曲筱阳低头抹去额上细密的冷汗，漫不经心地说："就脚扭了一下，你这大惊小怪的，轻伤都能被你吓成重伤。"

见单世钧不语，曲筱阳苦哈哈地打趣：“而且大哥，以咱目前这情况，说与不说，有什么区别吗？”

单世钧意味不明地盯着女人看了两秒，似有些无奈地暗叹了口气。

他两步迈到曲筱阳身前，背对她微微蹲下身：“上来。”

简单两个字，三分霸道，语气笃定。听在曲筱阳耳朵里，完全是命令式的语气，没有商量的余地。明明是关心的话，但若是用不太恰当的方式说出来，却可能会收到反效果。

曲筱阳有些哭笑不得，再次感叹“钢铁直男”的粗线条。

“没事，我自己能走。”她拒绝了。

拒绝的原因和矫情无关，而是出于眼下情况的最优考虑。她没有伤到完全不能走动，之前这么长的路都走过来了，再坚持一下就到了，何必在这种时候做出会增加两人性命风险的改变。亲身体验过后，她已经很清楚地知道攀登这种险坡的难度了。能保持自身平衡已经是困难模式了，如果在背上再加一个人，那无疑是地狱模式。她做不出这种损人不利己的事情。

然而，被拒绝的单世钧并没有放弃，甚至半蹲的姿势都没变一下，只偏头看向曲筱阳，眼神里的坚持不言而喻。只是这次他连“上来”二字都省了。

曲筱阳对上他的视线，心微微一颤。早知他眼神凌厉，然而男人在这一瞬间释放的威压，还是能让人心口发颤、手脚发软，让她没办法再次开口说出一个“不”字。

曲筱阳垂眸，躲开他的视线，在衣角上悄悄蹭了一下手心里的汗。

她微微挪了一步，刚想绕过单世钧，却被侧过身的男人一下拽住了手腕。

单世钧抬眸扫她一眼，还不等曲筱阳辨明那黑眸里蕴含的意味，那只大掌微微一用力，她顷刻间就朝男人身上倒了去。

“哎？！”

男人拉过曲筱阳的手绕在自己的脖子上，另一只手掌扶在曲筱阳腰后，微微一使力，便稳稳将她甩到了背上。他手掌的力道拿捏得刚刚好，虽然拎过曲筱阳时跟拎兔子似轻松，却一点也没有弄痛她。

曲筱阳张了张嘴，半晌也说不出一句话来。她都不知道单世钧是怎么完成这高难度动作的，当时脑袋里懵懵的，等到她回过神时，已经乖乖趴在了男人背上。被男人触碰过的后腰，微微有些发烫。

单世钧强有力的胳膊绕过曲筱阳的膝弯，往上一顶，调整了一下位置，便将曲筱阳背了起来，而后继续往上攀爬。

他脚下的速度并没有因为背上多了一个人而放慢，反而比刚才更快了一些。

“你……”曲筱阳刚说了一个字又打住了，顿了片刻，她想了一下，还是小声说，“谢谢。”

男人嘴角微勾了一下，没答话。

在单世钧看来，那种你来我往礼节性的推拒完全没有必要。因为无论讨论的过程是怎样的，结果肯定是他背着曲筱阳继续上路。而他向来不屑在结果注定的事情上浪费时间。

说不通的时候，直接上手便是了……

曲筱阳趴在单世钧背上，有些耳烫。一开始，被强行“固定”在单世钧背上的曲筱阳还心有戚戚，担心自己会不会太重，担心男人会不会重心不稳脚底打滑。然而，当她发现男人背起她后，攀登的进度反而比之前两人一前一后时快了两倍后，担心就变成了后悔。早知这样，一开始就坦白多好，白白拖着伤腿逞了半天英雄，最后还落个费力不讨好。

男人的背很宽阔很结实，用力攀登时，肩头的肌肉会微微隆起一个性感的形状。

从曲筱阳的角度，刚好能清晰看见男人的耳朵。她意外地发现单世钧的耳垂很薄，小小的，触感应该也很软。这难道就是传说中的耳根软？都说耳根子软的男人最听老婆的话了。

曲筱阳这么想着，又觉得好笑。“听老婆话”这个特质怎么想都不可能和单世钧这样的男人联系起来。

两人都不说话的时候，曲筱阳耳里听到的就只有男人的呼吸声。即便是在这样的险境中，他的呼吸听起来都是均匀沉稳的，没有丝毫絮乱。要做到这一点，不仅需要强健的体魄，还需要强大的抗压能力。

一旦沉默，两人之间的气氛就显得有些尴尬。

从古至今，要想破解尴尬也不外乎就那么一招——尬聊。

最主要的是，曲筱阳想用聊天来转移一下自己的注意力。

男人背她时所用的动作是标准的绅士手。在不触碰敏感部位的情况下，手臂弯成一个牢固的支架，稳稳托住她的腿。但即便这样，她也能感受到那有力的手臂上紧绷的肌肉。她的裤子早被泥水浸透，冷冰冰地贴在皮肤上，刺骨的凉。而此刻从男人手臂传来的体温，很温暖，又有些烫人。

“对了，你怎么会到云城来？”刚才她就想问了，只是一直没找到合适的时机，左右也是没话找话，索性便将心中的疑问直接说出。

曲筱阳耐心地等了一会儿，没有回应。

就在她以为单世钧没听见，准备将问题重复一遍的时候，对方简洁地扔出两个字：“工作。”

没有展开，亦没有解释。对方不想深入聊这个话题，可以理解。但单就聊天的礼节来讲，对方问了什么问题，正常情况也应该回问一句来表示一下基本的关心。

然而并没有，男人扔下那硬邦邦的两个字后，就不再开口。

气氛再次陷入尴尬的沉默。

这一句话把天聊死的风格，不愧是他。曲筱阳再次想起相亲那日，但不知为什么，她觉得这次见面，他似乎比上次沉默了许多……也沉稳了许多。

“你们军人是不是都这么厉害？这么陡的山，寻常人四肢并用都不见得能爬上来……你背着我还跟如履平地一样。”

“嗯。”

曲筱阳放弃继续聊天的念头。也许有些人天生就只该做个安静的美男子，独自美丽就行了。

只是那时候，趴在男人背上，曲筱阳总觉得心里似有一团理不清的乱麻……她不知道自己究竟在想什么，又或许什么也没想。

有一点不可否认，彼时彼刻，那个男人的背撑起了她的整个世界。

“下面有人上来了，是他们吗？”

“还真是！谁有绳索？快来人帮忙！”

离上方公路还有一段距离的时候，曲筱阳已经听见了上面传来的呼喊声。

她抬头时，视线依然被茂密的树林遮挡着。虽然看不见人影，但他们的声音已经能够比较清晰地听见了。

“曲医生……曲医生，是你吗？”

曲筱阳眼睛一亮，立刻大声回应：“对，是我们！”

她用的是“我们”，而不是“我”，单世钧眸中闪过一丝意味不明的光。

不出片刻，一条黑色的绳索被人精准地抛向了曲筱阳他们所处的位置。

单世钧一抬手，便抓住了那条绳索。这一抛一接，俱是迅捷而精准，没有一丝多余的动作。抛绳和接绳的人，似乎有着长久的默契。

曲筱阳看着单世钧手中握着的那条绳索，下意识道：“这绳子好细啊……”

也不怪她有此疑惑，这条绳索确实很细，连手指宽都不到。她不知道，那是军用的滑降绳索，轻便耐用，承重能力远超普通的登山绳。单世钧握住绳索后，整个人的动作立刻变了。之前他整个人重心是朝前倾，尽量和山体的坡度保持平行。而现在他双手一上一下地握住绳索，双脚有力地蹬住山坡，人却反而朝后仰倒，整个人和山体之间几乎形成了九十度的直角。

他自己换动作一套操作行云流水，却将他背上的曲筱阳吓得不轻。

曲筱阳不知道单世钧要干什么，一惊之下，条件反射地搂紧了男人的脖子，像极了溺水之人紧紧抓住救命稻草时的模样。

单世钧感受到女人的紧张，手下一顿，微微侧头，低声道："放心。"

曲筱阳紧张地咽了口唾沫，强迫自己不要回头往下看。命都交到别人手上了，就算不放心，又能怎样呢？

"抓稳了。"说完这话，单世钧腿下忽然用力一蹬，整个人健步如飞地抓着绳索攀登了上去。每走一步，他脚下的力道都完美配合手里拉绳的力量。

这种垂直行走的攀登动作看似简单，但曲筱阳知道，这是需要强大的臂力和腹肌才能完成的动作，何况他背上还背着一个人。

距离顶峰垂直距离十几米的高度，单世钧只花了不到十秒的时间就攀了上去。

曲筱阳感觉自己今天是真的开了眼了。她以前一直觉得那种特种兵电影都是瞎演的，见过了眼前这位的身手，她忽然觉得也许现实比电影还魔幻。

他们成功攀上山崖后，周围都是一片喝彩的声音。看热闹的人，可能会迟到，但从来都不会缺席。

曲筱阳这才发现，刚才在另一头替他们拉绳的竟然是一个小年轻。瘦高个儿，脸上稚气未退，是那种介于男人和男孩儿之间的长相。那小伙子见单世钧他们上来，眼睛微微一亮，而后立刻小跑过来。他跑到单世钧身边站定，手臂微微抬了一下，又放了回去。

曲筱阳趴在单世钧背上，刚好听见对方刻意压低声道："单队……"

单世钧看了他一眼，只朝他微微一点头，他立刻噤声。

单世钧落地后，没有立刻将曲筱阳放回地面。他转头问曲筱阳："你们的车在哪儿？"

曲筱阳刚要答话，就见两个人拨开人群，焦急地朝他们跑了过来。

"曲医生！"率先跑上来的是李斌，见到曲筱阳，他整个人如释重负，"您没事真是太好了！之前真的吓死大家了。下次您不能再这样一个人冲在前面了！"

单世钧见医院那边的人来接应，微微蹲下身，轻而缓慢地将曲筱阳放回地面。

双脚再次踩到坚硬的柏油马路上时，曲筱阳才终于有了一点真实的感觉。

"曲医生，你……太好了，太好了……你知不知道我们……"吴笛显然也在一旁焦急地等待许久了，她上来就拉住曲筱阳的手，话没说两句，眼泪已经下来了。

曲筱阳轻轻拍了拍吴笛的肩："抱歉，让你们担心了。"

她此时此刻才真正地意识到，她这次是实打实的劫后余生，捡回一条命。

而这都得感谢……

曲筱阳回过头想跟单世钧道谢，却见男人早已经转身走远了。

吴笛还不放心地拉着曲筱阳上下打量："你现在感觉怎样？有没有受伤？"

"放心，我没事。"曲筱阳摇了摇头，她缓过神后，视线立刻在之前滑坡造成的土堆一周搜寻着……

第二拨山体滑坡冲击到来时，她还没闹明白情况就被波及，而后又滚下了山崖。现下也不知道之前被泥土和巨石掩埋的那辆车现在是什么情况。她依然记挂着车里的那对母子，一想到那位母亲隔着车窗和她对视时绝望又渴求的眼神，就觉得心急如焚。

曲筱阳拉住站在一旁的李斌，问："之前那辆被掩埋住的车呢？"

当时事故发生时，离得最近的除了她，就是李斌了。

李斌脸色有些尴尬，僵了片刻，而后抬手指了一下土堆的方向："第二拨山体滑坡来的时候，直接就将那辆车埋了。当时你也出了事，我们……就没顾上这边。"

曲筱阳看着那拱起的土堆，严肃道："第二波没有巨石滚落，那对母子肯定还活着。救人，先救人！"

李斌似乎有些为难，接二连三地出事，其实大家心里都不好过。而谁也不能保证说他们自身就已经安全了。他低头时，忽然发现曲筱阳走路的姿势有些奇怪。

"曲医生，您的脚受伤了？！"

"嗯……"曲筱阳顿了顿，"没事，就扭了一下。"

李斌蹲下身："我帮您检查一下吧！"

曲筱阳伸手拦住他："救援队不知道什么时候才能到。你先带几个咱们的人，叫上力气大的，把能用的工具都带上，看看能不能挖出幸存者。我这小伤不着急，他们没时间了。"

说话间，方才已经离开的单世钧忽然去而复返，径自走到曲筱阳他们跟前："你说的幸存者，是在之前露了截车尾的那辆车里？"

曲筱阳连忙点头："对。"

单世钧看了李斌一眼："你帮她看看脚伤，救人的事交给我们。"

他说"我们"时，曲筱阳便注意到，单世钧这次回来，身后还带了两个人。一个是刚才抛绳救他们的娃娃脸小伙子，另一个看着稍微年长些，肤色偏黑，看上去也很结实，手里还提着一把不知哪儿弄来的铁铲——见曲筱阳在看他，便腼腆地笑了一下，露出一排大白牙。

曲筱阳心里一喜，有了单世钧他们的帮忙，救人就更有希望了。

她热心地提议道："那让我们的人也跟你们一起……"

"不用。"单世钧果断拒绝了。

单世钧说完也不多做停留，转身就朝着车辆被掩埋的位置去了。

曲筱阳无语。

跟在单世钧后面的娃娃脸小伙子立刻笑着解释道："人多了我们反而不好操作。你们就在这边稍微等待一下，我们会将伤员送过来。"

三人离开后，李斌像是松了一口气，蹲下身帮曲筱阳检查脚伤……

"幸好遇到了这几个热心的登山爱好者，要不是他们经验丰富，我真怕……"

李斌又是摇头又是叹气的，托着曲筱阳的左脚，小心翼翼地帮她脱了袜子。

"登山爱好者？"曲筱阳重复了一遍。

李斌点头："对啊！等你们的时候，跟刚才拉绳那小哥聊了两句。"

曲筱阳没再接话，单世钧他们不愿意暴露身份，自然有他们的理由。

看着眼前那肿得跟馒头一样大的脚踝，李斌倒抽了一口气。

"曲医生，您的脚……"

"嗯，应该是脱臼了吧。"曲筱阳下意识地答道。

她的目光一直跟随着单世钧一行人。只见他们三两下就用铲子刨开了掩盖住那辆车尾部的泥沙，而后单世钧左手在后备厢上微微一拍，整个人便跳了上去。随行的娃娃脸小伙子则从背包里掏出一个黑不溜秋的圆形工具递给了站在后备厢盖上的单世钧。单世钧接过来后，将那圆形工具贴在了后挡风玻璃的右上角……

李斌轻手轻脚地检查了曲筱阳脚踝的情况，而后皱眉道："伤这么重，您怎么说没事呢，曲医生！"

曲筱阳的注意力本来放在单世钧一行人身上的，这会儿听到李斌提高了声抗议，只能哭笑不得地转回头："大灾大难面前，保住命就不错了，这点小伤又算得了什么。"

李斌腹诽，好有道理，竟无法反驳。

曲筱阳摆了摆手："先拿夹板帮我固定一下伤处，等到了镇医院再处理。"

李斌："好吧……"

不远处的人群里忽然传来一阵欢呼。

曲筱阳抬头望去，只见那辆车的后挡风玻璃已经被拆卸下来，而那位受伤的母亲也被单世钧他们顺利救了出来。

“医生，医生！她还活着！快来帮忙看看！”有热心的群众立刻帮忙吆喝。

曲筱阳站起身，视线和远处刚抱着小孩跳下车的单世钧不期而遇。

单世钧冲她微微点了一下头。

她和他对视的时候，莫名地，就会觉得很安心。曲筱阳忽然觉得单世钧身上有种微妙的违和感。她说不好这种违和感来自哪儿，只是每当她觉得这人“直男癌”到无可救药时，他又总会在不经意间流露出细致可靠的一面。然而每当她刚要对他有所改观时，那扑面而来的“直男癌式”言行又会推翻之前建立起来的那么一丁点好感。她还没见过这么奇特的矛盾体。

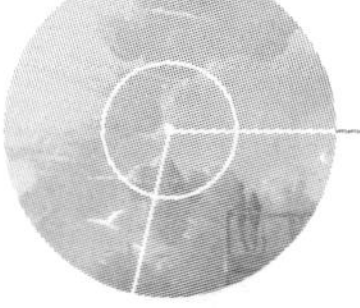

ben fu shanhe, benfu ni

第四章 雾里看花

Run to you

终于，那对母子成功获救。

母亲全身多处骨折和挫伤，但性命无碍。而小孩儿只有一点轻微的脑震荡——他的母亲在危难关头用全身护住了他。

云城政府派了武警和消防来处理山体滑坡事件，经过一晚上的搬运和抢修，滑坡的路段在第二天早上重新通车。曲筱阳他们前前后后跟着折腾了两天，才终于在红羽镇镇医院安顿下来。

B 国正逢内乱，又是多雨季节，山洪暴发，很多难民由此逃入我国境内避难。政府暂且将他们安置在红羽镇，一边排查背景，一边等待最终处理方案。难民里伤病患者居多，夏季又多流行病，一时间当地医院人满为患。曲筱阳他们这次被派过来，就是为了解当地医疗资源紧张的燃眉之急。当地院领导为曲筱阳他们安排的住宿就是医院的宿舍，就在医院隔壁。住宿条件一般，但贵在离医院近，休息和出诊都很方便。

医院里本就缺人，曲筱阳他们在路上耽误了两天，所以一到医院还没来得及歇口气，就投入了忙碌的工作中。

曲筱阳的左脚踝确实脱臼了，但经过复位，打上了石膏夹板，戴上护具后，也带伤上岗了。因为暂时不能主刀手术，于是她的工作重心就更多地放到了门诊和治疗方案的把关上。

“曲医生……曲医生！”

曲筱阳刚查完房出来，路过门诊大厅便被医院的一个护士叫住了。

曲筱阳转身，看见那名护士身后领着个浑身脏兮兮的少年。

“我看见这小孩儿蹲在医院门口大半天了，给他水也不喝，给面包也不吃。他一直捂着肚子，好像还在发烧，您给看看？”

曲筱阳看了一眼那名少年。

少年细胳膊细腿的，有些营养不良的感觉。他的头发长得及肩了，身上也满是泥污，看上去像是很长时间没洗过澡了。和曲筱阳视线对上的刹那，他便立刻低下了头，往护士身后躲了躲。

曲筱阳注意到，他嘴角有瘀青，衣角也有一小片血迹。

曲筱阳看向护士："帮他换件干净的衣服，带到急诊 3 号室来吧。"

护士："好的，曲医生，谢谢您！"

换了一身干净衣服的少年安静地坐在诊断室的病床上，垂着头不知道在想什么。

曲筱阳拉上布帘，将整个空间与外界隔绝，而后她拉了张圆凳，在少年对面坐下。

"你会说中文吗？"

少年微微抬头，从遮住半张脸的长刘海的缝隙中悄悄观察着曲筱阳，半晌，点一点头。

曲筱阳从桌上抽出一本病历本，取下胸口夹着的圆珠笔，柔声问："你叫什么名字？"

红羽镇地处偏僻，医疗信息网络还没建立起来，大部分医院都还在使用手写病历本这种传统的方式。

"阿哲。"少年嗓音沙哑，声音像被一把锯子锯过似的，听着怪让人难受的。

曲筱阳耐心地看着少年的眼睛："阿哲，你多大了？家住哪里？"

少年又垂下头，过了许久才道："家没了……我们逃过来的……我跟他们走散了……十六岁。"

阿哲的中文发音不是那么标准，但说话还是很流利的。不过只言片语，曲筱阳却大致明白了少年的情况，和她的猜想相去不远。她伸手揉了一下阿哲的头："你可以先在这边住下来，我们会帮你联系你的家人。"

阿哲闻言，立刻抬头看向曲筱阳："谢谢……"

曲筱阳："现在可以告诉我哪里不舒服吗？"

阿哲捂着肚子："疼。"

曲筱阳看了一下他手放置的位置："你躺下，我帮你检查一下。"

阿哲依照曲筱阳的指示躺平。曲筱阳手指在少年腹部轻按、叩击检查，发现他腹部硬得跟石头一样，而且在按到某些位置的时候，他疼得立刻咬住了嘴唇，闷哼出声。

曲筱阳收回手："几天没大便了？"

阿哲脸红了，隔了许久嗫嚅着："四天……不，五天。"

曲筱阳："我问你个问题，你跟我说实话好吗？"

阿哲点了点头。

曲筱阳："你来的时候，在哪儿摔过吗？"

阿哲摇了一下头。

曲筱阳："那是……打架？"

阿哲瞳孔微微一缩，待要再摇头否认时，曲筱阳又道："你不说实话的话，我可能会做出错误判断，耽误你的治疗。严重的话，会要命的。"

阿哲抿了抿唇，最后认命似的点了点头，又摇了摇头。

"……我没还手。"

曲筱阳揉了一下少年的头："好了，我没问题了。你先在这儿好好休息，待会儿有护士姐姐过来帮你抽血，做些检查。你有什么需要，可以跟我说，也可以跟她说，好吗？"

阿哲再次点了一下头："谢谢你，医生姐姐。"

曲筱阳笑了一下，拉开帘子叫来护士："小玲，你去叫一下急诊科的李斌李医生。"

"好的，曲医生，我这就去！"

不一会儿，李斌就从旁边的诊室匆匆赶来。

"曲医生，您找我？"

曲筱阳点一点头："你今天能上手术台吗？"

李斌愣了一下："应该可以吧，我下午有一个剖腹探查，晚上八点有台上臂骨折的，中间应该可以加一台。"

曲筱阳："行，那加一台。里面这孩子，发烧，排便异常五六天了。我初步检查了一下，怀疑是外力导致肠道受伤，引起肠梗阻，必须尽快安排手术。待会儿我会让小玲带他去照个片，查下各项指标。"

"啊……可是……我没主刀过肠梗阻的手术。"

曲筱阳拍了拍他的肩："凡事都有第一次。放心，下午我会跟你一起上台。"

李斌擦了一下额角的汗，讪讪地说："可是曲医生您的脚……"

曲筱阳："所以，你主刀，我指导。"

李斌没作声。

曲筱阳看着他："你还记得自己为什么成为医生吗？病人等着你救命，你跟病人说'对不起，我没准备好'？"

李斌低头道："您说的是。"

现在好歹有个大师愿意带他，能学经验就得抓紧时间学，以后自己要主刀了才说不会，那才真的是草菅人命。

曲筱阳预估得没错，阿哲的病是因为挫伤导致的肠梗阻。

从手术台下来，李斌感觉整个人都要虚脱了："好险啊，幸好您判断及时。"

曲筱阳露出一个真诚的笑："手术做得不错，继续努力！"

李斌忙不迭点头："我会的！谢谢您，曲医生。"

这名患者的情况其实并不乐观。病情拖了太久，并发粘连性肠梗阻、肠套叠和部分肠管坏死。李斌当时开腹后一看这情况，头都大了。也亏得曲筱阳一步一步给他指导手术细节，坚持用温盐水纱布热敷，注射普鲁卡因，才挽救回了一段肠管。

李斌以前总是听导师提及曲筱阳怎么厉害，多么年轻有为，看着她的学术成果觉得很崇拜，但也没带入太多真情实感。然而这次真的跟着她出来了，亲眼看着她毫无保留、不遗余力地救人，事事带头跑在前面，遇事沉着冷静、见招拆招的风范，才知道那些夸赞远不及其真人风采的万分之一了。

阿哲术后恢复得很好，不出三天，整个人精神状态就好了很多，一周后，就能下地活动了。他性格有些内向，见谁都不爱说话，唯独对曲筱阳格外依赖。曲筱阳怜惜他孤身一人飘零异乡，平时也就对他多上了一份心，经常给他带吃的，有空也会陪他聊天。

曲筱阳发现，阿哲虽然看着内向，但跟人熟了之后，话却特别多，好奇心也重。本地的风土人情，什么地方有好吃的、好玩的，镇子里住了多少户人，赶集的时候会有哪些摊贩，甚至医院里的各种八卦，他都喜欢打听，而且听得津津有味。

"姐，我什么时候能出院啊？你看我现在都能下地随便走了。"和曲筱阳混熟以后，阿哲就再也没叫过她"曲医生"，一口一个"姐"，那个亲昵劲儿，看得李斌都眼红了。

"再观察几天，等你情况稳定些，就能出院了。"她顿了顿，忽然想到什么，"你这么着急出院，是想去找你的家人吗？"

阿哲安静了片刻，而后垂眸："嗯，我想去打听一下有没有他们的消息。"

曲筱阳柔声道："等你好了，我带你去边境管理局问一下。如果他们也通过难民通道入境，那边也许有他们的信息。"

阿哲点了一下头，忽然又小声说："我还想去尝尝，医院对门那家包子铺的包子，你夸了好几次了。我……都没见过包子。"

曲筱阳愣了："你……没吃过包子？"

阿哲再次腼腆地点了一下头。

曲筱阳扶额："早说啊。这样吧，姐明天早上就带你去。反正也不远，就几步路。”

阿哲眼睛都亮了：“谢谢姐！”

翌日一大早，曲筱阳就兑现承诺，带着阿哲去了对门的包子铺。这家包子铺在当地可以说是家喻户晓，远近闻名。店是一家陕西人开的，祖传手艺，只卖四种馅料，然而每一种有着不同的口味。配上店主手调蘸汁，好吃到让人叫绝，所以包子铺每日客流量相当大。店主每天蒸一千个包子，不到中午就卖光了。

店内靠窗坐着一人，有些眼熟。曲筱阳瞅了那人一眼，微微一愣，而后又多瞅了两眼。细看之下，才发现是个她认识的人。

单世钧怎么会在这儿？

那天在山里救下那对母子后，就再也没见过单世钧他们几人了。曲筱阳当时还因为他的不告而别，稍微有那么一点不太舒服，却没想到，现在竟然又在这儿碰上了。

半个月不见，男人剃了个利落的寸头，穿一件特简单的黑T恤，下身穿着一条磨得发白的牛仔裤。嘴唇一圈青色胡楂，为他添了一分成熟男人的沧桑感，也不知是故意蓄的还是没刮。他今天的形象气质和往日大有不同，以至于她第一眼都没认出来。而且，从他的眉角到嘴角，多了一道疤，颜色很浅。倒是没影响他的帅气，只是为这张脸平添了几分颓气的野性……

按理来说，他脸上的该是新伤，但为什么疤痕的颜色又是旧伤才有的？他这段时间到底去干什么了？曲筱阳心里正犯嘀咕，男人的视线冷不防地扫了过来。

曲筱阳心里“咯噔”一下，犹豫着要不要上前寒暄两句。

然而男人只抬眸淡淡地看了她一眼，便移开视线，继续大口吃包子，喝豆浆。

嘿，还装不认识了。

少年看了一眼坐在窗边的男人，又抬头看向曲筱阳。

“姐，你认识的人？”

“不认识。只是觉得这人不太面善。”曲筱阳扔下一句话，领着阿哲朝靠里的一桌走去。

阿哲乖乖跟在曲筱阳身后，中途忽然又回头看了那个“不太面善”的男人一眼。

男人喝光杯中最后一口豆浆，视线切着杯沿准确无误地落在阿哲脸上。

阿哲的视线和男人直直对上。

“……”

曲筱阳发现阿哲没跟上，回头看他：“怎么了，身体不舒服吗？”

阿哲摇摇头：“姐，我饿了，咱们快坐下点餐吧。”

“好。你先在这儿坐着，我去取号。”

少年再回头时，男人已经离开了包子铺。他想到那人的目光，浑身莫名一阵泛冷。明明是盛夏，整个人却忽然有种坠入冰窖的感觉。少年的额角，悄悄渗出一滴冷汗。

的确，不太面善。

单世钧手上拎着一袋包子，不紧不慢地绕到红羽镇医院后，进了一幢老旧的居民楼。脚下的台阶早生出了一道道裂纹，无声地诉说着年代感。墙皮也掉了很久，没人去补。男人走路时几乎没有任何声音，楼道里的灯忽明忽暗，将他的影子拉得老长，鬼魅一般。男人走到507室门口站定。

他抬手，十指指节在门上轻叩三下，一长两短。

“咚——咚咚。”

等了五秒左右，又敲了一次。

“咚——咚咚咚。”

除了多一个音，长短和轻重和之前如出一辙。

这次敲完，他刚收回手，门就开了。门内那人手指一勾，便将男人手中那袋包子顺走了。

单世钧进屋，关上门，径自走到窗边，从那娃娃脸小伙子手中接过军用望远镜。

“有收获吗？”男人左手拿着望远镜，一边观察着周遭情况，一边淡淡地问道。

娃娃脸小伙子转头看他，一脸憋笑的表情：“有啊。”

屋内除了娃娃脸小伙子和刚才开门的男人，还有一人趴在床上摆弄着一台连接着黑匣子样式的笔记本电脑。

三人交换了一个意味不明的表情，娃娃脸小伙子忽然用严肃的语气说：“见证了队长你的艳遇现场，大收获。”

他说完这话，屋内三人齐声大笑。

“队长，我没看错吧？刚才在包子店里的，是咱上回在山上救的那女医生吧？”娃娃脸小伙子那八卦劲儿上来，便一副打破砂锅问到底的架势。

“队长，她好像是在这家镇医院上班吧？上次我就觉得队长你看她的眼神不一般，你平时哪有那么平易近人。这叫什么？这就叫缘分！”他话匣子一打开，就开始喋喋不休，对周遭气氛变化浑然不觉，也没注意到自家队长的脸越来越黑。

单世钧头也不回，单手抄起桌上喝了一半的矿泉水朝后掷去。那瓶子在空中转了个圈，精准地朝着娃娃脸小伙子的脑袋落下。眼见那瓶子就快要挨着他的头，他忽然抬手，稳稳接住了那瓶水。他笑嘻嘻道："队长，你这是谋杀队友啊！"

趴床上那人点头："对，小白脑袋本来就不太好使，再被你砸几下，直接砸成个傻子了。"

"邱启，你找揍吗？！说了多少次了，别这么叫我！"

另一个青年在床边坐下，将那袋包子分给两人："我看挺好，你是小白，他是老黑，你俩黑白无常正好凑一对。"

"成昱，你可闭嘴吧，吃还堵不上你的嘴。"

屋内三人闹作一团，各自坐在床上享用自家队长带回来的美味早餐。唯有站在窗边的男人岿然不动，宛如一尊石像。

"白展廷。"过了一会儿，单世钧收了望远镜，关上窗户，忽然点了娃娃脸小伙子的名。

"……逗（到）。"白展廷囫囵将剩下的半个包子塞进嘴里，条件反射地站起身。

单世钧下巴微微朝电视机前的空地一点，淡淡说："俯卧撑两百个。"

白展廷傻眼："啊，为什么？"

"加一百。"

邱启捂眼，一脸惨不忍睹的模样。

白展廷不敢再说话，老实地趴地上开始做俯卧撑。

成昱有些幸灾乐祸地摇了摇头："谁让你乱说话，啧啧。这种事，看破不说破，懂？"

单世钧撩起眼皮扫他一眼："你很懂？"

成昱背后一凉，顿时噎住："也……没。"

单世钧眼神泛冷，勾了一下嘴角："陪你兄弟一起吧。"

成昱腹诽：自己为什么要嘴贱呢？

屋内一时很安静，只听见微重的呼吸声，和敲击键盘的声音。邱启嘴里叼着个包子，盘腿坐在床上，眼睛死盯着电脑屏幕，手指在键盘上舞得飞起，愣是不肯多给地上那两人一个眼神。

单世钧盯着邱启灵活的手指看了半晌："打字练习还愉快吗？"

邱启无奈地抬头："这你都看出来了？"

单世钧轻嗤:“和你平时跑Program(程序)的手法、速度都完全不一样。”

邱启冲他竖了个拇指:“不愧是你,火眼金睛。”

单世钧眸光微闪:“你这么闲,不如加入他们?”

邱启:“我也可以不闲。”他刚才明明什么都没说啊,为什么也要见者有份?

单世钧微一挑眉,掏出手机点了两下,放到邱启面前。

“给你三分钟,查出这个人的身份。”

屏幕上是张照片。画质不算高清,但不妨碍看清五官和表情——天真的少年手里举着吃了一半的包子,冲对面年轻漂亮的女人露出一个羞涩又满足的笑。他看人时眼神很专注,眼里似乎有星星。

邱启微微挑眉:“哟,这不是小白说的美女医生吗,队长,你真看上人家了?”

单世钧冷冷看着他。

两秒后——

邱启龇牙咧嘴地捂着头:“开个玩笑而已嘛……你是觉得这少年有问题?”

单世钧淡淡道:“有点眼熟。”

邱启收起嬉皮笑脸的神情,连上数据线,将那张照片导入电脑。

“给我两分钟。”

屏幕上弹出一个黑色的窗口,邱启飞速地输入了一长串指令,而后按下Enter键。

邱启跑程序时整个人的状态完全不一样,像换了个人似的。平时有点吊儿郎当的感觉,一旦认真起来,就是个强大到令人可以放心依靠的伙伴。

“找到了。”邱启忽然道,他皱眉盯着屏幕上弹出的信息,“气质相差挺大的,不过应该就是他。”

单世钧走到他身后,垂眸盯着屏幕,微微蹙眉:“难怪眼熟,这好像不是你常用的搜索系统。”

邱启微微点头:“嗯,这是蓝姐新开发的人力情报系统。多亏上次你找她要了授权。咱们的档案里没记录过这人,针对整个南亚地区,蓝姐他们那边的数据更全面。”

单世钧:“这系统没后门吧?”

邱启点头:“我检查过了,没有。就算有,我这边也加了双重保护措施。”

两人说话间,地上那俩人已经做完了俯卧撑,跟着围了过来。

邱启转头看向单世钧:“队长,你下一步的打算是什么?”

白展廷盯着电脑屏幕浮夸地“哇哦”了一声，做了个抹脖子的动作：“队长，狙吗？”

单世钧看都懒得看他，而成昱则直接捂住了他的嘴。

“我狙你个大头鬼啊！对不起，队长，回头我一定好好教育。你继续说。”

他们猎鹰小队这次过来，就是因为截获线报，得知罗显洋会借B国内乱之机，趁着难民大批流入时将一批货带进来。单世钧他们蛰伏在红羽镇，一是为了探听消息，二是为了监视罗显洋方的一举一动，以配合当地缉毒大队行动。

单世钧眸中神色莫测，竖起食指，置于唇前：“钓鱼。”

曲筱阳值了个晚班，从医院出来的时候已经过了十二点。

好在宿舍就在医院隔壁，几步路就到。不然就红羽镇这黑灯瞎火的条件，她还真不敢大半夜在路上晃。

她刚要拐进宿舍楼的大门，黑暗里忽然伸出一只手，迅速精准地捂住了她的嘴……

她的声音被人死死封住，腰也被人握在掌中。那人力大无穷，结实的手臂箍住她，几乎是悬空地抱起她，快速退入宿舍楼旁只有一人肩宽的暗巷。

曲筱阳拼了命地用手肘去攻击身后的人，那人却完全无动于衷，一点儿都影响不了他的动作。现在这个时间，街上连个人影儿都没有，被拖进这种僻静又没有监控的地方，死了都没人发现。那一瞬间，曲筱阳忽然再度回想起了当年在那个小破旧仓库遇袭时的恐惧。那种压抑在心底的深层次的恐惧和绝望，再次袭上心头。

“嘘——是我。”两人刚退进巷子里，身后那人便立刻将曲筱阳放下，在她耳边低语。

那熟悉的，又让人有些牙痒的低沉声音，不是单世钧的又是谁的？

“你！”曲筱阳转身，想立刻甩他一耳光。且不论是不是恶作剧了，这事搁谁身上谁受得住？

然而这暗巷毕竟只有一人肩宽，曲筱阳转过身后，发现两人这么面对面的，几乎贴到一块儿去了。她只要稍微动一下，就会蹭到他坚硬结实的胸膛。

男人长手长脚的，手臂微微弯曲着，随意地搭在她头顶上方的那块墙上，阻了她的退路。这种无意识间散发出的荷尔蒙，让人感觉侵略性有些强。

意识到两人状况后，曲筱阳的脸噌地一热。她整个人拼命朝后靠，背部紧贴着墙，又羞又恼：“你有病啊，大半夜的这是干什么？！”

“抱歉，是我唐突了。”单世钧低头看着她。

男人今天穿了一身黑，头上还戴着顶棒球帽。帽檐压得很低，几乎遮住了他半张脸，剩下半张脸隐在夜色里，看不清表情。

曲筱阳没好气地瞪着男人，心想说你也知道你唐突，一副神神秘秘的样子，想吓唬谁呢？

“找你，是想请你帮个忙。”男人本就比曲筱阳高了一个头，低头和她说话时，温热的气息轻轻拂过她的发顶，有些麻，有些痒。

曲筱阳不自然地缩了一下脖子：“什、什么忙？”

单世钧之前救了她一命。于情于理，她确实欠他一个人情。但是……这么找人帮忙的，她还是平生头一次遇见。

“我们之前就认识的事，希望你不要告诉任何人。上次在山上偶遇，就算是萍水相逢。”男人言简意赅，直接说明来意。

曲筱阳愣了一下，脑子里转过来后，将他的话翻译了一遍：“你的意思是……不想让人知道我们之前相过亲的事？”

单世钧沉默两秒，答：“这么理解也行。”

曲筱阳张了张口，有些瞠目结舌。之前她只是觉得他“直男癌”，现在看来，他不仅自恋，还忒小心眼儿了。大晚上的在这儿蹲点吓人，就为了这种破事儿？！

“我之前就想说了，大哥，有病就得治。”曲筱阳这次是真的觉得有点被冒犯到了。这货还真以为自己是天仙呢，谁都得巴结着他？

“我认真的。”男人对她的冷嘲热讽无动于衷，只认真看着曲筱阳，“统一下口径，山上那次算初遇。”

“直男癌”晚期，没救了。

曲筱阳冷笑：“放心，我不稀罕。咱以前不认识，以后也不必有交集。”

单世钧看着她，没说话，黑眸里似藏着暗涌。

曲筱阳有些不耐烦：“还有事？”

“没了。”单世钧朝巷里退了一步。

曲筱阳转身就走。

男人安静地看着她的背影，忽然又低声道：“白天那小孩儿，别跟他走太近。”

曲筱阳失眠了。

她睡眠向来不错，尤其是医院里忙碌的时候，回了宿舍一般都是倒床就睡，但今天翻来覆去总是睡不着。

一开始是气的，她一想到那个男人的迷惑行为，想到他的直言直语，就气不打一处来。

气归气，但曲筱阳在一遍一遍地回想中，隐约想起了一些不太寻常的细节，总觉得这男人的言行里处处透着怪异，或者说违和感。

她想到之前在山里遇到单世钧他们一行时，他们都是便装，对外宣称自己是登山爱好者。她想到今天白天在包子店里见到他时，他整个人散发出的那种野性的颓废感，想到他眼角到下颌的那道疤，想到他的神出鬼没……她心里有一些模糊的猜测，但是又不太确定。

曲筱阳扯过被子蒙住头。

她竟然花了大半个晚上去想那个男人的事，太可笑了。这样感觉就像是……她在为男人那些无礼而又荒唐的行为找理由。

曲筱阳，你清醒点。

不过，还有件事，像一根刺，刺入了曲筱阳的神经。

——阿哲。

单世钧那么说，是什么意思呢？

曲筱阳在门诊部从早上七点忙到下午一点，一口气都没歇。她好不容易看完了上午排的号，正准备去吃午饭，护士小玲忽然一脸神秘地钻进了办公室。

"曲医生，曲医生！"

曲筱阳将病历夹收进抽屉："有事说事，笑得那么瘆人干什么？"

小玲笑嘻嘻地看着曲筱阳："要不人家都说好人有好报呢？您这个小尾巴，可太贴心了。"她举起手中的奶茶晃了晃，"人家想着您午饭没吃，专门给您带了饭过来，还给护士站的几个妹妹买了奶茶。这算是标准的小奶狗了吧？"

曲筱阳愣了一下："小尾巴？"

而后她立刻反应过来，小玲说的是阿哲。

小玲朝门外努了努嘴："人家在门外等您半个小时了，赶紧去吧。"

曲筱阳微微蹙眉。也不知道是不是受了某人影响，她的第一个想法不是感动，而是——他哪儿来的钱？

也不怪曲筱阳心生疑惑，阿哲来的时候不仅身无分文，身上一张ID（证实身份的证件）也没有，连医疗费都是她垫付的。

"曲医生？曲医生？"

曲筱阳回神，冲小玲笑了一下。

"想什么想得那么出神，"小玲眼珠子一转，俏皮地问道，"不会是在想男朋友吧？”

曲筱阳摇头：“谢谢你小玲，你先去忙吧。我收拾一下就出去。”

小玲点点头：“那行，我先回护士站，就不打扰您吃饭了。”

曲筱阳走出门诊室，果不其然看到乖乖坐在对面的长凳上等她的阿哲。

阿哲一看到曲筱阳出来，两只眼都亮了，立刻站起身迎上去：“姐！”

曲筱阳摸了一下他的头：“怎么不在病房好好休息？你还没完全康复，不应该到处乱跑。”

阿哲立刻道：“我没乱跑，我就过来看看你。”

他见曲筱阳眼中有不赞同，立刻献宝似的举起手中的袋子：“姐，我给你买了巷口那家的小锅米线。你之前不是说想吃，但没时间去买吗？”

“你怎么跑那么远去了？”曲筱阳叹了口气，“但是阿哲，你现在还不能吃辣。”

“放心姐，我的那份是清汤的。”阿哲笑了，“而且也不远，几步路就到了，我成天闷在病房里也不利于恢复。姐，咱们去花园凉亭坐着吃吧。”

曲筱阳点了一下头：“好，谢谢你，阿哲。”

小锅米线是滇疆这边一道重油重辣的特色小吃。制作小锅米线时，先把米线放入高汤里煮，加了酸菜和韭菜，再撒上一层剁椒肉末，口感那叫一个酸辣鲜香，很是过瘾。但是再好吃的美食，此时吃到嘴里她都感觉不太对味儿。曲筱阳看了一眼坐在她对面大口喝着鸡汤的阿哲，状似不经意地问：“阿哲，你哪儿来的钱买米线啊？”

阿哲捧碗的手微微一顿，两秒后，他放下手中的碗，直接用手背抹了一下嘴。

“我跟我隔壁床的小胖打赌赢的，姐，你不会生我气吧？”

曲筱阳微微一愣：“打赌？！”

阿哲不好意思地摸了一下鼻子，眼底满是少年人的羞涩感。

“嗯，就是赌住咱们对门的悠悠姐跟学长告白会不会成功啦。姐，你放心，我们没赌多大。我赢了，他给我二十块钱；他赢了，我教他追女孩子。”

曲筱阳摇了摇头：“人小鬼大。”现在年轻人的世界，感觉也很复杂。

阿哲真诚地看着曲筱阳的眼睛：“我想说，你救了我一命，这段时间又这么照顾我……我没什么可以回报你的，就请你吃顿米线吧。”

曲筱阳心底悄悄松了口气，又严肃道：“谢谢你，阿哲。不过，下不为例。你有什么需要，可以跟我说。赌钱这习惯不好。”

阿哲开心地说：“知道啦，姐。”

曲筱阳伸手揉了一下他的头：“等你身体恢复了，我们就可以去边境局查一下你家人的信息了。”

阿哲低着头，刘海垂下来挡住他的眼睛。他吸溜吸溜地大口吃米线，模糊地“唔”了一声。

“曲医生，您过来看看这个病人，他好像是食物中毒了，但又也不是很确定，不知道是食物中毒还是别的什么。”

曲筱阳刚回门诊大楼，小玲就急急忙忙地跑了过来。

“李医生和田医生他们都上手术了，现在急诊这边只有小刘医生一个人。他想请您过去看看。”

曲筱阳点头：“知道了，走吧。”

掀开急诊室的帘子，就看到一张似曾相识的，娃娃脸。

曲筱阳一眼就认出了他——单世钧的队友，之前山体滑坡时帮他们拉绳的那个。

娃娃脸小伙子脸色惨白地躺在急诊室的病床上，呼吸略微有些急促，额上都是虚汗。

曲筱阳朝小玲伸出手：“病历。”

小玲赶紧递了上去。

曲筱阳迅速夺眼扫着初步诊断记录。

剧烈腹绞痛，水样腹泻，呕吐，轻微脱水、酸中毒，伴有低热。

“血样，便检做了吗？”曲筱阳问。

小玲：“做了，还在等结果。”

曲筱阳微微一点头：“加一个肠道菌群监测。我先开点乳酸钠和葡萄糖，把脱水和酸中毒的症状先缓解了。”

小玲忙不迭地点头：“好的，曲医生。那我先去取药了。”

曲筱阳：“嗯，谢谢。”

小玲出去后，躺在床上的白展廷转过头，盯着曲筱阳看了一会儿：“又见面了，美人医生。”

曲筱阳头也不抬地写着病历报告，淡淡道：“我姓曲。你现在感觉怎样？”

白展廷立刻号道：“快死了。哪儿哪儿都疼，头晕，想吐，我不行了。曲大美女，救我！”

曲筱阳撩起眼皮看他一眼：“戏还挺多，刚才怎么没见你吭声？”

白展廷厚脸皮地笑：“刚才你不在嘛。”

曲筱阳：“什么时候开始不舒服的？”

白展廷：“昨天半夜，不对，是今天早上。”

曲筱阳："昨天一天，都吃了些什么？"

白展廷眨了眨眼："包子，就医院对门那家包子店的包子。"

曲筱阳"啪"地合上病历夹，作势要走："我看你挺精神，应该就是普通的食物中毒。去把点滴的钱交了，打完点滴你就可以走了。"

白展廷急得立刻从床上坐了起来："别别别！曲医生，我真的特难受，难受得要死了，你仔细给我看看！啊，队……咳，哥，哥，你快拦着她！"

曲筱阳一回头，就见急诊室里多了个人，一个此刻她最不想见到的人。

单世钧依旧是那副高冷面瘫，油盐不进的模样，就那么安静地伫立在急诊室角落里。

她刚才在写病历，根本没留意到这人是什么时候进来的。一想到那人一直站在她身后，不知盯着她看了多久，她就觉得浑身不自在。

男人对上曲筱阳那双带着不满和愤怒的杏眼，微微欠身："抱歉曲医生，我朋友给你添麻烦了。"

他竟是一副彬彬有礼、温文尔雅的绅士态度。

这人还有几副面孔不成？！

一场不太美丽的偶遇，如果不是早有预谋，那就一定是孽缘深重。曲筱阳刚才作势要走，只是跟白展廷开个玩笑罢了，但现在单世钧杵在这儿，她倒是真的想走了。

但是她不能。临阵脱逃，有违她一贯坚守的职业道德。

曲筱阳只能无视男人的存在，翻开病历夹继续询问："除了包子，还吃了什么？"

白展廷见自家队长来了，顿时老实了不少，一五一十地交代："包子是早餐吃的。中午吃……中午好像吃的是盒饭……"

站在曲筱阳身后单世钧忽然开口："豇豆碎肉，蒸肉饼，酸辣土豆丝。他中午和我们吃的是一样的，可以排除。晚上他自己吃了一条烤鱼，河里钓的。"

曲筱阳笔尖在病历表上停了停，而后写下致病源：疑是未经处理的河鲜。怀疑菌类：金黄葡萄球菌，副溶血性弧菌。

她虽然不想承认，但不得不说，和单世钧交流起来确实更容易。他总是简单直接、直击重点。

曲筱阳合上病历表，语气毫无起伏地说："麻烦病人亲友去挂号处缴费。"

单世钧站在曲筱阳身后，看着她柔顺润泽的黑发，淡淡道："谢谢。"

曲筱阳没搭话，起身走到愁眉苦脸的白展廷身边，检查了一下他的眼球和咽喉状况。

"曲医生，我不会病入膏肓了吧？"白展廷眉心拧成一个"川"字，一张脸看上去活像受了莫大的委屈。

曲筱阳温柔一笑："以你的身体状况，活到一百岁应该不成问题。"

白展廷眼里立刻开始放光："是吗？哈哈哈，我果然是国防身体，人中之龙！谢谢美……咳，曲医生，你真是人美技术也好，妙手回春，起死回生。"

曲筱阳打断他："先留院观察一下，等待检查结果。你现在要做的就是好好休息，有什么需求可以告诉我们的医护人员。"

白展廷头顶灯泡一亮："啊，我可以……"

话说了一半，再次被单世钧打断："谢谢。曲医生，你忙吧。"

曲筱阳收起病历，朝门口走去，走过单世钧身边时，脚步微微一顿。视野的余光范围告诉她，男人的目光，毫不避讳地落在她身上。

两人擦肩而过时，曲筱阳听见单世钧低声问："脚伤好了？"

那声音低到近乎耳语，只有两人能听见。既然他不想让人听见，那她索性就装听不见好了。

曲筱阳终究没说什么，掀开帘子径自走了出去。单世钧的视线，从曲筱阳看上去行动如常的左脚上收了回来。

白展廷冲再次闭合的帘子撇了撇嘴，一脸有些可惜的样子。他一回头，就对上单世钧的视线——那种看得人毛骨悚然，入骨生寒的眼神。

白展廷："我、我说错什么了吗？"

单世钧漠然道："你应该听医生的。"

白展廷一头雾水。

单世钧："好好休息，少说话。"

"哦。"白展廷若有所悟地点了点头。

不对，曲医生刚才没说后面那句啊……

次日，曲筱阳午休时路过护士站，发现小护士们围了一圈在叽叽喳喳、眉飞色舞地讨论着什么。

"脸是很帅啦，就是胡子拉碴的，感觉有点颓废。"

"你懂什么，这叫男人的沧桑感！"

"哼，你们都不知道啊我早上看到了什么。"护士小玲浮夸地抖着双肩，模仿着古早喜剧片里大魔王的语气，"少女，你们对男人一无所知！"

有个小护士推了她一下："快说快说，别卖关子。"

另一个小护士冲她眨了眨眼："你别催她了，没准儿正在现编呢。"

小玲瞬间奓毛："谁编了？"

她左顾右盼了一下，忽然压低了声："我今早路过咱医院后面的花园，看见一个人吊在廊桥的石梁上做引体向上。就我路过那一会儿的时间，人家已经做了二十几个都不带喘气的。"

旁边另一个小护士惊诧道："等等，你说的是那根净高两米多的石梁？！"

小玲摆了摆手："还能是哪根？别打岔，我还没说完。"

众小护士听得聚精会神："您继续！"

小玲："我这心里一好奇吧，便凑近观摩了一下。你们猜是谁，那人居然就是18床他哥！那身材，那力道，啧啧啧，我赌五毛，他铁定有八块腹肌！"

"哇哦……"

"慕了慕了，小玲姐运气真好，看到赚到！"

"对啊，你怎么不上去打个招呼啊，哈哈哈！"

几个小护士半是艳羡半是开玩笑地捧场，小玲鼻子傲娇地一耸："嗨，要不是我忙着送药，肯定留在那儿看他做完。"

"咳。"曲筱阳清了清嗓，修长白皙的手指在护士台的高桌上轻叩了两下，"小玲。"

小玲还在那儿口若悬河，对曲筱阳的到来毫无所觉。然而她身边的小护士已经从粉红色泡泡中清醒过来，赶紧扯了扯小玲的衣角："玲姐，玲姐，曲医生找你。"

"啊……啊？"小玲回过神，转头一看，曲筱阳倚在护士站台旁，似笑非笑地看着她。

"曲医生！您怎么来了？"小玲有些不好意思地起身，走到曲筱阳面前。刚才吹牛皮发花痴的话也不知道被曲筱阳听去了多少，饶是她素来皮糙肉厚的，也忍不住有些脸红。

曲筱阳云淡风轻地略过刚才那一茬儿，问道："18床的检查结果出来了吗？"

小玲忙点头："出来了出来了，我正说等会儿给您送过去呢。"

她转身从柜子里拿出几张夹在一起的A4纸，递给曲筱阳。

曲筱阳也不多说什么，迅速翻看了一下检验报告。除了正常的炎症反应，各项指标看着都挺健康的。和她所料一样，就是金黄葡萄球菌引起的食物中毒。正打算将报告收起来时，她的目光忽然停在一组数据上。

小玲见曲筱阳脸色忽然变得严峻起来，有些不确定地询问："有什么不对的吗，曲医生？"

曲筱阳依旧皱眉盯着那张报告单："小玲，麻烦你让白展廷病人的家属来诊断室找我。"

小玲立刻起身："啊，好，好的，我这就去！"

"你找我？"

单世钧走进诊断室后的第一个动作，就是关门。

全程目睹他动作的曲筱阳冷冷勾了下嘴角："你倒是挺自觉。"

单世钧对她的嘲讽无动于衷，不紧不慢地走到她的办公桌前，低头看着她："我以为，你让护士找我过来，而不是在病房里说，就是不想让我们的对话被人听见。"

曲筱阳微微仰头，审视着眼前这个高大冷峻的男人。嗯，自以为是的模样，更讨厌了。

"单先生，你很享受别人仰望你的感觉？"

单世钧沉默两秒，在办公桌旁的圆凳上坐了下来。

曲筱阳收回视线，将检查报告推到单世钧面前，用圆珠笔点了点上面的一项指标："我发现白展廷的血铅含量有点高。本地人的平均值，是这个数。100 及以上，是国际标准下铅中毒的临界点。他是 87，没超标，但对普通人来说，还是太高了。"

单世钧垂眸盯着检查报告上的数字，没说话。

曲筱阳不知道是不是自己的错觉，提到"铅中毒"的那一瞬间，她感受到了来自男人身上的低气压，虽然只有那么一瞬。她发现，单世钧很擅长控制自己的情绪。

曲筱阳试探地问："我想了解一下白展廷平时的饮食习惯和工作环境。"

单世钧将手掌覆盖在检查报告上，抬眸看着曲筱阳，波澜不惊地说："饮食没问题。你说的事，我们都知道，就不用你操心了。"

曲筱阳"啪"地将手中的笔扔到桌上，瞪着单世钧："什么叫'就不用我操心'？白展廷是我的病人，我理应对每个病人负责。你作为他的……兄弟、朋友，就是这么'关心'他的？"

以她对单世钧不算深入的了解来看，他不是那种不顾别人死活的人。一个能豁出性命去搭救路人的人，又怎么可能会对兄弟的健康隐患视而不见？她气的是单世钧这种敷衍、不信任的态度。

单世钧沉默半晌，轻叹了一口气。

曲筱阳怒极反笑："怎么，你还委屈了？"

单世钧看着她："我如果不说，你是不是打算直接去问小白？"

曲筱阳嘴角勾起一抹冰冷的弧度："这就要看我心情了。"

拧巴谁还不会？看谁硌硬得了谁？

单世钧略微一思索，便痛快地一点头：“今天我们的对话，出了这个办公室，就请你全部忘掉。”

但凡做了决定的事，他向来不会犹豫拖沓。

曲筱阳：“行。”

“小白之前被霰弹枪击中过。霰弹枪，知道吧？”

曲筱阳微微一愣……

“知道……”

比一般枪伤更难处理的，就是霰弹枪的枪伤。不同于普通的枪，霰弹枪的子弹是以散射方式打出去的，杀伤力不强，但覆盖范围广。一包又密又小的子弹打中人体，能造成无数创口和弹道，这种情况下要一颗一颗地将子弹取出来，对病人来说无异于凌迟。

曲筱阳之前想过好几种可能，比如说什么操作需要，或者工种特殊需要接触铅元素……但唯独没想到会是这个答案。

单世钧微微抬手，用手指比画了一下：“这么大的铅弹，一百多枚，嵌进身体组织里。当然，绝大部分都取出来了，有个别嵌在神经上，医生说如果取了可能会影响他的肌肉协调性，他就决定不取了。他说不想影响他的……职业生涯。”

曲筱阳搁在桌上的手指微微一颤，而后慢慢收拢：“对不起……”

单世钧微微一摇头。

曲筱阳追问：“那他这种情况，应该是有在长期用药？”

单世钧点头：“对，医生开了药，帮助身体及时排除血液中沉积的铅元素。”

“那就好……”曲筱阳再次沉默。

她不知道该说些什么，安慰的话显得太浅薄。身体里带着子弹而活，不仅仅是铅中毒的问题，而是身体时时刻刻都在承受着隐痛。谁能想到，笑容那么阳光、性格还有些逗的大男孩，背负着这样不能与人说的伤痛呢？

曲筱阳第一次对单世钧他们的工作，产生了敬畏感。一方面是敬，一方面是畏。

她发现，她对眼前这个男人，真的是一无所知。如果白展廷是这样，那么他呢？

曲筱阳在纸上唰唰写了几行字：“我不知道白展廷现在用的是哪种药。我给你开的这种是进口的，第四代，副作用小。”

单世钧接过来看了一眼，将那张纸折好放进马甲的口袋里。

"谢谢。"

曲筱阳看着单世钧脸上那道似是新添的疤痕，有些走神。这人身上到底还背负着多少她不知道的秘密呢?

单世钧忽然问道："你在看什么？"

"什么看什么？"曲筱阳移开视线，低头转着手里的圆珠笔，"话说……"

单世钧安静地等着她的下文。

"我之前就想问了，你脸上的伤……不是真的吧？"

单世钧眸色微变，倏然露出一抹极浅的笑。他不笑的时候，因为那道疤和蓄起胡须的颓废造型，整个人看上去煞气十足，极具攻击性。然而他笑的时候，尤其是笑意从眼底散发出来时，带着几分痞气的帅，莫名散发出一股沧桑的魅力。

"你笑什么？"曲筱阳有些恼，像是心事被看穿的小女孩。

之前她就很在意了，但因为时机不合适，便一直没问出口。怎么说呢，那道疤真的有点逼死强迫症的感觉。那种，因为职业敏感度，一眼就能看出来的违和感，像卡在喉头的一根刺，不吐不快。

单世钧敛去眸中笑意，淡淡地问："怎么看出来的？"

曲筱阳有些无语地摊手："距离咱们上次见面才多久？新伤结痂，颜色不会这么浅。"

单世钧目光落在女人那双漂亮有神的眼睛上，微微颔首："原本就是想做成旧伤的样子。"

曲筱阳每次说到和自己专业相关的东西，都特别自信。这一点，他在当年初见时就发现了。明明前一秒她还心有戚戚不太确定的样子，但真的拿起针线、握住手术剪后，整个人的气势都变了。那种舍我其谁的自信，很耀眼。

曲筱阳心里一直憋着一口气，便忍不住怼他："这么喜欢变装，怎么不变彻底点？干脆染发戴美瞳好了。"

对于她这种近乎胡搅蛮缠的言辞，单世钧全盘接受，甚至还认真答道："部队里不能染发。至于美瞳……那个东西影响视力。"

影响视力？曲筱阳没细想，只觉这说法有点儿新鲜，直男的脑回路果然和普通人不一样。

单世钧也没解释，直接转了话题："我今早看见你又带那孩子出去吃早餐了？"

曲筱阳微微挑眉："有什么问题吗？"

单世钧沉默两秒，眸色中终于露出些微不满："我提醒过你，和他保持距离。"

曲筱阳笑着看他，眼中的神色有些挑衅意味："你说的是圣旨啊，别人都非听不可？"

曲筱阳其实平时挺理性一人，但不知为什么，对上单世钧，心底的那点逆反情绪全被他激发出来了。她不愿意被他牵着鼻子走，也不喜欢事事被蒙在鼓里的那种感觉。

单世钧皱眉："你不要无理取闹，拿这种事赌气。"

听听，这熟悉的，独断专横的，"直男癌式"的语气。

曲筱阳被他气笑了："我无理取闹？行，给我一个理由。他是杀人了，还是放火了？"

单世钧微微蹙眉："都不是……这个问题很复杂。"

曲筱阳冷冷一笑："你看，问你，你又说不出来。你要是有理有据，能说得我心服口服也行。但就这么不阴不阳一句'离他远点'，又全无依据，我凭什么听你的？"

单世钧看了她一会儿："你……是在跟我赌气？"

曲筱阳顿了一下，神情略微有些不自然："没有，你想多了。我没那么幼稚。"

对这不太有说服力的否认，单世钧不置可否。他似乎又发现了一件有趣的事情。曲筱阳说谎的时候，会不自觉地抿唇、垂眸。那口不对心、有些小傲娇的样子，也挺可爱的。

曲筱阳受不了这无声的压迫感，不耐烦地看了一眼墙上的挂钟，赶人的意思明明白白挂在脸上。她随意地摆了摆手："没事就回吧，后面的病人还排着呢。"

甩手腕是曲筱阳一个习惯性的小动作，每当她不耐烦或者焦虑的时候，就会不自觉地晃一下手腕。

单世钧皱眉看着那一截白皙小巧的手腕，一直在眼前晃来晃去，不知怎的，心头忽然一热，抬手就握住了她的手腕。

曲筱阳愣住，怎么也想不到单世钧会忽然做出这个动作。被他手指握住的那一圈皮肤，微微有些烫，连带着心跳都加快了几分。

单世钧似乎也察觉到他这行为的唐突，立刻松了手。

"别拿这事赌气。"单世钧看着她，认真道。

明明心里已经一石激起千层浪，他面上却依旧是那副云淡风轻、淡定得不得了的样子。

"理由我不便解释，三言两语的也说不清。总之，你信我，我不会害你。"

曲筱阳垂眸，抚着手腕上被他碰过的那一截，没说话。

单世钧起身，见曲筱阳不说话，顿了顿，又道："白展廷的事情，谢谢你。"

曲筱阳当晚又是夜班，晚上加了一台手术，从八点一直站到十一点。她下了手术台回办公室整理资料，不知怎的，就想起白天和单世钧的对话。曲筱阳收拾好东西后，直接去了住院部。

夜已深，大部分的病人都已经睡下了。空旷的走廊上只留一排绿油油的夜灯，看着怪瘆人的。曲筱阳在阿哲的病房门口驻足，病房里的灯早已熄灭，屋内悄无声息。她也不知道自己为什么会想到过来看看，也许是因为白天单世钧跟她说过的话，总让她有些心神不宁。

阿哲住的是两人间，睡他隔壁床的就是之前跟他打赌的那个小胖。

曲筱阳悄悄推开一条门缝，往里看去。

靠门这边的小胖睡得死沉，呼吸匀称，还轻轻打着呼。

曲筱阳眼神一柔，朝另一张病床看去。

阿哲将被子卷成筒状，把自己包裹得严严实实的，从头到脚，不露一丝缝儿，甚至连头都缩进去了。

曲筱阳有些好笑地摇摇头，而后忽然顿住。

医院的被子虽薄，但大夏天的裹这么紧，也不怕热死闷死？

曲筱阳眼神微微一变，直接推开门，轻手轻脚地走了进去。

她走到阿哲床前站定，盯着那裹得像蚕蛹似的被子看了几秒，而后忽然伸手捏住被角，一把掀开——床是空的。

那床被子被做成了有人睡在里面的形状，而阿哲……不知所终。

今天值夜班的是护士小玲，她正在整理病历。

曲筱阳走到她的正对面："小玲。"

小玲正看得投入，冷不防头顶忽然一片阴影笼罩下来。她一抬头就看见眼前杵着个长发女人，差点吓得直接从椅子上摔下去。

看清是曲筱阳后，小玲摘了耳机，心有余悸地拍着胸口："曲医生，您怎么大半夜的神出鬼没，不带这样吓唬人的……"

曲筱阳叹了口气："抱歉。你看到阿哲了吗？"

小玲愣了一下："阿哲？熄灯的时候就睡了啊？"

她见曲筱阳神情有异，又愣了一下，试探地问："怎么，他……不在病房里？"

曲筱阳微微一摇头。

小玲有些摸不着头脑，疑惑道："不在病房，那就是上厕所去了吧？您这么晚找他干什么？”

“厕所没人。这层我都找过了。”曲筱阳顿了顿，“你刚才……没看见有人出来？”

小玲有些不好意思地轻咳了一声：“我没太注意……”

小玲见曲筱阳脸色不太好，心里有些忐忑：“曲医生，您找阿哲是有什么急事吗？”

曲筱阳也不忍心责备小玲，上夜班本来就挺累的，总不能要求别人一直盯着走廊上的一举一动。

她冲小玲笑了一下：“没事，不急。我明早再过来。”

小玲松了口气：“啊……好，好的。曲医生再见。”

红羽镇因为地处偏僻，经济落后，镇上的高楼并不多。超过十层的楼，在这里就算得上高楼了。而这样的“高楼”，镇上不超过五栋。

医院的住院大楼，就是其中一栋。

夜风微凉，单世钧一动不动地趴在住院大楼的楼顶，用军用望远镜默默观察着镇上的情形。

他穿一身黑衣，呼吸放得又轻又缓，整个人隐没在夜色里，似与这无尽暗夜融为一体。

就算这时楼顶上来一个人，也难以察觉他的存在。

“队长，不出意外，今晚大鱼就该现身了。这小子今天特意绕了很多路，避开了所有有监控的门店和街道，反侦察能力还挺不错。”

别在耳上的通信器里传来一个有些逗比活泼的声音，不是白展廷的又能是谁的？

“也多亏邱启黑进他们的暗网，断了他们的联系渠道。他这边一着急，只能亲自出面碰头了。”成昱在另一头说道。

白展廷忽道：“目标停止移动。”

“定位。”单世钧言简意赅。

“大概在你的左前方……六百米吧。”

“扑哧……”通信器里传来另一个人的笑声，“小白，你的方位感还是这么令人感动。队长要的是精确定位，你还来个‘吧’！”

白展廷沉默两秒，从牙缝里挤出一句：“你行你上啊。”

邱启那边顿时安静了下去。

白展廷正要开启嘲讽，便听他道：“一点钟方向，六百三十七米，红房顶那家酒店。”

白展廷："你有 GPS 定位系统，这算作弊。"

邱启嗤笑："是你小子输不起。"

白展廷无语。

"算了算了，小白这次也不容易。"成昱赶紧给白展廷递了个梯子。

白展廷见梯就下："可不是，我容易嘛我。为了蹲点，连苦肉计都演上了。这可是'真金白银'的食物中毒，你来试试？"

"小白，我要是你语文老师，已经被你气死了。"

白展廷没回话。

"怎么，还生气了？"

"队长，我看到接头人了。"白展廷压低声音，严肃道。

望远镜后的单世钧微微勾起嘴角："我也看到了。"

"队长，还跟吗？"白展廷请示道。

"撤。别打草惊蛇。"

翌日清早，曲筱阳去医院的途中买了早点，而后直接去了阿哲的病房。

曲筱阳到的时候，阿哲像是才刚起床的样子，睡眼蒙眬地靠在床头打哈欠。他见到曲筱阳进来，便立刻露出一个灿烂的笑容："姐，你来啦！"

曲筱阳点一点头，将买来的豆浆和烧饵块放在阿哲的床头。

"看你哈欠连天的，昨晚没睡好？"

"可能是睡太多了吧。昨晚和小胖看了会儿视频就困了，十点就上床了，一觉睡到大天亮！"阿哲拿过豆浆插上吸管喝了一大口，露出一个满足的笑，"姐，我是真喜欢这里。我来这儿以后，每天都睡得特踏实。"

曲筱阳抬眸看了他一眼，笑了笑："那就好。"

阿哲吃过早饭，慢悠悠地走出病房。路过护士站时，小玲冲他招了招手。

"阿哲，阿哲！"

阿哲乖巧地走过去："小玲姐。"

"嗨，你说你，白天瞎逛就算了。昨晚那么晚了，溜哪儿玩了啊？"

阿哲安静了两秒，像是没听清小玲问题似的，笑着"啊"了一声。

小玲伸手敲了一下他的头："啊什么啊？昨晚曲医生到处找你，可把她担心坏了。"

阿哲依然笑着，眼神却冷了下去："曲医生昨晚来找过我？"

小玲："对啊！以后晚上可别乱跑了。你还在长身体，熬夜可不好。"

阿哲轻快地点了点头："知道了，小玲姐。"

转过身，少年脸上的笑容消失殆尽。他想到前几天，他用来通信的暗网系统忽然就没办法正常登录了。他之前都安安稳稳地蛰伏在医院，但因为这事，他昨晚不得不冒险亲自出面去见接头人。好巧不巧，他前脚刚走，曲筱阳后脚就去查了他的房。这世上，真有这么巧的事？

少年的脸色逐渐阴郁。

曲筱阳结束了一台手术，刚回门诊，就看到守在诊室外的阿哲。

“阿哲？”

少年扬了扬手中提着的袋子：“还没吃吧？”

接过袋子一看，是她喜欢的鸡汤馄饨，曲筱阳心情有些复杂。

诚然，阿哲身上的确有好些可疑的地方。来历不明，半夜不知所终，也不知道嘴里有几句实话。她又不傻，单世钧和阿哲选一个，她闭着眼都会选单世钧。但这段时间相处下来，少年对她的好，却又不像是装出来的。一个十六岁的少年，再坏又能坏到哪儿去呢？

“谢谢你，阿哲。你……”

阿哲微微一偏头，冲她眨了眨眼：“放心，没偷没抢也没赌。这次这碗馄饨是医院食堂买的。我去义务帮了一上午的忙，让食堂大婶儿给我管午饭。”

曲筱阳愣了一下，而后立刻问：“什么忙？你没搬什么重物吧？你伤口刚长好，强行提重物搬东西什么的很容易把伤口挣裂的！”

阿哲的话，曲筱阳未必全信。她此刻的反应也只是出于职业本能。在曲筱阳眼里，无论阿哲是好是坏，是黑是白，他终归就是她的病人。从医这么多年，她一直恪守己任，铭记着导师跟她说过的——“医生的责任是救死、扶伤，而不是裁决善恶。本职工作以外的事情，应该交给警察和法官来做。”送到手里的病人，无论是何背景，都应该不遗余力地救治。

阿哲看着曲筱阳的眼睛，安静了两秒，才道：“我只是帮着择菜和面，打打下手而已。”

曲筱阳点一点头：“那就好。”

“姐，你下午有空陪我去趟边境局吗？”阿哲忽然有些不好意思地摸了下鼻子，“我恢复得差不多了，在这里也麻烦你们很久了，怪不好意思的。我想尽快打听一下家人的消息。”

曲筱阳略微一想，点点头：“行，今天下午刚好没手术。等我整理一下病历，我们就出发。”

阿哲望着曲筱阳的眼睛：“你不先吃饭？”

曲筱阳顿了顿：“回来再吃吧。咨询处四点下班，去了肯定还要排队，时间来不及。”

阿哲垂眸，藏去眼中情绪："也好。"

白展廷今天被安排了一系列复查项目，排队、等待检查，到检查完，前前后后折腾了快两小时。等他检查一结束，立刻就回了住院大楼。

阿哲的病房里空着，不见人影。

白展廷吊儿郎地当走到护士站，冲正在忙碌的小玲挥了挥手："护士小姐姐。"

小玲脸微微一红："说了别这么叫我！什么事？"

白展廷："你看见14号床的阿哲了吗？我预定了小胖的PSP，被他霸占了好几天，也该轮到我了。"

小玲瞪他一眼："你那么大的人了，还和小孩子争，没脸没皮。"

白展廷摊手："天大地大，游戏最大。"

小玲摇摇头，有些无奈地道："你去门诊看看吧，他应该是去给曲医生送饭了。"

白展廷冲小玲微微一扬眉："谢啦，小姐姐！"

白展廷片刻也没耽误，立刻去了门诊大楼。然而，曲筱阳的诊室锁着，里面灯也熄了。

白展廷微微蹙眉，抓住一个值班护士便问："请问，曲医生去哪儿了？"

小护士："哦，曲医生下午请假了。她好像说是带罗哲去什么边境局问什么事了吧……"

白展廷立刻追问："她什么时候走的？"

小护士想了想："走了小半个小时了吧，你找她有什么……哎，你跑什么呀？"

坏菜了，那小子把曲筱阳拐走了，他是最不可能会去边境局的人。

白展廷一拍大腿，想也不想，立刻追出了医院。他一边一路沿街搜寻，一边打开通信器切入队内频道。

"队长，我这边出了些状况……"

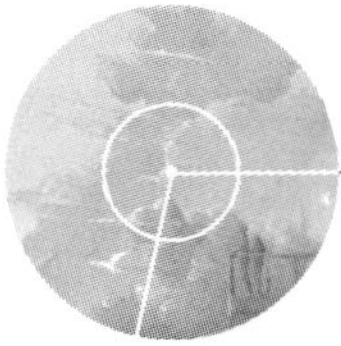

ben fu shanhe, benfu ni

第五章 峰回路转

曲筱阳醒来时，整个人都感觉很迷茫，脑袋昏昏沉沉的，手脚也使不上力。

记忆中最后的片段，是她带着阿哲走到医院外那条街尽头的拐角……而后，有人忽然用手帕捂住了她的口鼻。之后的事情，她就不记得了。

曲筱阳坐起身，眩晕感猛然袭来。看周围陈设，像是酒店客房，但和普通的客房又有些不同。房间里没有窗，靠墙装了一整排的格子架，架子上摆满了保险柜，不知道是用来存放什么的。

“再休息会儿吧，这药效力有点猛。”

曲筱阳转头，看向坐在身侧的少年，忽然觉得他陌生得让人害怕。

少年脸上依旧挂着笑，眼神却再不似之前那样干净。阴郁、暴戾，这是曲筱阳在他眼里看到的全部情绪。

曲筱阳试探地问：“阿哲，你带我来这干什么？”

阿哲对她的质问置若罔闻，从桌上的果盘里拿起一个芒果，凑到鼻尖闻了闻：“刚从果园空运过来的甜心芒，尝尝？”

曲筱阳想要站起身，然而手脚都软得不像她自己的，完全使不上力。

“都跟你说了，药效还没过。”少年微微摇头，似在嘲笑她的徒劳。

空气中弥漫着沉默和压抑，曲筱阳暗暗打量着房间里的格局、陈设。她不知道阿哲到底在想什么，但她必须想办法尽快脱身。

阿哲低头削了一会儿芒果皮，忽然将手中的刀狠狠插入果肉里。新鲜的芒果从他手中滚落在地，又被他碾在脚下，成为一摊烂泥。

这突如其来的戾气和狠劲，莫名让曲筱阳觉得有些害怕，身体不由自主地朝床角挪了挪。

阿哲瞥见曲筱阳的动作，眼神顿时变得凶狠。他忽然伸手揪着曲筱阳的领子，一把将她从床上拉了起来，低头和她脸贴着脸：“现在怕我了，嗯？之前对我好，都是装的吗？！当面温柔，背后捅刀，耍我耍得很开心是吧？！”

阿哲的吼声震得曲筱阳耳膜生疼，她的脖子也被衣领勒得有些喘不上气。他这种突然癫狂的状态，让曲筱阳联想到电影里演的那种变态杀人狂，平时衣冠楚楚，发起病来比魔鬼还可怕。

曲筱阳闭了闭眼，强压心头恐惧："我不知道你在说什么……"

阿哲笑了，那苍凉又瘆人的笑声听上去完全不像一个十六岁的少年发出的。

"不知道？先是黑了我的暗网，等我一行动，你就去跟警方通风报信了，是吧？你敢说你接近我，不是为了监视我？他们很聪明，知道利用一个手无缚鸡之力的女子渗透到我身边来。"

暗网？监视？曲筱阳脑子里的那些零散的信息终于串成一条完整的线索。

阿哲的身份也逐渐明朗，不是贩毒就是走私。

她在脑子里复盘之前的言行，想知道究竟是哪个行为点燃了这条导火索。她思来想去，也只有一种可能，阿哲知道她昨晚去查房了。但他的联动反应太迅速了，他甚至连问都没问，就直接判了她死刑。这种远超他年龄的，把一切可能扼杀在摇篮中的果决，让曲筱阳不寒而栗。

"我真的不知道你在说什么……"曲筱阳深吸一口气，放缓语气，"阿哲，你冷静点，我们好好说。"

她飞速在脑子里思索着对策，现在唯一活命的机会，就只能咬死什么都不知道，稳住少年。却不想，那声柔和的"阿哲"反而触到了少年的逆鳞，他忽然抓起曲筱阳的头发，用力朝床角撞去。

"我不会再上当了！不知道，哈哈哈……我特意买了你最喜欢的鸡汤馄饨，你一口都没动。难道不是怕我在里面下药？！出了门，你还特意挑了人多的大路走，以为我瞎吗？！"

曲筱阳没说话，在很长一段时间内，她的脑袋里都只有类似电流嘶鸣的声音。绵长又尖锐的疼痛，混杂着想要呕吐的眩晕感，生生逼出了她眼角的泪。等她察觉额上有些温热的触感时，视野已逐渐被一片血色覆盖。

她是对少年有了些防备，但现在看来，这点防备还远远不够。

少年见她落泪，身上那股狠戾微微收敛，用衣袖慢慢擦拭她额上流下的血。那温柔的动作和神情，都让她毛骨悚然。

"姐，跟我走吧，这里的人不好，他们只会把你当枪使。只要你乖乖的，我一定会对你好的。"

太可怕了，曲筱阳短短二十几年的人生里，从来没接触过这种反社会型人格。他们的动机太具偶然性，完全无法预料。好像她随便说一句话，都会引起少年的癫狂。

曲筱阳干呕了一下，用手背抵住唇，艰难地问：“去……哪儿？”

少年露出一个温柔的笑：“当然是回家。”

酒店房间的电话忽然亮了一下，而后自动接通。

“罗哲，情况有些不对啊……”电话那头，一个中年男人的声音听起来有些焦急，“你是不是被人跟踪了？！外面忽然来了很多警……等，你们干什……”

电话忽然被掐断。

房里陷入一片死寂，阿哲眼神阴鸷地盯着曲筱阳，幽幽地叹了口气：“你可真会给我惊喜。”

当白展廷告诉单世钧，曲筱阳和罗哲一起离开了医院时，他就知道出事了。

单世钧立刻联系了缉毒大队，要求改变作战计划。而自知捅了娄子的白展廷，已经先一步出发去追人了。

“只能提前收网了，罗哲捉了人质，他要跑路。”

事情突变，缉毒大队那边也很头痛：“可是这样，就不能人赃并获了。”

对方瞻前顾后的态度，让单世钧直接怒了：“你还不明白吗，他这明显是准备撤了，再等下去你可能连人都抓不了了！他这次暴露了，你以为他下次还会过来吗？！”

在一边旁听的邱启给了成昱一个眼神，低声道：“我还从没见过队长发这么大的火。”

成昱竖起食指，做了个噤声的动作。

单世钧叹了口气：“至少这次我们把方俊杰挖出来了，也不是一无所获。顺着他可以查到很多东西。现在需要你们配合的，就是立刻派人围住太平酒店。我们也会马上赶过去。”

“好，知道了。”

太平酒店，是红羽镇规模最大、最豪华的酒店，也是唯一一家超三星的酒店。酒店的老板方俊杰是土生土长的红羽镇人，连续五年被评为“云城十大杰出企业家”。方俊杰是白手起家的精英海龟，功成名就后没有留在大城市发展，而是返回家乡默默支援经济建设，做慈善。在民众眼中，方俊杰是出了名的有良心和“佛系”，他常说的一句话，就是“饮水思源”。

然而“饮水思源”的方俊杰，今天却注定“佛系”不起来了。

今天下午罗哲突然风风火火地赶了过来，告诉他交易取消，还让他立刻安排送自己出境。

方俊杰虽然意识到了事情的严重性，却没想到这把火这么快就烧到了他头上。以至于被警方突袭控制住的时候，他整个人都还处在懵圈的状态。

这次行动，白展廷和成昱配合缉毒大队的警员突袭，邱启负责整体情况的监控和后方通信，而单世钧则独自一人，去到了镇办公大楼的楼顶。这是距离太平酒店最近的一个狙击点。

单世钧刚在狙击位置上趴下，邱启的声音就从通信器里传了过来。

"单队，参谋长来电。"

单世钧一边调试着瞄准镜，一边淡淡道："切进来。"

"我听说，你那边出了点事？"下一秒，林竞的声音就出现在通信器里。

单世钧冷冷一勾嘴角："对，还没来得及跟你汇报。缉毒大队打小报告的速度倒是挺快。"

"他们也是好心。"林竞顿了顿，"罗哲劫了人质？"

单世钧安静了两秒："嗯，是曲筱阳。"

林竞那头忽然陷入了沉默，过了片刻，才道："她也在那边？之前怎么没听你说过？"

瞄准镜已经调试到最佳状态，从单世钧所在位置，能看清酒店门柱上的每一根花纹。

一旦罗哲踏出酒店大门，他就进入了单世钧的狙击范围。

单世钧缓缓吐出一口气："对不起，是我判断失误。罗哲是曲筱阳收治的病人，我……擅自做主，提醒她和罗哲保持距离。"

林竞骂道："糊涂！普通民众的心理素质，能和你比吗？！有句话叫知道得越少就越安全。罗哲这种过着刀口舔血日子的人，但凡曲筱阳一个眼神不对，他就能发现。"

单世钧搭在狙击枪托上的手指微微紧了紧："我知道……这次是我错了。"

林竞叹了口气："算了，关心则乱，也不怪你。先专心解决眼前情况。"

"嗯。"

曲筱阳终于知道那满满一排保险柜里装的都是些什么东西了。

阿哲一边耐心地将炸药一圈一圈地缠在曲筱阳身上，一边淡淡道："关于家人的事，我也骗了你。其实我是私生子。私生子你知道吧？爹不疼娘不爱的那种。帮里那些老东西都是看人下菜碟的，家里几个哥哥也巴不得我早点死掉。

“我还记得刚到医院那天，你没嫌弃我脏，接纳了我。我身无分文，你也对我全力施救。”

阿哲顿了顿：“我以为你和他们不一样。”

曲筱阳摇了摇头，她的嘴被毛巾堵住了，只能当个听客。

少年看她的眼神，残酷又温柔：“如果今天注定要死在这里，有你陪着，我上路也安心。”

他打好最后一个结，伸出手轻轻抚摸着曲筱阳的脸：“他们也等了很久了，走吧。”

瞄准镜里，率先出现的是缓步后退的缉毒警员们。他们手里举着枪，对准酒店大堂的方向。成昱和白展廷也在他们中间。单世钧看见他们一步一步后退，直到退到台阶下方。

而后出现在酒店门口的，是一个他熟悉的身影。

女人单薄瘦弱的身躯上捆满了炸弹，从脖子到脚，一处都没有放过。眼泪在曲筱阳的眼眶里打着转，将落不落。她前额上糊着一大片干涸的血迹，似乎是受了伤。

“砰——”单世钧一拳砸到地上，留下一个鲜艳的血色印记。

而那个披着人皮的恶魔，完完全全地将自己隐藏在女人身后。他将她当作人肉盾牌，一步一步地推着她前进。他右手手掌里握着引爆器，拇指放在红色的按钮上。

“退，再退！谁敢动，我立刻按下去！

“瞪什么瞪！你们不会以为炸药只有这一点吧？哈哈哈，放心，我为你们准备了厚礼！只要我按下这个键，今天你们谁也别想活着离开！

“现在，立刻，给我找辆车来！我数三声，三，二……”

谁想死呢？谁都不想死。曲筱阳在那一刻，想到的不是别的，而是远在家乡的父母，想到他们日渐花白的头发，想到父亲逐年弯曲的脊背和母亲眼角新添的褶皱。她也想到自己如果死在这里，父母老无可依的后半生。那颗隐忍许久的眼泪，终于从眼眶中无声地滑落。

单世钧在那一瞬间，觉得心脏像被人狠狠扼住了。那种疼痛，不是忽然一下的刺痛，而是绵密的，排山倒海般裹挟而来的，让人无法呼吸的痛。他这一生当中，从未有过这种感觉。

“参谋长，”单世钧对着通信器，一字一顿地说，声音冷得像是极地的寒冰，“目标严重威胁到人质和我方警员生命安全，是否可以击毙？”

林竞在电话那头沉默两秒：“能留活口就留活口，罗哲身份特殊，如果他折在你手里……”

单世钧打断他：“我知道，但情况已经超出控制。”

林竞叹了口气：“算了，情况危急的话……你看着办吧。”

“明白。”单世钧迅速将通信器切回到队内频道，冷静地传达指令，“成昱，你稳住罗哲。小白，你绕到后方进入酒店，把罗哲埋的所有炸药都找出来。”

单世钧下达的命令，通过通信器传达到成昱和白展廷耳里。

成昱和白展廷交换了一个心照不宣的眼神。

罗哲高高站在台阶上，嚣张地俯视着被他步步逼退的缉毒警员们，不紧不慢地进行着倒计时：“二……”

“等一下！”成昱对着罗哲喊话道，“可以。我们可以给你提供车！”

罗哲停下了倒数，嘴角微微朝一侧挑起，眼神中露出狠戾的神色。

成昱顿了顿：“不过，我们把车开过来还需要些时间。只要你保证不动，一切好商量。”

就在成昱和罗哲交谈的时候，白展廷已经悄悄退到了缉毒大队后方……

罗哲冷笑：“也别想跟我耍花招。你们要想在车上动手脚，我立刻引爆炸弹。看看是你们的动作快，还是我的手指快？”

成昱认真道：“我们是诚心跟你谈判。”

罗哲在和成昱对峙的时候，有种很奇怪的错觉。明明是自己占尽优势，明明这人说话的方式都是顺着自己来的，但他就是有种气势上被对方压了一头的感觉，他觉得很奇怪。

这种怪异的感觉让罗哲感觉自己的节奏被打乱了，心里忍不住有些急躁起来：“那就要看你这心……有多诚了。”

罗哲之前一直都很谨慎，躲在曲筱阳身后，不露一点破绽。

单世钧注意到通过双方对话罗哲的神情有了细微的变化。他知道，是成昱冷静又自信的气场，对罗哲产生了一定的影响力，这正是他希望看到的一个转变。

单世钧又道：“成昱，我需要一个契口，想办法让他把手露出来。”

成昱秒懂，放下了手中的枪，走上前一步。

“我们可以为你提供车，可以让你安全出境。但我们这边也有个交换条件……”

罗哲皱眉拖着曲筱阳微微退了一步：“什么交换条件？”

单世钧一眨不眨地透过瞄准镜盯着罗哲的一举一动，深吸了一口气，又慢慢吐出。他的下巴紧贴着枪托，手指放到了扳机上。

成昱盯着罗哲的眼睛，缓缓道："出境前，你必须释放人质。"

此话一出，罗哲瞬间就炸了："是你弱智，还是你觉得我傻啊？！释放人质，还出境前？放了人再等你们抓我吗？我告诉你，想都不要想！我今天还非带走她不可！

"你若是再多说一句话，信不信我立刻按下去！"

罗哲情绪激动起来，握着引爆器的手也微微扬起，和曲筱阳的胳膊错开一个拳头的距离。

瞄准镜里的十字准星停在罗哲手腕正中，单世钧放在扳机上的手指稳稳按了下去……

"我现在给你们一分钟时间，如果我看不到车……"

一切都发生得很快。

穿云破空而来的子弹悄无声息。

罗哲话说到一半的时候，众人亲眼见证他握着引爆器的那只手被高速旋转的子弹直接撕裂，绞断，击飞了出去……

手腕处的剧痛隔了几秒，才顺着中枢神经传达到大脑，等罗哲回过神后，他眼睛霎时变得通红。他顾不上因为失血而迅速流逝的体力，撕心裂肺地怒吼着，翻身就扑倒了一旁的曲筱阳，拼了命地去拉缠在她脖子上的引线。

就像他说的，今天就算死在这儿，他也要带走曲筱阳。

然而，罗哲没有这个机会了。

第二枚子弹直接从他额心正中穿过，瞬间夺走了他的行动力。

罗哲像块破布一样倒了下去……

曲筱阳就在离他最近的距离，目睹了事情发生的全过程。温热的血溅了她满头满脸，鼻尖充斥着让人作呕的血腥味，脑中流窜着杂乱的忙音。

曲筱阳很缓慢地眨了一下眼，而后视野逐渐黯淡下去……

曲筱阳做了一个晦涩冗长的梦。

她赤脚走在一片一眼望不到尽头、寸草不生的荒漠里，脚下的黄沙一点也不细腻，反而有些扎人。她低头一看，才发现黄沙里藏着一种带刺的沙漠植物。她不知道自己要去哪里，只知道，必须要走出这片沙漠。但在这片沙漠里行走，就像走在荆棘上，每一步都脚下生疼，每一步都非见血不可。曲筱阳不想继续走，想放弃了。然而驻足四望，万里黄沙里只有她一个人，连呼救都没人会听见。那种巨大的绝望和无助，压得她喘不过气。这时，忽然有一只微凉的手，抓住了她的脚踝。她低头一看，死死抓住她脚踝的那只手泛着死青色，骨瘦如柴，顺着那只手向上看，便看见一张鲜血模糊的年轻脸孔。

少年的眼神阴郁又癫狂："姐，带我回家吧。"

她吓了一跳，拼命想要挣脱开来，但那少年力大无穷，死死拽着她不肯放手。而她忽然发现，不知因何原因，少年黏糊糊的黑发下面，没有头盖骨，看断骨的痕迹，像是被什么东西暴力掀飞的。大热的天，她像被人用一桶冰水从头浇到脚。

而那个没了头盖骨的少年，口齿清晰地对着她说："姐，我叫罗哲。"

"啊！"曲筱阳猛然从床上坐起来，她脸色煞白，急促地喘着气，心脏剧烈跳动的程度，像是要蹦出胸腔，身上的衣服被冷汗浸透了。她睁大眼，瞪着雪白的天花板，许久都没能从那可怕的梦境中缓过神来。

太可怕了，曲筱阳闭了闭眼，眼前似乎又浮现出少年那森冷的神情。她大脑里极度混乱，像放幻灯片似的一张一张回闪着之前发生的事情。

她脑中的画面再次定格在少年脸上。

这次不再是坚持说着要带她回家的少年，而是躺在血泊里，脸上毫无血色的少年。

罗哲死了。他终究是为自己疯狂的行径付出了代价。

曲筱阳痛苦地抱住头，干呕的感觉一阵一阵地在胃里翻涌。案发现场闻到的那股血腥味，似乎一直没有散去一般，死缠着她。

"小心。"男人低沉冷感的声音从耳边传来，同时她感到自己的手腕被人握住了。那人动作轻缓，却不容抗拒地将她的左手从头顶拉下，慢慢地平放回床上。

曲筱阳一个激灵，慢慢转过头。之前她都没注意到，房间里竟然还有个人。再次见到男人，曲筱阳却有种恍如隔世的感觉，熟悉又陌生。

熟悉的，是那张帅得无可挑剔的脸。他脸上的伤疤已经不见了，胡子也刮了，让他整个人看上去清爽利落，英气逼人。陌生的，是男人此时脸上的神情，柔和得像是另外一个人，那种生怕把什么碰碎了的小心翼翼。

"小心跳针。"单世钧见曲筱阳盯着自己发愣，于是又耐心解释了一遍。

曲筱阳低头，这才发现自己手上打着点滴。因为刚刚抱头动作逆流的血液，此时正顺着输液管缓缓流回她的身体中。她脑子依旧有些迟钝，过了许久，才问："你怎么……在这里？"

伴随着声带产生的刺痛和干砺，曲筱阳听到了一个嘶哑得像是被烟熏了二十年的嗓音。曲筱阳有些不敢相信似的，单手按着自己的嗓子。

床头柜上摆着一个保温杯，单世钧拿过来，倒了大半杯盖，递给曲筱阳："你的脖子之前被引线勒得太紧了，伤了嗓子。不过，医生说了不是永久性伤害。多休息，少说话，过段时间就会好的。"

引线……曲筱阳的眼皮微微一颤，那些不愿回忆的画面再次涌入她的脑海。

曲筱阳狠狠闭上眼，仿佛这样就能将那些画面从大脑里驱赶出去似的。

单世钧一直在观察着她的一举一动，见她突然闭眼，神情痛苦，也立刻跟着站了起来。而后像是不由自主地，他伸手抚在她背上，轻拍着："没事吧？"

曲筱阳深吸了一口气，摇了摇头。她强迫自己忽视脑中那些杂念，从单世钧手中接过了那杯水："谢谢。"

她将那杯水捧在手里慢慢地喝了一口，是蜂蜜柠檬的，水还是温的，甜度刚合适。她感觉嗓子舒服了些，胃里也暖了。

"那个，我想问下……"她理了理思绪，斟酌着怎么开口。

单世钧主动道："之前是我错误地判断了形势，才导致这种事情发生。这是我的责任。把你卷进这桩案子，我很抱歉。"

其实曲筱阳也是想问清楚前因后果，但她不知道怎么开口。绑架、威胁，直到阿哲以那样的方式死在她面前，这一系列事情给她带来的冲击是前所未有、无法想象的。她现在光是在心里一想到阿哲的名字，就会头痛，恶心，手心出汗，更别说开口说出他的名字。所以单世钧选择主动开口跟她聊，让她稍微松了口气。

单世钧认真直视着曲筱阳的眼睛，再一次诚恳道歉："我也很抱歉，不得不以那种粗暴的方式来解决问题。让你受惊了。"

曲筱阳大脑里"嗡"了一声，很长时间没能说出一句话。她慢慢消化着单世钧话里的意思。她依稀记起，当天在事发现场，似乎没有在警员中见到单世钧的身影。而那枚致命的子弹，显然是从远处飞来的。当时一片混乱，她来不及细想，现在她知道，是警方事先在周围埋伏了狙击手。若不是有那名神枪手在，事情还不知道会发展到什么地步。

过了许久，她才深吸了一口气，艰难地问："是你……你是……狙击手？"

单世钧沉默了片刻。他一眨不眨地看着曲筱阳，似乎是不愿放过她眼神里任何一个细微的变化，而后，坚定地点了一下头。

她心里一团乱麻，一时间不知道该和单世钧说些什么。是他救了她的命。

但那种，面对一条鲜活的生命，能够不受一点干扰，杀伐果决地做出瞬间判断的魄力，令人震惊的同时，也难免让人心里发怵。

曲筱阳很清楚，那样的情况下，其实单世钧没有其他选择。她也很清楚，身在那个位置，必须有远超常人的意志和坚定不移的责任心，不能有多余的情感。她看过的反恐电影里，狙击手必须明确自己的使命，就算在面对一些被恐怖分子利用、自愿成为人肉炸弹的小孩子时，也必须要狠得下心。

知道是一回事，真正要面对这件事，又是另外一回事了。她又回想起之前白展廷身上受过的那种枪伤。他们眼里所见的世界，和她所见的世界，截然不同。

“我们这是在哪家医院？”曲筱阳不想再继续之前的话题，于是只能转头打量病房以转移自己的注意力。她住的这里显然不是红羽镇医院。这间是单人病房，并且病房环境很好。无论在哪种级别的医院，都是 VIP 病房了。

“云城市中心医院。”

云城市最好的三甲医院，VIP 病房。这阵仗都有点吓到她了。

曲筱阳干巴巴地眨了眨眼。她最多也就是吓晕过去了，身上没有致命伤，也没得绝症吧？

曲筱阳有些僵硬地扯了一下嘴角：“我睡了多久了？红羽镇医院那边什么情况……”

领队出了事，还不知道下面会乱成什么样子。

“一天一夜。”单世钧看着她，“我们已经和你原属医院的上级联系过了，告知了这边的情况，医院给你批了假，你安心休息。”

曲筱阳皱眉，安静了一会儿，才道：“不是……我其实也没受什么伤，休息什么？”

单世钧安静地审视她几秒，显然对她此刻的自我判断不太认同。但他没直接说破，只问：“你现在感觉怎样？”

“可我是医疗队的领队，那边也不能没了主心骨。”曲筱阳没有回答单世钧的问题，她的注意力依然集中在“休假”这事上。

“我想，你们医院对此应该也做了妥善安排。”单世钧顿了顿，将放在床头柜上的手机递给曲筱阳。

曲筱阳接过手机，手机已经被人体贴地充好了电。

“你的同事们帮你把随身物品送过来了。他们第一时间就过来探望了你，只是你一直处于昏睡状态。医院那边还有事，他们待不了多久，就先回去了。”

曲筱阳打开微信，里面显示着上百条未读信息，都是各种同事的问候。梁老师给她打过几通电话，最后微信留言告诉了她院方的决定，让莫梨过去暂代她的工作。莫梨也给她发了很多条信息，除了问候她身体情况，就是告诉她一切都不要担心，好好休息。

曲筱阳闭了闭眼，心里一阵温暖。

单世钧叹了口气：“我们都很担心你……”

曲筱阳闻言，抬头和他对视了两秒。男人眼中流露出的关心，是真的。这是他在她面前，第一次毫不掩饰地外放他的情绪。这样的语气，这样的话语，她还是头一次从男人嘴里听到。这和他向来所展现的气质可真是不搭。

曲筱阳像有些不认识他似的看着单世钧："是我的错觉吗，你话好像变多了？"

单世钧不知该怎么答。

曲筱阳避开男人的灼灼视线，微微垂眸："我想一个人待一会儿。"

单世钧依旧看着她："你一天一夜没吃东西了。我买了粥，多少吃点儿。"

曲筱阳没答话。

单世钧从病房离开许久后，曲筱阳才转头，看向床头柜上放着的保温桶。她打开保温桶，浓郁的鸡肉味和香菇味扑鼻而来，夹杂着淡淡的米香。若换成平时，饿了一天的曲筱阳绝对能毫不顾及淑女形象，将桶底都刮得干干净净。但今天她刚一闻到肉味，一股恶心的感觉立刻从胃里翻涌到嗓子眼。这完全是身体的条件反射，根本不是她能控制的。

"唔……"曲筱阳趴在床头干呕了一阵，胃里是空的，什么都呕不出来，但即便这样，那种恶心的感觉却也挥之不去。

她一闻到肉味，就会想到之前在酒店门前，空气中弥漫的那种血腥味。明明她也是经常上手术台见血的人，此刻却似脆弱得受不得丁点儿刺激的小孩儿。

曲筱阳慢慢缩进被子里，双手抱在胸前，将自己团成了婴儿在母体时的样子。精神极度紧绷，却不敢合眼。因为她一闭眼，当时的那个场景便会一遍一遍在脑中回放。

"身体上是没什么大碍了，但我们现在主要担心的就是她可能会发展成PTSD。PTSD你……应该知道吧？创伤后应激障碍综合征。"

"我知道，之前有战友也遇到过这种情况。"

关着门的诊室内，单世钧正在和曲筱阳的主治医生谈话。单世钧放在膝上的手指屈握成拳："PTSD能提前干预吗？我听说……有些人在最初几天或几周可能没有明显症状。"

主治医生叹了口气："没有特效药。目前对于比较严重的PTSD患者，我们开的都是抗抑郁的药，因为很多PTSD患者后期会发展为抑郁症。根据病人情况不同，我们还是主要推荐心理疗法，帮助病人进行认知重构。"

"我明白了。"单世钧微微蹙眉，眸中波谲云诡。

主治医生见他眉间阴云密布，心事繁重，又开解道："其实你也不用太过担心，她自己是医生，心里应该清楚PTSD的严重性。既然知道，她一定会重视，努力调整心态的。"

单世钧依然不语，这话他就不太敢苟同了。民间有句俗语，医者不自医。而且术业有专攻，曲筱阳的强项是外科，不是心理学。

单世钧安静了片刻：“我还有个顾虑。”

主治医生：“你说。”

单世钧黑眸里露出一种复杂的情绪，顿了顿：“因为她是与罪犯进行过密切接触的重要证人，警方这边还需要她配合做一些笔录。这过程中，必定会要求她对一些细节进行回忆。”

主治医生沉默半晌，叹了口气：“以我的经验来说，这谈话越早进行越好。毕竟……长痛不如短痛。”

“我明白了。谢谢你，王医生。”

走出诊室，单世钧看了眼手机，上面有两通林竞的未接来电。他走到僻静的地方，回了个电话过去。

“参谋长。”

林竞也不跟他废话，直切正题：“曲医生还好吗？”

“嗯，刚醒，”单世钧顿了顿，“精神状态不太好。”

林竞顿了顿：“笔录还是要做的。”

“嗯。”

林竞叹了口气：“虽然现在可以顺着方俊杰这条线摸出些东西，但出了这次的事情，罗显洋短期内应该不会有动作了。”

单世钧忽然压低声：“据我们的线人说，本来这次过来接头的不是罗哲，是他自己换下了原本负责的人，悄悄过来的。他们内部似乎有一些问题。”

“对我们来讲，相当于要从头来过了。”林竞再次停顿，似乎有些别的顾虑，说话都不像平常那样果断了。

“不过，这都不是我最担心的事……”

林竞安静了两秒，没有继续下去。

“算了，你先留在那边善后吧，保持联系。”

“嗯。”

单世钧再去探望曲筱阳时，已是深夜。床空着，病房里也没人。单世钧看到摆在床头的那个保温桶，微微皱眉。他走近了，打开保温桶，里面的粥已经凉了，一口没动。

护士站的小护士打着哈欠整理着病历，单世钧走过去，轻轻敲了一下柜台桌面。

“打扰一下。”

小护士见到是他，立刻站起身："啊……你是来找曲小姐的吧？"

这两天单世钧总出现在住院部，小护士们都对他很眼熟了。

单世钧微微一点头："她去哪儿了？"

小护士指了指走廊另一头："曲小姐说病房里有些闷，我看她往那边的娱乐室去了。"

"谢谢。"

所谓娱乐室，就是一间挂了电视的公共休息室。医院里也没什么别的娱乐活动，晚上会给住院的病人们放点电视节目，调节下气氛。单世钧隔着娱乐室的玻璃窗，看见了抱膝坐在椅子上的曲筱阳。她今天没有像平时那样干练地束发，柔顺的长发垂在脸侧，小脸惨白，尖尖的下巴搁在膝盖上，像摆放在橱窗里的瓷娃娃，美丽又脆弱。

此时已经接近午夜了，偌大的娱乐室里只有她一人。她本就瘦，现在将自己的身体缩成小小一团，看上去就更显脆弱了。电视上播放的是最新的搞笑综艺，她眼睛虽然盯着电视，然而却能明显看出她的思绪根本没在节目上，因为她眼睛的焦点根本没落在屏幕上。

单世钧感觉心脏像被人打了一拳，闷闷地疼。

进去之前，他特意在娱乐室的门上轻轻敲了敲。主治医生告诉他，患有创伤后应激障碍的病人，特别容易不安，也容易受到惊吓。

他因为职业关系，平时走路就悄无声息的，这时要是突然出现，很可能会吓到曲筱阳。

然而他清楚地看见，仅仅是这么轻轻的两下敲门声，也让曲筱阳的双肩微微抖了一下。

单世钧微微拧眉，也许曲筱阳的状况，比他们想象的更糟糕……

曲筱阳转头，看见是单世钧，紧绷的情绪又稍微放松了些，微微耸起的肩也逐渐放平。

"抱歉，吓到你了。"单世钧走过去，在曲筱阳身边坐下。

男人的体温比她高一些，隔着一层薄薄的布料传来的温暖，让她心里的彷徨和无助削减了几分。

不知为什么，这次醒来后，她总是莫名觉得周身发冷，背脊发寒。她很想再靠近一些，多汲取一点那种温暖，然而她也仅是想了想，连手指都没动一下。

曲筱阳摇了摇头，还冲他笑了一下："没，我只是看电视有些入神。"

明知她在撒谎，他却不忍心拆穿。

曲筱阳说完这句话，又转回头去继续盯着屏幕。

单世钧知道，她依然没有在看，只是不想说话而已。

两人的性格像是颠倒了。没话的那个变成了话痨，爱说话的那个变得沉默了。

单世钧安静了一会儿，低声道：“我刚才去病房找你……见你还是没吃东西。”

曲筱阳垂眸，纤长的睫毛微微颤动了一下：“嗯……没什么胃口。”

气氛再次陷入尴尬的沉默。

其实，熟悉单世钧的人就会知道，他几乎从来不主动找人聊天。像这样不断尝试，主动寻找话题的情况，简直是绝无仅有。但他知道，曲筱阳这样下去肯定是不行的。他不得不逼迫自己，不断地做出尝试，走出自己的舒适区，去做从来不做、不习惯的事情。曲筱阳现在就像溺水的人，必须有人站出来，拉她一把。

单世钧想了想，问：“你是不是睡不着？”

曲筱阳答：“嗯，白天睡多了。”

这又是一句谎话。真实原因是，一闭眼她就会做梦，又会被拖回那个噩梦一般的场景，反复轮回。与其这样，她宁愿醒着。

单世钧又道：“我陪你出去走走吧。待在这里很闷，不如出去呼吸下新鲜空气，换换心情。”

曲筱阳想了一下，也是，换个环境，说不定真能换下心情。她知道自己目前的心理状态很糟糕。自己是医生，所以她知道，目前她的状态就是早期PTSD的表现。但那些脑袋里不断重复的片段，偶尔听到的幻音，都不是她自己能控制的。她根本没有主观地去想，那些东西却总是自动蹦出来，像暗夜里的妖魔，蛰伏在她大脑的角落里，随时出来打她个措手不及。这东西就像抑郁症一样，那些负面思想、抑郁情绪，都不是患者能自己控制的。她已经竭尽全力在转移自己的注意力了，下午回复了同事的留言，交代了工作后，就不停地刷手机，看新闻，看剧……可一旦大脑放空，哪怕片刻，那些东西就会再次出现在脑海里。她必须强制性地转移注意力，去想别的事情。

这种感觉其实很累，身体疲惫，大脑也在超负荷运转，比她上台手术还累。

单世钧见曲筱阳没反对，便站起身，朝她伸出手：“走吧。”

曲筱阳盯着眼前那只坚定地朝她伸出手，有些愣怔。她抬头看向这个在她心目中向来冷酷少语的“钢铁直男”，竟然在男人眼中看到了一种认真的温柔。那种耐心的、坚定的神情，让她几乎能确定，如果她在此刻拒绝，他还是会换种方式坚持下去的。

这真的是她认识的那个单世钧吗？还是说，她从来没有真正认识过他？

娱乐室的灯光有些暗淡，但她在这一刻忽然觉得，眼前这个男人周身都散发着光芒，很耀眼的那种。

云城和红羽镇的氛围和生活方式都很不一样。毕竟是大城市，夜生活不是一般的丰富。

云城本就是旅游城市，此刻已经过了晚上十一点，街上依然灯火通明。路上三三两两的行人，要么是正打算去酒吧、KTV“嗨”的，要么是准备去夜市“撸串”的。医院后面有一条美食街，一到晚上就特别热闹，客流量不断。

这条美食街是本地人喜欢来的地方，光顾这里的，除了住在附近的居民，也有很多下了夜班就直接过来吃宵夜的医生。曲筱阳跟单世钧并肩在街上走，隐约察觉到周围路人不断投向他们这边的视线。

一开始，曲筱阳还以为是自己身上有什么不妥，直到听到一群和他们错肩而过的高中生模样的女生在小声议论：

“快看，刚才走过去那对情侣好养眼啊。”

“男的俊女的靓，还是最萌身高差。”

“男的感觉超酷的，表情也超级高冷，颜值更是我的菜。”

“可惜人家名草有主了，哈哈。”

…………

曲筱阳转头看了一眼单世钧，他依然是一张冷漠脸，也不知道他有没有听到旁人的议论。她都听到了，敏锐性那么强的单世钧不可能没听到，总感觉……有点尴尬。他们虽然走在一起，但中间还是隔了些距离，也不知道这些路人为什么会误会他们是情侣。但跟不认识的人，又确实没什么可解释的。

在这种人多的地方，看过往人群嬉笑打闹，和各色商贩吆喝叫卖，曲筱阳感觉之前一直徘徊心头的那种沉郁压抑感稍微减轻了些。虽然经历生死一瞬也仅仅是前天的事情，但她却有种恍若隔世的不真实感。而这种大街小巷里的烟火气，终于让她那颗一直悬在半空的心有了安放之处。

两人又沉默地并肩走了一阵，曲筱阳才后知后觉地问：“我们这是要去哪儿？”

单世钧耐心地答道：“前面有家卖手工面片儿的。他们家的面片儿都是每天现做的，食材新鲜，汤底也很鲜美，正好可以暖暖胃。”

曲筱阳愣了一下，立刻明白过来。原来他还惦记着她没吃东西这事。

单世钧顿了顿，补充道：“他们家有素的面片儿汤，番茄汤底，很开胃。”

因为之前那事儿，她现在闻不得一丁点儿肉味，单世钧竟然连这点都想到了，不可谓不周到。曲筱阳转头看了男人一眼，心头蓦然一暖。这人前后反差也太大了。之前那么“直男癌”的一个人，现在一言一行都彰显着细腻的心思。

曲筱阳忽然想到一个可能性，停下脚步。

单世钧见她不走了，也停下来，转头看她：“怎么了？”

夜市流光溢彩的灯光下，男人的脸也焕发着一种神秘的魅力。她现在看到的，究竟是幻象，还是真实？

曲筱阳仰头看向单世钧：“问你个事儿呗。”

“你说。”单世钧低头看她的模样，正经认真得不得了。

曲筱阳微微眯眼：“之前咱俩相亲的时候，你是不是跟我演戏来着？”

这，是秋后算账？

“‘直男癌’？自恋狂？‘妈宝’？你的戏挺多啊。”

“老板，来两碗素面片儿汤。”

“好嘞，您二位先里边坐。”

单世钧所说果然不假，这店有点意思。刚一进店，就闻到一阵醇厚的面香。开放式的厨房里，小工井然有序地正在揉面，切面。一旁煮汤的大锅冒着白腾腾的热气，锅勺每次搅动汤头的时候，浓郁的番茄酸香就会扑鼻而来。

单世钧和曲筱阳在靠角落的木方桌旁坐下，不一会儿，店里伙计就端着两碗冒着热气的面片儿汤过来了：“喜欢吃辣，可以加一点咱店里秘制的辣椒油，酸香辣口，带劲儿。”

单世钧冲他礼貌一点头：“谢谢。”

单世钧不笑的时候，那张毫无表情的脸总给人一种疏离感，又因为眼神凌厉，和他对视的人总会感到莫名的压力。伙计本来还想再多寒暄两句，但见男人这么高冷，一副生人勿近的模样，满腔的热情就卡在了喉咙里，开不了口。

“尝尝。”单世钧将其中一碗汤推到曲筱阳面前，又从旁边放餐具的竹篮子里拿了一支汤勺放进她碗里。

店伙计冷眼旁观单世钧玩变脸，腹诽：这人还有两副面孔的？对着漂亮姑娘就温声细语关怀备至，对着他就连一个多的眼神都不愿意给。哼，男人。

店伙计傲娇地一甩头，走了。

这面片儿汤是番茄汤底，因为是素汤，所以没有任何肉腥味儿，只有蔬菜的鲜香，终于让曲筱阳稍微有了点食欲。她拿起勺子，喝了一口汤。

老板的火候掌握得恰到好处，面片儿煮得又软又滑，入口即化。曲筱阳那沉寂许久的食欲，终于被唤醒了。

单世钧见她一直埋着头，一勺一勺慢慢地喝汤，就是不跟他说话，忽然觉得有些好笑。女人赌气的样子，竟然也有点可爱。他眸中闪过一丝不易觉察的狡黠，伸手揭开放在桌上那个调味罐的盖子。辣椒油的焦香，混合着芝麻油的浓香，和碗里散发出的面香完美地融为一体，不愧是秘制辣椒油。

曲筱阳本身就喜欢吃辣的，她想起刚才店伙计推荐的吃法，立刻对着那瓶辣椒油伸出了跃跃欲试的魔爪。就在她刚握住调味罐里的小勺子时，单世钧便按住她的手背："你这两天都没进食，不宜吃辣刺激肠胃。"

曲筱阳忽然回过神，这人分明是故意逼她跟他说话。

男人掌心的温度，传到曲筱阳微凉的手背上，有些烫人。曲筱阳耳朵一热，"唰"地抽回手："跟一个医生讨论养生，勇气可嘉。"

单世钧一双幽深黑眸静静看向曲筱阳，嘴角微勾："是我班门弄斧了，曲医生。"

嗯，这人的脸的确是生得好看。真讨厌，简直就是作弊嘛。曲筱阳皱了皱眉，又将头埋进了碗里，眼不见为净。

单世钧有些好笑地看着她孩子气的举动，问："还生气？"

曲筱阳含糊道："犯不着，我只是觉得无语。"

"无语？"

曲筱阳放下勺子，挑眉看向男人："你说你一个大男人，相个亲还玩这种小心机。没看上就直说，弯弯绕绕的，还不如一个女人坦荡。"

单世钧眸光微微一闪，似笑非笑地看着她："你是气我耍心机，还是气我……没看上你？"

曲筱阳噎了一下，神情明显有几分不自然："你可真会给自己脸上贴金。"

严格来说，两方面原因可能都有点，但是，这种事她是绝对不会承认的。

吃了碗热乎乎的面片儿，曲筱阳觉得胃里好受多了。两人又在夜市上逛了一圈，才慢慢散着步走回医院。

走到医院门口，曲筱阳忽然道："谢谢你今晚陪我，还有……我都听护士说了，这两天都是你守在医院里。你其实很忙吧？"

单世钧侧头看她一眼："不忙。"

曲筱阳微微挑了一下眉，明显对他的说辞抱有怀疑。

"有件事还没来得及跟你说……"单世钧垂眸，似在思索如何措辞。

曲筱阳看着他："命都差点没了，还有比这更糟的事吗？"

单世钧叹了口气："警方需要你配合做一个笔录。"

气氛顿时又变得沉郁起来，刚才那短暂的开心时刻转眼间消散如烟。

过了半晌，曲筱阳嘴角勾起一个淡淡的笑：“没问题，这是我应该做的。”

“笔录的事，你别担心，到时候我也会在场。”

曲筱阳觉得有些好笑，男人这说辞，就像有他在场，她就什么都不怕了的感觉。嗯，也许他不是“妈宝”“直男癌”，但肯定有一定程度的自恋。本来想怼他两句，她在接触到男人认真的眼神后，话又被咽了回去。

两人往住院部走，一路再无话。

曲筱阳觉得这医院就像一座牢笼，一回来就莫名感到压抑。像有块巨石压在心头，让她喘不过气。

单世钧一路将她送到病房门口。

“你回吧。这么晚了，孤男寡女让人看见多不好。”曲筱阳故作轻松地挥了挥手，甚至还跟他开起了玩笑。

单世钧仍是有些不放心地看着她：“你确定没问题？”

曲筱阳点头：“当然，赶紧回吧。”

单世钧深深看了她一眼：“好好休息。”

“嗯。”

男人走后，病房重归一片寂静。曲筱阳忽然捂着耳朵，蹲下身，那些该死的幻听又来了。

“为什么呢？”少年问。

“为什么不跟我走呢？”

“你也该死，你该跟着我一起死的。”

“去死吧。”

“你怎么还没死？”

“姐……”

就算捂住耳朵，也没用。那声音就在她脑袋里，一遍遍循环着，无孔不入。

“闭嘴……吵死了！”曲筱阳忽然一口咬在自己手腕上，意图让自己清醒些。

有人从身后轻轻握住她的手臂，将她拉入一个结实温暖的臂弯。

“我在这里，”耳边传来男人低沉坚定的声音，“没人能够伤害你。”

曲筱阳没有动，那人的怀抱和他身上淡淡的草木香，都令人安心。

很神奇，那些讨厌的声音消失了。

曲筱阳急促的呼吸逐渐平静下来，过了半晌，才艰涩地开口：“你怎么又回来了？”

单世钧低头看她：“怕你睡不着，去找护士长要了点安眠药。她们只给非处方的那种，不知道效果怎样。”

“谢谢你，”曲筱阳缓缓吁出一口气，认命似的点了一下头，“硬扛也不是办法，明天我找主治医生开点阿普唑仑吧。”

她抬手捂住自己的眼睛：“太狼狈了，亏我自己还是医生。我还以为我的抗压能力不错，哈。”

“这本来就不是你的错……和精神力强弱也无关。”单世钧扶着曲筱阳站起身，“别想太多，今晚好好休息。”

“嗯……”

单世钧看着曲筱阳吃了安眠药，在床上睡下后，自己在病床旁的沙发上坐了下来。

曲筱阳愣了一下：“你……”

单世钧看着她，用不容置疑的语气说：“你安心睡，我就守在这儿。”

马拉卡海峡，南亚水路咽喉要道，自古兵家必争之地。距离马拉卡海岸外十二海里处，静静地泊着一艘私人游艇。甲板上撑着一把遮阳伞，伞下摆着一张高级皮质的躺椅。一个身穿黑色绸缎衫的男人，手里拿着一本书，姿态慵懒地斜靠在躺椅上。男人生得异常白皙，有种病态的英俊，由于平时保养得好，身材和皮肤的状态看上去也就三十来岁的模样。

他安静的脸上没有一丝表情，矜贵的气质里带着一丝阴郁的冷感。

“头家（Tauke），准备好了。”一个五十来岁的中年男人走上甲板，恭敬地对着男人鞠了一躬。

男人正在翻书的手指微微一停，漂亮的凤眼扫向说话那人：“谢谢你，吴伯。”

他嘴上说着“谢”，眼神却异常冰冷，眼里毫无笑意。

中年男人毕恭毕敬地退到一旁，安静地等待男人的下个指示。

男人淡淡垂眸，抽出夹在书里的一张照片。照片看上去有些年月了，有些褪色，边角部位也已经泛黄。照片上是个漂亮的女人，手里牵着一个长相清秀、跟洋娃娃似的小男孩。女人温婉地看着镜头，小男孩却有些别扭，嘬着嘴看向一旁。男孩的眼睛很是漂亮灵动，跟他母亲的眼睛像是一个模子倒出来的。

男人盯着那张照片看了许久，忽然淡淡地说：“我之前故意疏远他，是觉得每次看到那双眼睛，都觉得不舒服。后来有心补偿，却没机会了。他肯定很恨我，和他妈妈一样。”

吴伯走到男人跟前，将一旁醒酒器里的红酒倒出小半杯，递给男人：“少爷不恨您，他这次也是想得到您的认同。”

男人自嘲似的一笑：“吴伯，你是在开解我，还是你太不了解他了？我本就亏欠他很多，对于他那些个野心，睁一只眼闭一只眼也就是了。只是这次，他太鲁莽了。”

男人收了笑，眼中忽然戾气横现。他合上书，从吴伯手中接过那杯酒，径自走到甲板前端。白皙的手腕微微倾斜，香醇的佳酿倾倒在白色的甲板上，绘出一道鲜艳的红。

“吴伯，”男人眼中泛着冷光，微微侧头，问站在他身后的中年男人，“狙击手的名字，查到了吗？”

吴伯上前几步，低声道：“有些眉目了。”

曲筱阳坐在缉毒大队密闭的会议室里，感觉浑身不适。

这是一间中型会议室，房间里的墙面涂成了浅灰色，还没有窗，气氛就很阴郁。头顶上一盏惨白的白炽灯，灯光晃得人眼疼。也不知道这间房是不是惯常用来审讯疑犯的，这设计让人一进去待着就觉得压抑，只想快点讲完离开。

曲筱阳一个人坐桌子这边，对面坐了三名缉毒警员，还有一架摄像机对着她。

这严阵以待、审犯人似的架势，换谁都不适应。

坐在中间的缉毒警员是个四十岁上下的中年男人，标准的老干部的感觉，一看就是队内的“威严”担当。

“你好，我是缉毒大队的副队长严力。这是我的助手张道、俞悦。”他看着曲筱阳，严肃地说道。

他说完这话，对着曲筱阳脸的那台摄像机还应景地闪了一下红灯。

曲筱阳一脸懵：“你们，好。”

名字都是认真的吗？一个“严厉”，一个“嚣张”，还有一个“愉悦”？这缉毒大队，人才济济啊。

“曲医生，你不用紧张，我们只是例行问你一些问题。你只需要如实回答就行了。”

曲筱阳本来准备礼貌地微笑一下的，然而看见对面三张像是复刻出来的严肃脸，于是只微微扯了扯嘴角：“好的。”

严副队点了一下头：“那我们开始吧。”

“咚咚——”

门外响起两下敲门声。

“请进。”

门开了，一小年轻的缉毒警员探头进来：“报告。严副队，单队来了。”说完，便将站在他身后的高大男人让了进来。

曲筱阳听说是单世钧来了，也转过头去，视线对上单世钧的刹那，微微一愣。

单世钧今天穿了一身军装，松枝绿的正式军服外套，扣子一丝不苟地扣到胸口，外套下是淡绿色的衬衫，配上墨绿的领带。男人的身材属于穿衣显瘦脱衣有肉那种，穿上制服后，更凸显他的英俊挺拔。平日里的一丝痞气消失殆尽，配上那张高冷禁欲的脸，整个人显得又正又帅。

这还是曲筱阳第一次见单世钧穿制服的样子，她忽然觉得，这副模样的单世钧，让人移不开眼。男人今天还别了肩章，两杠一星。他竟然是个少校。

单世钧神色淡淡，眼神一如既往的犀利，见曲筱阳在看他，便微微朝她点了一下头。

曲筱阳的耳根蓦地一烫，赶紧转回了头。

缉毒大队这边三人见到单世钧进来，纷纷起身相迎，两边交换了一套标准的军礼。

刚才还一脸严肃的严力，见了单世钧，整个人就如沐春风一般，一边殷勤地给他倒茶，一边与他寒暄：“刚从军事检察院那边回来？”

“嗯。”单世钧简短地一点头，走到桌边空着的一张椅子上坐下。

军事检察院？曲筱阳愣了一下，难怪他说今早有事，让白展廷到医院接她，也难怪他今天穿得这么正式。

严力拊掌一笑：“他们说你做事向来雷厉风行，说一不二，果真如此。其实你也不用这么赶的，可以换了衣服再来嘛。”

单世钧眼皮微微一动，没说话。

衣服都没来得及换，曲筱阳偷偷抬眸看了单世钧一眼。是因为……她？他之前答应过她，做笔录的时候，他一定会全程在场。他的确是一个说一不二、说到做到的男人。但是，他为什么会去军事检察院？是因为罗哲的事情？

曲筱阳心里这么想着，一不留神便直接问出了口。

也许是曲筱阳的表情太凝重了，严力主动解释道：“曲医生，你放心，不是你想象的审判啊什么的，单队只是去提交报告了。我们这次在境内展开行动，还击毙了毒贩，必须把前因后果交代清楚。”

曲筱阳收敛心神，微微点一点头。不知是不是她的错觉，单世钧一来，这边整个气氛感觉好多了，连严力都不像刚才那么严厉了。

“先说说你跟罗哲认识的经过吧。比如，具体是什么时候见到他的，后来他怎么把你带去了酒店。他把你带到酒店后，都跟你说了些什么。想到哪儿说到哪儿，可以慢慢回忆。”

“见到他的时候是在一个月前，他当时受了内伤，蹲在医院门口，被我们的护士带了进来……”曲筱阳表面看不出什么异常，心里却在苦笑。她这几天来，刻意不去想罗哲的事，即便这样，还是得靠着强效的镇静药才能换得一夜好眠。现在要主动去回忆关于罗哲的种种，就像将还未结痂的伤口再次撕开。每一分每一秒的记忆，都让人痛苦不堪……

但，这不是逃避的理由。有些事情，是她迟早都要面对的。在她看不到的地方，有那么些人，一直在负重前行，只为让大部分人安稳地生活在阳光下。她目前能做的，就是为这些默默付出的人，减少一点肩上的重担，哪怕她的力量微不足道。

“后来，我醒来时，就已经在酒店里了……他……”曲筱阳顿了顿，酒店里所发生的一幕幕，经历的那种恐惧，再次像放电影般袭上心头。额上之前被撞的伤，已经结痂了，但这个时候，忽然又一跳一跳地开始痛。曲筱阳克制着内心的恐惧，努力回想着当时罗哲跟她说过的那些话，尽量将有用的信息整理出来，告诉警方。

“他有提到过他是私生子……”曲筱阳闭了闭眼，再次停顿。

曲筱阳说到“私生子”的时候，严力的双眼微微一亮，紧抓这个线索追问道：“他还跟你说了些什么？他有没有提过别的家人，朋友？他有没有提到罗显洋这个名字？”

曲筱阳有些难受地摇了摇头。她微微抬手，下意识地想去捂耳。然而她想到对面还坐着三名警官，便硬生生忍住了。罗哲当时对她说的那句“如果今天注定要死在这里，有你陪着，我上路也安心”犹在耳边。少年那一半天真一半残酷的表情和令人毛骨悚然的语气，也总是反复出现在她的梦境里。

单世钧注意到曲筱阳的小动作，微微蹙眉，立刻朝严力做了个“停”的手势。

严力愣了一下。这不是缉毒大队第一次跟单世钧他们合作办案了，一般对于缉毒队内展开的工作，他都不会干涉。和猎鹰合作，他们更多的是提供战术以及行动上的支持。他想都没想过，素来人狠话少的单世钧竟然会在笔录过程中针对流程提出建议。

严力稍微一细想，便豁然开朗——嗯，这位小曲医生的确是个顶漂亮的。这个面子，他卖了。他按了摄影机的暂停键，提议道：“我们休息一下吧。张道，上茶水点心。”

正在做笔录的张道愣了一下：“啊？”

严力一努嘴：“让你去就去，‘啊’什么‘啊’？”

对于这摸不着头脑的叫停，曲筱阳也有些意外。

只有单世钧面色如常地看向曲筱阳："曲医生，要不出去透透气？"

曲筱阳心头莫名一松，点了点头："也好。"

曲筱阳去了趟洗手间，回来时看见单世钧站在走廊上，低头看着楼下。

她心中一动，走到他身边，随他一同朝楼下看去。他们这个方位，正对缉毒大队的操练场。楼下有一队缉毒警员，顶着炎炎烈日，正在做日常训练。他们背上都背着半人高的行军包，在操场上跑圈。曲筱阳光看他们脚步踉跄的程度，就能想象那背包有多重。那些脸孔看着还很年轻青涩，应该都是新人。操场旁的台阶上站着两名教官，其中一个手中提着压力水枪，隔三岔五就会将水枪对准跑过的缉毒警员们，冲得他们东倒西歪的。而另一名教官则拿着扩音喇叭，不停地用言语激发他们的血性，

曲筱阳转头问站在身侧不动声色的男人："你们训练也这么硬核的？"

单世钧嘴角微微上翘了一下，淡淡道："这才哪儿到哪儿。"

特种兵训练的严苛程度，常人根本无法想象，但也没必要去跟人说他们有多辛苦多不容易。所有的训练，都是为了战时做准备；所有的艰苦，都是为了在面对真刀真枪时，能够增加活下来的概率。

"今天，谢谢你能过来。"曲筱阳叹了口气，"跟你们一比，感觉我很娇生惯养似的。"

单世钧微微侧身，低头看着曲筱阳的眼睛，认真道："当然不是。你能做到的事，我们做不到，职责不同罢了。你不用拿自己跟我们比。"

他顿了顿，放缓了声："你已经很坚强了。跟我一起上过战场的很多战友，回来多少也有些 PTSD 的症状。这事不怪你，别对自己太严苛了。"

"那你呢？"曲筱阳认真地注视着单世钧那双古井无波的黑眸，像是想要看透他内心所思所想，"你也有过动摇的时候吗？"

单世钧是狙击手，承受的压力更是难以想象的。曲筱阳不懂军事，但即便这样，她也知道狙击手在一个行动队里的位置有多重要。一个好的狙击手，是能以一己之力扭转局势的。所以狙击手必须具备一颗面对任何情形都坚决不动摇的强大的心。

单世钧沉默了一会儿，像是下定了什么决心似的，开口道："其实……"

"单队，"严力在会议室等了许久也不见他二人，便亲自寻了过来，"你们休息好了吗？"

曲筱阳先不好意思了："对不起，耽误您时间了。我们继续吧。"

从缉毒大队出来后，曲筱阳长长地舒了一口气。她本来以为这个过程会

很煎熬，但现在看来，也没有想象中那么可怕。尤其是后半程，一问一答的，顺畅了许多。

但这也许是因为她悄悄抬眸打量了一眼走在她身侧高大英俊的男人，虽然单世钧全程都没怎么说话，但有他在身边，她就会觉得很安心。

注意到女人频繁投向这边的视线，单世钧侧头问："怎么了？"

被抓包的曲筱阳瞬间收回视线，支吾："啊？没，没什么。"

她竭力保持语气平静，但眼神里的紧张和不自在，却是隐藏不住的。单世钧莞尔，垂眸敛去眼中笑意，没有去戳破她的小心思。

两人刚回到医院时，就看到门诊外停了好几辆救护车。期间不停地有新的救护车抵达，好些医护人员匆匆忙忙地从急诊科那边跑了过来，老中青三代齐上阵。

曲筱阳拉住站在一旁的一个小护士："出什么事了？"

小护士一脸焦急："附近有家火锅店发生了煤气爆炸，全送我们医院来了……"

曲筱阳知道这种突发性状况对任何一家医院的医疗资源储备和医生素质都是严峻的考验，想着要不要去搭把手，至少帮忙筛查一下伤患。刚这么想着，离他们最近的一辆救护车门开了，一张担架床被两个强壮的男护工齐力抬了下来。

一大股浓郁的血腥味混杂着皮肤组织被烧焦的臭味扑面直来。担架床上躺着一个年轻男人，脸上、脖子和上肢没有一处的皮肤是完好的，身下的白色被单也被伤口流出的鲜血和组织液染红了一片……

曲筱阳脸色丕变，顿时僵在原地。

"请让一下，让一下……"两名护工推着伤员，和曲筱阳他们错身而过。一旁的小护士帮忙高举着点滴瓶，几人小跑着迅速进入了门诊大厅。

直到他们消失在门诊大厅里，曲筱阳整个人处在浑身僵硬的状态里。她脸色惨白，唇上血色褪尽。

单世钧注意到她的变化，担心地握住她的胳膊："你没事吧？"

曲筱阳摇了摇头，颤抖着唇张了张嘴，忽然挣开了单世钧的手，捂住嘴朝住院大楼跑去。

"曲筱阳！"

曲筱阳在洗手间里呕得撕心裂肺。那种一闻到血腥味胃里就翻滚不止的恶心感，像条件反射一样，她根本控制不住。更别提，她在看见血后，就浑身冒冷汗，双手也颤抖不止。

曲筱阳扭开洗手池的水龙头，疯狂地掬起冰凉的水泼在脸上。一个动作重复了十几次，她才慢慢抬起头，双手撑着洗手池，审视镜中的自己。

镜中的女人双眼通红，脸色惨白，看起来又疯魔又脆弱，哪儿还有一分往昔干练的影子。

曲筱阳死死咬着手腕，眼泪无声地汹涌而出。心理上的折磨，无边无尽的噩梦和幻听，她都能咬牙克服。她真正害怕的是自己再也碰不了手术刀了，遇到像今天这种情况，她连最简单的忙都帮不上，这比杀了她还让她难受。一个不能拿手术刀的外科医生，今后的路，该怎么走？

单世钧站在洗手间外，倚墙而立。被刻意压得很低的抽泣声，断断续续地传入男人耳中，像一把无形的匕首，缓缓地、一刀一刀地在割着他的心。

“你确定现在就出院？”

单世钧一大早过来找不到曲筱阳人，才被告知曲筱阳已经提前办理了出院手续。

见到曲筱阳时，她刚从主治医生的办公室出来。

这还是曲筱阳第一次见到单世钧流露出焦急的情绪。虽然在常人眼中这可能是再普通不过的一句问话，但跟单世钧相处久了，越了解他，便越能理解他的微表情和语气上细致的差别了。

曲筱阳牵起嘴角，微微笑了一下：“嗯，我好手好脚的，待在这里不过是平白占用别人的资源罢了。”

单世钧眼底藏着深深的担忧，他看着她没说话。那天的事情，两人很有默契地都没去提起。曲筱阳在洗手间里痛快哭了一场，收拾好情绪，生活还要继续向前。单世钧嘴上不说什么，但默默陪在她身边的时间增加了，而且曲筱阳发现他私下里又去找过两次她的主治医生。

曲筱阳想，她不能一直颓在这里。腿骨折了，接回去，还是要重新学走步。她想回去，找她的导师梁绍文好好谈一下。见他不说话，她又道：“我是觉得，与其赖在这儿当个废物，不如回我熟悉的地方，说不定慢慢地就好了。”

单世钧见曲筱阳主意已定，叹了口气：“那你……什么时候离开云城？”

“下午三点的飞机。”

单世钧愣了一下：“这么快？”

分别到来得如此突兀，令人措手不及。他也说不清楚心里是什么感觉，那种感觉很陌生，心头沉甸甸的，一路下坠，像是到不了底似的。他知道，曲筱阳是一天都不想再在这里待下去了。也许对她来说，这片土地，充满了痛苦的回忆和不堪。远离，不是一个坏的选择。

单世钧沉默了半晌，忽然问道：“还有什么我能帮你做的？”

曲筱阳似乎是很认真地想了想，说："嗯，还真有。"

单世钧微一颔首："你说。"

曲筱阳朝他露出这些天来唯一一次真心的笑："那就，让我请你吃顿散伙饭吧。"

吃饭的地方是曲筱阳订的，还是日料店。这家店从定位装修风格，甚至于服务生的打扮，都和之前两人去过的那家日料店很像。两人坐的依然是垂着布帘的独立隔间。

难得地，单世钧头一次感到有些不自在："怎么想到来吃日料？"

有种光天化日被当众扒衣的那种窘迫。

曲筱阳朝他眨了眨眼："像不像我们第一次相亲的时候？"

单世钧腹诽：啊，这果然是当众处刑，秋后算账。

曲筱阳见他只点了一个海藻沙拉，一个杂菜寿喜烧，整个人都惊了："你什么时候改吃素了？而且这么点儿东西不够吃吧？咱相亲那次，你不是点了七大碗八大碟吗？你不会是想给我省钱吧？"

男人有些不自在地用食指指节轻抵一下眉骨，视线有些飘忽不定地盯着桌角。他没有解释，曲筱阳现在依然闻不了肉味这点他一直知道。至于之前塑造的大胃王的形象……当然是出于敬业的演员精神，"撑"出来的。

曲筱阳莞尔："你那什么表情？以为我请你吃鸿门宴哪？"

单世钧抬眸时，刚好看见女人红唇微微勾起，漂亮的杏眼里闪过促狭的光，明艳动人。

单世钧轻咳一声，正色道："之前相亲的事，我确实很无礼。我跟你道歉。"

曲筱阳点了点头："嗯，那次你可把我气得不轻。"

单世钧垂眸不语，心说使出浑身解数在故意气你，能轻吗？

"不过呢，我大人有大量。"曲筱阳双手捧起桌上的茶杯，认真地直视单世钧的眼睛，"今天选在日料店，就是重新开始的意思。之前种种全部翻篇，我们重新认识一下。这段时间真的很感谢你，要谢你的事挺多，算上山上那次，你救过我两次了。我知道你不喜欢花里胡哨的东西，正好我也整不来花里胡哨那套。以茶代酒，心意都在茶里了。"

单世钧愣了一下，而后眼底慢慢浮现一抹笑意。他也拿起手边的茶杯，轻轻碰了一下曲筱阳手中的杯子："都在茶里。"

说是要请客，结果还是单世钧买的单。对于抢着买单这件事，男人似乎特别执着，曲筱阳有些哭笑不得。

饭后，单世钧一路将曲筱阳送到了机场。

天下无不散筵席，真的是时候要道别了。曲筱阳想不到合适的词来形容两人的关系。

曲筱阳抬头看着眼前这个高大帅气、惯于沉默的男人：“如果你之前认识我，第一次相亲时，你还会那样吗？”

其实她想问他另一个问题，话到嘴边，又咽了回去。

单世钧低头看着她，黑眸里波谲云诡，似有多种复杂情绪在翻涌。

曲筱阳拍了拍他的肩：“开个玩笑。走啦，单队！”

单世钧冷硬的下颌线微动，似乎是轻咬了一下后槽牙。

曲筱阳潇洒地挥了挥手，朝安检通道走去了。

“曲筱阳。”

曲筱阳都转身进了安检区了，忽然听到身后男人低沉的声音，叫了她的名字。她回头，单世钧安静地站在送别线外，长身玉立，隔着安检通道和别的旅客与她对望。

她本以为男人要说什么，然而没有，他只叫了一声她的名字，再无其他言语。

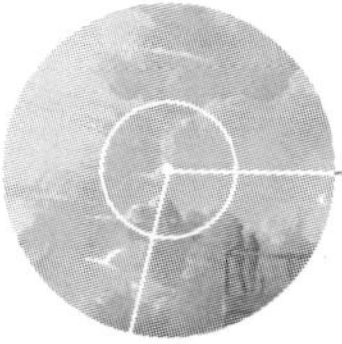

ben fu shanhe, benfu ni

第六章

柳暗花明

再次踏入本院的时候，曲筱阳心里忽然有种落叶归根的感觉。在这里奋斗过太多个日日夜夜，医院俨然成了她的第二个家。

“老师……”曲筱阳见到梁绍文，只说了两个字，鼻子就莫名发酸，心里百味杂陈。一方面觉得有些近乡情怯，她在红羽镇出事后，没有一天不在想念医院，那个时候，只想躲回来，变回跟在导师身边那个默默学习的小女生；另一方面，是觉得抱歉。老先生把最得意的弟子送出去，本来是有意培养一下她的领导能力，却没想到出了这么大乱子。

梁绍文睨着曲筱阳：“怎么，在边境线上耀武扬威，回来就㞞了？”

刚刚还酸了的鼻子，瞬间恢复正常，曲筱阳有些无语：“我都这样了，您能说句好的吗？”

梁绍文朝着身边那小板凳一努嘴：“过来坐，让我看看都长什么出息了？”

曲筱阳叹了口气，走到老师身边坐下。

梁绍文从抽屉里拿了颗巧克力，递给曲筱阳。

曲筱阳不明所以地接了过来，巧克力？

梁绍文收了玩笑的嘴脸，看着她，低声道：“你受苦了。”

曲筱阳抿了抿唇，眼泪差点儿就没忍住。她微微将头侧到一边，等泪意都憋回去了，才转头笑了一下：“老头儿，说好的不煽情呢？给我巧克力干嘛，我又不是小孩子了？”

梁绍文忽然伸手，轻轻揉了一下曲筱阳头顶柔软的发：“学下阿甘精神。”

曲筱阳一脑袋问号。

两秒后，她反应过来——电影《阿甘正传》里的经典台词：“生活就像一盒巧克力，你永远不知道下一颗什么味道。”

梁绍文在用他的方式鼓励她，不要对生活失去信心，怀抱希望，展望未来。

曲筱阳剥了糖纸，将巧克力放入口中。甜丝丝的口感，在味蕾上慢慢绽放。

她垂眸，轻轻笑了一下："老梁，您老什么时候变得这么文艺了？"

梁绍文沉默了一会儿，问："你现在的症状有多严重？"

曲筱阳回答："其实比最开始要好一些了。之前天天晚上做噩梦，随时都在幻听，最近至少能好好睡觉了。"

梁绍文了然："安眠药？"

曲筱阳点了点头："能对症也是好的。"顿了下，"但我现在见不了血，一闻见血腥味儿就恶心，干呕，手脚发颤。"

曲筱阳自嘲地一笑，翻过右手，盯着自己的手掌："别的我都不太担心。我现在就怕自己再也握不住手术刀了。"

梁绍文叹息："我想到可能会比较严重。"

"只是没想到会这么严重？"

梁绍文摇头："那倒也不是，我见过比你的情况严重得多的，最后也康复了。给自己一点时间，你别把自己逼太紧了。我觉得，你不如给自己放个假，出去换换心情吧。"

曲筱阳不可思议地看着他："我还以为你会趁机压榨我，让我帮你做研究。"

梁绍文拉开抽屉，从里面拿出一张券，递给曲筱阳："前段时间，你师母在学术交流晚会上抽中了 T 国豪华七日游。我没时间陪她，她也就决定不去了。机票、吃住全包，不过娱乐项目要你自己付。再不用就过期了，虽然也不是那么'豪华'，但放着等过期还是觉得有点可惜。"

曲筱阳受宠若惊："给我？"

"给你。顺便，我帮你跟医院这边请了一个月的假。你就利用这段时间，好好休息一下，到处走走看看。也许会有新的收获。"

曲筱阳若有所思地点了点头："颇有道理。死马当成活马医，成不成且都试试。"

梁绍文被她气到："年纪轻轻的说话老气横秋的，你应该说'世界这么大，我想去看看'。"

曲筱阳收了那张奖券，认真地看着梁绍文："老梁，我忽然觉得您变帅了，气场一米八。"

梁绍文面无表情："谢谢您勒，敢情我平时只有一米六？"

梁绍文说奖券要过期了，还真不是客套话。曲筱阳去兑奖时，离换机票的最后期限就只剩一个星期的时间了。幸好 T 国是落地签证，不然这趟还真不见得能走成。

在飞往T国的航班上，曲筱阳坐在了靠窗的座位。这是她的习惯，坐飞机时喜欢自己一个人静静地靠窗坐着看书或是休息。

走到自己那排座位时，靠过道那个位置已经有人了。那人长胳膊长腿的，穿一件无袖黑色T恤，露出胳膊上匀称有力的腱子肉。一顶棒球帽扣在头上，遮住大半张脸，头靠在椅背上，像是睡着了的样子。

曲筱阳想要进到里面的座位去，不管这位是不是睡着了，都势必要打扰到他了。

她微微低头，凑近那人耳旁："抱歉先生，打扰一下……"

男人搭在扶手上的手指微微一动。下一秒，他忽然将帽檐推高了些，帽檐下露出挺直的鼻梁和一双犀利的黑眸，目光灼灼地看着她。

曲筱阳呆愣半晌："怎么是你？"

事实上，曲筱阳离开云城不久，单世钧跟缉毒大队这边交接完红羽镇的工作后，也立刻返回了飞刃大队。

当时罗哲的事了结后，白展廷他们已经先一步归队了。单世钧特地留下来，其实是因为曲筱阳。

"这次边境行动，虽然没能破获这起运毒案，但收获还是不小的。"

归队述职的时候，林竞见单世钧一味地自责与自我批评，便出言打断了他。

"方俊杰，这个重要接头人被你们挖出来了。他身上的信息，将会为我们抓捕罗显洋提供重大助力。而且，"林竞忽然顿了顿，意味不明地笑着看向单世钧，"你这趟的收获可不止方俊杰啊。"

单世钧瞳孔微微一缩，没说话。

林竞见单世钧明明心中已是惊涛骇浪还要努力维持表面平静的样子，心中有些好笑。但见好就收的道理他还是懂的，于是摆了摆手："还有个任务想跟你说一下，你替我跑一趟T国吧。"

"T国？"单世钧漠然地重复，头上缓缓打出一个问号。

林竞一般不会布置莫名其妙的任务，他一定有他的理由。

林竞目光深沉地看着单世钧："我想让你代表我们，去跟舒蓝见一面。互通有无，交换信息，也方便以后的合作。"

单世钧微微蹙眉："她那边最近有什么消息吗？"

他知道，事情肯定不简单。如果只是为了友好会晤、商业互吹，林竞不会大费周章地专门派他过去。

“你也知道，罗哲出事后，罗显洋那边暂停了所有活动。”

单世钧微微颔首：“嗯。这批货对他来说很重要，他还是会想办法运进来，只是肯定会走别的渠道。”

林竞点头：“我听舒蓝说，最近她接到的南亚那边的货运单量是平时的两倍。”

单世钧顿了顿，说：“你怀疑是……罗显洋在那边展开的活动？不过，走马拉卡海峡那条航路，对他来说，风险更高。”

林竞沉吟片刻，说：“不管是不是他，都先去看看再说。如果他真的换到那边的渠道了，可以考虑直接跟舒蓝他们合作。另外，舒蓝手上还有隐藏情报。跟她谈一下条件，想办法拿到情报。”

“行。”

关于T国行动，包括和舒蓝见面这事儿，单世钧本来觉得林竞是认真的，直到他在飞机上偶遇曲筱阳，而且好巧不巧她还就坐在他旁边。

单世钧忽然明白过来，林竞的确是认真的——认真地履行他媒人的职责。

难怪说是想派他来T国，问他意见前，却连机票酒店都提前预订好了。林竞这一招扮猪吃老虎玩得可真溜，不愧是前猎鹰小队脸皮最厚之人。

在这样的场合下重逢，曲筱阳也很震惊，以至于她的惊讶都直接写在脸上了：“你怎么在这儿？”

单世钧心想：林竞可真给自己出了个难题，要不要如实回答呢？

单世钧最后选择了如实地甩锅给林竞：“有个任务在T国那边，上级派我过去。”

曲筱阳神色莫测地盯着他看了两秒，而后轻快地点了点头：“啊，这样。”

她向来不太相信巧合这种事，所有的巧合，不过都是蓄谋已久。再次遇见单世钧本人，她其实是有点开心的。出于那点暗戳戳的小私心，不管是蓄谋已久，还是纯属巧合，她都不想去戳破。

曲筱阳这次带了两件行李：一个大号行李箱，托运了；还有一件小的随身行李，她带上了飞机。对于满舱的客机来说，头顶的行李架向来是不够用的。

曲筱阳踮着脚看了一下，剩余的空位刚好能将她的行李卡进去，但……曲筱阳瞥了一眼身后的行李，她将所有贵重物品和不能托运的东西都塞这个行李箱了，塞得有点满，要两手托举才能勉强举起来。如果还要一边举着行李，一边在行李架上挤出位置……对她来讲，有些难度。

她还没动作，便觉眼前忽然一暗——单世钧已经从座位上站起了身。

单世钧身材本就高大，一起身就挡住了大半从身后射过来的光。狭窄的过道里，两人靠得很近。他今天穿的那件无袖T恤是略带紧身的设计，健硕结实的胸膛将薄薄的布料撑出一个好看的形状，胸口往下，腹肌线条若隐若现，男性荷尔蒙爆棚。

曲筱阳的脸腾地红了，她甚至能闻到他身上那股干净清冽的味道。之前和他近距离接触的几次曲筱阳就发现了，单世钧不抽烟，不喝酒，不喷香水。他身上那股淡淡的草木香，她很喜欢。

单世钧见曲筱阳愣在原地没动，便主动说："先进去坐吧，我来放行李箱。"

低沉磁性的声音让曲筱阳瞬间回神，她眼神闪烁地避开他的视线，微微点了点头："好，谢谢。"

单世钧单手拎起曲筱阳放在地上的行李，很轻松地就举过了头顶。他一只手按着旁边的行李，拨出一点位置，另一只手将托举着的行李箱放入了行李架上。他动作异常迅速，等他放好行李，曲筱阳都还没来得及在座位上坐下。

好吧，她也不是第一次见识这人异于常人的身体素质了，淡定淡定。

然而等到单世钧坐下后，曲筱阳又有点不太淡定了。经济舱狭窄的膝盖空间容不下男人的大长腿，单世钧只能将腿稍微向两边靠一下，才能勉强放下。但这样的话，她只要稍微换一下动作，稍微伸一下手，很容易就会碰到他劲瘦修长的腿……

一想到接下来的四个小时都要保持这样的状态，曲筱阳免不了又有些脸红心跳了。

为了化解尴尬，曲筱阳主动没话找话："没想到我们这么快就又见面了。"

单世钧点头："的确。"

曲筱阳偏头看着他："你现在是不是觉得，散伙饭请亏了？"

闻言，单世钧嘴角微微向上挑起一个弧度："那倒没有。"

曲筱阳心跳突然漏了一拍，转头偷偷看了单世钧一眼。他那么说，是什么意思？

两厢沉默，各有所思，一种半是暧昧半是尴尬的气氛在两人之间蔓延开来。

就在曲筱阳感觉尴尬得想用脚趾抓地的时候，单世钧终于主动寻找话题："你这次去T国，是旅游？"

曲筱阳点头："嗯。我导师看我状态不太好，给我放了长假。让我到处走走，也许心境会有所不同。"

单世钧表示赞同："世界这么大，值得去看看。"

曲筱阳忽然有些好奇地转头看他："你是不是去过很多地方？我是

指……国家？”

事实上，从认识单世钧到现在，除了知道他是军人，是狙击手，她对他的其他事情，一无所知。而他却知道她的很多事情，她最狼狈、最脆弱、最无助的一面，都暴露光了。不公平。

现在知道了单世钧的身份，联想到之前白展廷受过的伤，曲筱阳猜测，他们应该是长期执行境外任务的那种——特种兵里的特种兵。

仿佛看穿曲筱阳的心思，单世钧有些好笑地敛眸，低声答：“很多是多少？”

“呃……五个，不，十个以上的国家地区？”

曲筱阳忽然瞪他一眼，明明是她提的问，怎么反被套路了？

单世钧莞尔：“十个差不多。东南亚地区和北非地区居多，也去过一两趟欧洲。”

曲筱阳知道，再往细的地名他不说，大概是因为不方便说，于是也就很识趣地不再继续追问了，只半开玩笑地说：“看不出来，你还挺见多识广啊，比我强。”

单世钧淡淡道：“算不上，也不是去玩的。”

曲筱阳眨了眨眼：“对了，这次去T国，只有你一个人？白展廷和你队友没跟过来？”

关于单世钧突然出现在这儿，到底是去执行任务，还是别的什么原因，曲筱阳始终持怀疑态度。直接问是不可能的，但她可以旁敲侧击。

单世钧微微一点头，简洁答道：“嗯。”

“嗯”？就这？这猝不及防冒出的直男属性，让曲筱阳忽然生出了毒舌的欲望。她似乎已经很久没怼过单世钧了，莫名有些怀念那种针尖对麦芒的感觉是怎么回事……

“叮咚——各位旅客请注意，我们的飞机马上就要起飞了，请您系好安全带……”

客舱里忽然响起了起飞前的提示通知，两人的对话也暂时中止。

单世钧掏出手机，给林竞发了一条短信息。信息只有两个字——你牛。

大忙人林竞这次竟然秒回了信息——不是正合你意？

单世钧微微一挑眉，这可稀奇了。感觉就像林竞一直守着手机等着他发信息过去，好顺势摊牌？也不知林竞这是怎么回事，自从结婚后，整个人就越来越八卦，脸皮也越来越厚。

都说婚姻是最好的修行，他这修的，莫非是金钟罩？

这边，乘务员念完了安全须知，语气温柔地提醒大家关闭手机和电脑电源。单世钧听到广播后，快速地打了几个字，直切重点——舒蓝还见吗？

林竞回——见。撮合是真，消息也是真的。

单世钧心中好笑，老狐狸，这手一箭双雕玩得妙啊。

起飞了，落地联系。单世钧最后回了林竞一条消息，就关了机。

按照曲筱阳通常的习惯，这种几个小时的航班，看半本书、一部电影或者索性睡一觉，时间很快就混过去了。但今天不可能那么自如自我了。毕竟身边坐了一个存在感太强的人，一个一举一动，都能轻易牵动她情绪的人。

就在她正纠结是走流程假装闲得没事做然后开始尬聊，还是直接尬聊的时候，坐在旁边的单世钧忽然将自己腰后的靠垫放到了曲筱阳的脖子后面。

曲筱阳没料想到他会有这个举动，一开始还稍微有点吓了一跳。

单世钧对上曲筱阳惊讶的眼神，解释道：“见你脖子后面这一截一直空着，这样抻着脖子，久了会不舒服。”

曲筱阳有些惊讶，也有些感动。她完全没想到，像单世钧这样常年在枪林弹雨里摸爬滚打的钢铁硬汉，会有这么细腻的一面。

因为她人瘦，每次坐中长途飞机，颈椎都会痛。百分之五十的时间，她也会记得带一个护颈枕，但今天显然属于另外百分之五十。

“谢谢。”曲筱阳轻声跟单世钧道谢，抬眸看向他，“但这样，你腰不会疼吗？”

单世钧简洁地说：“不会，我腰好。”

明明是一句简单的陈述，解释，但曲筱阳听在耳里，总觉得带点什么暗示的意思在里面。当然，也许只是她思想太不单纯了。

单世钧顿了顿，忽然低头靠近曲筱阳耳边，低声解释道：“我们出任务时，很多时候坐的都是军用运输机。左右两排长凳那种，没有靠背的，坐着也已经很习惯了。”

男人说话的时候，有温热的气息轻轻拂过曲筱阳的耳朵。恰巧耳朵是曲筱阳一个比较敏感的地方，那种痒酥酥过电般的感觉让她不自觉地缩了一下脖子，一抹粉色悄悄爬上她莹白的皮肤。

“那……”曲筱阳莫名有些紧张，放在膝上的手指微微蜷起，“那你们一般要那样坐多久啊？”

其实曲筱阳纯属是紧张得没话找话说，化解自己的尴尬。梁老师和莫梨说得对，她和异性接触的经验太少了。早年她一颗心全扑在学业和事业上了。不是在写论文就是泡在手术室，别说谈恋爱了，连个暧昧对象都没有。如果有和男人相处的经验，也不会像现在这么被动，手足无措了。

单世钧不动声色地将曲筱阳紧张的小动作收入眼底，眸中滑过一丝微微的笑意。

他淡淡答道："看去哪儿吧。十几个小时的情况也是有的。"

"十几个小时？！"曲筱阳惊讶之下，直接朝着单世钧这边转过了头。

单世钧为了方便低声交流，本来也是低头靠向了她这边，曲筱阳这让人猝不及防的一转……两人直接来了一个近距离的脸对脸，唇与唇的距离在那一瞬近到，只要其中一个人说话就会碰上另一人的唇的程度。曲筱阳脑子嗡了一声，心率骤然飙上一百八，手心都有些微微出汗。

近距离看，男人那双狭长的黑眸真的很深邃。

单世钧也愣了一下，显然也没料到会发展成这个局面。他到底是见过大风大浪的人，很快便调整好了心态，礼貌地向后直起身，拉开些距离，莞尔道："也还好，不是一直坐着。我们无聊了，有时候还会在上面比赛做俯卧撑。"

一句玩笑话，巧妙地化解了尴尬。

曲筱阳脸依然有些发烫，不自在地摸了摸鼻子："你们这爱好，难度有点大。"

说话间，漂亮的空姐推着餐车和饮料停在了他们这一排。

他们这趟航班恰好是中午时段起飞的，所以机上包了一顿午餐。飞机上的简餐只有两种选择，鸡肉米饭、牛肉面。

单世钧下意识地看了曲筱阳一眼，想到她不能吃肉的那个问题也不知道现在解决了没。

下一秒，就见曲筱阳冲空姐摆了摆手："我不用了，谢谢。"

单世钧接话道："主食不用了，水果和餐包还是给她一份吧。"

空姐温柔地笑了一下："好的。"

单世钧从空姐手中接过餐盘，拉开曲筱阳面前的小桌板，放在上面。

"先生您呢？"空姐询问道。

"和她一样。"

曲筱阳愣了一下，忙道："啊！你不用，麻烦给他一份牛肉面吧。"

不知为何，空姐脸上的笑意更浓了："好的，稍等。"

等空姐推着餐车离开后，曲筱阳才小声解释："我现在对肉味的反应没之前那么强烈了，你尽管吃，不用顾及我。"

单世钧叹了口气："但你完全不能吃肉，到了T国该怎么办呢？"

众所周知，T国是旅游大国，不仅因为有漂亮的自然风光和有趣的人文风光，还有那里的美食。

单世钧此话一出，曲筱阳顿时石化了。走之前曲筱阳一心只想着换个地方散散心，去哪儿不重要，重要的就是换个地方待着。看看大海，享受一下沙滩阳光，体验一下当地的民风民俗就行了。她甚至连旅游攻略都没怎么做，现在经单世钧一提醒，她才想起来，T 国有名的“吃”之一字。

身为吃货的曲筱阳此刻甚至有泪奔的冲动——看得见却吃不着，对她来说，残酷程度堪比凌迟了。她最近是水逆了吗？这一桩桩一件件的糟心事儿上赶着找上门来……

单世钧看了她一眼，说：“其实，我有个想法。”

曲筱阳已经难过得不想说话了，有气无力地“嗯”了一声，表示她在听。

“你要不要试试……以毒攻毒？”

曲筱阳一脑袋问号。

什么玩意儿？她没听错吧？

单世钧看她一眼，刻意压低了声，用只有两人能听见的声音说：“给你讲个小故事吧。小白刚入伍的时候，胆子特别小，这也不敢做，那也不敢做。不敢跳伞，不敢高空滑降，甚至让他半夜去巡山他都不敢。”

曲筱阳囫囵有神地啃了一口面包：“讲真，我觉得这不是他的问题。听上去像是纯粹的恐高和恐黑。而且，换我，我也不敢做。”

事实上，她觉得，大部分正常人应该都不太敢半夜三更的一个人去“巡山”。

“为了让他克服胆小这毛病，我让他一个人在山里待了一个月。回来后，什么毛病都没了，队里现在胆子最大最虎的就是他了。”

单世钧这么说着，眼里还露出了些许欣慰的神色。

曲筱阳一口面包卡在喉咙里，吐也不是吞也不是，一边忙着喝水，一边还抽空朝单世钧竖了个拇指——您可真是个狠人。对自己狠，对别人更狠！

好不容易吞下面包，曲筱阳神色复杂地问：“我能问一下，你说的山，是哪种山？”

单世钧淡淡说：“就是很普通的那种，我们进行生存训练的山。”

生存训练，字面意思很好理解。曲筱阳给了单世钧一个意味不明的眼神。

恐怕他们对“普通”的定义有天壤之别。

曲筱阳忽然想到，之前在山里遇到山体滑坡的时候，单世钧背着她，还能在那么陡峭湿滑的山坡上健步如飞、如履平地，不会就是在这种山上训练出来的技能吧？

曲筱阳心中微微一动：“你们进行生存训练的那种山里，不会有野兽吧？”

单世钧想了想：“还好，基本没什么危险动物……”

曲筱阳稍微松了口气。

“只是有几只狼而已。”

还“而已”？人言否？

曲筱阳特意转头看了一眼单世钧的表情，他看上去不像是在开玩笑的样子。

曲筱阳也压低了声，焦急地追问：“不是，这多危险……唔……咳咳……”

她一着急，又哽住了。

单世钧将桌上的水杯递给曲筱阳，轻轻拍了一下她的后背，淡淡道：“连狼都对付不了，战地那种复杂的生存环境，他就更应付不了了。”

那口面包被单世钧那轻轻一拍给拍了下去，而曲筱阳也沉默了。

之前曲筱阳对他们还挺好奇，一个个的都身怀绝技，跟得了武侠小说里的秘籍似的。现在，曲筱阳忽然不想知道他们是怎么变得这么强的了。

这世间没有偶然。你眼中所见的轻而易举，背后是不为人知的艰辛和不计其数的血汗。

“所以你想让我也用这种方式‘以毒攻毒’？怕什么就去做什么？”曲筱阳沉默了一会儿，直接换了话题。

单世钧点头，用带点鼓励的语气说：“不试试怎么知道呢？”

刚刚还想说这男人也是有细腻的一面的，结果转头人家就给她来了一记重拳出击。这极具军事化加直男风格的建议，让曲筱阳都不知道他是在开玩笑，还是认真的了。

单世钧认真道：“当然，只是一个建议。我只是觉得，你这么热爱美食，到了这里很多美食都不能亲自品尝，很可惜。尤其是：海鲜冬阴功、猪脚饭、牛肉米粉汤、泰式蚵仔煎、烤猪颈、煎蛋包蟹黄、咖喱炒海蟹……”

曲筱阳闭了闭眼：“停！”

这谁受得了啊？曲筱阳现在几乎可以确定男人是在故意逗她了：“原来你之前去过T国啊？不然怎么知道这么多当地的美食？”

单世钧点头：“嗯，去过两次。你如果需要导游的话……”

曲筱阳立刻道：“需要！”

她需要一个知道去哪儿吃的美食导游。

曲筱阳忽然正色道：“好，我决定了！”

单世钧愣了一下：“决定什么？”

曲筱阳：“就按你说的，以毒攻毒！”

单世钧没答话。

曲筱阳两眼都在放光：“与其忍受能看不能吃的凌迟之痛，还不如放手一搏！我仔细想了一下，之前觉得恶心那会儿我吃的是鸡肉粥，那东西清淡，肉味盖过一切。而T国食物无论酸辣咸甜，都比较重口，我专挑酸的、辣的下手，我就不信调料味盖不过肉腥味。”

单世钧今日算是见识了，曲筱阳对食物的执着。

“谢谢你啊，好建议。醍醐灌顶。”

单世钧：“客气。”

曲筱阳瞥他一眼，忽然勾起嘴角，笑了：“我忽然发现了一件事。”

单世钧：“什么？”

曲筱阳：“你现在话好像真的变多了。”

单世钧有些无语。

曲筱阳：“我觉得挺好的。”

两人这样有一搭没一搭地聊着天，时间一晃而过，竟完全不觉得旅程无聊。

下飞机取行李，过海关，出门打车，单世钧全程充当一个尽职尽责的搬运工，曲筱阳只用跟在他身后走就行了。曲筱阳忽然有些感慨，她单身二十几年，早就习惯“一个人扛下所有”，而且在医院里也几乎事事都冲在前面。所以她从来没享受过这种，肩不用扛，手不用提的待遇，感觉还挺……爽。

曲筱阳见单世钧帮她放好行李后，也跟着她上了出租车，还觉得他一路将她送去酒店这行为挺绅士的。

她转头问单世钧：“对了，你住哪家酒店？我刚才都忘了问你，你这次的行程安排。”

该来的总是会来，虽迟但到。

单世钧看着她，黑眸里神色莫测：“其实……我们住同一家酒店。”

四目相对，两厢无言。

单世钧叹了口气：“有件事，我得跟你坦白一下。”

曲筱阳不知道他要说什么，竟有些紧张。她感觉心跳加快，手心也微微有些出汗：“你说。”

单世钧微微停顿一下，而后道：“之前介绍我们认识的，其实是我领导的爱人。”

“啊？”曲筱阳点了点头，“我还以为你要说什么呢，铺垫这么长，一样的啊，我这边的介绍人也是我的导师，我上级。”

单世钧看着她，欲言又止。

曲筱阳稍微一想，忽然明白过来：“等一下，你之前说是你领导派你到这边来执行任务的。”

单世钧微微颔首。对，他的点在这儿。尴不尴尬的，先甩锅给林竞再说。也算不上甩锅，因为本来就是他的锅。所以林竞负责尴尬就行了。

曲筱阳有些无语地抬手捂眼：“啊！梁老师这手也太黑了，原来他们这次是联起手来设计我们，也是难为他们了。”

曲筱阳之前就觉得这场“巧合”有点蹊跷，现在一看，果然全是满满的套路。

曲筱阳真是没想到，有朝一日，竟然会被心中最尊敬的前辈、行业的标杆给套路了。

两人对视一眼，不约而同地都在对方眼里看到浅浅的笑意。

曲筱阳轻咳一声：“这个……既来之则安之。我本来也打算利用这个假期出趟门，换一下心情。”

单世钧点头，表示赞同。

曲筱阳好奇地看他一眼：“那你是真有任务在身，还是全是套路？”

单世钧用指节微微抵了一下额头：“其实还是有任务的。”

曲筱阳目光流转，意味不明地“哦”了一声，那个尾音拖得略长。

单世钧被可爱到了，到底是没忍住，笑了一下：“真的，没骗你。”

曲筱阳看过去时，刚好撞上男人略带笑意的眼神。那笑容里的温度，让曲筱阳的心脏突突跳快了几拍，向来疏离冷感的那张脸，在这座不夜城的华灯浸润下，竟然变得柔和亲切起来。

曲筱阳看着男人清俊的侧脸，心想，他如果多笑一笑的话，应该很受女孩子欢迎。

曲筱阳他们抵达酒店的时候，已经是晚上八点多了。

“2044，2046，我俩是隔壁啊？”曲筱阳领了房卡，又探头看了一下单世钧手里那张。

“嗯。”

“44。”曲筱阳盯着自己手里那张房卡，心里有点无语。她倒不迷信这些，就是觉得有点好笑，人倒霉的时候，连抽房卡都能抽到“死亡”号码。

单世钧将曲筱阳盯着房卡犯嘀咕的小表情尽收眼底，他忽然伸手拿走了她手中的房卡，再不动声色地将自己那张房卡塞入她手中。

“走吧。”

“哎，等等？”曲筱阳回过神时，单世钧已经拖着两人的行李朝电梯间去了。本来酒店里的服务员要帮两人送行李上楼，被单世钧婉拒了。

“你干吗跟我换房啊？”进了电梯，曲筱阳悄悄抬眼扫了一下身边高大的男人，抿唇微笑——七分好奇，三分娇嗔。

单世钧垂眸，淡淡道：“把我的好运气换给你。”

曲筱阳愣了一下。

男人转头，认真地看着她：“希望你之后过得顺遂、开心点。”

曲筱阳张了张嘴，一时不知道该说些什么。一抹粉色，悄悄爬上她的耳朵。

“饿了吗？”走到房门口，单世钧毫无预兆地问了一句。

曲筱阳含蓄地答：“有一点。”其实可不只是一点点。本来飞机上她就没怎么吃东西，落地后一直忙着取行李，过海关，打车到酒店，相当于从中午饿到了现在。

她刚说完，肚子就不争气地叫唤了一声。虽然那声儿不大，但在空旷无人的走廊里，还是足够对方听清了。

单世钧莞尔：“这附近有个当地人喜欢去的夜市，要不收拾一下，等下去夜市？”

曲筱阳眼睛一亮：“好啊！”

虽然有点累，但，美食不可辜负！

单世钧想了一下：“那二十分钟后见？”

曲筱阳点头：“好！”

二十分钟，刚好够冲个澡，换身衣服。

单世钧进了房间后，先不急着收拾行李，而是将酒店的每个角落都仔细检查了一遍。他现在每去一个地方，首先做的，就是这件事。跟这里是五星级酒店还是没星的招待所没关系，只是出于职业习惯，不检查一遍就会跟强迫症一样难受。确定没有监控、窃听后，他给林竞打了个电话。

“我到酒店了。舒蓝那边，是我直接联系，还是你跟他们已经说好了？”

电话那头的林竞，无语凝噎了足足五秒，才说：“大好夜晚，美人在侧，你打电话来跟我聊工作？”

单世钧冷漠地说：“我跟你，不聊工作，难道聊兄弟情？”

林竞叹了口气：“我算是知道你为什么一直单身了。‘钢铁直男’，比我直。不，比钢筋还直。”

单世钧走到床边，将酒店的窗帘拉上：“少杠。咱大队上百分之八十的人个人问题都还没解决。”

“我服了。”

单世钧看了眼时间：“你要继续讨论八卦的话，我就先挂了。”

“舒蓝那边，已经通知了。她这两天有事出海了，回来后会跟你联系。你先好好休息两天，也当给自己放假了，顺便好好陪一下曲医生嘛。毕竟，人家那心病，多少跟你有关。”

“挂了。”

“等等，我还没说完，机会难得，好好把握……”

单世钧直接掐了电话。

曲筱阳迅速冲了个澡，换了套干净的衣服。收拾妥当，她看了眼时间，刚好二十分钟。她匆忙换了鞋，拉开门。

男人正安静地站在她房门外，低头看手机，也不知等了多久。但他没有敲门，只安静地在外面等待，很是绅士。

见曲筱阳的房门开了，他便收了手机，看向她：“准备好了？”

单世钧看清从房内走出来的曲筱阳后，瞳孔微微一缩。那一瞬间，他心中像是有清泉“叮咚”流过，又像似有花开的声音，一时间，脑中忽然生出了许多杂念。

曲筱阳换了一身清爽的白色一字肩的泡泡袖衬衫，搭配一条浅色的牛仔短裤，扎了一个蓬松的丸子头。再加上她本来就是巴掌大的小脸，整个人就显得很有少女感。少女的天真和女人的妩媚，在她身上浑然天成。单世钧不自觉地盯着那一截雪白的肩颈多看了几秒，忽觉不妥，便立刻移开视线，掩饰似的轻咳一声。

单世钧可能也冲了个澡，曲筱阳悄悄打量他时，发现他利落的短发上还带着些水汽，几绺半湿的发丝柔顺地搭在前额，为男人平添了几分性感。他也换了身衣服，简单的白T恤，跟她身上那条牛仔短裤颜色相似的牛仔长裤。

乍一看……感觉两人像是穿了情侣装。

曲筱阳略微有些不好意思，问道：“你在这儿等了多久了？也不敲门跟我说一声。”

单世钧微微一摇头：“没等，我也刚出来。”

一听就是客套话。

曲筱阳忽然道：“啊，我想起来了！”

单世钧心头又是忽地一跳：“什么？”

曲筱阳一拍手，眼神揶揄地看着他：“我忽然想到，你第一次相亲时，迟到也是故意的吧？你当时说有什么事，其实根本就没有，对吧？”

单世钧腹诽：说好的翻篇了呢？女人的嘴，骗人的鬼。

曲筱阳仿佛名侦探附体，继续推理道：“后来跟你接触下来，我发现你其实，很守时。之前在云城时，你每天说什么时候来医院，就一定准时。只有提前到的，从来没迟到过”

单世钧有些尴尬地摸了摸鼻子：“抱歉。”

曲筱阳笑道：“每次一提相亲的事，你就这副表情。你的队友肯定没见过你这副模样，还蛮有趣的。喂，这也算是一段黑历史了吧？”

“什么表情？”

曲筱阳朝他眨了眨眼：“像在婆家受了委屈，敢怒不敢言的小媳妇似的。”

这比喻……单世钧纠正道：“没委屈。之前的确是我做错了。”

曲筱阳摆了摆手：“好啦，我早说过翻篇了。我今天只是突然想起了，随口一问。”

女人心，海底针。谁说不是呢？嬉笑怒骂，全凭心情。

曲筱阳稍微朝前跑了两步：“饿死了，迫不及待想看看夜市上都有什么好吃的了。”

单世钧在后面看着女人轻快的脚步，眸中不自觉露出一丝浅浅的柔和笑意。曲筱阳的状态看上去，好像的确比之前好些了。看来出来旅游，是对的选择。

T 国的经济支柱是旅游业，而首都 B 城又是外国游客最集中的城市，因此 B 城是真正意义上的不夜城——随处可见各种热闹的夜市、酒吧街和秀场。

这个点出来玩和觅食的人很多，当地人多，游客更多。尤其是走到夜市的这两条步行街上，摩肩接踵的，身边都是人。一群玩嗨了的白人青年咋咋呼呼地往酒吧街走，其中一个男生兴高采烈地忙着跟同伴说话，半倒退着在走，完全没注意到他前面的曲筱阳。说到兴奋处，那男生跳着退了两步，眼看就要撞到曲筱阳，单世钧忽然伸手揽住曲筱阳的肩，将她拉到了自己身边，刚好避过了那个有些冒失的男生。

曲筱阳背后又没长眼睛，当然不知道发生了什么事。她只是被男人突如其来的霸总行为吓了一跳，被他揽到身边的刹那，闻着他身上散发出的淡淡的沐浴露的味道，心率都有些不齐了。而后便见几个年轻的小伙儿上前，跟他们连声地说“Sorry（对不起）”，背着身走的男孩子没注意到曲筱阳，但他们可全程看见发生了什么事。差点闯了祸的男生也后知后觉地跟着向曲筱阳道了歉。

曲筱阳这下明白过来了，单世钧刚才原来不是突然被霸总附身。好吧，美丽的误会。只是，她肩头被他触碰过的那一片，依然微微发着烫。

曲筱阳朝几个小年轻摆摆手：“No worries. It's OK.（别担心，没事。）”

单世钧用流利的英文跟他们聊了两句，半开玩笑似的提醒他们走路要小心周围的情况。两边和和气气地寒暄两句，然后就各走各路。

等那群青年离开后，曲筱阳神色复杂地看了单世钧一眼："想不到，你英文说得竟然这么好。"

单世钧莞尔："怎么，你觉得我应该是个铁憨憨？"

不好意思，她之前还真是这么认为的。

单世钧看她一眼，神色莫名："特种兵其实文化课也不差的，我们要学很多复杂的东西。"

曲筱阳做了个抱歉的手势："错了大佬，是我井底之蛙了，您大人不记小人过。"

两人这么走着，曲筱阳忽然被路边一家类似卖凉菜和米粉的小摊吸引了注意力。

小摊上摆放着色泽鲜艳的像是凉拌三丝一样的东西，看上去让人很有食欲。小摊旁立着一块木牌，上面用英文写着 Green Papaya Salad，旁边还写了一串歪歪扭扭的中文——木瓜沙拉。T 国中国游客很多，所以很多摊贩为了方便交流，都会提供中文菜单，甚至有些商贩也会讲几句简单的中文，这倒是为不会英文的中国游客提供了很大的便利。

摊主见曲筱阳的视线停在了自己的摊位上，立刻热情地冲她招手，用不是很流利的中文跟她说："来呀，来呀！好吃！"

曲筱阳礼貌地冲摊主笑了一下，转头问单世钧："青木瓜？是生木瓜吗？木瓜沙拉我还没吃过。"

单世钧低声解释道："不是没熟的木瓜，只是一种青皮木瓜，T 国的品种，口感很脆。"

他一边说着，一边已经将零钱递了过去："一份，谢谢。"

曲筱阳再次被他的行动力震惊了："哎，我还没说我要，而且，怎么又是你买单啊！你这样我都不敢跟你出来了。"

单世钧从老板手中接过那碗木瓜沙拉，递给曲筱阳："尝尝，我觉得你应该会喜欢，这个作为开胃菜最好不过了。"

曲筱阳捧着那碗色泽漂亮的沙拉，抬头问他："你不吃吗？"

单世钧摇头："不用。"

曲筱阳腹诽：哇大哥，你这样没说服力啊，自己不吃让我吃，真的会好吃吗？主要是，这搭配感觉挺怪的，但来都来了，当地特色，肯定是要尝试一下的。曲筱阳用叉子叉起一些木瓜丝放进嘴里，刚嚼了两口，她两眼便立刻开始冒光。

单世钧问她："怎么样？"

曲筱阳一边继续叉了更多的木瓜丝，一边不忘竖起大拇指，疯狂点赞。

单世钧见曲筱阳吃得开心，他的情绪仿佛也被她感染了："省着点儿胃，后面好吃的还多着呢。"

两人说话的时候，人群里有一个小小的身影，悄悄地靠近曲筱阳。他躲在人后，一步一步，终于走到了曲筱阳身边，神不知鬼不觉地伸出手。他的目标是曲筱阳身上背的小挎包，他的手在碰到曲筱阳包的那瞬间，戛然停住。

不是自己停下的，而是有另一只大手死死握住了那个扒手的手腕。

那扒手见自己当场被抓包，立刻慌了，使出全身力气想要挣脱手腕上的桎梏。可惜，他选错对手了。

单世钧握着那扒手的手腕，轻轻一拉，便将他从另一个游客身后拉到了他们身前。这动作就稍微有些大了，就算是沉迷于美食的曲筱阳，也发现了不对劲，转过身便看见单世钧一脸淡定地单手抓着满脸惊恐的扒手。

曲筱阳心情复杂地看着眼前这个扒手，一时间不知道该说什么了。

"这么小的孩子……"

单世钧抓住的这男孩儿，身上穿着件破了洞的T恤衫，骨瘦如柴。而且一看就是个未成年，可能是十四五岁的样子，被抓住后，他脸都吓白了，抖着嘴唇一句话都说不出来。看他那表情，都快哭出来了。而且感觉他们身份颠倒了，在这个场景里，仿佛单世钧才是那个欺负人的恶人。

单世钧叹了口气："这里有很多这种民间'扒手'组织。有些无家可归的小孩，被卖到扒手组织，或是被他们'收养'，每天就负责上街'工作挣钱'，换口饭吃。"

曲筱阳："当地警察不管这事儿？"

单世钧摇了摇头："你以为警方不知道这些事？有些灰色地带的东西，睁一只眼闭一只眼就算了。这种事太多了，管不过来。"

最后，曲筱阳从街边买了一份炒饭，递给那男孩儿。男孩儿拿过那份炒饭，又深深看了曲筱阳一眼，撒丫子跑了。

这段插曲过后，两人继续逛夜市，但单世钧却发现曲筱阳情绪忽然变得异常低落，对着各种美食也提不起兴趣的样子。

单世钧忽然拉住曲筱阳，低头看着她的眼睛："你怎么了？还在想刚才那孩子的事？"

曲筱阳抿了抿唇，没说话。她刚才看到那个瘦弱的，年纪轻轻就被逼着出来当扒手的男孩儿，忽然莫名地想起了阿哲。她心里最不想触碰的那块伤疤，再次被狠狠撕开。

两人继续在夜市上走走逛逛，曲筱阳始终兴致不高。一支熟悉的旋律，忽然从夜市的中心广场断断续续地传过来……是最近很流行的一首古风网络歌曲，中文歌。

曲筱阳驻足，忽然想起之前医院食堂里也经常放这首歌。

单世钧看向曲筱阳："过去看看？"

"好啊。"

两人循着歌声走到广场上，终于看见了在路边弹唱的流浪歌手。小伙儿唱得还行，周围停下脚步听歌的大多是过来旅游的中国人。

一曲唱完，周围响起稀稀落落的掌声。大部分人都是转身就走，显得小伙儿面前那顶只放了几张零钱的帽子看上去格外可怜。

曲筱阳正准备从包里翻零钱，单世钧忽然按了一下她的肩："在这儿等我一下。"

曲筱阳不明就里，但见单世钧走上前，在那顶帽子里放了一张面额较大的钱，而后直起身对那名流浪歌手说："兄弟，介意把你的吉他借我用用吗？"

曲筱阳满头问号。

当街借吉他，这是什么操作？她竟不知，单世钧还有这么狂野的一面。而且，他居然会弹吉他？这男人是洋葱吗？每次剥开一层，还有下一层……

那流浪歌手倒是挺好说话的，腼腆地笑了一下，二话不说就将吉他取下来递给了单世钧。

单世钧将吉他斜挂在身上背好，修长的手指轻轻拨动琴弦，调了一下音。而后他上前半步，低头凑到落地话筒前说："一首《平凡之路》，送给一个重要的朋友。"

我曾经毁了我的一切

只想永远地离开

…………

夜色下抱着吉他深情弹唱的男人，身上带着忧郁和沧桑的性感。举手投足，甚至他的每一个眼神，都饱含成熟男人的魅力，那是来自岁月和独特经历的馈赠。一副略带沧桑的磁性好嗓，像一个成熟稳重的男人，将自己的坎坷经历娓娓道来。那声音令人着迷，也让人安心。

不知不觉，周围聚过来围观的行人变多了。

单世钧手指灵活地扫过琴弦，眼睛始终看着一个方向。

而曲筱阳站在人群中，安静地和他对视。男人沉静坚定的目光，和他整个人给人的感觉一样，曲筱阳从他的眼神里读到了他想对她说的话。

不要担心，我会陪着你。

不要害怕，勇敢一点，重新出发。

我们每个人都会经历不同的坎坷和风雨，也能见到不同的彩虹和风景。

即便经历挫败起伏，也愿你能保持初心，保持热忱。

就像歌词里唱的那样——

我曾经失落失望失掉所有方向

直到看见平凡才是唯一的答案

琴声渐息，周围响起一片掌声、口哨声。

曲筱阳不知道那一刻安静听歌的自己是否眼里有泪，但她觉得很奇妙的是，单世钧的歌声，在那一刻好像在她周围竖起了一道保护墙。周围的人声鼎沸，喧嚣浮华，都消失殆尽。那一刻，他们眼里只看到彼此。

你听到了吗？

我听到了。

曲筱阳和单世钧在公共用餐区找到一张桌子坐下。

桌上摆了很多当地的特色小吃——芒果糯米饭、冬阴功海鲜面、猪脚饭、泰式蚵仔煎、烤串……还有一扎在当地很受年轻人喜欢的啤酒。

一眼看过去，全是卡路里。

这些都是单世钧沿路买来的。

单世钧掰开筷子，递给曲筱阳："唯美食不可辜负，这是你说的。"

曲筱阳接过筷子，说了句"谢谢"。

单世钧倒了一杯啤酒，推至她面前："大口吃肉，大口喝酒。今晚你尽可畅所欲言，我奉陪到底。"

曲筱阳盯着那一桌美食，缓缓吁出一口气。

"你说得对，憋着也不是办法，浪费美食更是可耻。"曲筱阳举起那杯啤酒，那双漂亮的眸子里水光潋滟，"谢谢你的《平凡之路》，的确是时候该继续'向前走'了。我要以毒攻毒。"

单世钧也举起酒杯，跟她的轻轻一碰："敬以毒攻毒。"

放下酒杯，曲筱阳托着下巴歪头看向单世钧："你什么时候学的吉他？"

"在军校的时候。文艺会演要找人凑数，现学了两个月。"

曲筱阳愣了一下，而后立刻开启曲怼怼模式："你就吹吧！这是只学了两个月的水平？我虽然不太懂吉他，但我也不傻好吧？"

曲筱阳顿了顿，微微眯眼打量他："还是说，这是自夸的新套路？"

单世钧沉默两秒："我还没说完……"

话说到一半，对面的曲筱阳就一顿突突突，完全不给人解释的机会啊。

曲筱阳做了个抱歉的手势："对不起，单老师，您请继续。"

单世钧有些好笑，又有些无奈："一开始是赶鸭子上架，后来是真有兴趣了，就断断续续学了下去……"

曲筱阳第一次对单世钧的生活产生了强烈的好奇。

"你平时的生活，到底是什么样的？闲暇时，除了弹吉他，还干别的什么吗？不过，以你的工作性质，一年到底能休多少假啊？"曲筱阳顿了顿，"我记得咱俩第一次见的时候，你说过，你们通常一年只有二三十天探亲假。真的？"

单世钧低头摸了摸鼻子，再看向曲筱阳时，眸中有浅浅的笑意："先回答哪个问题？"

曲筱阳想了想："假期？"

单世钧神色莫测地看着她："你最在意的是这个？"

曲筱阳愣了一下："不是，我不是那意思，我单纯好奇你们工作到底有多辛苦。"

听上去好像还是在试探别人有没有假期陪家人陪女友似的，越描越黑。

单世钧却是认真答道："其实我隶属的部队情况特殊一些。"

曲筱阳点一点头，心说我当然知道你部队特殊。放眼全国，也没几个部队的人会长期在境外执行任务的。

单世钧："所以我们的假期灵活性也大一点。"

曲筱阳心思微微一转，立刻明白了："是跟着任务来的？"

单世钧颔首："对。"

曲筱阳想了想："任务情况复杂，或者需要长期待在国外的那种，也许一年都休不了几天假？"

单世钧坦诚地说："这种情况，有。不过在任务和任务之间，还是会给我们很多休息调整的时间的。"

曲筱阳想了想他们那高强高压的工作性质，忽然理解了。动辄就给人整个 PTSD，要不就是各种伤筋动骨的。又不是神仙，谁能接二连三地赶赴不同的战场？

曲筱阳叹了口气："你们真挺不容易的。"

单世钧摇了摇头："在其位，谋其政。先吃饭吧，光顾着说话，菜都凉了。"

曲筱阳扫了一眼桌上的美食，有些犹豫不决："嗯……先吃哪个好呢？"

虽说唯美食不可辜负，但她对肉类，到底还是……

单世钧留意到她的眼神，主动建议："要不，先试试不那么油腻的吧……

冬阴功海鲜汤是比较重口味一些的酸辣味，也很好吃，先试试？”

曲筱阳还是保守的，第一筷子没直接去碰汤里的海鲜。她舀了些冬阴功汤到自己碗里，又夹了一小撮面。看了坐在对面的单世钧一眼，曲筱阳不问自取，直接拿过他的碗，夹了一只蟹钳和一只海虾到他碗里。

“你也吃。”曲筱阳言简意赅。

女人突如其来的亲昵举动让单世钧微微一愣，再看她时，连眼神都更柔和了些。他嘴角轻轻勾起一个弧度，低声道：“谢谢。”

曲筱阳心里还是有些紧张，便先尝了一口汤。

舌尖最先尝到的是正宗的泰式酸辣味，酸的口感来自小番茄和青柠汁，辣是泰式红辣椒。酸辣刺激了味蕾，让口腔里的味觉细胞完全觉醒了。第二层口感是柠檬草的清香和鱼露的咸鲜，一浓一淡两种味道混搭在一起，提升了汤的鲜美。最后的亮点就是汤里加的椰奶了。在酸辣鲜香的口感上又加了一层甘甜的奶味，让整个汤的口感变得很顺滑。

曲筱阳喝过汤后，她的胃不仅没有提出任何的反感，反而很是喜欢，于是她又试吃了单世钧剥好后递过来的一只蟹钳。蟹肉完全吸收了汤汁的味道，鲜美浓郁，入口即化。

曲筱阳用纸巾擦了一下嘴，抬眼便见单世钧正盯着她看。

虽然从神情上看不太出来，但他似乎比曲筱阳本人还紧张：“怎么样？”

曲筱阳露出一个灿若星河的笑：“一个字，赞！两个字，绝了！”

单世钧眸中划过一抹笑意：“那，你应该可以吃海鲜了？”

“嗯。这趟T国来对了。”曲筱阳重重一点头，那表情似要感动落泪，“谢谢你把运气借我，可能真管用了吧！”

单世钧目光温柔地看了曲筱阳一眼，笑而不语。

两人一边吃宵夜，一边喝啤酒，无限惬意。海风一吹，心情也畅快了不少。

“其实，刚才在夜市里看到那个男孩儿时，我就想到了阿哲。”半扎啤酒下肚，曲筱阳终于鼓起勇气直面心底最难以接受的事情。

单世钧垂眸：“其实我有猜到。”

曲筱阳叹了口气：“我还记得一开始见到阿哲的时候，他也是那副骨瘦如柴的模样，满身的伤，还有无助的眼神。”

曲筱阳慢慢回忆道：“虽然他那时常常对我露出毫无防备的、天真的笑容。但第一次见他时，在他眼里看到的那种戒备和时而闪现的阴郁，我就知道，他之前的日子一定不太好过。”

曲筱阳看了一眼单世钧：“那个，你别误会，我不是在为他开脱，也不是圣母心作祟。他的确做错了事，必须为自己的行为买单，这无可厚非。

“我只是觉得……我不知道该怎么说。今天看见那个扒手男孩儿，我就在想这件事：原生家庭对小孩的后天性格形成影响很大。这些小孩儿在成长中，如果没有得到正确的引导，如果生存环境又是那种特别恶劣的，很容易就会误入歧途。阿哲之前有提到过，家里的几个哥哥都一心想弄死他，什么帮里的人，也都是势利眼、墙头草。他后天性格的扭曲，和这恶劣的成长环境脱不了关系。”

单世钧淡淡一点头：“这肯定是有关系的。”

单世钧安静了一会儿，忽然说道：“这世上误入歧途的小孩儿千千万，他不是唯一。你不用自责什么。你救了他一命，已经完成了你的义务和使命了。他的死，跟你也没任何关系。”

“嗯……”曲筱阳沉默片刻，“也不是完全没关系。”

她揉了揉眉心：“他本来是那种疑心极重，对他人极度不信任的性格。后来那种种极端的表现，大概是觉得我‘背叛’了他的信任。总之，如果我早点跟他沟通的话，也许事情也不至于发展到那地步。他也许本可以被你们以正常的方式逮捕，可以被送去教管所，不应该只有那一种结局的……结果，现在，阿哲死了，你们的线索也断了。”

说到此处，她微微咬唇，再也说不下去。

单世钧忽然伸出手，握住了曲筱阳放在桌上，微微有些颤抖的手指。他的手掌温热有力，掌心因为常年握枪而长的茧巴有一点粗糙，但让人很安心。

“我懂你的意思。

“但我说过，这不是你的责任。

“是我对形势的判断错误，才将你卷入这件本该与你无关的事情。”

单世钧的黑眸认真地注视着曲筱阳，良久，露出一个有些温柔，又有些自责的笑：

“当时有些心急了，就走错了路。”

夜色朦胧，海上微微起雾。

马拉卡海峡上的一艘货运轮船上，一个身材高挑火辣的女人站在甲板上，一头漂亮的长发迎着海风在空中肆意飞扬。

“蓝姐，这船货都全部验过了，都是零食和方便面。”身后一人走上甲板，停在女人身后三米远的地方，毕恭毕敬地向她汇报情况。

闻言，舒蓝眼中闪过一丝冷意，嘴角微微勾起：“罗显洋这次很有耐心。”

可惜得很，她最不缺的就是耐心，有的是时间陪他慢慢周旋。

“还有件事，中国陆军飞刃大队那边的代表已经到T国了。”

舒蓝眸光微闪："时间刚好。"

单世钧冲了澡出来，看见那部用于外部通信的手机屏幕亮了一下，上面有两通未接来电。

来自同一个加了密的境外号码。单世钧打开电脑，登录舒蓝之前给他们的网络通信程序，开始打字。

【刚才有事。】

按下发送键，信息经过多重加密，传到网络另一端。

单世钧等了两分钟，电话忽然振动了一下，他立刻接了起来。

"嗨，单小哥。"媚骨天成的性感嗓音，在深夜时分，显得格外诱惑。

单世钧淡淡地道："舒蓝。"

女人在电话那头轻笑："在忙什么？没打扰到你吧？"

她语焉不详，暧昧的语气意有所指。

单世钧没搭理她那茬儿，直切正题："什么时候见面？"

舒蓝幽幽地叹了口气："你还是一如既往地不解风情。"

他有些头痛，舒蓝这个类型，是他不太擅长应付的。他知道她本没什么恶意，就是有些恶趣味，喜欢变着法子捉弄人。

见单世钧不中招，舒蓝收了调笑的心思："明天下午五点。我处理完这边的事，就过来找你。"

单世钧顿了顿："我的酒店？"

"不然，你还想到我的地盘上来刷脸？"

单世钧沉默了两秒，想到舒蓝那家船舶公司的复杂情况，便同意了她的方案："回头我把地址发你。"

舒蓝那边传来敲击键盘的声音："我这里有些新的资料，先传给你，你看看。剩下的，我们见面说。"

"好。"单世钧话音刚落，就见系统里弹出一个窗口，他点了下载文件。

文件下载成功后，云端系统自动启动文件粉碎程序，上面的痕迹立刻被抹得干干净净。

舒蓝在电话那头有些慵懒地问："对了，你也难得来一趟T国。明天我派人好好招待一下你，体验一下我们这边的风俗民情？"

她口中的"招待"，恐怕不是传统意义上吃顿饭那种"招待"。

"不用。"单世钧冷漠地拒绝了。

他对着外人，依旧是那副懒得解释也懒得陪聊的态度，语气里已经隐约透出几分不耐烦，简洁地终结话题："明天见。"

“开玩笑的。”舒蓝早知道单世钧这性格，也不恼，只在电话那头轻笑一声，“晚安了，单小哥。”

曲筱阳躺在酒店松软宽敞的大床上，盯着天花板发呆。今晚她大概又要失眠了，但原因不再是那反复折磨困扰她的噩梦。不知道是不是因为喝了点酒，两人把话说开了，两人对饮到深夜，才慢慢散着步回到酒店。她脑中不断地回想着在夜市上的一幕幕。

单世钧郑重地跟她道歉时，不知出于什么情绪，握住了她的手。那一刻，鬼使神差地，她不想就那样松开手。借着酒意，她大着胆子，悄悄屈了下手指，反握了回去。夜色太暗，她不知道有没有看错，那一刻，男人黑眸里似有火焰燃起，一路烧到她心里。

两人就这样亲昵地交握着手又低声闲谈了许久。

到了今天，曲筱阳对单世钧肯定是有想法的。这点她不想否认，也没必要隐瞒。

从刚开始认识时的不顺眼，他的哪里看着都生厌；到后来再次相遇，他舍身相救，她对他逐渐心生好奇；再到后来她落入险境，他沉着应对再次救她脱难，她逐渐对他改观；之后不离不弃地陪伴照顾，两人解开误会和心结，曲筱阳心里不免生出了更多想要了解他的欲望……

所以，在飞机上再次相遇，得知单世钧也要去 T 国时，她是惊喜的。这意味着，她又多了些和他相处的机会。

这些日子相处下来，若说单世钧对她一点想法都没有，她也是不信的。他对她的点点滴滴，她都看在眼里。常言都说，眼睛是心灵的窗户，演技再好，有些感情也是藏不住的。从男人看她的眼神里，她能清楚地感觉到这一点。

曲筱阳想到今天在夜市上两人之间那暧昧的气氛，有一瞬间，她甚至有种冲动，想问问单世钧对两人关系到底是怎么想的。但她到底还是忍住了这种冲动。一方面是不敢确认，怕捅破了这层窗户纸，连朋友都做不成了。那时的气氛太好，她舍不得破坏。另一方面，她也怕逼得太紧，吓跑了对方。

也不知道是不是上了年纪的关系，喜欢一个人，再不能像年少时那样不计后果，毫无顾忌地大声说出来。成年人谈恋爱，似乎总有这样那样的顾忌，总是瞻前顾后想太多，怕输不起，也不愿走出舒适区。于是模棱两可地，不断地相互试探，非要等到有百分之百的把握，才会将心意说出来。

曲筱阳不知道单世钧是不是这样想的，至少她是这样想的。她也不急，反正这么多年都等过来了。只要渐入佳境，便可来日方长。

放在床头柜上的手机忽然亮了。

曲筱阳伸手拿过来，看到屏幕上有一条单世钧发过来的消息。

这么晚了，他竟然也没睡。莫非也和她一样，辗转反侧，思虑良多？

曲筱阳心口突突地跳，手指有些颤抖地点开消息。

【明天有事，不能陪你了。晚安。】

曲筱阳腹诽：渐入佳境？脸有点疼。

趁着没“导游”的这一天，曲筱阳决定一个人去参观一下必打卡的景点。考虑到单世钧来过两趟 T 国了，大家都去的旅游景点，他肯定不会想再去一次。

T 国是佛教文化浓厚的一个国家，听说当地市中心有一尊很灵的四面佛像，很多当地人都会去参拜祈福。曲筱阳看自己规划的路线里刚好会经过那个广场，也准备去参观一下。

所谓四面佛像，即佛有四面，分别司掌健康、事业、爱情与财运。据说，这是 T 国香火最旺盛的佛像之一。这座四面佛坐落在市中心的一个小广场上，位置很好找。曲筱阳丝毫不怀疑这座佛像的香火的旺盛程度，否则也不会被列为十大必参观景点之一了。只是她没想到，竟然会有这么多人。她到达景点的时候，才早上十点多，然而佛像周围已经被围得水泄不通，里三层外三层的。前来参拜的当地人和游客络绎不绝，都很默契地排着队，等待进入广场参拜。

曲筱阳听见旁边两个同样来自中国小女生在交谈，说的还是她的家乡话。

一个人说：“特意起了个大早，没想到还是这么多人。”

另一个说：“排着吧，谁叫今天是周四呢？看着人多，其实速度挺快的，估计不到半个小时就到我们了。”

曲筱阳好奇地用家乡话问她们：“周四怎么了？是什么特别的日子吗？”

小女生听见曲筱阳也讲中文，讲的还是自己的家乡话，顿生亲切。

一个女生笑着跟她打招呼：“哟，老乡啊。你也是来参拜的吗？”

曲筱阳摇了摇头：“我是看这尊四面佛被列为必参观的景点之一，才慕名前来看看。”

另一个女生立刻露出暴殄天物的表情：“天哪，来都来了，就拜一下吧。你不知道，这四面佛在当地可有名了，许愿非常灵验。你知道为什么这是必参观景点吗？就是因为特别灵。而据说周四是最灵的一天，所以才会有这么多人来参拜。”

曲筱阳被她绘声绘色的模样逗乐了，学她的模样说：“这么灵？”

女生狂点头：“当然。既然你都来这里了，这也是你的缘分，不如就参拜一下再走。”

另一个女生也附和道：“对啊。心诚则灵，重要的是心诚！”

“对啊，试试嘛，你没有想要达成的心愿吗？”

想要达成的心愿？曲筱阳看着伫立在不远处的佛像，沉默了。隐隐约约地，是有一个心愿。既然盛情难却，不如一试。

曲筱阳跟那对姐妹花们一起排队，一路闲聊，倒也不觉得无聊。等到她们参拜完，终于轮到曲筱阳了。她学着之前那对姐妹的模样，在佛像面前跪下，双手合十，许愿。

“你参拜的方式不对，这样不会灵验的。”一个低柔温和的声音从身边传来。那人说话的语气不急不缓，虽然表达方式稍微有点强硬，但听在耳里却完全不会让人觉得不舒服，反而有点润物细无声的感觉。

曲筱阳转头，见身侧站着一个身穿黑色绸缎衫的男人，他低着头，神情温和地看着她。男人看上去三十来岁的模样，斯文俊秀的脸生得异常白皙，一身儒雅的贵气，却总给人病恹恹的感觉。他手里捏着一串小叶紫檀佛珠，不疾不徐地拨动着。

曲筱阳有些尴尬，她本来也是一时兴起，没有具体去了解参拜的方式，也没想着许的愿一定要实现。

男人见曲筱阳一脸尴尬，不知怎么接话的样子，又温和地解释道：“别误会，我无意唐突你。只是看你的打扮像外地人，肯定是特地前来参拜的。不想你白跑一趟，忍不住上来跟你说一声。”

他这样温和有礼、知进知退的，曲筱阳反而有些不好意思了。难得人家好意上前指点，曲筱阳也不好拂了他的好意。

旁边有个刚刚参拜完的阿姨起身，笑眯眯地对曲筱阳道：“我刚才也想说姑娘你这拜的方式不对，不过我没好意思开口。这位先生倒是个热心肠的人。”

曲筱阳忙跟两人道谢，又虚心求教正确的参拜方式。

男人走到旁边的香烛贩售部买了三根香、一根香烛和一个花环，递给曲筱阳：“你得先脱鞋，赤脚跪拜，才是虔诚的。然后像这样，把香夹在两掌中间。从佛像正面开始，顺时针走，四面都要依次参拜完。最后将香插在香坛里，香烛和花环放在香台上即可。”

曲筱阳想着之前那对排了大半天队，只参拜了一面佛就离开了的姐妹花，有些汗颜：“原来是这样。多谢！”

曲筱阳想到香烛一套都是男人买的，立刻低头去翻钱包：“我把香火钱给你。”

男人微微笑了一下，摇头："先参拜吧，后面还有人等着。"

曲筱阳看了一眼排在她身后，露出不耐烦神色的游客，赶紧道："那先生麻烦你等我一下，参拜完了我就把钱给你。就等我两分钟。"

男人顿了顿，才说："参拜不能着急，我等你就是。"

曲筱阳依照男人说的方式参拜完四面佛，抬头在人群里搜寻了一圈，发现男人真还在广场边上等着，心里松了口气。

她小跑了两步过去，再次道谢："谢谢您。"

然而等曲筱阳拿了零钱递过去时，男人却拒收了："相逢是缘，这钱我就不收了。赠你的香火，就当讨个彩头。"

除了再次道谢，曲筱阳也不知道该说什么了。她注意到男人神色不太好看，他面色苍白，额上却有细密的汗，唇色有些深。出于职业习惯，曲筱阳关心地问："您没事吧，身体看起来不太舒服？"

男人闭了闭眼："没事。"

他嘴里说着没事，脚步却有些虚浮，曲筱阳赶忙伸手扶了他一下。

碰到他胳膊的时候，才发现他体温有些偏高，曲筱阳立刻道："先生，您好像中暑了，去旁边休息一下吧。"

这也难怪，大热天的，太阳当头曝晒，他穿着一身黑，长裤长袖，扣子一丝不苟地扣到领口，不中暑才怪了。

曲筱阳碰到男人肩的刹那，他忽然睁开眼。曲筱阳低头去探他脉搏的时候，他眼神凌厉地看向曲筱阳身后某个方向，微微动了一下手指。藏在暗处的保镖，看到男人的手势后，将已经对准曲筱阳的枪又收了回去。

曲筱阳买了一瓶冰镇过的矿泉水，陪着男人在树荫下的长凳上坐了好一会儿，他的脸色终于渐渐转好。

"谢谢。"他跟曲筱阳道谢，"我好多了。耽误你事了吧？"

曲筱阳笑着摇一摇头："没什么急事，我就是来旅游的。那您再多休息一会儿，今天别再去人多日晒的地方了。那，我先走了？"

男人朝她微微点头："后会有期。"

曲筱阳冲他摆了摆手，转身消失在人群里。

男人看着曲筱阳的背影，眼中慢慢浮现一抹阴鸷。

T国的天实在太热了，曲筱阳逛到下午四点多的时候就已经感觉身体被掏空了，于是干脆打道回府，想着这踩着饭点回去，说不定还能找单世钧一起吃个晚饭。

她一进酒店大厅的电梯间，就看到一个漂亮的女人站在那儿等电梯。那女人穿一身水蓝色的绸缎高衩旗袍，身材非常高挑，至少有一米七以上，凹凸有致的曲线和身上的旗袍完美贴合，一双腿又白又长。就连身为女人的曲筱阳，都不免多看了她几眼。主要是她的气质，和旗袍太搭了，成熟性感，还很贵气。

仿佛感受到了来自身边好奇的目光，女人转头，冲曲筱阳微微一笑。

之前曲筱阳没看到正面，只是觉得她肯定是个气质大美女。现在看到了正面，曲筱阳一时有些懵，脑子里骤然冒出四个字——人间尤物。那女人眉目如水墨画，黑眸流光溢彩，唇上一抹烈焰火红，魅惑得像是散发着诱人果香的蛇果。

曲筱阳意识到了自己的失礼，抱歉地冲女人笑了一下："你的旗袍很漂亮。"

"谢谢。"女人红唇轻启，连嗓音都带着一丝媚，简单一句话，让人骨头都有些酥了。

这谁受得了？！曲筱阳收回视线，不敢再去看她。

电梯来了，两人不约而同地看向对方。曲筱阳做了个"请"的手势，示意女人先进。

女人冲曲筱阳微微一点头，踩着脚下的恨天高迈进电梯。

曲筱阳盯着她脚下那双镶了水晶的细高跟看了半晌，只觉得自己脚疼。好看是好看，但这高度可不是常人能穿的。

这家五星级酒店安保系统很严，进了电梯房客必须刷卡才能去到自己的楼层，而且也只能去自己的楼层和公共区域。曲筱阳注意到女人进了电梯后，刷了一张白色的卡片，在触屏上点了一下 20 楼。看来是某位房客的访客。

房客的钥匙卡都是金色的。而访客在大厅登记后，经酒店与房客确认后，会得到一张白色的临时通行卡，供他们在电梯内刷卡直达房客所在楼层。

女人刷了卡后，朝后退开一步，将触屏让了出来。

未免被误认为是跟踪狂，曲筱阳赶紧亮了一下自己手中的钥匙卡："咱俩去的是同一层。"

女人又朝她笑了一下，没说话。

电梯里只有两人，安静得有些尴尬。好在五星级酒店的电梯速度很快，到了 20 楼，女人率先走出电梯。曲筱阳跟在她身后，发现她们去的，又是同一片住房区。

这次曲筱阳是真尴尬了，不会真被当成跟踪狂吧？她刻意放缓脚步，和女人拉开了些距离。就这么一前一后走了一段，女人在 2044 号房的房门口停下了脚步。

曲筱阳以为自己看错了，还特意抬眼确认了一下。的确是2044，单世钧的房间。

她脑袋“嗡”了一下，如从云端坠入深渊。

为了避免更尴尬的情况出现，曲筱阳立刻跑了几步，飞快地越过女人，跑到自己房门口，刷卡、进门、关门，一气呵成。

曲筱阳进了门后，将耳朵小心翼翼地贴在门上，仔细听着走廊上的动静。

女人摁了门铃后不久，隔壁的房门就开了。

“单！”她听见女人热情的声音，而那边单世钧到底说了什么，或者没说什么，却是听不见了。那“咔嗒”一声关门声，像是重击在曲筱阳心口的千斤之锤。

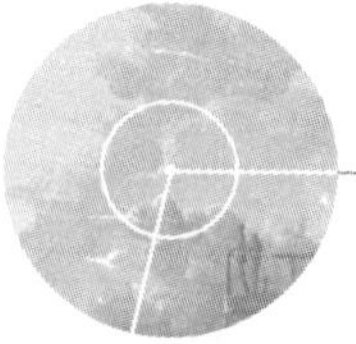

ben fu shanhe, benfu ni

第七章 危机四伏

T 国星月岛西北海岸一座海景豪宅内，一个穿着绸缎睡衣的男人，百无聊赖地斜靠在娱乐室里的台球桌旁，一边讲电话，一边慢慢地掷着手中的飞镖。墙上那面软靶上，插着五六根飞镖。无一例外，正中红心。

娱乐室的门忽然开了，一个五十来岁，管家模样的中年男人，推着一辆装满了精致小食的餐车走了进来。他将餐车停在了离男人几米开外的餐桌旁，将精致的小菜和点心一一摆放于桌上。餐桌一角，放着几张照片。照片上是一个穿着白大褂的漂亮女人，几张照片都是同一个女人：有的是正坐着给病人看诊时耐心询问的模样，也有正在和护士说话时的侧面。照片像素不是很高，看起来倒像是偷拍的。他正在打量照片的时候，忽然觉得背后一阵微微发凉。因为常年服侍上位者而养成的警觉，让他立刻收回了视线，低着头转过身去。

果不其然，矜贵白皙的男人不知什么时候已经悄然来到了他身后，似笑非笑地看着他。

“看到了？”男人语气淡淡，听不出他话里到底是个什么意思。

中年管家惊出了一背的冷汗，然而还不等他解释，男人已经随意摆了摆手：“无妨。别这么紧张，吴伯，你又不是外人。”

吴伯心里暗自松了口气，试探地问：“头家，这是？”

男人微微笑了一下，只是那笑意，始终未达眼底：“这个是阿哲寻死觅活非要带回来的那个女人。之前我让阿坤通过暗网找回了阿哲存在手机里的一些资料，其中就有这女人的照片。”

吴伯心下一惊，又低头仔细打量了一下照片上的女人，总觉得她看上去有些眼熟。

过了半晌，他忽然反应过来：“啊，这，这不是您白天在四面佛那里遇到的那位？”

男人眸色转暗，微微地，又笑了笑：“是啊。你说这是不是缘分？我没去找她，她自己倒送上门来了。”

吴伯心里“咯噔”一下。罗显洋素来阴晴不定，喜怒无常，以他的脾气，这女医生恐怕是凶多吉少了。

吴伯斟酌着措辞，小心翼翼地说：“我听说，阿哲去中国的路上，和青岩那边的人起了些冲突……他当时受了不轻的内伤。是一个女医生救了他一命，我想，应该就是她吧。”

吴伯虽然一直在为罗家做事，但并不代表他认同罗显洋所有的处事方式。在他看来，这场争端里，最无辜的就是这名女医生了。何况，如果不是她施以援手，阿哲恐怕早就没了。

“她是救了阿哲，但阿哲也因她而死。”罗显洋漫不经心地转着拇指上的那枚翡翠扳指，语气凉薄，“你知道，为什么漂亮的女人总被称作红颜祸水吗？”

吴伯微微垂眸，不敢再劝。

“那……您的意思是要……”许久，他颤颤巍巍地伸出两指，在脖子下轻轻比画了一下。

男人忽然哈哈大笑，视线转回到照片上，眼中神色晦暗不明，幽幽说道：“那多没意思。”

“传给你的东西，都看了？”舒蓝走到窗边，撩开百叶帘，朝周围看了一下。

单世钧给她倒了杯水，走到沙发旁坐下：“放心，以这个楼层的高度，方圆三千米内没有合适的狙击点。”

舒蓝不动声色地笑了一下，下意识地用视线扫过天花板的各个角落，尤其是被吊顶掩藏起来的位置。

“也没有摄像头和窃听器，我都检查过了。”单世钧淡淡说道，语气夹带两分戏谑，“怎么，你最近得罪人了？”

舒蓝转头，竖起纤长食指，轻轻地冲单世钧摇了摇，抿唇一笑：“不，是你惹上麻烦了，大麻烦。”

“罗哲，死在你们境内，”舒蓝指了指自己的额头，“一枪毙命。你猜罗显洋能不能咽得下这口气？”她有些幸灾乐祸似的看着单世钧，“暗网上现在全是悬赏令，他在找你。你的人头，很值钱。”

单世钧心不在焉地用原子笔，在舒蓝昨晚传给他的地图上画了几个圈。

舒蓝微微一挑眉，走到单世钧面前，居高临下地看着他：“你不是这么冲动的人啊，怎么给自己惹这么大一麻烦？”

单世钧依然不言不语。

舒蓝低声道：“听说，你是为了救一个女医生？”

单世钧手里的笔微微一顿。

舒蓝“啧啧”摇头：“那她一定很漂亮。没想到，还有人能融化你这座冰山。”

单世钧抬眸，冷漠的眼神向刀锋一样割在舒蓝脸上：“你是来聊八卦的？”

舒蓝哈哈一笑，信步走到吧台边，弯腰从酒柜里拿了一瓶酒店提供给客人的红酒。

“Wolf Blass Grey Label Shiraz（禾富灰牌设拉子红葡萄酒），我怎么感觉这家五星级酒店有点穷，不过这酒味道还凑合。”

单世钧冷冷道：“没人要求你凑合。”

舒蓝给自己倒了杯酒，一边慢慢地晃着酒杯，一边施施然走到单世钧对面坐下。

“罗显洋最近走的几单贸易用的都是我们的船，暂时没发现可疑的迹象，不过他最近出货的速度明显加快了两倍。我想，他应该快要按捺不住了。”

单世钧微微一点头：“这个自然。之前那批货，因为罗哲出事给耽搁了。国内的买家如果一直等不到货，就会想办法找其他货源。罗显洋的资金链快断了，他当然着急。”

单世钧用原子笔点了点地图：“资料我都看了。我觉得，如果我是罗显洋，我会安排在这几个码头上货。”

舒蓝盯着杯中红酒，眸光微微一闪：“理由？这片区域不是他的管辖地带，他为什么要舍近求远？”

单世钧用原子笔在地图上指了指：“这儿，三条暗巷交错横杂，进可攻退可守。

“这儿，这个码头地处西北，东南都是高地，方便监控。如果我是他，我会在这个地方安排狙击手。

“还有这个码头，这是马拉卡海峡最狭窄也是最危险的地方。他可以在这里部署兵力作为保险，假设他有的话。”

舒蓝微微勾起嘴角：“哟，你倒是将这边的情况摸得很清楚嘛。今天出去踩点了？”

单世钧淡淡一点头：“嗯。”

“我发现我越来越喜欢你了。”舒蓝双指贴在唇上，送了单世钧一个飞吻。

那双漂亮的桃花眼的流光溢彩，每个动作神态，举手投足间，都风情万种。

单世钧冷淡地道："大可不必。"

他一手捏着地图一角，一手用打火机点燃了另一角，待它差不多燃烧殆尽，才放入茶几上酒店为房客提供的烟灰缸里。不过转眼，那张地图便化为了灰黑色的灰烬，一吹就散。

单世钧轻轻捻了下指尖沾到的灰烬，淡淡问："你们什么时候行动？需要我们怎么配合？"

舒蓝看着他，半真半假地问："如果我说，我们想请你做鱼饵，你愿意吗？"

单世钧沉默片刻："现在不行……至少，这次不行。"

"我开玩笑的。"舒蓝眸光一闪，嘴角微微勾起一个弧度，"单，你有弱点了。"

她沉默片刻："羁绊这种东西，对你来说，不太好。"

狙击手向来都是独来独往的。如果太感性，势必会影响他的判断力。

单世钧没答话。

舒蓝不知是想到什么，轻声笑了一下："Lee说你跟他很像，我倒不这么觉得。"

舒蓝口中的Lee，之前林竞还是队长时，跟他们也有过合作。他是国际刑侦队南亚地区的总队长，用林竞的话形容，是个"狼人"。

单世钧："何谓像，何谓不像？"

舒蓝微微勾起嘴角："你比他有人味儿。"

单世钧无语。

舒蓝收了调笑的心思，正色道："这次只来了你一个人？"

单世钧："嗯。"

"Lee手上掌握了很多对我们有利的证据，如果顺利的话，这次可以在马拉卡海峡来次大围剿。不过，我们需要更多的人手。人不用多，但需要最厉害的。罗显洋最近刚和Blackwater（黑水集团）签了合作协议，新雇的这帮人，听说是前Delta Force（三角洲部队）的，不太好对付。"

单世钧沉吟片刻："我可以让猎鹰小队其余成员过来待命。前提是，我们的情报必须对等。"

"当然。"舒蓝顿了顿，"Lee让我提醒你，罗显洋新招的那批雇佣兵里，有个顶尖的狙击手。"

单世钧抬眸看她："多顶尖？"

他的语气里，有傲慢，有挑衅，有血性。他不怕强者，因为他本身也是强者。遇强则强，逆流而上。人生若是没了对手，那才真的叫无趣。

舒蓝微微一挑眉："你试试不就知道了？"

单世钧问："罗显洋现在人在哪儿？我们的线人说他一个月之前从 B 国飞往 M 国，后来便再没他的消息了。"

舒蓝竖起两根手指："我们也还没掌握他的具体位置。目前有两种说法：其一，据说他就在周边一圈的国家轮流转；其二，有说他从一个月前就一直在公海上，没上过岸。"

单世钧微微蹙眉，不语。

舒蓝见他眼中隐有担忧，"扑哧"一笑："怎么，还真担心起你自己的人生安全了？放心，如果他哪天真派人追杀你，姐罩你。"

单世钧抬眸看她："说话算话？"

舒蓝低头啜了一口杯中酒，懒散地说道："我什么时候骗过人？"她朝单世钧勾了勾手指，"不过，我要收保护费的。"

单世钧淡淡勾了一下嘴角："谢了。"

舒蓝仰头，将杯中酒一口饮尽，朝单世钧勾了勾手指："电脑拿出来，跟你说下我们这边的详细安排。对了，你那几个小尾巴，一起叫来连线吧？我讨厌同样的话重复第二次。"

单世钧冷了脸："人家有名字。白展廷，邱启，成昱，我的小队成员。"

自从那女人进了单世钧的房门后，曲筱阳就一直站在自己的房门后没有动。

酒店隔音效果很好，隔壁房里无论说什么，发生什么，都不可能听见的。她明知道站在这儿也没用，但就是挪不开腿。

从刚才到现在，曲筱阳脑子里一直乱哄哄的，没理清个头绪。满脑子转的，都是那美艳不可方物的女人，她的举手投足间，都散发着一股浑然天成的媚态，会让她瞬间联想到《山海经》里的九尾狐。真的有男人能抗拒得了这样的女人吗？曲筱阳不知道。如果有，那人要么不解风情比钢筋还直，要么就是真的只在乎有趣的灵魂。那么，单世钧是哪种，还是都不是？

她不知道女人和单世钧是什么关系，也许是朋友，也许是工作关系？毕竟单世钧也说过，来 T 国是有任务的。而他今天说的有事不能陪她，说的应该就是这件事？

她不愿，或者说，拒绝去想，他们是工作和朋友之外的第三种关系。

因为不知道、不确定而引发的前所未有的不安，让曲筱阳如坐针毡。她想了很多说服自己的理由，也许他们真的就只是工作、合作关系。但下一秒，她脑袋里又总会有个声音跳出来反驳她，谈工作为什么非要关在酒店房间里谈？而且谈工作她为什么要穿得那么招摇？

修身旗袍，开衩还开那么高。孤男寡女共处酒店同一间房，还是晚上，这本身就是一件很暧昧的事。就算是为了工作，曲筱阳也不是很能接受这个行事方式。在她的观念里，该避嫌的时候不避嫌，该划清的界限不划清，那就是故意暧昧。单世钧，是那样的人吗？

如果说暧昧，他对她的态度，也挺暧昧了。那他，是跟谁都可以暧昧，还是只对特定的人才会这样？

曲筱阳越想越乱，越想心里越发不确定了，她究竟看清这个人了吗？

胡思乱想了半天，头绪没理出来，反而将自己逼入了一个死胡同。曲筱阳有些烦躁地拿出手机，点进微信。她有很多话想问单世钧，却不知如何开口，不知从哪儿问起。她的手指在单世钧的微信头像上磨蹭了好几圈，才下定决心打开对话界面。

她打字的时候竟然连手都在抖，简单一句话，删删打打，竟然花了十分钟才编辑完。

【我刚回来。吃晚饭了吗？没吃就一起？】

点击发送。

等了十分钟，单世钧那边没有回复。

曲筱阳假装耐心地又等了十分钟，实则每一分钟都是煎熬。期间她将微博热门都刷了一遍，甚至还抽空跟梁老师和莫梨汇报了一下行程。等她和莫梨聊完，点回和单世钧对话的那个微信界面的时候，最后一条信息还是她发的那条信息。

曲筱阳心态有点崩了。她忽然觉得这样坐立不安，只为等男人回一条信息的自己有点像以前在小说里看过的“恋爱脑”女主角。她忽然觉得自己有点可笑。

曲筱阳拿了房卡，背上包，出门，决定自己去觅食。又不是非要有个男人陪着不可，亏什么也不能亏了自己的胃。

路过单世钧的房门时，她微微驻足，安静地盯着那扇厚重的门。之后那么久，都没有听见这边开门的声音，说明那个女人还在里面吧。

明明只隔着一扇门，在这一刻，曲筱阳却觉得两人之间像隔着一条银河。她自嘲似的笑了一下，正要转身离开，一直握在手中的手机忽然振动了一下。

曲筱阳点开手机屏幕，单世钧终于回信息了。

她的手指在那条信息提示上停顿了两秒，才下定决心点开消息。

【我这里有点事，暂时走不开。】

意料之中的拒绝，曲筱阳自嘲地笑了一下，自己到底在期待什么呢？刚要收起手机，男人的第二条信息又紧接着弹了出来。

【你想吃什么？我给你订。】

什么意思？曲筱阳抬头看了一眼 2044 紧紧闭合的房门。

这边占着坑，那边也不让走？曲筱阳冷笑了一下，缓缓打了两个字。

【不用。】

她刚迈开腿，下一秒手机就开始振动。这次来的是电话。曲筱阳看了一眼，直接按掉，将手机扔进背包里，径自向电梯方向走去。

过了两秒，背包里的手机再次锲而不舍地开始振动，曲筱阳却是连看都懒得看了。

屋里，单世钧见曲筱阳不接电话，微微蹙眉。他握着手机，犹豫了两秒。也仅仅是两秒，他就做出了决定："舒蓝，你把我圈出来的那几个码头的详细图给他们看一下。我出去一下，马上回来。"他扔下一句话，转身就出了房间。

"哎，哎，队长？队长，你去哪儿啊？"视频电话那头的白展廷看到他走开，整个人都懵了。

懵的又何止是他？屏幕对面坐在白展廷身侧的另外两人，也是一副下巴落地的模样，齐齐整整。今天的单世钧在他们眼里已经够反常了。

开会开到一半，单世钧忽然喊了暂停。他们还以为他是有什么紧急的生理状况不得不去解决……结果，他居然当着所有人发起了短信。发了短信就算了，他竟然还打了电话！

视频会议那头，几个人眼珠子都要瞪出来了。他们认识单世钧这么久，从来没见他在会议途中发过短信，更别说是接私人电话了，这简直就是天方夜谭。

房间里已经没有了单世钧的身影，白展廷不得不将视线移到对面仅剩的那人身上，神秘兮兮地问："蓝姐，那人不是你找来假扮单队的吧？"

坐在白展廷身边的成昱痛苦地捂脸，一副恨铁不成钢的模样，表示不想跟白展廷组队——不熟，不认识。

邱启倒是对这意外事故显得兴致勃勃，八卦之心溢于言表："什么情况啊，蓝姐？"

成昱也是满头黑线："单队不会真谈恋爱了吧？那座冰山？"

他第一个表示不服。队里剩下三人还是单身狗，最先脱单的怎么可能是最不解风情的那个，想不通啊。

舒蓝神秘一笑，卖起了关子："是有些情况。"

几人面面相觑，舒蓝纤长的玉指轻轻贴在红唇上："等你们过来，亲自审问他吧。"

三人被吊足胃口，又得不到答案，于是心痒难耐，摩拳擦掌，捶胸顿足，一副恨不得立刻飞过去的模样。

舒蓝冷眼观看那三人浮夸的表演，意味不明地说："我发现，你们单队还是挺会招人的。"

白展廷听见有人夸单世钧，耳朵立刻竖起来了："那是，就我们这组合，过了这村就没这店了。蓝姐，且用且珍惜。"

舒蓝妩媚一笑："我是说，耍宝、耍嘴皮子和八卦的功夫，没人比得过你们。想必他是知道自己的短板，才找了你们几个来配合说相声吧。"

被内涵到怀疑人生的三人组无语。

舒蓝转头看了一眼早已合上的房门，勾唇一笑："不过有一点我得承认，单队的确是个好男人。"

白展廷头上缓缓打出一个问号："毫无道理地丢下我们就跑的那种好法？"

舒蓝微微一笑，垂眸看着自己的手掌，似是在自言自语："他不怕别人成为他的软肋。就凭这点，我欣赏他。"

白展廷这次头上冒出了一连串的问号。

这家酒店一共四十层楼，配了六部电梯。平时电梯来得很快，但这会儿正好是饭点，客流量大。很多游客要么刚回来，要么正打算出门觅食，曲筱阳等了好一会儿，电梯才来。

电梯门开后，里面已经站了好几个人了，其中一个女人还推着一辆婴儿车，这样一来，电梯里剩下的空位就不太多了。曲筱阳走进电梯，小心翼翼地站到婴儿车的旁边，尽量缩小自己的存在，不和旁人发生肢体触碰。

她看了一眼楼层键，通往街区的M层已经有人按了。

"啪——"

在电梯门即将闭合的刹那，一只大手，忽然出现在两扇门之间，稳稳挡住了电梯闭合的趋势。

"Sorry.（对不起。）"身材修长高大的男人跟电梯里的乘客们道了歉，而后走到曲筱阳身边的位置站定。

曲筱阳视线跟他对上的刹那，就移开了眼。

电梯门合上后，封闭的空间内再次归于寂静，只听见偶尔有人抬手时衣服摩擦的声音。

曲筱阳能感觉到男人一直在看她，但她低着头，全程都避开了他的视线。

电梯停停走走，陆陆续续又上来几个乘客，本来就不富余的空间立刻就被人挤满了。

曲筱阳前面站着一个结实的壮汉，为了给最后上来的人腾位置，他只能拼命向后靠。他往后一靠，曲筱阳也不得不小心翼翼地后退给他让位。人太多，根本看不到脚下什么情况，曲筱阳往后一退，脚突然绊到那辆婴儿车的轮子上……

眼看就要摔倒，她身后忽然伸过一只手，扶了她一下。与其说是扶，不如说“揽”更为恰当。男人的手绕过她的肩，握住她的胳膊，直接将她往他那边拉了过去，她几乎整个人都靠进了单世钧的怀里。

曲筱阳心里憋着一股火，胳膊微微抬了一下，却没能甩开那只手。她又不好动作太大，肯定会打到旁边的人。于是两人就这么一前一后，彼此依偎着，好像有些过于亲昵了。

男人的胸膛有些硬，他体温向来比她高，靠在一起的时候，她只觉得热，很热。电梯里的空调在这一刻仿佛失灵了一般。他的呼吸就在她头顶，温热的气息若有似无地扫过她的头皮，有些痒，更多是不自在。这人可真讨厌。

曲筱阳微微转头，瞪了单世钧一眼。她抬头的时候，单世钧正好低头看她，于是她的头就撞上了他的下巴。

“唔……”曲筱阳脑袋被撞得狠狠疼了一下，第一反应就是想捂头——这人，是铁做的吗？

然而她胳膊还被人握着，想抬手都抬不起来。

过了片刻，一只温热的大掌，轻轻按在曲筱阳的头顶揉了揉。那温柔的力道，感觉像是在安抚小动物一样。曲筱阳微微鼓了一下腮帮子，心情更加不悦了。

短短一趟电梯行，因为中途停了好几次，乘客进进出出的，让人感觉格外漫长。可能得有两分多钟的时间吧，电梯才终于抵达M层。曲筱阳等前面的人一出电梯，就立刻甩开了身后的单世钧。然而没走两步，就又被男人抓住了胳膊。

曲筱阳斜眼睨着他：“男女授受不亲，大庭广众的拉拉扯扯，不合适吧。”

单世钧有些无语，也不明白曲筱阳怎么突然就跟他闹脾气了。是因为他今天没有陪她？

“你在生气？”单世钧低头看着她，低声问。曲筱阳回短信的时候，他就察觉到了一丝不对劲，后来给她打电话被直接挂断，他就知道她肯定是生气了。担心她一个人大晚上到处乱跑，所以他放着开了一半的会，就立刻出来找她了。

曲筱阳有些烦躁地盯着光洁的大理石地板，语气生硬地说：“我饿了，很饿。能请您日行一善，放我去吃饭吗？”

她说这句话时，本就有些置气的意思，声音自然比平时高了些。大堂里偶有路过的客人向他们这边投来好奇的目光。

单世钧深吸了一口气，又缓缓呼出："T 国晚上不安全，你一个女孩子，异国他乡的，又不熟悉周围的环境，怎么能一个人到处乱跑？"

曲筱阳没说话。

"你是在气我今天没陪你？"单世钧单刀直入，直接问出了心中所想。

曲筱阳被他气笑了："原来在你心中，我是这么小心眼的一个人。"

她本就在气头上，脑子充血，条件反射地便将男人说的每一字每一句都放大，而且还是往坏处放大。

单世钧越发不解："那是为什么？"

曲筱阳看着他，微微牵起嘴角："你真不知道为什么？"

单世钧这次是真的有些无语了，不仅无语，还觉得非常莫名其妙，于是语气也有些不好："我要是知道，还问你干什么？"

楼上的人还等着他回去开会，他没时间跟曲筱阳在这儿你来我往地打哑谜。偏偏曲筱阳绕来绕去，就是不肯跟他说重点。他也不是故意要跟她大声说话，只是当时确实有些急了。一是急她跟他生气这事儿，二是急楼上还有一帮人等着他回去。偏偏两件事还撞一块儿了。平时在部队里他都是跟一群糙老爷们儿混在一起，相处的方式自然是直来直去，说不说重话什么的根本没人在意，或者说，他们根本意识不到哪些情况是说了重话。

但曲筱阳不知道单世钧的心理活动，她眼里看到的、耳里听到的，便是男人第一次在她面前露出这种类似不耐烦的情绪。尽管只有一点，但她还是被伤到了。女人在没有安全感的时候本来就很敏感多疑，所以在曲筱阳看来，单世钧现在摆明了就是在因为另一个女人凶她。

曲筱阳有些心灰意冷："你忙你的，管我做什么？"

她不想再和男人多说什么，转身便走。

单世钧微一蹙眉，直接将人小鸡似的拎到了电梯间旁的安全通道后。

曲筱阳被他抵在墙上，摁住双肩不得动弹，用力挣了挣，却完全敌不过男人的力道。

"看着我。"单世钧淡淡道。

生杀予夺全由他说了算，曲筱阳心里越发觉得委屈。她偏过头，不肯看他。

单世钧低头看着曲筱阳，眼神认真而专注，似乎想从她脸上的每一个表情里读出她的想法。他虽然动作强势，手下却掌握着分寸，刚好制住曲筱阳的行动，却不会弄痛她。

曲筱阳的眼眶，慢慢红了。她没忍住。援边时，再苦再难的时候，她都没哭过。但不知为什么，对着这男人，尤其是只有两个人时，她心里的委屈就忍不住了。

单世钧微微一怔，是弄痛她了吗？他手上的力道立刻放轻了。

“筱阳，看着我。”单世钧又慢又重地重复了一遍，声音有些低哑，这次语气也轻缓了些。

曲筱阳抿着唇，没说话。她努力控制着自己的情绪，连她自己都想不通自己哪儿来那么多委屈。这种感觉很陌生，陌生到她都有些害怕了，是那种失去控制的感觉。

又不是……非他不可。她努力把眼里的水汽给压下去了，才抬头看向单世钧。

两人无声对视片刻，单世钧叹了口气：“别生气了，跟我上楼。”

曲筱阳一头雾水。

单世钧看她的眼神干净坦荡，认真率性。从他眼里，她看不出一丝心虚，或是欺瞒。

脑子里盘旋着诸多杂念，她有很多想要问他的话——

“你房间里的女人是谁？

“你不能陪我，是因为她？

“你们是什么关系？

“有什么事，一定要关在酒店房间里说？”

然而话到嘴边了，她却不知道怎么开口。或者说，她都不知道要以什么样的身份开口。他们又不是情侣，哪儿来的名正言顺。说好听点，友达以上，恋人未满？说不好听的，就是备胎。

备胎有质问的资格吗？没有。

曲筱阳深吸了一口气，竭力用平静的语气说：“我没生气，你放手。”

单世钧低下头，微微又凑近了些。他的额头几乎抵上她的，鼻尖几乎贴着鼻尖，近到呼吸相闻。

曲筱阳又闻到了男人身上，那股干净清冽的荷尔蒙的味道。她还是很喜欢，这味道就是令她安心，毫无理由。她曾经在书里看到过这种说法，喜欢一个人时，就自然会觉得他身上有你喜欢的味道。身体总是最诚实的。

曲筱阳就算低垂着眼眸，也能感觉到男人专注而又灼热的视线，握着她胳膊的掌心都是烫的。他们靠得那样近，有那么一瞬，曲筱阳甚至以为单世钧会吻她。

胸腔里那颗心脏有些不听话，激烈地“怦怦”跳动着，像横冲直撞的小鹿。曲筱阳下意识地捏紧了衣角，有些忍受不了似的，微微偏过头去。

刚才拉拉扯扯的时候，几绺乱发披散下来，粘在了女人色泽艳丽的，微微有些湿润的唇上。单世钧盯着那两根发丝看了两秒，眸色渐深。

男人忽然朝曲筱阳的脸伸出手，曲筱阳条件反射地闭了闭眼。有些粗粝的指腹，轻轻擦过她的嘴角。曲筱阳脸立刻烧了起来，她抬眼看向单世钧，不知道他要干什么……

单世钧的视线依旧落在她唇上，他伸手将她粘在嘴角的发丝撩起来，仔细地挂到她耳后，像是在做一件精细的工作。

曲筱阳心率狂飙，整个人都要石化了，连耳朵都红了。居然有这种人，平时是个死直男，一个无心的举动，却能给人心脏以暴击。

单世钧视线落回曲筱阳眼里，安静了片刻，低声说："我道歉，好吗？刚才不该凶你。"

"拜托你……"他停顿了一下，像是在恳求她似的，"知道你在外面乱晃，我会没办法安心工作。"

曲筱阳腹诽：什么叫"在外面乱晃"？

不过，曲筱阳很惊讶，应该说是震惊。她万万没想到，这个向来冷酷骄傲的男人竟然会跟人低头，还用这么低声下气的方式跟她说话。

曲筱阳突然就有些心软了。他居然被她逼到这个地步。后来她想，那种情绪，大概叫不忍。而且，稍微冷静下来后，她也注意到了单世钧话里的关键词。

"工作？"

"嗯。"单世钧微微颔首，有些无奈地看着她，"我在开会，他们还在楼上等我。所以，先跟我回去好吗？"

曲筱阳微微睁大眼。他们？！不是只有两个人？

单世钧好脾气地继续说："稍后你想怎么样都行。"

她好像，的确，误会了。

有台阶就赶紧下了，不然等会儿下不来台就更尴尬了。

"晚饭想吃什么？"两人一起上楼的时候，单世钧一边点地图搜索附近的美食，一边问曲筱阳。

这次电梯里只有他二人了，而曲筱阳依然沉浸在尴尬的情绪里。她用脚尖微微蹭了一下地面，小声问："你呢？你们什么时候开完会？"

单世钧眉梢微微一扬，有些诧异地看她一眼："你要等我？"

曲筱阳脸微微一红，依旧低头盯着地面，点了点头："嗯。"

单世钧有些疑惑，也有些不明就里，她的态度怎么忽然又一百八十度大转变了。

难道是被刚才他诚恳地道歉打动了？如此说来，其实曲筱阳之前应该就是在气自己没抽空陪她？他记得林竞也说过，女人和男人对情感的需求不一样。像他们这样的糙老爷们儿，也不图别的，就图一安稳。回家看见老婆孩子热炕头，就很满足了。女人却不一样，她们情感更细腻，需要回应，需要关注，需要陪伴。但对他们这些当兵的来说，最奢侈的就是时间。部队里十有八九都是单身狗，好不容易有了女朋友的，很多也长久不了。而被分手的第一大理由，就是没时间陪女朋友。刚开始可能觉得有新鲜感，毕竟军人这职业嘛，对普通人来说还是有一点神秘的滤镜。但时间一长，大部分女人都受不了。

单世钧眼底浮上一丝阴霾，这次轮到他有些低气压了。他看了曲筱阳一眼，神色莫测："可能要到晚上八点，你真要等？你不是说你很饿吗？"

曲筱阳有些无语。

大哥，气话和真话傻傻分不清吗？

自己挖的坑，跪着也得填上。曲筱阳淡定道："房里有零食，我先吃点就行。主要一个人吃饭不香，而且我还是想去外面吃。"

女人话都说到这份上，再拒绝就不是男人了。

单世钧沉默片刻，微微一点头："好，我这边结束就来找你。"

"嗯。"曲筱阳悄悄抬头看了单世钧一眼，"你们几个人开会啊？要不开完了叫大家一起？"

曲筱阳之所以这样说，其一是觉得大家都很辛苦，吃饭不叫上别人也不厚道；二是，她还是对那个女人很好奇。

"叮——"

电梯抵达他们那层楼，曲筱阳和单世钧一前一后地出了电梯。

"我的队员，还有这边的一个同事。吃饭的话，就不用叫他们了。"

曲筱阳不解："为什么？哎，你的队员，白展廷他们也过来了？"

看来这次他在这边是真的有重要的任务。曲筱阳忽然有点感动，他是真的忙里抽空在陪她，而她居然还因为一个可笑的误会而闹脾气，好丢脸。

单世钧微一摇头，淡淡道："电话会议，白展廷他们下周才过来。另外一个，不用考虑她。"

曲筱阳脚下忽然一顿，那这不，不还是两个人在房里独处吗？虽然也不全是，毕竟远程电灯泡也是电灯泡。

单世钧见曲筱阳停步，转头看她："怎么了？"

曲筱阳摇了摇头，快步跟了上去："没有，我在想一会儿吃什么？"

说话间，两人已走到房间门口。

曲筱阳冲单世钧摆了摆手："你赶紧去开会吧，待会儿见。"她顿了顿，略微有些不自在地低了低头，“抱歉啊，耽误你这么久。”

单世钧眸光一闪，刚刚沉郁的情绪稍微好转一些：“嗯，待会儿见。”

单世钧一进房间，就听见齐齐整整的，长长的一声“哦”。

他看了舒蓝一眼，那女人似笑非笑地睨着他，一脸看热闹不嫌事大的表情。而屏幕对面那三个，八卦之脸已经快直接顶到镜头上了。

“队长，你这一去，去了整整十五分钟啊！”邱启率先发难。

成昱配合着，意味深长地点了点头：“十五分钟，可以干很多事了。”

白展廷顺利地背出了安排给他的那句台词：“坦白从宽，抗拒从严。”

单世钧冷冷看着他们：“你们几个，皮痒了是吗？”

三人嘻嘻哈哈，玩笑归玩笑，也没谁敢真逼问单世钧去干吗了，只是觉得肯定是和女人有关，只是……他们最多在老虎嘴边不痛不痒地薅薅胡须，谁也不敢真的去寻根究底。

单世钧面无表情地问：“说到哪儿了？”

…………

视频会议结束后，舒蓝打了个哈欠，站起身，笑着朝单世钧伸出手：“单队，合作愉快。”

单世钧只高冷地点一点头。

对于他的冷淡，舒蓝也不恼，仿佛早已习以为常。出门前，她忽然驻足，转身看向单世钧：“啊，对了，住你隔壁的姑娘，跟你认识吧？”

单世钧微微一挑眉：“你怎么……”

舒蓝冲他眨了眨眼：“我来的时候，在电梯里遇见她了。现在想来，她在看见我敲了你房门后的一系列表现，是有些反常。刚才见你出门，我就猜到了。”

单世钧愣了一下，脑子里前前后后的细节碎片终于全部连起来了。原来曲筱阳之前是因为这件事生气。

单世钧敛眸，嘴角微微地朝上勾了一下。

“这表情太肉麻了，不适合你。”舒蓝“啧啧”摇头，朝单世钧摆了摆手，“下周见了，单队。”

星月岛西北海岸的海景豪宅内，偌大的主卧里没开一盏灯，水银似的月光泻了一地。

男人坐在暗处，静静地透过落地窗看向远处深蓝色的大海，整个人像与黑暗融为了一体。

搁在躺椅扶手上的手机忽然亮了一下，他白皙的手指轻轻在屏幕上一滑，一条短信弹了出来。

【查到她住的酒店了。】

男人微微笑了，笑意从嘴角蔓延到眼底，那是发自内心的愉悦。

【派人盯着。】

“你这副模样，感觉真的很像午夜出没的女鬼。”

临近午夜十二点，曲筱阳一边敷面膜，一边跟闺蜜莫梨视频。

曲筱阳贴着一张白生生的面膜，在酒店暗淡的灯光下，镜头很近地对着脸。所以，莫梨才给出了这样诚恳的评价。

莫梨笑嘻嘻地看着曲筱阳，一脸在线吃瓜的表情：“曲筱阳，太阳打西边出来了吧，你什么时候成了会敷面膜的人？以前在手术室里连熬几个晚上都没见你敷面膜，还跟我说什么‘姐天生丽质’，你这转性转得不要太快啊。啧啧，都说谈了恋爱的女人，女汉子都能变成林黛玉，果不其然。”

“‘都说’？这个‘都’，是指有且仅有你一人？”曲筱阳淡定地回怼，“你如果实在找不到话说，可以少说两句，不用勉强自己尬聊。”

莫梨哈哈一笑：“你在那边逍遥快活，我在这里卖力工作，还不许我嘴上占占便宜？”

曲筱阳想了想，莫梨确实是代替她去接下了这桩苦力活，这局她理亏。

“好吧，你有什么想吃的，只要你开口，我都给你带回来。”

莫梨满意地点了点头：“这样还差不多。”

她眼珠子微微一转：“那边的网红零食，每种我都要一份。对了，让你相亲对象给你买，不是他买的我不要。这就当是……给娘家人的见面礼了。”

曲筱阳瞪着莫梨，无语了两秒，脸上的面膜都要被她气出褶皱了。

“莫梨，你不打算要脸，我还打算要！送你一句金玉良言，做事留一线，日后好相见。”

莫梨揶揄地看着她：“哟哟，这都还没转正呢，就已经开始护夫了吗？”

说者无意，听者有心，这句话扎到曲筱阳的心了。单世钧至今，对于两人的关系，依旧没有任何表示。她甚至都不知道单世钧到底是怎么想的。就像今晚，虽然闹了点小小的不愉快，但误会说开后，两人还一起愉快地出门，去了一家网红餐馆享用了美食，并且整个过程气氛都很好。她觉得，抛开单世钧偶尔流露出的一些掉线的“直男”行为不谈，两人性格上其实还是挺合拍的。而这直男行为嘛，仁者见仁，她在他身上看到的优点，早就盖过了这么一点点的小瑕疵。可能都算不上是瑕疵。也许只是他的背景和生活环境造就的一些小习惯和思维方式，这完全可以理解。

曲筱阳喜欢待在单世钧身边的感觉。跟他在一起的时候，很轻松，不用顾虑什么注意形象、注意言谈举止之类的，她可以大胆地做最真实的自己。

曲筱阳觉得，这种愉悦的舒适感，应该不是她单方面的感觉。单世钧和她在一起的时候，也是很放松的状态，整个人不像平时那样高冷，也没那么紧绷了。而且私下里两人相处的时候，她发现单世钧连笑容都变多了。也许在其他人眼里，他就像是个冰冷的机器，精准、理性、不苟言笑，甚至都没太多情感起伏。但她知道，他并不是这样的，他也有很柔软的一面。

这种只在她面前表现的柔软，像一丝丝渗入心底的桂花蜜，甜而不腻。

男人其实明里暗里为她做了很多事，帮了她许多忙，也愿意容忍她的各种小情绪。但即便做到这个地步，他也还是没有任何表示。她有些摸不准单世钧到底是怎么想的了。

莫梨见曲筱阳忽然沉默，稍微一想，就想到了症结所在："怎么，他还没跟你表白啊？"

曲筱阳眼神微微一黯："嗯。"

莫梨撑着下巴，想了想，建议道："他不跟你表白，你可以跟他表白啊。"

曲筱阳瞪她一眼。

莫梨："瞪什么瞪，我说认真的。这都什么年代了，还非要等着男人先表白？若真喜欢，就直接上。"

是啊，道理是这个道理，如果是真喜欢，就应该直接上。可怎么也没见他上啊？

曲筱阳沉默了片刻："我可不想那么上赶着。要是被拒绝了，这得多尴尬，以后连朋友都做不成了。"

莫梨有些恨铁不成钢地看她："如果他真拒绝你，那正好说明这男人不行。他要真是个只跟你玩暧昧，不主动、不拒绝、不负责的渣男，你还留着干嘛？"

曲筱阳垂眸，没说话。也多亏这高清的摄像头，莫梨居然能看见曲筱阳那微微颤动着的纤长睫毛。这思想斗争激烈得，生怕别人不知道她在纠结似的。

莫梨叹了口气："瞧你那点儿出息。我就奇怪了，不就是个当兵的，怎么就把你迷得不行了？他不就比正常人稍微帅了点儿、高了点儿，咳，强了点儿。以前那些追你的，条件也都挺好，就说心外那个程医生，妥妥青年才俊了吧？还有那谁，院长他亲侄子，也算是高富帅了吧，你倒是拒绝得挺干脆。拜托，请把我认识的那个天不怕地不怕，又飒又酷的小曲医生还给我。"

曲筱阳被她一阵机关枪似的唠叨逗笑了："你赢了。"

莫梨看着她，认真说道："唉，说真的，你应该找个合适的时间，跟他好好谈一谈吧。这种事总拖着不太好。对你不好。"

曲筱阳有些无奈："不合适吧，表白什么的，感觉好傻。"

莫梨扶额，似乎真的无语了："哇，曲筱阳，你是真的没谈过恋爱吧。"

曲筱阳莫名其妙："没谈过啊，你不是知道吗？"

莫梨一副快心肌梗死的表情，捧着胸口："不是，谁让你直接上去跟人表白了，傻不傻？！"

曲筱阳心想，傻啊。

所以这不就是刚才她说过的话吗？她俩难道不是在玩绕口令？

"我是让你找机会试探一下他。就像你说的，都是成年人了，感情的事，都是一点就通。

"他要是真没那意思，不接招，你也就别浪费那时间了。及时止损。

"你说呢，阳阳？"

曲筱阳又沉默了一会儿，微微点了一下头："嗯。"

莫梨见曲筱阳听进去了，转眼便又回到八卦的状态："你们明天怎么安排？"

曲筱阳摘了面膜，扔进垃圾桶。

"去海边。都到这儿来了，海肯定还是要看的。我也要做乘风破浪的小姐姐。"

其实去海边是曲筱阳临时起意决定的。她这次本来来T国也没为自己规划什么行程，但这两天在路上总能看见那个号称有"东方夏威夷"的巴蒂海滩的广告，她想着离这儿也不远，就有些心动了。晚上吃饭的时候，她随口跟单世钧提了一句，单世钧立刻表示："明天就去吧，附近租车很方便。"

她愣了一下："可是去海滩，算上来回，要一整天。"

单世钧半开玩笑地看着她说："怎么，还怕我把你拐了吗？"

她立刻道："不是，我是怕我把你拐骗了会被你同事打。你们不是很忙？"

单世钧顿了顿："不忙。之前不是说了嘛，要怎么都随你。"

她想起来了，这是之前两人在楼下掰扯的时候，单世钧跟她说过的"先跟他回去，稍后她想怎么样都行"。当时她听过只觉得这就是一句哄人的话，没往心里去，却没想到男人会这么当真。"说到做到"这个特质，做好了是真的非常加分。

她半是调侃，半是好奇地问单世钧："是不是，只要你答应过的事，就一定会做到。"

单世钧抬眼看她，认真道："能力范围内，答应了的事，当然要尽全力做到。"

她微微偏头："所以也不轻易许诺？"

单世钧敛眸，微微笑了一下："嗯。"

顿了顿，他又道："你难得出来玩一趟，我希望你能玩尽兴。我这两天刚好有时间，你想去哪儿玩都可以跟我说。"

一想到要跟男人一起去海边，她这心里是既忐忑，又期待。

这，算是约会吗？还好她有记得带泳衣过来。而且她只带了一套，很早之前莫梨送的，一直没怎么穿过，也不知道现在穿还合不合身。

仿佛又猜到了曲筱阳心中所想，莫梨眯了眯眼，露出艳羡的眼神："阳光、沙滩、Mojito（莫吉托），还有热情的泰式按摩，妥了。"

曲筱阳有些莫名其妙："妥什么？"

莫梨冲她微微一眨眼："你剩下的假期不多了。一定要在这几天内好好施展你的魅力，将他一口气拿下！加油，小曲医生，我看好你哦！"

曲筱阳带的泳衣是一件深蓝色带小白圆点图案的荷叶边比基尼。那还是她大学的时候莫梨送她的生日礼物，两人逛街时看到穿在模特身上特别可爱，天真又性感。莫梨当时就尖叫着表示这衣服和曲筱阳气质太搭了，一定要买来送给她。结果这件泳衣一直放到现在，她都还没机会穿。

今天它终于有了用武之地。

因为是去海滩，曲筱阳决定出门前将泳衣穿在常服的下面，到时候直接下海也方便。很多去海滩的游客，都是提前换好衣服过去。然而等真正穿上泳衣，照镜子的时候，曲筱阳心里还是"咯噔"了一下。泳衣漂亮是真漂亮，她本就肤色白皙，深蓝色的泳衣显得她皮肤更白了，水嫩水嫩的，吹弹可破，像是刚熟的水蜜桃。

她之前没注意到，这套看起来走可爱风格的泳衣竟然有一个收胸的设计，上身后会显得胸美腰细，曲线毕露。话说，这露得会不会有些太多了？

这是曲筱阳人生中第一次穿比基尼，感觉新鲜的同时内心又充满忐忑。学生时代的她，去游泳都穿那种特别保守的连体泳衣，而工作后，她就完全没时间去游泳了。虽然知道女生去海滩穿比基尼很正常，她本来也是这么认为的，而且之前想着一个人来旅游，穿什么反正也没人认识她，入乡随俗就好。但，谁知道她会跟个大男人去海滩呢？她和单世钧，两人虽然感觉上是很熟悉了，像是相识多年的老友，但细想一下，好像又没有熟到那种程度，让人感觉怪不好意思的。

曲筱阳对着镜子踌躇了很久，做了老半天心理建设。她一个劲儿安慰自己，这毕竟是在T国，一个热情奔放的国度。比起那些火辣性感的金发大美妞，她这应该算是正常水平吧？但其实，做不做那套心理建设都没差，反正她也只带了这一套泳衣。

单世钧在曲筱阳还没起床的时候，就去租好了车。他还租了海滩专用的遮阳伞，买了水和零食。基本上曲筱阳只用负责坐车上休息，什么都不用操心。曲筱阳第一次感觉到自己在团队里的角色变成了“废人”。果然人还是要有对比才能见高下啊……

单世钧今天上身穿的是一件简单的白T恤，是他一如既往的风格。其实他就这样简简单单的，不需要什么特别的花里胡哨的打扮，整个人就显得又阳刚又帅气了。而曲筱阳很快发现，单世钧这次直接穿了沙滩裤出来。估计是和她一样的想法，这样下海和玩水都很方便。

一想到一会儿要“坦诚相见”，曲筱阳害羞得耳朵都有些红了。

单世钧看了一眼曲筱阳为了“掩耳盗铃”而套在身上的那件牛仔风的长袖格子衬衫，还是棉质的，随口问了句：“你这样不热吗？”

闻言，曲筱阳耳朵更红了：“不，不热。”

从酒店开车到海滩，只需要两个小时。他们出门早，所以不到中午，就抵达了海滩。

早起的鸟儿有虫吃。这个时间段，海滩上的游客还不是很多，所以他们选了一个黄金位置，将遮阳伞装上。

单世钧装伞的时候，曲筱阳就从背包里拿出两条沙滩毯铺在阳伞下。她抬头看了一眼正在一脸认真地固定伞座的男人，忽然觉得两人这样好像是出来度假的小情侣一样，挺微妙的。

虽然才上午十点，但此时的太阳已经有些“毒辣”了。不愧是一年只有三个季节的国家。今天的天气非常好，万里无云。海水湛蓝，像是一颗巨大的蓝宝石，近海的位置甚至能一眼看见海底漂亮的白色沙滩。

曲筱阳眼睛一眨不眨地看着眼前这片美丽的海洋，眼里微微透着渴望，仿佛已经听见了来自大海的召唤。

单世钧看着她：“要去游泳吗？”

曲筱阳突然回神，下意识地拢了一下衬衫：“不，不用了。”

思前想后地，她还是感觉很不好意思，这衣服怎么脱得下去啊。

单世钧一头问号，到海滩来，不就是来游泳的吗？不然，这么热的天，难道要躺在沙子上当烤鱼？

曲筱阳很豁达似的冲他摆了摆手：“天这么热，你去游吧，我就在这儿看着。”

看什么？看寂寞吗？单世钧越发不解了。想要到海滩来的，是曲筱阳啊。昨晚说起可以玩的海边项目时，她眼睛里还闪闪发光的，还说想去试试浮潜。

单世钧又看了一眼一反常态，将自己包裹得严严实实的曲筱阳，脑袋上的灯泡忽然一亮。

“钢铁直男”摸了摸鼻子，有些难以启齿似的，憋了半天，才低声问：“你是不是生理期来了？”

单世钧见曲筱阳表情有些僵硬，以为自己猜对了。那这真是太不凑巧了。这相当于她在T国的整个行程都不能游泳了。不，岂止是不巧，简直是不幸了。然而就算这样，她也还是坚持来海边，应该是对阳光、沙滩、碧海青天有相当程度的执着了。只能看不能玩，她得多失落？单世钧心里一动，环顾了一下四周，低头看向曲筱阳：“那边有家咖啡店，你想喝什么？”

曲筱阳正纠结要怎么挽回一下这个尴尬的局面，便听单世钧补了一句：“他们卖热饮。茶？咖啡，咖啡最好还是不要喝。”

啊，传说中的“多喝热水”上线了。虽然是变种，但本质都是一样的。

曲筱阳的表情更加囧囧有神了：“那个……”

“啊，要不喝果茶吧？”

曲筱阳是真想把单世钧的脑袋掰开看看里面装的是什么。她迎着单世钧真诚的视线，干脆破罐破摔，一边豁出去似的单手开始解衬衣扣子，一边说：“你误会了。我只是很久没游泳了，有点生疏，需要做下心理建设。”

单世钧愣了一下，也知道自己闹了个笑话，有些尴尬地摸了摸后颈：“啊……这样。放心，我水性好，一会儿跟着我，不会让你沉下去……去……”

他话音未落，曲筱阳已经干脆利落地脱掉了衬衫。她站起身，随手一扔，将衬衫扔到她之前铺好的沙滩毛巾上。

深海蓝的比基尼完美地衬托出女人惹火的身体线条，胸美、腰细、腿长。本就白皙的皮肤，在阳光下更显粉嫩通透。平时曲筱阳着装风格都是偏居家一点的，完全看不出原来她的身材这么有料。她很美，美得让人挪不开眼，也不愿挪开眼。

单世钧有那么一瞬，是真的差点儿就移不开眼了。那一刻，他脑中一片空白，浑身的血液逆流，眼里只看到她。他生平第一次产生那种，想要将一个人完完全全地占为己有，藏起来，不给任何人看的冲动。

“走吧。”

其实同样不知所措的还有曲筱阳。她因为太过在意单世钧的反应，甚至都没有注意到，当她假装云淡风轻地走向单世钧的时候，是同手同脚的。

曲筱阳现在的心态就是打肿脸充胖子，想象自己也和别的沙滩辣妹一样，放纵不羁爱自由。她的想法是，只要自己心态够好，脸皮够厚，那尴尬什么的，都是不存在的。好在，单世钧还是很绅士。短暂出神后，他很快便礼貌地转开了视线。这个举动让曲筱阳稍微自在了些，也没再出现同手同脚的情况。

曲筱阳松了口气，尽量语气自然地和他搭话：“我是真几年没游了，大佬，你要罩着我。”

单世钧微微一点头：“我们先做点热身运动，不然一会儿下水会抽筋。别看阳光这么毒辣，海水的温度还是很低的。”

而刚走出遮阳伞区域的曲筱阳，立刻就从皮肤上微弱的刺痛里感受到了太阳的“毒辣”。在这样的日光下曝晒两个小时，一准脱一层皮。

她脚步微微一顿，抬头看了一眼头顶上方刺目的阳光，侧头问单世钧：“你……涂防晒了吗？”

单世钧摇头。他没这个习惯。

他们顶着太阳曝晒训练的日子早就数不清了，这点日光对他来说，完全构不成威胁。

不过他也意识到，曲筱阳那柔嫩的肌肤，是经不起这种程度阳光直晒的。

单世钧立刻道：“你在这儿等我一下，那边有便利店，肯定有卖防晒油的。”

“哎，等等，”曲筱阳叫住他，“你帮我问问他们有没有那种‘海洋友善’型的防晒，没有就算了。脱点皮事小，要是伤了海里的小动物就不道德了。”

单世钧看了她两秒，眸光微微一闪，勾起嘴角：“好。”

曲筱阳想了想，又道：“我还是跟你一起去吧。”

单世钧玩味地看她一眼：“你是怕我认不清楚？”

她的想法被揭穿，气氛再次陷入微妙的尴尬。

“其实，我也没那么直男。”

单世钧那略带调侃意味的眼神，让曲筱阳心尖儿微微一颤。她完全没有觉得他太直男的意思，只是觉得术业有专攻，他就算不懂女生这些防晒霜的种类，也很正常。

她其实并没有要求单世钧在这方面有什么造诣。

曲筱阳怕单世钧误会她的意思，轻轻咳了一声，解释道：“你别误会，我不是……”

她头顶上方传来一声低笑，男人忽然伸手轻拍了一下她的头：“逗你的。等我。”

头顶上依然存留着男人碰过的触感。刚才那算是……摸头杀？

曲筱阳趴在沙滩毯上闭目养神时，单世钧已经拿着防晒油回来了。男人走路向来悄无声息的，他低头盯着女人线条漂亮的纤细美背看了一会儿，才低哑地开口：“要我帮你涂吗？”

乍一听见单世钧的声音，曲筱阳霍然睁眼，起先还吓了一跳。

等等，他刚才说什么？涂，涂防晒霜？穿成这样，涂防晒霜？她脑子里忽然乱入了很多和谐画面，耳朵和脖子“噌”地红了。

她赶忙坐起身：“不，不用了。我自己来吧。”

单世钧用质疑的眼神看她一眼：“我的意思是，后背你能涂到？”

她身上这件比基尼的设计，露得最多的就是后背，而最容易晒伤的也是后背。

其实勉强乱抹一下，还是能涂到，虽然不能完全覆盖所有的地方。

但就在这犹豫的瞬间，曲筱阳脑袋里鬼使神差地冒出了一个念头。

她想到了闺蜜莫梨昨晚怂恿她的话——“一定要在这几天内好好施展你的魅力，将他一口气拿下！”

曲筱阳悄悄咽了口唾沫，乖乖趴了回去，闷声道：“谢谢。”

像曲筱阳这样从小乖到大的孩子，从来没做过这种类似“勾引”的事情。趴在那儿时，她的心跳像擂鼓一样，怦怦乱跳，甚至有种要从胸腔里蹦出去的错觉。她心里有些庆幸，幸好自己是脸朝下趴着，单世钧看不到她此刻的表情。

男人有力的手指在她后背的皮肤上游走，因为长年握枪的缘故，他指腹上有一层厚厚的茧。曲筱阳的皮肤很嫩，最是敏感。被那一层茧轻轻拂过后背时，莫名起了一层鸡皮疙瘩，她差点没忍住哼出声。有些麻，有些痒，还有种……说不出来的感觉。她咬住嘴唇，脸迅速红了，一路从脖子红到耳根。

太暧昧了，真是糟糕。

那种没办法控制自己心情，忍不住想要沉溺的感觉，太糟糕了。曲筱阳忽然觉得，想起要涂防晒霜的自己真是脑袋被门夹了。还没把人带坑里呢，她倒是先把自己坑了，真是“煎熬”。

好在单世钧真的就只是在认真地帮她涂防晒，很快就涂好了。

曲筱阳赶紧坐起来，从他手里接过防晒油，自己坐到一边，红着脸涂抹身上的其他部位。

曲筱阳涂好防晒，一抬头就对上那晒成了小麦色的、结实的胸膛。她微微愣了一下，不知道单世钧什么时候也脱了上衣。

当然，游泳肯定是要脱衣服的，这也没什么好大惊小怪的。但是……男人身材也太好了吧！曲筱阳感觉那线条漂亮的八块腹肌就像一块强力磁铁似的，“啪”地就将她的视线黏了过去。

曲筱阳艰难地咽了口唾沫，强迫自己从男人那身漂亮的肌肉上挪开眼，嗫喏道：“要，要先热身一下吗？”

单世钧点点头：“我做一套简单的拉伸，你跟着我做。”

然而等到男人转过身时，曲筱阳感觉自己又受到了荷尔蒙暴击。肩背有力的斜方肌且先不说了，关键是背脊中央那道笔直没入裤腰的凹沟，真的是太性感了。

曲筱阳以前一直觉得有背脊沟的女人很有味道，却没想到，有沟的男人比女人性感多了。

因为真的很多年都没游泳了，下水的时候，曲筱阳还是忐忑了。在海里游和在游泳池里游，感觉完全不一样。光想要是踩着沿岸浅滩站稳，就已经耗尽了她全身力气了——虽然这个海湾看上去已经很风平浪静了，但真正走到海里，才会发现，就算没有风，那一波又一波的海浪，也能把人高高托举起来，再狠狠拍在沙滩上。

曲筱阳就是这样，试了好几次。每次她手脚并用地刨了半天，刚游出去两米，就被拍回了沙滩上，还是重重扔下去，全身都能给人摔疼的那种。

连续失败几次后，曲筱阳内心戚戚地站在海边，都有些犹豫要不要再次挑战了。在大自然的力量面前，人类竟是如此渺小。

但人和人终归还是有不同的。跟她一同下海的另一位朋友，已经优哉游哉地游了一圈回来了。

刚才曲筱阳就看见了，这人前跃式入水后，身段就跟一条美人鱼似的灵活有力，很快就游出去好远。在曲筱阳挣扎的这段时间，那人已经游完一个来回，身姿矫健又轻盈，连踩在沙滩上湿答答的脚步，都让曲筱阳觉得他是在炫耀。

单世钧看她的模样，就猜出了几分，友好地向她抛出橄榄枝：“在海里游泳是需要技巧的，我教你吧？”

曲筱阳：“哼。”

“你用蛙泳姿势，是肯定不行的。太慢了，而且很容易被海浪拍回去。”单世钧站在浅水区，用手轻轻托着曲筱阳的腰，“你要以腰为中心，用腿部发力向前推进，像这样。”

他的手掌宽大有力，盈盈一握，就能把她的腰握入手中。两人贴得很近，他手掌的温度在她的腰侧流连，只是这样简单的接触，就让她头皮发麻，耳朵都红了。尤其是他指尖无意划过她腰侧时，她脚趾都不由自主地缩紧了。

曲筱阳不由自主地攀着单世钧结实的手臂，男人在她耳边低声说了什么，她都浑浑噩噩地没听见。她和那双深不见底的黑眸对视时，仿佛天地间只剩下他们两人。

那形状优美的淡色薄唇，每一次开合，都像是一场致命吸引。

两人在巴蒂海滩待了一整天。

曲筱阳这次是真的玩尽兴了。两人游了泳，玩了滑翔伞，曲筱阳甚至还尝试了一下快艇冲浪。有个什么都会的“专业人士”带领，感觉眼中的世界都宽广了许多。

晚餐是在海滩附近一家口碑很棒的海鲜烧烤店吃的。吃饭的时候，刚好遇上餐厅周年庆在举行抽奖活动，但凡在店内消费的客人都有资格参与抽奖。好巧不巧，曲筱阳他们就抽中了一等奖——一个顶级摄影师的全球影展的门票，刚好他最近巡展到了T国首都。

“天哪！我想去看这个！”曲筱阳看见摄影师的名字，激动得都要落泪了。

单世钧不太关心这些东西，不过见曲筱阳激动，也好奇地问道：“这是谁？”

曲筱阳解释道：“他是摄影师Logan，出生于纽约布鲁克林，是这几年最炙手可热的新生代天才纪实摄影家。他连续几年获得了好几项国际摄影大奖，前年他拍摄的一组记录非洲儿童生活的大片刚获得了普利策新闻摄影奖。他这次的全球巡展，展览的就是这组照片。”

单世钧若有所思地点了点头：“嗯。”

虽然不太懂这个领域，但对曲筱阳的爱好，他表示尊重。他唯一不太理解的，就是怎么会这么巧，吃个饭，刚好就能抽中她喜欢的艺术家的展票。

曲筱阳依旧沉浸在巨大的喜悦中：“要不，我们明晚去看这个吧，摄影展。展出持续到下周四，但是我过两天就要回国了，抓紧时间。”

她顿了顿，见单世钧的神情冷静得有些过分了，忽然意识到，自己是不是太投入，太自我了。把自己的喜好强加到别人身上，似乎也不太合适。她只是忍不住想要跟眼前这人分享自己的喜悦，高兴的，不高兴的，都想说给他听。

“啊，抱歉，你要是不感兴趣，也不用陪我去的……”

单世钧摇一摇头：“我跟你去。”

他提出这两天陪曲筱阳玩，直到她回国，一方面是因为真心想陪她，另一方面，是不放心让她一个人待着。自从舒蓝告诉他，罗显洋人可能就在周边几个国家，甚至有可能就在T国，他心里就总有种不太舒服的感觉。罗哲的死，以罗显洋的性格，肯定是要跟他不死不休的。但至于罗显洋会不会迁怒于和罗哲有过牵扯的曲筱阳，就不太好说了。

不过好在，曲筱阳再过两天就回国了。只要回国，她就安全了。而等她离开后，他就能专心应付这边的事情了。

“头家。”吴伯走上临海别墅露台上的花园，他的步履有些匆忙，神情也有一些凝重。

这个露台花园是罗显洋自己设计的，结合了法式园林和日式园林的特点。他没事的时候，喜欢静坐在这里，倒一杯酒，慢慢地欣赏日落。见到吴伯，他也不意外，只淡淡地问：“事都办妥了吗？”

吴伯微微躬身：“‘请柬’已经送到曲小姐手里了。”

“跟在她身边那人的身份，查到了吗？”

“没有。我们的人发现他反侦察能力很强，对周围环境的警觉性很强，他们根本不敢跟近了。”

罗显洋微微眯眼：“哦？”

本来是半躺着的罗显洋，此时慢慢坐起身：“一个普通人，是不可能有这种能力的。你说呢，吴伯？”

吴伯点点头：“您说得对。”

罗显洋慢慢地晃着手中的酒杯，盯着酒杯里猩红漂亮的酒液：“上次你说的，狙击手的消息，查到了吗？”

这其实是近段时间以来，罗显洋最关心的事情。他们试了各种办法去追查，都没有查到那人的确切消息。

吴伯额角微微沁出一滴冷汗：“我们这边的痕迹专家和私家侦探根据狙击现场留下的痕迹给了些侧写。这人身高一米八左右，年龄可能在二十六至三十岁之间，应该不戴眼镜，惯用右手，冷静、理性、善于细节观察。”

罗显洋意味不明地看着他：“哈，我养他们有何用？你告诉我，哪个狙击手不是这么个情况？”

吴伯脸色微微发白：“对不起，中国军方那边把他的信息隐藏得太好了。不过，我们的黑客没有放弃，还在继续尝试。”

罗显洋眯了眯眼：“没关系。你今天跟我说的事，倒很有趣。”

吴伯一头雾水。

罗显洋微微一笑：“曲筱阳身边那个男人，来历不简单。”

吴伯没作声。罗显洋忽然收了笑：“帮我联系K，告诉他，休假结束。”

ben fu shanhe, benfu ni

第八章

患难与共

Logan 摄影展的展厅所租用的场地是一家经常用于举办晚宴或艺术展的高级会馆。会馆是由一座四层的法式小洋楼改建的。虽然在旧式洋楼的基础上做了翻修，添加了很多现代化的设施，但还是最大限度地保留了法式建筑的一些特色——比如楼的背面仍然保留了那种外置的防火梯，从天台一层一层蜿蜒向下，直通地面。并且每一层楼楼内都有一道门通向连接防火梯的消防阳台。因为会馆内容纳的人数有限，所以前去参观影展的游客被分到了不同时间段，且都有参观时限。

曲筱阳他们抽到的入场券的时段是晚上七点至九点。

会馆所在地点离他们住的酒店不算近，为了方便出行，单世钧又续租了两天的车。

单世钧将车停在了会馆的背面，也就是有防火梯的那面。那里是一条窄巷，可以免费停车，但是他们必须绕到会馆的正面，才能进入会馆。

曲筱阳有些不解："为什么不直接停到会馆前面去？"

会馆正面明明有个专供游客停车的露天停车场。

单世钧淡淡道："方便。"

曲筱阳十分不解。

这是哪门子的方便？方便绕一下路？单世钧这逻辑，她表示不是很懂。不过开车的毕竟不是她，而且绕路也绕得不是很远，下车绕着会所外面走半圈也就到了正门，所以她也没有在这种小事上太过纠结。

等走到会馆正面，曲筱阳才看见会馆外的停车场几乎满满当当地停着各种私家车，她才大致有些明白过来。可能单世钧是考虑到人多，找停车位很麻烦，为了节约时间，才会将车停到没人会想到的后巷去的。毕竟参观这种级别影展的，大多都是有头有脸的有钱人，也不会有人想到要去小街暗巷抢免费车位。

进入展会前，所有游客都要通过一道安检。所有的尖锐物品、刀具和危险物品都不能被带入会场。轮到曲筱阳他们进场时，她已经通过了安检，转身却见单世钧依然站在后面。他微微仰头，面无表情地打量着会馆外部陈设，每一层楼，每一个角落都没有放过……

曲筱阳等了片刻，见单世钧依旧站着没动，忍不住朝他招了一下手：“单……”

她刚开口说了一个字，单世钧便立刻收回了四处打量的视线，快步朝她走了过来。

曲筱阳觉得今晚的单世钧有些奇怪，但具体奇怪在哪儿，她又说不出来。大概就是，感觉他人在身边，心思却不在这里似的。他过安检的时候，安检门上的红灯忽然亮起。

两名保镖上前：“先生，请到这边来配合一下检查。”

“应该是这个吧，这是金属制的。”单世钧从兜里掏出一个钥匙环，上面套着租来那辆车的车钥匙，还有一个租车公司的 logo（标志）。

租车的钥匙曲筱阳倒是熟悉，只是不知道单世钧什么时候套了一个钥匙环上去。大约是怕单独一把钥匙会弄丢吧，索性把目标 size（尺寸）搞大一点。

站在单世钧身后的两名打扮得珠光宝气的中年贵妇将那租车公司的 logo 看得一清二楚，她们心照不宣地对视了一眼，露出意味不明的笑容。曲筱阳最见不得人这副嫌贫爱富的模样，她回瞪了那两人一眼，心里忽然对单世钧感觉有点抱歉。如果不是她硬要拖着单世钧来看这什么摄影展，又哪轮得到这些阿猫阿狗给他脸色看。

单世钧倒像对周围看笑话似的目光毫无所觉，他淡定而礼貌地将那个钥匙环交给保镖：“我把钥匙拿出来，再过一遍吧。”

两名保镖对视一眼，见单世钧态度诚恳，继而点了点头。

这次他再从安检门走过，果真是一路绿灯畅行无阻。

两名保镖将那车钥匙拿到防爆仪器下扫了一下，见没什么问题，就是串普通的车钥匙，于是便还给了单世钧。

单世钧进了门，见曲筱阳一脸气鼓鼓的样子，便有些忍俊不禁：“怎么了？”

曲筱阳抬头和他对视，发现男人眼神坦坦荡荡，一点也没有因为周围人的眼光而感到窘迫，便越发觉得抱歉。

“对不起啊，硬拉你来这边。有人狗眼看人低，你别往心里去。”

难得见曲筱阳对着旁人生这么大气，竟是因为他。单世钧莞尔，忽然抬手揉了一下她的头：“不相干的人，管他们做什么。人生只有一次，按自己喜欢的方式活就行了。走吧。”

曲筱阳愣了两秒，忽然觉得，男人的背影似乎比之前更高大了些。他不是没看见那些人指指点点的眼光，他只是看得通透罢了。是啊，生活是自己的，管别人做什么。

展厅在二楼，从一楼大厅乘电梯可以直达。当然，大部分人都选择顺着大厅正中的旋转楼梯走上去，这样可以顺便看看墙上挂着的这家会馆的历史组图。

曲筱阳对历史人文方面的东西一向比较感兴趣，正想招呼单世钧跟她一起看看墙上的组图，便见他已经独自往电梯方向走去了。

曲筱阳有些看不明白了。按理来说，单世钧应该是那种平时最喜欢锻炼身体，热爱运动的人，居然会连一层楼的高度都要偷懒，想去坐电梯？！今天的单世钧，处处透着古怪和反常，而且总感觉有些心不在焉，别是皮下换人了吧？

曲筱阳被自己奇葩的脑洞搞得起了一身鸡皮疙瘩，收敛心神，正想跟上去劝说单大队长跟她一起欣赏一下人文风光，便见单世钧拿出手机，快速地对着电梯旁的楼层地图拍了张照。

曲筱阳脚步微微一顿，头上再次打出一个大大的问号。她再次看了一眼他拍的那东西，确实就是一张普通的楼层地形图，标注了消防通道的类似“安全须知”的那种。拍这个干吗？直男的爱好还真是让人有点匪夷所思呢。

单世钧拍完照后，也没进电梯，收了手机转身就朝曲筱阳这边走了过来。

曲筱阳下意识地看了眼刚被他放入手机的那只口袋，抬头看向单世钧：“你这是……”

单世钧只简洁地说：“走吧，我们先上楼欣赏一下那组照片吧。刚才听前台导游说，待会儿那谁是不是还要过来演讲吗？”

被他这么一打岔，曲筱阳倒是忘了问她想要问的问题，兴致勃勃地点头：“嗯，对，我也听到了。八点开讲，我们抓紧时间先逛！”

在展出期间，Logan并不是每晚都会来演讲。他的巡展一共持续两周时间，只有周六周日他会出现在会馆里，跟慕名前来的观众讲讲他有趣的经历，和拍摄这组照片的背后的故事。所以，曲筱阳他们运气真挺好的，他的展票本就已经售罄，而演讲时段的票更是一票难求。

曲筱阳其实一直暗暗觉得，这次T国行有种时来运转的感觉，好事一件连着一件地发生。先是在飞机上遇见了单世钧，虽然这里面有红娘“黑幕”成分的存在，但过程不重要，重要的是两人确实因为这趟旅行拉近了距离。而T国的美食又治愈了她因为之前的事件遗留的其中一个后遗症——厌肉，这个毛病治好了，对于吃货来说，生活质量立刻发生了质的飞跃。再接着，就是 Logan 的摄影展。能跟喜欢的人，在合适的时间，来看最喜欢的大师的展览，简直是她梦想中的约会场景。

如果约会后能再有一个浪漫的表白，人生就完整了。曲筱阳暗戳戳地想。

“我有点明白你为什么喜欢他拍的照片了。”单世钧盯着眼前的照片，感叹。

两人面前这张照片的主人公是来自某个非洲部落的小女孩。她有着典型的因为长期饥饿而导致营养不良的外貌特征——头大身小，皮包骨头。照片里的小女孩大概是因为肚子太饿，一脸纠结地捂着自己的胃，蜷缩在遍地是枯草黄沙的荒漠上。她甚至都没有力气站起来。而就在她身后不远处，一只秃鹫目光贪婪而犀利地盯着它的猎物。它似乎很有耐心地在等待着——等待小女孩的衰弱，甚至死亡，等待她成为它的盘中餐。

曲筱阳点头：“Logan 的作品总是能用最刁钻的角度，展现生活最残酷的一面。直击人心，大概就是这个感觉吧。”

单世钧叹了口气：“前几年，我在非洲执行任务，刚好遇到那年闹大饥荒。我们曾途经一些部落，看到的就是饿殍遍地的景象。”

曲筱阳看着那张照片，漂亮的杏眼里似有粼粼水光：“有时候觉得自己很幸运。祖国强大、家庭和睦。没有战乱，也不用为温饱问题而挣扎，有干净的水源，想吃什么美食都能吃到。这样的人生，还有什么不满足的呢？”

还有句话，她没说出口——自己国家的和平和强大，是很多人默默地用血和汗换来的。那些替他们负重前行的人，他们十年如一日地坚守在自己的岗位上，做着最危险的工作。他们牺牲了自己娱乐的时间、和家人团聚的时间，甚至于……很多人牺牲了自己的家庭幸福，只为守护更多人的安宁和欢笑。大多像他们这样的人，都被掩埋在时间的洪流里，默默地来，默默地走。而这样的人，她身边就站着一个。

其实曲筱阳打心眼里对单世钧的工作充满了敬畏感，但同时，她又有一些私心，有很多很多说不出口的担忧和牵挂。

单世钧侧头看了曲筱阳一眼，嘴角微微上翘了一下。

曲筱阳身上有一点让他觉得特别有魅力。他觉得她就像是一朵向日葵，永远有使不完的劲儿，用不完的能量。他相信，在她成为医生后的这些年，见过的人性黑暗面，应当也不比他少。但她依然能够坚守心中的善念，保持初心，并相信美好，这很可贵。他特别喜欢这种纯粹和干净。

二楼会场中心的宴会厅里，忽然人声鼎沸。与此同时，不停地有游客朝那个方向拥去，进入宴会厅。

曲筱阳看了眼时间，还差几分钟就八点了。她有些激动地拉了一下单世钧的胳膊："肯定是 Logan 来了，我们也快过去吧！"

从女人白皙纤细的手指上传来的温软触感，让单世钧微微愣怔了一下。然而，还来不及留恋这拨人心弦的温柔缱绻，身后蓦地传来那种被人盯着的毛骨悚然的感觉，让单世钧霍然警觉地回头。这是进入会馆以来，他第二次感受到来自身后的令人不太舒服的视线。

但馆内游客众多，而且都在齐刷刷地朝他们前面那个方向走去，一时之间，单世钧难以分辨那绝非善类的气息究竟是从哪儿来的。

曲筱阳见单世钧忽然驻足，疑惑道："怎么了？"

单世钧犀利的视线扫过身后人群，确定目标隐匿身形后，便收回了目光："没什么，我们走吧。"

单世钧没有告诉曲筱阳，其实从昨天开始，他就有些心神不宁的。具体理由说不上来，但第六感告诉他，可能会有什么事发生。他总觉得，他们周围危机四伏，甚至可能，危机已经悄然而至。狙击手的第六感，向来很准。

没办法不担心，因为曲筱阳就在他的身边。他自己一个人倒是没什么，他只怕护不住她。

他们进入宴会厅的时候，前方用于演出的舞台周围已经被参观者里三层外三层地围了个水泄不通。曲筱阳一眼就看到了站在舞台旁，有些腼腆笑着的 Logan。

天哪！偶像！还是活的！曲筱阳一兴奋，便直接抓住了单世钧的手，连她自己都没意识到。

单世钧低头看了一眼那只紧紧握住他的纤细的手，眸色微微一深。

曲筱阳拉着单世钧，绕过几个游客，找了一个能看清舞台的位置站定。而此时，司仪已经开始在台上热场，向大家介绍今天这场盛宴的主角。

就在这时，那种被人从背后盯着，冰冷黏腻的感觉再次爬上了单世钧的背脊。单世钧微微侧头，余光瞥到宴会厅外一道黑影一闪而过。

单世钧低声对曲筱阳说："我去下洗手间，你往前站一点，离舞台近些才看得清。"

"嗯。"曲筱阳点了点头，下意识地又往前挪了挪。

宴会厅里暂时没有危险的气息，单世钧一边仔细地观察了一遍站在厅内的参观者，一边慢慢地，悄无声息地退了出去……

"嗨，又见面了。"

曲筱阳身侧，忽然响起一个温润如玉的声音。

她转头看过去，惊讶地睁大眼："是你？！"

“你怎么在这儿？”曲筱阳惊讶地看着那人，这正是之前她在四面佛前遇到的那个男人。

“缘分吧。”男人淡淡微笑了一下，他今天穿得比较正式，黑色的西装下，是浅一个色号的修身的西装马甲，搭配白衬衫。

“没想到你也喜欢 Logan。”

曲筱阳点头，低声道：“对啊，我是 Logan 的铁粉……”

男人眸中划过意味不明的神色，嘴角勾起一个冰冷的弧度。也多亏了曲筱阳微博一半的内容都是Logan的各种影集、照片，事情才会进展得这么顺利。这就是天意，不是吗？

“刚才就看见你们了。”男人状似不经意地说，“你男朋友很帅，是运动员还是模特？”

“啊，我们其实不是……”

曲筱阳脸微微一热，有些不好意思，支吾着一句带过了。她和单世钧的事，可能八字才只有半撇吧。她不太想和旁人谈论单世钧的事，无论是他的职业，还是他们的关系。这事毕竟是个人隐私，而且考虑到单世钧的职业特殊性，她觉得还是保密为好，尽管这样可能会显得有些不礼貌，不友善。

男人微微一笑：“我觉得我们特别投缘。既然他不是你男朋友，那待会儿展会结束后，我有这个荣幸请你去喝一杯吗？”

曲筱阳愣了一下。她这算是，被搭讪了吗？这还只是他们第二次见面，她连男人的名字都不知道。

“抱歉，我和我朋友一会儿还有事。谢谢你的好意。”曲筱阳想也没想便拒绝了。虽说两人可能是有那么点缘分，不过她没有在异乡交朋友的打算，更没有兴趣发展一段露水情缘。

“那真是……太可惜了。”男人嘴上说着可惜，脸上依旧是笑眯眯的，看不出一丝一毫失落的情绪。

司仪继续在台上介绍：“今天，除了我们的天才摄影师 Logan，还要向大家介绍一个神秘嘉宾。如果不是他，今天我们也没有机会齐聚一堂，欣赏 Logan 的佳作。”

他微微一笑，目光转向曲筱阳他们这边：“有请我们的展会发起人，赞助商，也是我们的老朋友 Yang，来跟我说几句。”

曲筱阳还没回过神，便见男人落落大方地走上了舞台。

“晚上好。”男人温和低柔的声音通过话筒传出来时，因为有了扩音和微弱的回音，更多了一分莫名的魅惑。

“欢迎大家来到博莱会馆，很高兴看到有这么多志趣相投的朋友。也很感谢 Logan 不远万里来到 T 国，和我们分享他的艺术人生。不耽误大家欣赏艺术的时间，只说一句，希望大家今晚玩得开心。Enjoy yourself , art knows no boundaries.（好好享受吧，艺术是没有界限的）”

台下掌声雷动。

男人全程都是谦逊有礼的姿态，没有炫耀，没有邀功，很容易博得路人的好感。他下台后，也没有多做停留，而是直接离开了会场。只不过在离开前，男人微微回头，又看了曲筱阳一眼。他脸上带着笑，眼中却没有一丝温度。

曲筱阳倒是完全没注意到男人的目光，她几次回头朝后张望，想知道单世钧到底有没有回来。刚才为了更靠近舞台，她又钻入人缝里往前走了些，这会儿再回头时，身后已经站满了人，她担心单世钧回来可能会看不到她。

而事实上，曲筱阳的担心是多余的。单世钧没有回会场，他被“绊住”了。某种意义上。

单世钧之前出了宴会厅后，门外走廊空空荡荡的，一个人都没有。也不是一个人都没有，长廊尽头的楼道口，站着一个安保人员。他背对着单世钧，用标准的、守门似的姿势面对楼梯而站。

单世钧盯着那人背影安静地审视了一会儿，忽然慢慢朝他走了过去。

单世钧的脚步向来很轻，常年的狙击手生涯让他很擅长隐匿自己的气息。如果他不想让人发现，普通人根本发现不了。且不说普通人，即便受过专业训练的，也未必能发现。只要他不想。

单世钧走过去的时候，刻意放轻了脚步，但是又没有放得那么轻。大概介于一个比较微妙的临界点。他离那名保安还有五米远的距离时，那人搭在腰上的手指，忽然微微一动。或者更准确地来讲，他搭在腰侧的那只手，就放在别在腰间的手枪上。这里的保安，竟然配枪。虽说 T 国这方面管得可能不那么严，但这毕竟还是不符合 T 国的枪支管制制度。

单世钧停下脚步，开口道：“Excuse me, sir.（先生，打扰一下）”

保安仿佛这时才察觉到身后有人，转回头，朝单世钧微微走近一步：“Sir, how can I help you？（先生，有什么可以帮你的吗）”

这名保安是个白人。

东南亚国家，雇白人作为保安的情况，非常罕见。他的口音不是那么纯正，但不纯正得很别扭。单世钧能听出他发音里无法掩藏的一些美式腔调的特色，那种感觉就像是……一个北京人，努力装他说不好普通话，用京腔的味道硬操着四川普通话。

单世钧与他对视一秒，保安朝他露出一个友善的微笑。

单世钧也笑了一下：“I am looking for the washroom.（我在找洗手间）”

保安热情地给单世钧描述了一下洗手间的位置，单世钧淡定地表示：哥没听懂，你能给我指一下吗？

会馆是四边形的设计，四面一圈都是房间，现在被改成了展厅，而中间那块设计成了中空的天井，可以一眼从四楼望到一楼大厅的那种。所以保安大哥这一通左拐右拐再拐的描述，英语不太好或者脑子不太好的人，听不明白也实属正常。保安虽然有点无语，但他还是跟单世钧做了个手势，意思是跟我来，哥带你去。

单世钧一边跟在保安身后走，一边越过护栏默默观察一楼和三楼、四楼单世钧的情况。

扫了一眼大厅的情况后，单世钧微微蹙眉。一楼的保安人数，比之前跟曲筱阳进来时，多了一倍。好几个是生面孔，之前来时都没见过的。单世钧记得，进门替他们安检的两名保安，是东南亚人。听口音，应该就是本地人。而此时，大厅里四面八方站着的保安，半数以上是白人。

他扫了一眼那几名白人保安的站姿，虽然有些人站没站相的，有斜靠着墙的，有倚着楼梯扶手的。尽管他们站姿随意，浑身上下却几乎看不出破绽来。

单世钧几乎可以断定，这几人不是寻常的保安。

扫完一楼的情况，单世钧又抬头看了看三楼和四楼，上面暂时还没有看见巡逻的保安。

所以这些保安，应该是在他们进入会馆后，才来到这里的。如果一开始就发现场馆里有这些人，他就不会让曲筱阳进来了。

这算什么？瓮中捉鳖？他们被包围了？

单世钧正思考着是要金蝉脱壳，还是鱼死网破时，两人已经一前一后地走到了男士洗手间的门口。保安转过身，抬手对单世钧示意了一下。

单世钧礼貌地说：“谢谢。”

两人再次安静地对视了两秒，单世钧注意到，保安挂在右耳上的通信器的提示灯，忽然闪烁了一下。保安的注意力，有那么零点几秒，被通信器那头的声音，或者说是内容，吸引了过去。就在这电光石火的瞬间，单世钧忽然出手了。

他上手就是一个快而狠的擒拿手，一手拧住对方胳膊，另一只手“唰”地扯掉了对方挂在胸前和耳朵上的通信器。将通信器扔到一边后，他立刻反手去按对方的后颈。

但显然对方不是吃素的，第一回合被偷袭了个措手不及后，立刻调整了状态，整个人往下一蹲，一个扫堂腿就朝单世钧小腿扫了过去。此时，他的右胳膊仍在单世钧手中，而左手，尽管姿势别扭，却已经迅速精准地将腰间的枪拔了出来。

单世钧仿佛早就预判到这保安的动作，轻轻一跃，躲过那记又快又狠的扫堂腿。而他在跃起的瞬间，一记膝踢顶向保安刚拔出枪的那只手腕。趁保安吃痛，条件反射地捂腕时，他劈手夺过了对方的枪……

保安的实力其实一点都不弱，或者说，他身手已经很好了。反应精准而迅速，没有多余的动作，甚至可以说远超普通刑警的身手。换成别人，他应该早就占了上风。只可惜，他对上的是单世钧。

保安被单世钧用枪抵着额头，一步一步退入男士洗手间内。

"你的雇主是谁？罗显洋？"单世钧冷冷问道。

保安面无表情地看着他，没说话。职业道德，他们还是有的。

单世钧换了个问题："你是哪个公司的雇佣兵？"

保安眼睛微微睁大了一些，却依然没说话。他沉默地盯着单世钧的一举一动，像一条盯住猎物的眼镜蛇，就等猎物露出破绽的那一刻。他一步一步朝后退，手碰到洗手间的盥洗台时，微微一顿。

"告诉你，对我有什么好处吗？"保安忽然问了这么一句，下一秒，他忽然一挥手，"啪"地掀翻放在洗手台上用来装擦手纸巾的竹篮。

纸巾被他的力量掀到半空中，正好遮住单世钧的视线。保安正准备重拳击打向单世钧的腹部，只见一只手迅捷地穿过依然在掉落的纸巾，几乎像是凭空出现在男人的颈侧。那只握成拳的左手，在他的脖子上轻轻一敲……

保安呆了两秒，瞳孔微微放大，而后很快软倒在地，晕了过去……

纸巾落地，露出单世钧淡漠冷峻的脸。他的左手握着一个圆环形的东西，正是之前那枚串在车钥匙上的钥匙环。

钥匙环的外侧有一根竖起的小针管，那是一个内置型的弹出装置。没人知道，钥匙环里装着足够迷翻一头大象的剂量的麻醉药。

单世钧用保安的外套将他的手捆住，拖进了厕所隔间。而后他快步走出洗手间，捡起之前被打落的通信器，挂在自己耳上。频道内立刻传来几人用英语交流的声音。

"嘿，老四这家伙是去哪儿偷懒了，让他守着二楼楼道入口，人怎么不见了？"

一个懒洋洋的声音传来："我知道，刚才他和那个中国男人说了两句话，两人好像往另一头去了。"

"你怎么不早说？他们去了多久了？"

"几分钟？三分钟？四分钟？"

“什么情况？”

“大熊和我上楼去看看，你们留在原地待命。韦恩，你去电梯那边守着。从现在起，不要放任何一个人出会馆。”

同一时间，正在宴会厅内听 Logan 演讲的曲筱阳忽然收到一条短信。

【我在宴会厅后门，你现在悄悄走出来，立刻！！！】

曲筱阳虽然不知道发生什么事了，但她相信单世钧不会无缘无故给她发这样的信息。一个平时发短信不用标点符号的人，竟然加了三个感叹号。

所以她在收到信息后，没有丝毫犹豫，一边跟周围的游客道了歉，一边小心翼翼地钻出人群，片刻也没耽误地离开了宴会厅。

她刚一走出宴会厅后门，就被单世钧捉住了手：“这边。”

这手被捉得有些太突然了。曲筱阳一惊之下脚都没站稳，被单世钧这么一拉，便直接扑到了他怀里。单世钧既没躲，也没避，直接伸手将曲筱阳揽进怀里。

曲筱阳双手撑在单世钧结实坚硬的胸膛上，心跳骤然加快几分，脑子也有些懵。这，这是什么神展开？这木头直男怎么忽然这么主动了？可她，她好像还没准备好，而且这是在公共场所，好像有点不太合适。

曲筱阳本来还有些小娇羞，正想数落他两句，然而一抬头却见男人眉头微锁，神情严肃，眼里甚至泛着犀利的冷光。这，明显不是谈恋爱时该有的表情。

“怎，怎么了？”曲筱阳脑袋上的粉红色泡泡顷刻炸裂，忽然意识到事情不太对劲。

单世钧竖起食指，做了一个“噤声”的动作，微微低头，贴在她耳侧低声说：“我们被人围住了。稍后跟你解释，先跟我走。”

曲筱阳一脸震惊。

围住是什么意思？有那么一瞬间，曲筱阳甚至怀疑自己听错了，或者在做梦。可惜这现实已经真得不能再真，她狠狠掐了一下自己的大腿，是真疼。

单世钧看了一眼二楼楼道入口，二话不说，拉着曲筱阳绕去了另一个方向的安全通道。单世钧一边带着她走，一边又嘱咐道：“待会儿无论发生什么事，一定要跟在我身边，跟紧了。”

曲筱阳点了点头，她其实还是不知道发生什么事了。说有人“围”他们，可一路也没见到来围堵他们的人。她心中正纳闷，一低头，忽然发现单世钧手中握着枪……

曲筱阳心里“咯噔”了一下。她很清楚一点，单世钧来的时候，身上绝对没有配枪。而现在他手中这枪的来历，足以让人联想很多了。说不害怕，那绝对是虚伪，她的手心里已经沁出了一层冷汗，心脏也一直怦怦乱跳，心率直飙一百八。但是，这次的感觉和之前被绑架时有些不太一样了。害怕归害怕，却没有那种堕入深渊似的绝望和恐惧，也许是因为这一次有单世钧在她身边。

走到楼层拐角处，单世钧忽然停了下来。他伸手一拦，将身后的曲筱阳按在墙角，抬手按住挂在右耳上的，从保安那里抢来的通信器……微微嘈杂的背景音里，对方交谈的具体内容，正源源不断地通过这个通信器，传到单世钧耳中。

“头儿说让我们待命，也不知道要等到什么时候？”

“这次的目标什么来头，听说对方只有两个人，一男一女。我看女的好像没什么战斗力，男的看得出有些底子，不知道什么来历。不过，也不至于让我们全队出动了一半的人吧，搞得这么大张旗鼓。韦恩，你们找到老四了吗？”

“我和大熊分头在找，会馆二层西面排查完毕，没见到老四。”

现在说话的男人，应该是那个叫韦恩的人。而之前说话那两人，应该就是之前在对话里听到的，被留在楼下的另外两名保安。不，准确来讲，不应该叫他们保安，而是——雇佣兵。

“我在东侧，刚检查完 2 号展室，现在正在……”

最后说话的这个人，肯定就是之前他们提到过的大熊了。单世钧再次对曲筱阳做了个“噤声”的手势，并让她躲到自己身后。原因很简单，大熊的声音，从通信器里传过来的同时，也直接从走廊拐角的另一端传了过来……

在这种前有狼后有虎，还带着个手无缚鸡之力的弱女子的情况下要去到三楼，大熊身后的紧急通道，是单世钧能够选择的最优方案。既然避不了，那就只能正面刚了。

单世钧屏息凝神，仔细听着那人的脚步声。

三米，两米，一米……

一个牛高马大的白人忽然从拐角处转了过来。那人身高和单世钧差不多，但身形大约是他的两倍——难怪得了一外号叫“大熊”，实至名归。

单世钧的拳，几乎是在那人露脸的同一时间打出去的。

无比精准迅猛的一记左勾拳，只击中那人的颈侧。和之前他放倒第一个保安时一样，如法炮制的强力麻醉拳，一击即中，一次放倒。只不过这次单世钧稍微改进了一下方式，他提前将钥匙环套在手指上，重拳打出去的瞬间，就能将钥匙环上的麻醉针刺入对方的身体。其实单世钧这一拳算是双重保证，他击打的位置是颈动脉窦，受到外力撞击或压迫时，就会反射性地造成血压下降，大脑供血暂时短缺，导致昏厥。

单世钧这招战术，抢的就是先发制人的零点几秒。等这位大熊兄弟看见单世钧，再要做出反应时，已经晚了一秒。他腰间的枪刚拔出一半，就无力地瘫倒在地。

单世钧微微弓身，将这位仁兄的枪也顺走了。

曲筱阳都看傻眼了。从单世钧毫无预兆的出手攻击，到放倒这个超两百斤的大汉，整个过程不到两秒钟。如果不是她死死捂住嘴，刚才差点就要叫出声了。她是头一次这么近距离地看见单世钧出手揍人。不，应该说，她是第一次这么近距离地面对激烈的冲突场景。单世钧在那一刹那间表现出的狠绝果断的一面，是她不曾见过也不曾了解的。

曲筱阳又想掐自己大腿了。她有点儿腿软，咬得牙齿也在咯咯地响。刚才这两人硬碰硬的一幕，像锤在她心上再一次重击。她看得清楚，单世钧的速度很快，然而对方动作也不慢。来者不善，也不弱。如果不是单世钧事先预判到对方的位置，刚才很可能会发生一场硬核的肉搏战。她意识到，这不是一场游戏，而是一场真人大逃杀。

单世钧转头见曲筱阳瞳孔中满是惊惧，伸手握住她的手："走！"

曲筱阳冰凉的手，在他干燥而温暖的掌心中慢慢回温。

单世钧拉着曲筱阳一路跑到最近的一条安全通道，拉开门，让曲筱阳先进了安全通道，而后他也跟了进来。

曲筱阳微微喘着气，看见单世钧拿出自己的手机，点开图片。她立刻认出，这是之前在进入会馆后，单世钧拍下的楼层地图。

单世钧一边继续拉着曲筱阳朝三楼跑，一边快速地扫了两眼地图。在确认了三楼防火楼梯所在的位置后，他收起手机，侧头问曲筱阳："还好吗？"

曲筱阳点了点头。

还好她平时有坚持运动，不至于在这个时候太拖后腿。她憋着一口气，咬牙坚持着。其实她的情绪已经有点临近崩溃了。她根本不知道发生了什么事，甚至都不知道围堵他们的是什么人。她唯一知道的是，那名保安在举枪时露出的杀意大概是认真的。如果逃不出去，他们两个今晚可能真的会交待在这里了。好好的一个约会夜晚，由浪漫开场，却以惊悚收场。

她感觉自己像是进入人生的大水逆期了，还是一着不慎要你命的那种。

"放心，我不会让你出事。"单世钧仿佛察觉到了曲筱阳不安的情绪，忽然说了这么一句话。他握着她的那只手，也紧了紧，仿佛在用这种方式传达着他的决心。

曲筱阳安静听着，点了点头，没接话。其一是因为全力奔跑已经让她有些上气不接下气了；其二是因为她怕自己一开口，就会忍不住掉眼泪。男人刚才那句话一出口，她眼圈就已经微微有点热意了。她很清楚，单世钧向来言出必行。

害怕的情绪沿着血管，蔓延至她身体的每一个角落。不甘心、不想死是一方面，另一方面，她怕她拖累单世钧，她怕他会出事。这种恐惧，已经悄悄压过了她对死亡的恐惧。她想不明白为什么每次和单世钧在一起，似乎都没好事发生，像是冥冥之中的不可抗力，令人揪心般地难受。

通信器里再次断断续续地传来对方的对话。

“大熊被放倒了，一定是那个中国男人干的。所有人，立刻跟我一起上楼堵人！一个角落都不要放过！”

说话的是跟着大熊一起率先上楼进行搜查的韦恩，他顿了顿，忽然换了种稍微恭敬了些的语气说道：“头儿，您听见了吗，我们这边的情况……”

“知道了。”一个略微沙哑的、不带一丝温度的声音忽然在他们内部频道里响起，“我早说了，别轻敌。”

韦恩继续老实地交代进程：“二楼排查完了，我们立刻上三楼去。”

那个被他们称为“头儿”的男人忽然顿了顿，轻蔑一笑：“蠢货，换频道说。”

他话音刚落，单世钧的通信器里就传来一片刺耳的忙音。这条通信频道被对方直接切断了。

单世钧摘了通信器耳挂。他的眸色骤然变深，周身散发出凛冽的气场。对方反侦察能力相当好，绝对是受过专业训练的精锐特种兵。尤其，是这个被这几人称为“头儿”的人。

听不到对方的行动计划，就没办法再对他们的行为做出预判。之后一切，都只能靠直觉和本能了。迎接他们的，可能是场硬仗。

上到三楼后，单世钧带着曲筱阳马不停蹄地赶往防火梯所在的位置。途经一间陈列室，单世钧一眼瞥到里面落地窗上挂着巨大的帆布窗帘。单世钧将曲筱阳推入一个墙角的位置，简洁地说道：“站这儿别动。”

那里刚好是进门后的一个视线盲点位置。说完，单世钧自己快速跑到窗帘下面，双手握住窗帘布，用力一扯——连窗帘杆带窗帘，直接被他整块从墙上拆了下来。

曲筱阳一头雾水，不知他的意图。

说实在的，单世钧的很多举动，她一开始都看不懂，直到过后才回过神来。一如一开始他拿出的那个钥匙环，再如他未卜先知或者说未雨绸缪地拍下楼层地图。

就在他扯窗帘的这段时间里，最先上楼的韦恩，已经追到了这间陈列室门口。他首先看到的是站在窗边，手握窗帘杆的单世钧。

韦恩二话不说，直接举起手中的枪对准单世钧，扣下了扳机，连半秒都没犹豫。

“砰——”即便装了消音器，还是发出了不小的枪响。

曲筱阳在那一瞬，感觉全身血液都凝固了。有那么一段时间，她整个人都是懵的，手脚冰凉、呼吸窒住。脑袋里似乎塞满了絮乱的麻团，又似有高频电流的声音在尖啸。

曲筱阳缓缓眨了眨眼，在那么几秒钟内，陈列室中发生的一切在她眼里竟有些像慢放的无声电影……

在韦恩扣下扳机的瞬间，单世钧整个人迅速向前一扑，同时将手中的窗帘杆用力投掷了出去。窗帘杆在他强大的臂力和前扑时的加速度叠加下，宛如一支疾如闪电的标枪，“咻”地朝着韦恩破空而去，精准地击中了韦恩拿枪的手腕。

那窗帘杆本来就是实木的，死沉。单世钧瞄的位置非常刁钻，加上手腕本就是人身上最脆弱的关节之一，韦恩的枪立刻就脱了手。

韦恩看到枪脱手的刹那，就知道他玩脱了。但他经过长期训练的身体本能，第一个反射性的动作便是立刻扑去抢枪——可惜，单世钧根本没给他这个机会。单世钧在做出前扑动作后，紧接着就借势一个前滚翻，直接翻到韦恩身前，再接一个迅猛的扫堂腿，一套动作耍得那叫一个行云流水，丝毫多余的动作都没有。每每出手，都是精准打击。

韦恩枪没捡到，反而被单世钧扫了个大马趴。

单世钧则直接一翻身跃到他背上，以膝盖将他死死顶住，压在地上。手起手落间，单世钧已完成补刀——他将麻醉剂从韦恩的后颈打入了对方的身体。

于是，继两位战友“光荣牺牲”后，韦恩也加入了“扑街”大队。

而这一切，都发生在短短几秒钟之内。对普通人而言，可能就是眨眨眼的工夫吧。曲筱阳瞳孔微颤，刚才一直憋在胸口的气，这才慢慢吐了出来。他活着，他没事！

单世钧倒是没忘记自己是来干什么的，放倒韦恩后，他从地上捞起了那两条长长的窗帘布，甩到肩上。

在曲筱阳的视角里，逆光走向她的高大男人，像极了从古战场走出来的战神。此时，曲筱阳才像刚刚恢复了心跳似的，长长地舒了一口气，整个人终于活了过来。

单世钧握住她的胳膊，微微一用力，便将她从地上拉了起来。

男人单手抚上她的脸，拇指轻轻拭过曲筱阳眼角的泪："抱歉，吓到你了。"

曲筱阳愣了一下，连她自己都不知道眼泪什么时候飙出来的。

她捂住嘴，某些后知后觉的情绪来得凶猛又激烈。她用手背迅速擦了一下脸上的泪痕，哽咽道："我刚才以为你……我以为……"

她还以为单世钧中枪了。那一瞬间恐惧灭顶的感觉，无法形容。至于其他纷杂难解的情绪，后来才涌上心头的。

"别怕，我没事。"单世钧的声音沉缓而有力，令人安心。他拉起曲筱阳后，两人继续朝会馆后方的消防阳台迅速跑去。

防火阳台的入口通道很狭窄，周围都是运转的电机。挡住他们去路的是一道上了锁的厚重的铁门。门本来的设计大概就不是能上锁的那种，但有人人为地用那种老式的大铁锁将门锁住了，需要钥匙才能打开。而只要出了这道门，他们就能顺着防火楼梯逃出这座会馆了。

自由和他们的距离，仅仅一门之隔。

谁说车到山前必有路的？事实就是，性命攸关的时候，大部分人都是"非酋"，无路可走才是常态！曲筱阳刚来得及叹了口气，就见单世钧一脸冷漠地举起手中的枪……

喂，等等，他不会是想用枪把这锁直接崩了吧？这么近的距离，子弹绝对会反弹回来的！

"等一下……"曲筱阳刚想要阻止单世钧的送人头的行为，就见单世钧用手中的枪托用力砸了一下挂着门锁的铁片。

曲筱阳尴尬地收回跃跃欲试的手。也对，她都明白的道理，单世钧又怎么可能不明白？她还是做点有用的事吧……比如，守住男人的后背。单世钧没有长第三只眼，如果这个时候有人追过来再开一枪，那他们的情况就很不乐观了。

刚才发生的事，曲筱阳不想再经历第二次了。刚才她就想好了，如果是她中枪，单世钧至少能带着她逃走。但如果单世钧中枪，那可能两人都要被抓了。如果两人中必须有人要受伤，那也只能是她，不能是单世钧。

单世钧第一下重击砸下去，铁片就已经歪到一旁。他紧接着补了第二下，于是整个门锁连带铁片，一起被他砸落在地。

单世钧手握门把，微微用力，"吱呀"一声拉开铁门。他回头，就见曲筱阳背对他而站，神经紧绷地盯着通道入口处。而且不知曲筱阳是有意还是无意的，她站的位置，正好挡住他的后背。单世钧不合时宜地想起那句"你的后背，交给我来守护”。尽管，这个守护他后背的人，只是个柔弱的女人。但在这一刻，他心口还是蓦地一热。

“筱阳，走。”

推开门，外面就是消防阳台和防火楼梯。

“这……”曲筱阳看见通往下一层的楼梯被一道从地面延展到天花板的铁网门封得死死的，愣了一下。

这门用的是那种密码锁，又不可能像之前那样暴力拆除。她趴在阳台边缘朝下一层看了一眼……难道要扒着护栏一层一层地翻下去吗？！如果这是一场游戏，那一定是地狱模式的。

曲筱阳正想回头问问单世钧怎么办，便见他已经将之前拿到的那两块窗帘头尾相接绑到一起，打了一个死结，而后又将其中一头紧紧绑到门外侧的铁棍一般粗的把手上，另一头握在手中。

曲筱阳十分疑惑。

单世钧试了试帆布的韧度，露出一个满意的眼神。

他转身背对曲筱阳蹲下身：“来。”

曲筱阳虽然满脑子问号，但也不敢耽误时间，快速趴在了单世钧背上，搂住了他的脖子。

“抓紧我。”单世钧一边说着，一边两手抓着窗帘布，一脚登上了消防阳台的铁栏杆。

曲筱阳一脸震惊

感受到那不太牢固的铁栏杆在男人脚下颤巍巍地摇晃，曲筱阳立刻抱紧了单世钧的脖子。

就在这时，消防阳台的铁门被人从里面拉了一下，曲筱阳的心脏顿时蹦到了嗓子眼儿——他们追上来了。

单世钧片刻也没犹豫，双脚在铁栏杆上用力一蹬，整个人荡了出去，而后双腿交叉，微微地绞住窗帘布下端，两手抓着那条窗帘布快速地向地面滑去……曲筱阳下意识地闭了闭眼。

等她再睁开眼时，单世钧的手已经滑至窗帘末端。然而，因为这两条窗帘加在一起，也不过三层楼高，他们距离地面，还有五米左右。

曲筱阳紧张地咽了口唾沫，便见单世钧忽然直接松了手。身上传来短暂的失重感后，曲筱阳将那一声尖叫堵在了喉咙里。然而他们并没有掉下去，单世钧松手后，攀住了二楼消防阳台的地板。有了这个缓冲，他再次松手，到落地就只剩一米多的高度了。

单世钧平稳落地后，迅速将曲筱阳放了下来。而曲筱阳听到楼上传来的动静，一抬头便见两名保安打扮的白人男子追到了阳台边上。

“别回头，跑起来！”

从一楼阳台，到他们停车的位置，短短十米的距离，曲筱阳用了跑百米冲刺的爆发力。她听了单世钧的，没有回头。有那么一瞬，她感觉到了子弹擦过她的脚边……

单世钧和曲筱阳几乎是前后脚钻进了车里。

单世钧快速发动了引擎，油门一脚踩到底。汽车像离弦的箭，飞速驶出后巷，钻入了主干道的茫茫车流之中。生死时速，真的是，生死时速。

曲筱阳在车里坐了好一会儿了，却依然心跳如雷，手脚发麻，心有余悸。

消防阳台上那道铁门，是朝里开的。里面的人要想出来，必须从里拉开。而刚才单世钧将窗帘布绑在门外侧的把手上，两人滑降时的重力，就成了挡住追兵的天然阻力。如果不是因为挡了他们这么一会儿，只怕现在他二人就要被打成筛子了。这做法好聪明，既快速地逃离了现场，又挡了敌人追踪的步伐，一举两得，她完全没有想到。

曲筱阳此时得了喘息的机会，开始慢慢回想和梳理一些细节。她忽然意识到，身边这个男人的思维缜密和深谋远虑，都有些超出常人能理解的范畴了。他的每一个行动，似乎都不是只看眼前这一步的，而是提前想好了两三步。只有极端的生存环境才能锻炼出这样敏锐的洞察力和高度的警惕性。她不禁好奇，他之前到底过着什么样的日子？

“你之前就料到会发生这种事吗？”曲筱阳忽然想到，两人刚到会馆时，单世钧没有选择将车停放在会馆正门外的公共停车场，而是将车停到了这种小街暗巷。她不知道，从这条后巷钻出去，竟然能直接上主干道，倒是挺方便的。莫不是，这也在他的计算之中？

而且，单世钧今天来会馆前，就随身携带了麻醉针。而他进了会馆做的第一件事，便是去拿楼层地图。若说他对今日之事毫无所觉，那是不可能的。

“也算不上料到，这件事我稍后跟你解释。”单世钧简短答道。

果然。单世钧的回答，肯定了曲筱阳的猜想。

曲筱阳转头看了单世钧一眼。

他有事瞒着她，一件他从一开始就知道的事。

单世钧一边开车，一边拿出手机，拨了一个没有显示姓名的号码。

电话响了三声后，接通。

“哟，单队，怎么半夜三更给我打电话？怎么，想我了？”

单世钧开的是功放，女人自带魅惑效果的御姐音顿时充斥在狭小的车内空间。

曲筱阳沉默了一下，默默转头望向窗外。

单世钧冷声道："没时间跟你说笑。现在罗显洋的人在追我们。"

曲筱阳竖起耳朵，捕捉到了最关键的三个字——罗显洋。

这个名字她听到过，之前在红羽镇出事后，在缉毒大队做笔录时，那边的副队长曾问过她——问她阿哲有没有提到过"罗显洋"这个人。看来这人和阿哲，以及他身后的集团脱不了干系。

一些看似互不相干的信息在此刻被串联起来。曲筱阳脑中有了些隐隐约约的猜测，一个让她觉得背脊生寒的猜测。

电话那头的人沉默了两秒。

"你们？你和那个小医生在一起？"女人问。

"小"医生？曲筱阳微微一挑眉，神色莫名。

单世钧直截了当地问："我们现在不能回酒店了，这边的警方估计也是靠不住的，你的船离哪个码头最近？"

女人收了调笑的调调，正色道："204 号码头，我会派人过来接应你们。把你的定位打开，我好随时追踪你。"

她顿了顿："你确定是罗显洋的人？"

单世钧冷嗤一声："除了他，我想不到第二个人。"

"头家，他们跑了。"

离会馆不远处的一辆黑色的宾利凡尔赛 65 里，男人慢条斯理地解开衬衫领口最上方的两颗纽扣，放松地靠在椅背上，拿起手侧小吧台上的一杯香槟，慢慢抿了一口，略带阴柔气质的桃花眼中闪过一丝似有若无的阴鸷。

"那就看他们有本事能跑多远了。"漆黑的夜空下，唇色殷红的漂亮女人站在一艘巨轮的甲板上，安静地看着远处看似无波无澜的海面，眉心微皱。

"老板，你怎么了？"说话的是一个约莫二十出头的年轻男子，他虽然身材高大，但看向她的眼神，却依然有些稚气未脱。

舒蓝刚刚接了一通电话，电话讲到一半时，她就是这个神情了。

"阿飞，"舒蓝微微侧头，"通知老张，还有我们的地勤人员，全速前进，在 204 港口处停靠。"

那个叫阿飞的年轻男子，微微愣了一下："204 港口？"

舒蓝点一点头："我们要去接两个人。"

阿飞有些纳闷，接人就接人，为什么老板的表情这么凝重？

舒蓝顿了顿："通知所有船员，进入一级备战状态。一会儿上了岸，我们可能会和罗显洋的人硬碰硬。”

阿飞愣了，没忍住地喊出声：“罗显洋？！他的人不就是那群国外的雇佣兵吗？！可是蓝姐，我们的船员，都没受过专业的战斗训练啊？”

而且204号码头那块，根本没有太多的掩体。可以说是最糟糕的对战地点。这哪里是硬碰硬，这根本就是鸡蛋碰石头。一群愣头青碰上人家专业的，这不是送人头吗？

阿飞委婉地建议：“蓝姐，咱能换个码头停靠吗？”

舒蓝面无表情地睨他一眼：“那是离这儿最近的码头。换下一个码头，以现在的速度，要两个小时才能到。我们等得起，人命等不起。”

阿飞挠了挠头：“姐，我们到底要去救谁啊？”

阿飞跟着舒蓝做事也有些时日了，也不傻。他知道不到万不得已的情况，舒蓝是不会采取这种激进手段的。

舒蓝知道自己不说明情况，这小子一定会打破砂锅问到底，于是简单解释：“中方这次派来跟我们合作的代表，是能助我们拿下罗显洋的关键人物。”

阿飞喉头微微一哽：“啊，那确实得头铁硬上了。”

舒蓝也不是不理解阿飞的想法，叹了口气：“你可以告诉其他船员，不想参与营救行动的，可以留在船上。”

阿飞叹了口气：“姐，我们都是跟着你出生入死过的人了，你去哪儿我们去哪儿。我只是担心你的安危。”

舒蓝微微一点头：“你有心了。”

阿飞安静看她两秒：“我这就去通知船员，要不，我试着联络下黎队？”

舒蓝盯着远处城市的灯火，没说话。

阿飞又看了她两眼，转身走下甲板。

204号码头，是个中小型货轮专用码头，一个不是很常被用到的码头。七八十年代的时候，还是T国最大的几个港口之一。但随着年代变迁，城市重新规划和经济中心的转移，此处使用率下降后逐渐荒废。因为，政府也没有花钱进行翻修。

现在的码头上，零零落落地立着几座孤零零的仓库。

这座码头上几乎没有高层建筑，且不说高层，连两三层的都几乎没有。最高的建筑，就是之前一家船运公司的四层办公楼了。然而就这么一栋孤零零的四层小破楼，扔在一堆平层仓库里，也算是鹤立鸡群，矮子里面拔高个儿了。所以，只要站在这座办公楼的顶楼，就是站在了整个码头的制高点，轻松俯瞰码头全景。此时就有这么个人正在这个制高点上，好整以暇地俯瞰着码头全景。但他不是站着看，而是趴着看的。

办公楼顶楼天台上，静静地趴着一个身穿黑衣、头戴黑色耳机的男人。他气定神闲的神态，让人觉得他就是出来赏月的，听着自己喜欢的音乐在月光下入眠。如果他面前没有放着一把价值不菲的 T-5000 狙击步枪的话，那外人一定是这个感觉。

“K，你怎么确定他们会去 204 码头？”耳机里传来一个有些阴柔气质的男音，那不疾不徐的语气，听不出什么情绪，那种唯我独尊的气势，都不需要提高音量，就这么平平淡淡的对话，声音也能清楚地传达到听者的耳中。

“因为单世钧走的是 5 号国道。”趴在天台上的男人等了几秒，才淡淡开口说。男人头上戴着一顶黑色的棒球帽，看不清瞳孔的颜色。他的五官像西方人那样深邃立体的，但面部轮廓又保留了亚洲血统的小巧精致的特点，长着一张混血的脸孔，开口时，说的是一口纯正的美式英语。

他只回了这么一句话，没有上下文，亦没有解释。K 对这些雇主向来不甚在意，他从来不会巴结他们。所以他根本就懒得跟罗显洋解释，从 5 号国道最近出来到 204 码头，几乎是一条直线拉下来，一路畅通无阻。而他也很清楚，对方遭遇了这样的堵截，是决计不可能再回酒店让他们瓮中捉鳖了。在 K 看来，他们能走的路只有两条——去警察局或是大使馆寻求庇护，但这是下策，他们的人无孔不入，只要留在境内，就是他们的盘中餐，刀下肉。第二条路，便是出海，走海路离开 T 国。而且从他 B 队的成员给予的反馈来看，对方绝对是高手，而且是高手中的高手。虽然 B 队在他队里算是类似于替补似的存在，但队员也都是退伍特种兵里的精英了。在他们的描述里，这个中国男人单枪匹马，还是在带着一个手无缚鸡之力的弱女子的情况下，竟然能轻松地一挑四后还全身而退。这样的人，极有可能有别的方法和人脉能帮助他们安全脱离险境。所以 K 推断，那个男人一定会选择第二条路。所以 K 在接收到罗显洋发来的定位跟踪信息后，就推算出了他们的目的地，提前到这里埋伏。

男人的智谋和身手，都让 K 感到兴奋。许久未有的那种兴奋，他全身的血液都在叫嚣着，准备和那个中国男人一较高下。K 毕生追求的只有一样东西——对手。能和他一决高下，进行殊死较量的对手。可惜，他前半生虽上过无数战场，却苦于没有敌手。曲高和寡的寂寞，只有天才才懂。而天才，大多不被人理解。有人在这个过程中和世界和解了，有人却越走越偏，越发孤僻乖戾，K 显然是后者。直觉告诉他，那个男人一定会来这里，他不介意赌一把。

并且，他赌对了。从罗显洋发来的最新定位显示，他们已经离这里很近了。

一千米，八百米，五百米……

K 听到码头另一头传来的汽车引擎声后，他的嘴角微微一勾。但他一点也不着急，像是耐心极好的猎人，只静静趴在天台上，从狙击镜里看到那辆印着租车公司 Logo 的小轿车朝码头这里开了过来。他很好奇，这个能轻易干翻他 B 组全员的中国男人，究竟是何方神圣?

单世钧将车驶入 204 码头区域时，心中就隐隐有不太舒服的感觉。这个码头似乎荒废得有些久了。零星几座仓库坐落在偌大的码头上，显得整个空旷的码头特别像一个巨大的坟场。

他不喜欢这种开阔空旷的地理环境。没有掩体，只会让他觉得没有安全感。尤其是在他被人追击的时候，特别不喜欢。

"舒蓝，我们已经快抵达 204 码头了。你们还有多久能到?"单世钧再次联系了舒蓝。

"我们还要十分钟左右，码头泊船位在入口的九点方向。"

单世钧："好，我们等你。"

舒蓝顿了顿，问："对了，有人追你们吗?"

单世钧："有两辆车，被我甩掉了。"

舒蓝："我们尽快到。你的车目标太大了，停进附近的废弃仓库吧。泊船位附近有座废弃的办公楼，你们可以先去那里暂避一下。"

"好，保持联系。"

K 在瞄准镜中眼看着单世钧他们的车越开越近，兴奋得浑身的血液都在沸腾。他一边兴奋，又一边有些纠结：兴奋的是他从来没遇到这样厉害的对手了，如果能拿下对手，对方的名号，便又将成为他战利品中一件有意思的收藏；纠结的是，就这么轻轻松松将对方解决掉，似乎很无趣。好不容易找到一件有趣的玩具，要这么轻易地让其死吗?

K 调整了一下呼吸，深吸了一口气，手指慢慢放到狙击枪的扳机上。如果就这样死了，那只能证明他看走眼了，这个人没资格当他的对手。

正要开枪，单世钧的车忽然转了个急弯，直接钻入了办公楼左前方的仓库。

K 从瞄准镜中紧紧盯着那个仓库的入口，缓缓吐出一口气。他松了松手指，重新调整呼吸和节奏。仓库内是狙击的盲点，他只能静静等待两人再次出来。

单世钧在离泊船位最近的一个仓库停好了车，他边拿起之前从那几个雇佣兵身上缴获的手枪，一边小心地站到仓库门边，观察周围的情况。

曲筱阳就跟在单世钧身后，走到仓库门口时，曲筱阳忽然被脚下一个有点像铁框一样的东西绊了一下，整个人直接朝仓库外摔了出去。

单世钧赶忙伸手去扶她。而就在这瞬间，单世钧忽然注意到曲筱阳衣角下摆有一个像是装饰亮片似的东西，微微地闪了一下红光。

他认出那是一种最先进的迷你追踪器。

单世钧脑中警铃大作，身体比大脑更快地行动了。他直接反身抱住曲筱阳，将她扑入了仓库里。也就是在单世钧转身去护曲筱阳的同一时间，K按下了扳机。他本来还想等两人再往这边走一点的，然而当他看到单世钧的眼神凝固在曲筱阳的衣摆处时，他就知道，这是他最后的机会了。

那个像锡箔纸一样薄的追踪器，是他们合作的军工厂开发的新产品。之前罗显洋接近曲筱阳时，悄悄地将其贴在了她的衣摆上。单世钧在扑倒曲筱阳后，直接举枪对准K所在的位置连开了两枪。同为狙击手的两人，对子弹的轨道非常敏感，只要对方开枪，就等于暴露了自己所在位置。

这反击有些仓促，但他没办法，他的体力在迅速地流失，他没时间了。

K忽然捂住自己的手腕。手在那一瞬间直接麻了，麻木过后伴随而来的是剧烈的灼烧感和撕裂般的疼痛感，鲜血不停地从他的手腕中流出来。单世钧那反击的一枪，射中了他右手腕。那个人，居然在中枪的一瞬间，就判断出了自己的位置。幸好他的手中握的只是手枪，而不是狙击枪。否则他现在所受的伤，估计就远不止是手腕处的轻伤了。

曲筱阳被单世钧扑倒后，整个人懵了两秒。她听见枪声了，也看见单世钧反击了两枪。

对方竟然有人埋伏在这里，这是让曲筱阳始料未及的。她只觉得可怕，仿佛他们的每一步，都被对方事先预料到了。

“刚，刚才开枪的是狙击手吗？”曲筱阳惊魂未定，然而奇怪的是，过了片刻，单世钧依旧保持着扑倒她的动作，没有起来。

“对，在对面楼顶。”单世钧说话的时候，沉沉地喘着气，像是累急了的样子。

曲筱阳心口猛地一跳，用尽全力，将男人扶起来。手触到他胸口时，摸到一片温热的黏腻。曲筱阳抬起手，看见手掌上殷红的液体，血腥味扑鼻而来。

“开玩笑的吧！”脑中直接一片空白，她有一瞬只希望这是一场短暂的噩梦。

她之前那见血就腿软手颤的劲儿又上来了，胃里也开始翻涌。又来了，这该死的PTSD。为什么偏偏在这种时候复发？

曲筱阳抬手就扇了自己一巴掌。醒醒曲筱阳，你不能再逃避了。你这次逃避，你喜欢的、你爱的这个男人，他可能会死的！

曲筱阳颤抖着唇，强忍住胃里的翻涌，将单世钧扶到一旁，让他靠着墙。

而她则抖着手检查他的伤口——伤口的位置在左胸偏上，靠近肩头的地方。应该没有打中心脏，否则他不可能到现在还有命。但那一枪，很可能打中了他的肺部。温热的液体，从男人的胸口不断渗出，很快就沾满了曲筱阳的手掌。

单世钧用最后的力气，拨通了舒蓝的号码，将手机交到了曲筱阳手中。

“告诉……舒蓝，遇袭，狙击手在，咳……对面楼顶……咳咳……”

单世钧每次张口说话，就会不断地咳出血来。

曲筱阳几乎可以确定，那颗子弹打中了他的肺，现在他肺里说不定已经全是血了。肺部中枪的两种死法——失血过多，或者血充满肺部导致窒息。她是真的很怕，怕他就这样死在她面前。

“你别说话了，我求你了。求你……”曲筱阳拼命地用手去堵单世钧胸口的那个洞，没用，手怎么可能堵得住那么大一个血窟窿。

曲筱阳脑子一片空白，双手不住地颤抖。她直接扒下自己身上的T恤，也不管自己是否衣不蔽体，将T恤裹了几下，用力压在单世钧的伤口处。可是血就是止不住，怎么都止不住，源源不断地汹涌而出，跟她的眼泪一样。

单世钧忽然握住曲筱阳的手：“听我说，不要从仓库出去，咳咳，等舒蓝……”

看着男人逐渐涣散的眼神，曲筱阳觉得仿佛整个世界都要坍塌了。前所未有的恐惧将她密不透风地包裹起来。好像有一只无形的手，紧紧扼住了她的心脏，让她无法呼吸。她在这一刻忽然意识到，单世钧对她来说有多重要。如果以后的日子里她都再也见不到这个人，那样的人生，她想想都觉得可怕和难以承受。

“不要……”曲筱阳用力按着男人的伤口，拼命摇着头，仿佛在拒绝相信这个事实，“不要死！求你，别死。我还有很多话没告诉你，别这样扔下我……”眼泪像断了线的珠子，大颗大颗地砸到两人交握的手上。

因为大量失血，单世钧此时已经看不清曲筱阳的脸了，耳朵里都是嗡嗡的声音，只依稀听见曲筱阳似乎是在哭。

别哭啊，曲筱阳一哭，他胸口那个位置就会疼。他想动一动手指，都做不到了。好累，他只想就此睡去。视野完全暗下去之前，男人轻轻叹了口气：“别哭……”

“我求求你……不要丢下我，撑下去，我一定会救你的！撑一会儿就好！”曲筱阳声嘶力竭地哭着，喊着。

男人没有再答话，握住她的那只手缓慢地垂落在地……

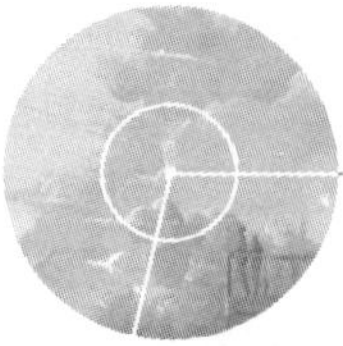

ben fu shanhe, benfu ni

第九章

若即若离

手术室的灯已经亮了三个小时了。舒蓝看了一眼在手术室外的长凳上抱膝而坐的曲筱阳，轻轻叹了口气。

曲筱阳靠着墙，双眼直愣愣地盯着手术室，一言不发、一动不动。舒蓝中途给她递了瓶水，她也一口没喝。

三个小时了，曲筱阳就这么一直盯着手术室的门，甚至连姿势都没变一下。自从单世钧被推进手术室，而曲筱阳被主刀医生严厉地拒在手术室门外后，她就成了这副模样。

单世钧在昏迷前拨通了舒蓝的电话。

而事实上，就在单世钧拨通舒蓝电话的那一刻，她的货轮也刚好抵达码头，只不过她还是晚了一步。舒蓝从电话里听到了整个过程。曲筱阳那撕心裂肺的声音从听筒另一头传过来时，就算是身为局外人的她也觉得心痛。

不过在得知对方狙击手的位置后，舒蓝便立刻拟订了一个营救方案。码头掩体太少，狙击手占据了制高点，形势原本对他们来说是很不利的。然而，好在他们有艘大货轮。背靠大树好乘凉，货轮上装有巨大的探照灯，照谁谁“瞎”的那种。

舒蓝命人将探照灯打到最大，直射整个办公楼区域。这和你在晚上开车，对面司机打开远光灯对着你脸的情况有相似之处。在这样的强光照射下，狙击手的视野观察能力被大幅度削弱。虽说不至于全“瞎”，但他能够进行定点狙击的位置就少得可怜了。这大大方便了舒蓝这边的行动。舒蓝本来是不想跟对方那个来路不明的狙击手硬碰硬的，但为了防止对方跟上来补刀，她还是派了一队人去到办公楼周围埋伏。而她则亲自带人去救单世钧和曲筱阳。

舒蓝仍记得刚找到他们的时候，她眼前那幅凄惨的景象。

曲筱阳满脸泪痕、满身血污地跪在地上，手里拿着一块几乎被血浸透了的布，压在已经陷入昏迷的单世钧胸口。等到舒蓝走近一看，才发现那哪儿是什么布，那是曲筱阳身上唯一的一件 T 恤，却被她脱下来给单世钧止血用了。舒蓝还注意到，除了止血的布，单世钧胸口还插着半截签字笔的笔筒。但这是为什么，她就没看懂了。

但重点不是那个笔筒，而是曲筱阳此时看向她的表情——那是一种混合着绝望和渴望的表情，甚至有些几近疯狂了；那是好像一种深陷泥沼的人看见唯一一根救命稻草时露出的表情。

莫名地，舒蓝忽然感到鼻子有些酸涩，她已经很久没有过这种感觉了。她快步上前，脱下自己身上的外套，披在曲筱阳身上。

曲筱阳抹了一把泪，一把抓住舒蓝的手，颤声说："救救他……"她哽咽了一下，看向舒蓝的眼神满是哀求，"请找最近的医院，最好的医生……不，没有医生我也可以上手术台，只要有设备和麻醉师，我……"

曲筱阳语速极快，生怕说慢了会耽误时间似的。

舒蓝伸出手，重重按住曲筱阳的肩："放心。"

本来舒蓝也以为会有一场恶战，她已经做好了心理准备。但后来竟然什么事都没发生，他们很顺利地就带走了单世钧和曲筱阳。后来听去埋伏狙击手的那个小队的汇报，才知道对方那名狙击手已经离开了。原因估计是他受了伤。他们在现场发现了血迹。

估计他是考虑到自己的伤势和舒蓝他们这边的战力，觉得硬碰硬不划算，于是选择了战术撤退。这倒也不是不可以理解。毕竟他只是雇佣兵，和罗显洋有合作罢了，与他们并没有深仇大恨，甚至互相都不认识。而罗显洋只付了一个人，或者，两个人头的钱。而他们一群人来势汹汹，如果要开干，那价钱就得重新谈了。

舒蓝看着昏迷的单世钧，心情有些复杂。一方面是感激他，他倒下前留的关键的那一手"王炸"，救了他们的命；另一方面，她也隐隐觉得这人有些可怕。在那样的劣势和绝境下，还能进行这样漂亮的反击。她所认识的人里，只有他一个人能做到。她只能庆幸他不是她的敌人。

单世钧被送到了一家算得上顶级配置的私立医院。也幸好，这家医院离 204 港口不远，路上没有耽误太多时间。舒蓝和这家医院的副院长有些私交，所以他们派出了最好的外科医生替单世钧手术。而舒蓝选这里更主要的原因是这里地处隐蔽，安保系统非常严密，罗显洋的人很难追踪到他们。就算查到了他们在这儿，应该也不会贸然杀过来。

曲筱阳本来是想跟进手术室的，这种时候，她本能地不想把单世钧的命交到陌生人手里。

曲筱阳自然被主刀医生拦了下来。

那名主刀医生是个四十岁上下的男人，他神情冷漠地看着曲筱阳："你既然自己是医生，就应该明白'病不治己，旁观者清'这话的意思？你现在是在无理取闹。"

曲筱阳当然知道，她的导师梁绍文当年在教他们的时候也说过：外科医生，除非有一颗非常强大的内心，否则不建议给自己的家人开刀。因为是亲近的人，就免不了会越发小心、谨慎、着急、犹疑不决。而这些临场反应，是所有医生，尤其是外科医生的禁忌。手术台上，他们必须做到看清形势，并果断做出决定。犹豫不定、瞻前顾后，甚至过度思虑，都可能在手术台上造成不可逆转的影响。

曲筱阳自己心里也知道主刀医生说的都是对的。她在理智上能理解，情感上却不能接受。

那名主刀医生顿了顿，忽然道："用笔筒排出肺部瘀血，很明智的做法。你已经做了你能做的，接下来交给我们就行了。"

其实单世钧中弹的位置非常不好，大概就只比心脏和大脑中弹好那么一点吧。肺部中弹，如果不能及时排出瘀血，血液会迅速填满整个肺叶，导致伤者窒息而死。但如果伤者失血过多，也会死。曲筱阳当时就是在这种两难的境地下，一边帮单世钧止血，一边用中空的笔杆排出他的肺内积压的瘀血。这种操作很难，但她做到了，为单世钧争取了更多抢救时间。

曲筱阳见主刀医生态度坚决，退而求其次，再次恳求："我不上台，我能不能就在观察室里看着？"

主刀医生意味不明地看她一眼，这次回应她的，是紧紧闭合的手术室大门。

曲筱阳安静地在门口站了一会儿，手术室的红灯亮了起来。她背对着舒蓝，因此舒蓝看不见她此时的表情。只是她转身走到手术室外的长凳上坐下时，脸上已经没有任何情绪的波澜起伏。不是没有心的那种面无表情，更像是失了魂那种。舒蓝觉得可以用"空洞"来形容此刻的曲筱阳。仿佛进入手术室的不仅仅是单世钧，还有曲筱阳的灵魂。

曲筱阳像是极度没有安全感的弃孤，双手抱膝，尖尖的下巴就搁在膝盖上。她安静地盯着手术室的门，巴掌大的小脸上毫无血色。

她手掌上沾着那个男人的血，此时已经干涸，像涂了朱砂染料似的，令人有些触目惊心。

舒蓝终究有些看不下去了，差人送了干净的衣服来。

"在这儿等着也是干着急，你先去楼上的VIP套房冲个澡、换身衣服吧。"

“谢谢。”曲筱阳礼貌地接过衣服，放在一旁。

“抱歉，我想就在这儿等他出来。”她生怕走开一刻，就会错过些什么。

三个小时就这样过去了，在舒蓝看来，曲筱阳连姿势都没变一下。舒蓝记得在仓库里找到他们时，曲筱阳的情绪是激烈的、绝望的、外放的。然而，现在的曲筱阳安静得宛如一潭死水。仿佛她的眼泪在那间仓库里就已经流光了。好像是自从上了救护车后，曲筱阳就慢慢收敛了那些激烈的情绪。她收起了眼泪，安静地坐在陷入昏迷的单世钧身边，紧紧握着他的手。舒蓝甚至都有些怀疑是不是这一连串的惊吓和事故对她的打击太大，导致她的心理崩溃、自闭了？

但其实曲筱阳并没有在发呆，也没有崩溃。被拦在手术室外的那个瞬间，她眼睁睁看着单世钧在鬼门关前徘徊而她却什么都做不到，她忽然沉静下来，有种瞬间长大的感觉。

今天晚上经历的一切告诉她，眼泪不能改变现实，崩溃更是没有意义。只有足够强大的时候，才能做自己想做的事、保护自己想保护的人。

就像单世钧那样，他足够强大，所以这一次，又是他救了她。她盯着手术室门外的计时表，脑中回想起和单世钧相遇后的点点滴滴。除去第一次相亲的不欢而散，之后他们的每一次相遇好像都有不好的事情发生。而每一次，她都是那个拖后腿的人。

红羽镇重逢，单世钧为了救她，不惜以身犯险，跟她一起滚落山崖。那一次两人活下来，靠的是他远超常人的身体素质和荒野生存能力。后来她误打误撞踢到了阿哲这块“铁板”，导致他不得不提前暴露，这次他是救了她，但原定的抓捕毒贩的计划也只能暂时搁置。而这次，单世钧为了救她脱困，几乎搭上了一条命。她不信命，即便有那么多不可抗力，她也还是想和老天爷争一争。如果她变得更强大，也许单世钧就不用总是那么辛苦了。所以她必须收起那些没用的软弱，重新出发。

时间一分一秒地过去，曲筱阳的心也随着流逝的时间一点点地下沉。

这不是一个简单的手术，曲筱阳心里非常清楚主刀医生在台上需要攻克的每一个难题。一步行差踏错，可能就万劫不复。而先前单世钧的情况，已然不容乐观。如果他真的没能从手术台上下来……

曲筱阳狠狠闭了闭眼，她拒绝去想这种可能性。她不敢想，光是想想，就痛得难以忍受。

“啪——”手术室的灯，忽然熄灭了。

所有人齐刷刷地看向依然紧闭着的手术室大门。

曲筱阳条件反射地站起身来。她的膝盖和脚，因为长时间维持蜷曲的坐姿已经有些麻了，但这并不影响她快步却又忐忑地走到手术室门口。

手术室的大门在她眼里，就像潘多拉魔盒的盖子。门开后，也不知道出来迎接她的会是什么。就在这等待的几秒时间内，曲筱阳的心越跳越快，有种心脏要从胸口蹦出来的感觉。

终于，手术室的门开了，主刀医生从里面走了出来，一路走到曲筱阳身前站定。他摘了口罩，低头看着曲筱阳。

曲筱阳左手握着微微颤抖的右手，眼睛盯着医生一开一合的嘴，心脏超负荷运转，耳朵里也开始出现嗡嗡的声音。

“手术成功了。”

传入耳里的这句话，宛如天籁。在那一刻，曲筱阳那颗忍了很久、忍得无比辛苦的眼泪，悄然从眼角滑落。然而下一秒，她又听到主刀医生说：“但是，危险期还没过，今晚是关键。情况如果能稳定下来的话，他应该就能熬过这关。”

单世钧从手术室出来后，就被推入了ICU(重症监护室)。因为麻醉的原因，他现在还处于昏迷的状态。毕竟是大手术，醒麻醉的时间会稍微长一些。主刀医生说手术基本还算顺利，这也多亏了单世钧身体底子好以及曲筱阳恰当的急救措施。他需要在ICU观察一天，如果情况稳定，没有出现术后感染和并发症，就可以转入VIP病房。

舒蓝走到站在监护室窗口外的曲筱阳身边：“楼上给单世钧订的VIP病房里有床，你去那儿睡一晚吧。单世钧的情况你也不用太担心了，ICU有二十四小时的一对一专人看护，有事他们会第一时间反映。倒是你，这么熬着身体会吃不消的。”

曲筱阳微微点了一下头，目光却依然流连在单世钧身上。

舒蓝顿了顿，又道：“如果他醒了，你却倒下了，他一定不会开心。”

曲筱阳敛眸，转向舒蓝：“我知道，我就想再待一会儿，等下就上去。倒是舒小姐你，早点回去休息吧。今天真的很感谢你。我知道，说‘谢’这个字太轻了，你能来救我们，也是冒了莫大的风险。这份恩情，我会永远铭记于心。以后但凡你有需要，尽管开口。”

做完手术，已经是深夜三点了。舒蓝大晚上地跑来救人，之后又一直陪在他们身边，耐心地等着单世钧做手术。她全程没有一句抱怨，脸上也没露出一丝疲态，还一直温言安慰曲筱阳。曲筱阳心里对她，是真心地感激。

舒蓝给曲筱阳的印象和第一印象有些不一样了。之前大概是以貌取人，外加觉得单世钧跟她有点说不清道不明的什么，所以曲筱阳先入为主地觉得她轻浮。这大半个晚上接触下来，曲筱阳发现，舒蓝这个人是真的仗义、冷静果敢，格外靠得住。

舒蓝微微笑了一下：“言重了。单队是我们这边请来的重要的合作伙伴，我们保护他的人身安全是应该的。”她微微一顿，意味不明地勾了一下嘴角，看向曲筱阳，“而他既然将你看得比命还重要，我们自然也不会袖手旁观。”

什、什么比命还重要，曲筱阳的脸微微一红，继而耳朵也跟着红了。

舒蓝拍了拍曲筱阳的肩：“我会安排人手在这里日夜巡逻，保护你们的安全。好了，你赶紧休息，别的事也别多想了。我明天再过来。”

曲筱阳再次真诚地道谢：“谢谢你。”

舒蓝走后，曲筱阳上楼冲了个澡，洗去了一身的血腥和泥污。她希望单世钧醒来的时候，看到的是一个干干净净、神清气爽的她。当然，这是次要原因。主要原因还是，如果她身上脏兮兮的，也没办法进入重症监护室探病。

曲筱阳心里始终记挂着单世钧的情况，特地算着他醒来的时间，上了闹钟。她歪在沙发上迷迷糊糊地闭上眼，很快便睡过去了。

清晨五点，闹钟准时响起。曲筱阳骤然从沙发上弹起，心脏怦怦地剧烈跳动，耳朵里的血管也跟着激烈的脉搏轻轻跳动着。她闭了闭眼，又睁开。这才是现实。

刚才在梦里，她看见单世钧替她挡了一枪，倒在她怀里。他流了好多血，无论她怎么努力，那血就是止不住。她独自抱着单世钧，孤立无援、求救无门，只能眼睁睁地看着他在自己怀里一点一点地变冷，直到气息全无。那梦境过于逼真，以至于梦里那种刻骨铭心的孤独和深入骨髓的疼痛，直到她醒来后，似乎都还能感觉到。

曲筱阳心跳如雷，慌慌张张地起身跑出 VIP 病房，跑向单世钧所在的那间重症监护室。曲筱阳只睡了一个多小时，现在还有些头重脚轻的。但她铆着一股劲，片刻也不敢停歇，百米冲刺都没有拿出过这种速度。直到通过监护室的玻璃窗看到心电监护仪上心跳、血压、血氧等各项指标都在正常范围内后，曲筱阳才慢慢吐出憋在胸口的那口气。

值班的护士听见动静，从对面的监控室出来，就看见曲筱阳单手叉着腰，上气不接下气地扶着监控室的玻璃窗。

小护士愣了一下：“怎，怎么了，出了什么事？”

曲筱阳依然断断续续地喘着气，摇了摇头，有些抱歉地向她解释：“对不起，我，我做了个噩梦，过来看看……”

小护士表示理解地朝她露出一个安慰的笑容：“你放心吧，我们二十四小时守在这儿，有情况会立刻通知主刀医生的。而且，病人从手术室出来后，状态一直很稳定。我看他的样子，平时应该也是个身强力壮的人。你也别太担心了。”

“嗯，谢谢，你辛苦了。”曲筱阳终于能够接上气了。

小护士见曲筱阳眼角眉梢都透着担心，心头微微一动，说：“你想进去看看他吗？算算时间，麻醉药效也应该快过了。”

小护士看着也是个热心肠的，悄声对曲筱阳说：“虽然医生开了镇痛剂，但等麻醉药效过了，肯定还是会很疼。但有你陪着他的话，说不定他会好过些。”

曲筱阳感激地冲她点了一下头：“好。”

小护士俏皮地朝她眨了眨眼：“按理来说，探病时间不应该超过半小时的，不过，看小姐姐你面善，我允许你待一个小时吧。”

曲筱阳：“谢谢你。”

曲筱阳轻手轻脚地走进了重症监护室。躺在病床上的单世钧依然沉沉地睡着，也不知道是因为身体不舒服还是心中思虑甚重，他的眉心微微蹙起在额头挤出一条淡淡的褶皱。

曲筱阳搬了一张凳子，在单世钧身边坐了下来。

无论她看这张脸多少次，都还是觉得很好看。以前单纯觉得这人就是生得好，长了张比明星还好看的脸，现在她却觉得这张脸越看越有男人味，那是经历过时间沉淀的英气，让人很有安全感。

只是，现在这张脸没了平时的健康的色泽，很是苍白也有些疲惫的病容，让人看了心疼。

曲筱阳眼神温柔地看着沉睡着的男人，伸出手指，隔空比画着男人高挺的鼻梁和刀削般的薄唇。那张唇因为失血过多，以及手术中麻醉插管的缘故，经过了这么长时间没有水的滋润，所以现在显得特别干。有些地方已经干裂，甚至都起了皮。当然，这是术后常见现象。

曲筱阳起身出门，找隔壁的小护士要来了一点葡萄糖水，和一小盒医用凡士林。她用医用棉签蘸了葡萄糖水，一点一点蘸在单世钧的唇瓣间。虽然他暂时不能喝水，但这样也会让他好受一点。用这样的方式喂了他少许糖水，她又蘸了些凡士林，轻轻地在单世钧的嘴唇上仔细地涂了一层。涂过凡士林的嘴唇，看上去润泽了很多，恢复了几分往日的健康的色泽。

曲筱阳目不转睛地盯着他看了一会儿，像是受了蛊惑般地，忽然不由自主地低下头，微微靠近那张刀削般的、好看的薄唇……

两张脸靠得很近的时候，被放大的，除了男人长长的睫毛外，还有那和他气质不符的满脸的倦容。曲筱阳闭上眼，靠得更近了些，她的唇很轻很轻地贴上那张唇。

那是一个宛如羽毛般的轻吻。

虽然她也不知道这算不算吻，但她心里无处宣泄的情感，在这一刻仿佛找到了突破口。在单世钧身负重伤，命悬一线的时候，她彻底看清了自己的心。她之前只是觉得喜欢，见到他就高兴，想要一直和他待在一起。她觉得那应该是喜欢。然而在她可能要失去单世钧的那一刻，她发现自己完全不能容忍、也不能接受那样的事情发生。如果从今以后她再也不能见到他，她光是想想，就觉得那样的日子黯淡无光、苦涩无味。那一刻，她明白，她爱上这个男人了。比她自己想象的，还要爱。

唇上传来对方温热的体温，让她真切地感受到，这个男人还活着。一滴透明的泪，从曲筱阳紧闭的眼角渗出，慢慢地划过她清瘦漂亮的脸庞，滴落到单世钧露在外面的脖子上。

单世钧的眼皮微微动了一下……

过了许久，曲筱阳不可自抑地叹了口气，缓缓睁开眼。

在这样亲密无间的距离下，她看到了单世钧那双深若寒潭的黑眸里藏着淡淡的疲惫，夹杂着几分不可名状的情绪。

曲筱阳一脸震惊。

单世钧醒了？他什么时候醒的？那刚才，岂不是，她大脑短暂地宕机了两秒，全身的血液“轰”地蹿上头，曲筱阳猛地直起身，后退了两步。她退得太急，腿撞到身后的凳子，直接将凳子撞翻在地，自己也险些没站稳，微微向后打了个趔趄。

静谧的病房里，“啪”地传出一声不合时宜的闷响，格外突兀。刚刚清醒的单世钧看到曲筱阳差点儿摔倒，手指微微动了一下。然而他依旧处于极度虚弱的状态，浑身乏力，手脚都还没完全恢复知觉。动一动手指的动作已是他能调动的最大限度的肌肉动作了。

“怎么了，怎么了？”隔壁的小护士听到动静，立刻过来查看情况。

一进门，她就见曲筱阳正绯红着一张脸，手忙脚乱地扶凳子。

小护士心里有点纳闷的同时又觉得曲筱阳有点可爱，她心想这位病人家属的脸皮也太薄了吧，弄倒张凳子都要闹个大红脸，多大点儿事儿啊。

“没事没事，嗐。”小护士走上前，和她一起将凳子扶起来。

然后一抬头，她便对上单世钧向这边看过来的视线，虽然他目光的焦点是落在曲筱阳身上的。

小护士高兴道："你醒啦！"

单世钧幅度不大地、缓慢地点了一下头。他不是第一次受枪伤，却是第一次受这么重的伤。他整个人都感觉很虚弱、很不舒服，他的手脚都像是灌了铅似的完全动不了。他胸口传来一阵一阵地钝痛，伴随着恼人的灼烧感。他似乎做了个冗长的梦，梦里曲筱阳一边喊着他的名字一边哭。他想帮她擦掉眼泪，想告诉她，别哭，他没事，但他却一直碰不到她的脸。

他挣扎许久，用尽了全身力气，才终于醒来。

小护士看起来是真高兴，两只眼睛熠熠发光："你们稍等一下，我现在就去找主刀医生，给你做下检查。"

小护士离开后，房间里又回归静谧，剩下的两人沉默地对视。

曲筱阳看了单世钧许久，终于露出一个淡淡的，松了口气的笑容。

"傻不傻，哪有人用身体去挡子弹的？"她再开口时，声音都哑了，哽咽压在喉头。

看见单世钧的手指微微动了一下，她赶紧走上前，双手轻柔地包裹住男人的手掌。

单世钧专注地看着她，哑声道："没事了，抱歉，让你担心。"

曲筱阳不知道是不是自己看错，这一刻，向来刚强冷漠的男人的眼里似乎也有了一层淡淡的水光。短短一句话，他说得很慢，中间还喘了一大口气。她知道，现在的他很虚弱。那个一直以来像钢铁一般坚硬的、神一般强大的男人，竟然虚弱至此。

曲筱阳眼眶微红，握着单世钧的手，拼命地点头："嗯，没事了。快别说话了，好好歇着。"

还好上天眷顾，他还活着，还活生生地在她身边。活着就好，一切都还来得及。

单世钧在重症监护室里待了二十四个小时后，情况渐趋稳定，就转入了VIP病房。曲筱阳这几日也跟着单世钧一块儿住在VIP病房里，寸步不离地照顾左右，任谁也劝不走。

曲筱阳从浴室里打了一盆温水出来，放到床头。她想着单世钧这几日都不能沾水，身上肯定很不舒服，便想着姑且用毛巾帮他擦一下身。因为刚做了大手术他的身体很虚弱。在镇痛药的作用下，大部分时间里他都处于半睡半醒的状态，这是他身体的自我保护机能在通过沉睡来更快速地修复创伤。

曲筱阳盯着单世钧沉静的睡颜，轻轻叹了口气，睡着了也好，省得尴尬。

她本来以为，两人共同经历了这么多，该说的话也应该说开了。何况，那天的偷吻事件已经将她的态度展现得非常明确了。她就差揪着他的衣领告白了，而他却像是没接收到她信号似的，无动于衷。她分明能感觉到，单世钧对她的感觉应该是和她对他的是一样的。尤其是那天他醒来后，看向她的眼神，里面蕴含的那种炙热感情是藏不住的。她一直觉得眼睛是心灵的窗口，认真地和一个人对视的时候，只要心意相通，你就能明白对方的所思所想。单世钧睁眼后，和她对视的那一刻，她是相信自己的判断的。一个人在劫后余生，最虚弱的时候，表达出来的感情一定是最直接、最真实的。

然而，在那之后的几天，她在单世钧眼中，却再也找不到那样炙热的火苗了。无论他是醒着的时候，还是和她对话的时候，他的眼神已经恢复成了冷静的状态。不仅如此，甚至对于“偷吻”这件事，他也绝口不提。

曲筱阳隐约感觉得到单世钧是有心结的。这几次确实是因为她的关系，单世钧屡次以身犯险。如果两人从来不认识，也许他不用经历这些事，也不会受这么重的伤。

单世钧心中有顾虑，这她完全理解。以她对他的了解，这顾虑倒不会是因为他“惜命”，而是，他有不得不完成的任务，他的肩上有重任、心中有家国天下，她不想逼他，她愿意等。

在了解到他的职业的高危性后，现在的她，比以前有耐心多了，心态也更成熟了。她想，等单世钧伤好了以后，再和他开诚布公地谈。

有一件事，曲筱阳还没来得及告诉单世钧，她的 PTSD 的症状也因为他而康复了。她之前完全不能见血，但在那个生死攸关的晚上，是他让她强行突破了心理障碍。也正因为如此，她才能及时对他进行急救。她很庆幸，自己没有退缩。她想告诉单世钧，她也许没有他那样出色的能力，但她以后也会用自己的方式努力赶上他，不会拖他的后腿。她觉得眼下最重要的是让单世钧好好休息，赶紧把伤养好。

曲筱阳将毛巾放入盆中，浸满了水，再微微拧干些。水温比人体温度高一点点，这是最舒适的温度。她将热毛巾展开，温柔地擦拭他露在外面的胳膊。

本来这件事护工也可以做，但曲筱阳总怕护工动作大了会碰到或拉到他的伤口，还是觉得自己来比较有把握。毕竟她自己是医生，知道什么样的力度对病人来说是最舒适的，知道哪些位置能碰，哪些地方不能碰。

曲筱阳擦拭得很细致，擦完了手，又顺着脖子、胸口，一点一点往下擦……

曲筱阳忽然有些庆幸此时单世钧是睡着的。就算是受了伤，他身上该有的肌肉也没有少一块。结实的胸肌和紧实的腹肌，随着被解开的病服扣子一一展现在她眼前。虽然之前在海边也见识过他的好身材了，但眼前的景象和手下的触感都令人脸红热心跳，全身血流动的速度都好似加快了。

曲筱阳收敛心神，心中默念“色即是空”，努力做到心无旁骛。毛巾擦到小腹最下面，曲筱阳的手，忽然被按住了。

她心头微微一跳，抬头看过去，正撞上男人看过来的视线。

单世钧眸色有些深，眼中波谲云诡的，看不出是什么情绪。

曲筱阳顿了一下，清了清嗓：“你醒啦？怕你不舒服，帮你稍微擦一下。”

刚解释完，她又有些懊恼。这有什么好解释的呢？一解释，反而显得她别有用心、做贼心虚似的。

单世钧看着曲筱阳，沉默两秒，才哑声道：“这些事，让护工来做就好了。”

曲筱阳有些尴尬地“哈哈”一笑：“反正也就是顺手的事，我怕他们碰到你的伤口。”

曲筱阳微微垂眸：“再擦一下腿就好了，你忍一下。”她说着，神色坦然地要去卷单世钧的裤腿。

单世钧用力握住了曲筱阳的手，眸色更深，声音也更低哑了：“不用了，以后还是让护工来吧。”

曲筱阳感受到男人手上的力道，微微一愣。这拒绝是认真的，不是客套。

单世钧放在被单下的手已经握成了拳，手背上青筋绽起，像是在强忍着什么似的。

可惜曲筱阳看不到，她只看到了男人疾言厉色的拒绝。

曲筱阳沉默了片刻，也不再坚持。她在盆里清洗了一下毛巾，端着水盆转身去了洗手间。

在她身后，单世钧神色复杂地盯着她纤细的背影。直到她的身影消失在他的视野里，他才用力闭了闭眼，缓缓吁出一口气。

曲筱阳在洗手间里待了许久。等她出来时，舒蓝正好过来探病，她礼貌地跟舒蓝打了个招呼，又问：“我去食堂打饭。蓝姐，你要留下来一块儿吃吗？”

舒蓝摇了摇头：“不了。我有点事要跟单队说，说完就走。”

曲筱阳似是有些心不在焉地点了点头：“行，那你们说。”她说完，转身出了病房，带上房门。

见曲筱阳跟背后有人追债似的几乎是逃出了病房，舒蓝有些疑惑地转头看向单世钧：“喂，行不行啊你，生死关头走一遭，你们的感情不正应该有个质的飞跃吗？你俩吵架了？”

单世钧沉默了一下：“没。”

舒蓝微微一挑眉，漂亮的眼睛如刀锋一样刮过男人冷硬的表情：“是你欺负她了吧，我看刚才人家姑娘眼圈都有点红。”

单世钧咬着后槽牙，下颌线绷得紧紧的，没有答话。

舒蓝仿佛一眼看透他心中所想似的，嗤笑了一声：“我之前还以为你没这些莫名其妙的大男子主义想法。呵，结果你也一样。”

单世钧没作声。

舒蓝挑起嘴角，微微一笑：“看你能端到什么时候。”

“这两天，罗显洋那边有什么动静吗？”单世钧显然不想再继续纠结这个话题了，直接切入正题。

舒蓝道：“放心，我们的保密工作做得很好，他暂时查不到这儿来。”

单世钧微微蹙眉，像是有什么事让他很担心似的。

舒蓝摊了摊手：“我一早就提醒了你，你在他的死亡名单上。你还敢单枪匹马地杀到他的主场上来，这不是上赶着送死？”

单世钧冷冷看她一眼：“你倒是推得干净。”

他过来，还不是为了这次的合作缉毒。

单世钧有些烦躁地扒了一下头发：“帮我一个忙。”

“你说。”

单世钧看着她，认真地道：“你能尽快安排人护送曲筱阳回国吗？越快越好。”

曲筱阳不能再留在T国，更不能留在他身边。他现在就是风暴的中心，他必须迎难而上，但曲筱阳却不该陪着他一起粉身碎骨。

舒蓝意味不明地看着单世钧：“这，你不也得先问问她本人的意见吗？”

单世钧有些莫名其妙：“这还用问吗？你也看见了，她待在这里，也会成为罗显洋的目标！”

舒蓝模棱两可的态度，让他动了真火。

舒蓝“哦”了一声：“可是，她前天还专门去办理了签证延期，就是为了留下来陪你。”

单世钧愣了一下：“你说什么？！”

舒蓝耸了耸肩：“你伤的是肺，不是耳朵。”

单世钧强压着怒火，看着舒蓝，一字一句地问：“她要办续签，你怎么没拦着她？！”

舒蓝有些无奈地叹了口气，之前，曲筱阳来麻烦舒蓝带她去中国驻T国大使馆办理签证延期时，舒蓝也有委婉地提出让她先回国的建议，但也只能是建议。曲筱阳是个成年人了，她不需要别人来帮她做决定。

“我其实也待不久了，蓝姐。我就想着陪单世钧把伤养好些再走。只要他伤好了，我立刻走，绝对不耽误你们的事情。”

看曲筱阳当时说话的表情，舒蓝就知道自己是劝不动她的。

舒蓝不知道单世钧跟曲筱阳说了多少有关罗显洋的事情，以单世钧的性格，多半没怎么说。若她告诉曲筱阳，单世钧上了罗显洋的“通缉令”，估计曲筱阳更放不下他了。站在曲筱阳的立场，舒蓝完全理解她。换成是她，可能也没办法放得下。执拗这一点，曲筱阳跟她挺像的。但站在单世钧的立场，舒蓝也能完全明白他的顾虑和担忧。这两人之间的结，还是只能留给他们自己去解。

“对了，有个好消息要告诉你。”舒蓝顿了顿，冲单世钧笑了一下，“你的战友已经抵达T国了。”

曲筱阳提着乳鸽汤回到病房时舒蓝已经走了。病房内的两人对视了一眼，谁也没有先说话。

曲筱阳径自走到单世钧床边，将乳鸽汤放到床头柜上，而后拉了张椅子在他床边坐下。

一揭开保温桶盖，浓郁的松茸菌香和着淡淡的肉香在空气中弥漫开来。

医生建议单世钧这几天主要吃流食为主，所以曲筱阳想办法让厨房订购上好新鲜的食材，换着样儿煲汤给他喝。汤面的油都被曲筱阳事先撇出来了，她一手抱着保温桶，一手拿着勺子，舀了一勺汤。

单世钧看着女人低头认真吹着汤里的热气时，眼睛莫名地，也微微有些热。他咬了咬牙，将心口那阵柔软的酸涩强压了下去。他又何尝不想曲筱阳留下来呢？

曲筱阳那日吻他时，他开心得像漫山桃花都盛开了。他也想将她紧紧地拥入怀中，抱她、亲吻她……但是不行。残酷的现实面前，他只能低头。

曲筱阳手中的勺子凑上来时，单世钧嘴唇微微掀了掀，他正要说话，便听曲筱阳率先呛了一句：“怎么，这个也要护工来？他们可没我这么有耐心。”

单世钧看了她一会儿，低头喝了她送过来的汤，心头微感钝痛，像有人拿着不怎么锋利的刀，慢慢划着。他向来不是害怕疼痛的人，但曲筱阳仿佛重启了他的痛感神经。和她认识后，他感受到了许多不曾体验过的感觉。心痛也是其中一种。

两人再次陷入沉默，一个人沉默地喂，一个人沉默地喝。

一碗汤快见底了，曲筱阳忽然叹了口气：“你是不是觉得我耽误你正事了？”

单世钧蓦然抬眼看向她：“不是……”

曲筱阳微微一摇头，自嘲似的笑了一下：“我知道。已经耽误你两次正事了，这次还差点儿害死你了。”

单世钧喉头微微一动，顿了顿才说："不是这样的。"

不是这样的。如果不是曲筱阳，他可能早就已经死了。死在五年前，那个夏天。

曲筱阳将保温桶放到床头柜上，抬眼和单世钧对视着。她漂亮的杏眸里有盈盈的水光，哑声说："我当时真以为你要死了，我害怕得不知道怎么办才好。那时我才知道，你对我有多重要。所以，不要急着赶我走，好吗？我只是想陪着你把伤养好。我保证，等你伤一好，我立刻走，绝不会再拖你后腿。"

曲筱阳的话，像一把锋利的刀，齐柄没入单世钧的心脏。

那句"怕你死了"，宛如一句魔咒，深深刻入他的脑海。

成昱一行听说单世钧受了伤，提前订了机票，片刻也不耽误地就飞抵T国。他们一来，原本安静的病房，立刻便热闹了起来。他们三个都属于偏话痨型的，只是话痨程度不同罢了。白展廷举着电脑，将摄像头对准躺在病床上的单世钧："参谋长，看得见吗？没想到咱平日里威风凛凛的单队，现在成了这副'弱鸡'模样，感觉有点微妙。"

"嗯，看来单队没有我们还是不行。一匹千里马必须有四条腿，少一条都不行。正式宣布，单队'单飞'失败。"邱启也跑到镜头面前"刷存在感"。

单世钧冷冷地说："你们如果太闲，可以做十组俯卧撑。反正这间病房大，够你们造了。"

成昱托着下巴，生无可恋地摇头："都成这样了，还能训人。"

视频那头的林竞没忍住笑出了声，看着单世钧道："现在知道什么叫'虎落平阳被犬欺'了吧？"

白展廷微微侧过头，悄声问站在他身边的成昱："参谋长这是在说我们是狗？是我的错觉吗？"

成昱捂脸："不是错觉。"

之前单世钧刚受伤时，林竞那边就掌握了最新情况。只不过之前单世钧一直处于半昏迷状态，现在才稍微好一点了，林竞也终于有机会能跟他好好说上话。玩笑归玩笑，单世钧出了这么大的事，林竞在国内也是急得茶饭不思的。他做手术那晚，林竞也一夜没睡。

看着明显憔悴了一圈的单世钧，林竞叹息："以你的身手，何至于受这么重的伤？那个狙击手什么来路，你知道吗？"

白展廷是个嘴上没把门儿的，立刻接话道："还不是为了英雄救美！谁让他逞能，差点儿把命，唔……唔唔……"

话没说完，就被成昱捂住了嘴。

白展廷这说话全然不看人脸色的性格，真的是让成昱心惊又胆战，单世钧微微一点头：“大概有些眉目。”

八卦三人组齐刷刷地转头看向单世钧，嘴巴一个比一个张得大。

“这也行？”

“眉目是从哪儿来的？隔空临摹的？神交的？”

“不愧是我单队，被狙了一次就知道了。”

“是比你能耐，你被狙一次肯定直接完了。听说单队中枪时还还手了，我真恨没在现场看到这经典场面啊，是吧，单队？”

单世钧有些忍无可忍地闭了闭眼。

林竞率先替他说出了那句心里话：“你们三个，出去，面壁思过。”

病房里终于恢复了一片安宁，林竞嗤笑：“你说说，你从哪儿选的这三个活宝？”

单世钧心想：大概这就是孽缘吧，三分天注定，七分……靠眼瞎。

林竞：“说回正题吧，狙击手。”

单世钧：“你还记得我四年前去 R 国参加国际军事竞赛吗？”

林竞笑了：“为国争光的事，当然记得。你可是这五年来唯一一个在比赛里拿了个人赛总分第一的中国军人。”

单世钧微微一点头：“差点就不是第一了。有个 M 国的狙击手退赛了，你还记得吧？”

林竞微微皱眉：“我记得你提过，追你追得很紧，还差点把你干掉那个？”

“是互相差点干掉对方。”单世钧纠正他。

“但听说他因为违反了军纪什么的，后来就退赛了。”

单世钧点了点头：“对。”

听上去像是轻描淡写的两句话，但当时那种紧张的氛围，依旧历历在目，恍如昨日。单世钧和那名狙击手狭路相逢，是在狙击单项比赛中。当时主办方的赛制是将所有参赛者投入一个规定范围的丛林，以一周为期限，让他们任意互狙，按被“干掉”的先后顺序排名。最后剩下来的那人，就是第一名。从第四天起，就只剩单世钧和这个狙击手了。然而两人都沉得住气，都懂得隐藏自己的位置，就这样周旋到了第六天，互相都没抓到对方破绽。对方的游刃有余和经验老到，一方面让他觉得兴奋，一方面也让他有些不寒而栗。单世钧生平第一次遇到这么强大的对手，仿佛在和镜子里的自己作战，不到最后一刻，胜负难断。可惜那人在第六天的时候就被迫退赛了。没想到他现在成了雇佣兵。

林竞沉默了片刻：“如果真是这个人，那这次行动的难度很大。我们可能需要从根本上调整策略。你对这个人有多大把握？”

单世钧想了想：“百分之六十吧。”

他是根据对方的狙击习惯和第六感来判断的。狙击手之间互相有个特殊的频道，尤其是对交过手的狙击手，多少有点感觉。当然，话也不能说满了，万一那人有个孪生兄弟呢？

林竞沉默片刻，问：“要不你先回国好好养伤？这次合作，我们本来就是卖他们一个人情。取消行动，也不是不可以。”

单世钧漠然道：“你在开玩笑？”

林竞耐心地说：“我在问你的意思。状态不佳的话，最好不要硬上，你明白这个道理。”

单世钧长长吁出一口气：“罗显洋已经急了，千载难逢的机会，我不想就这样放过。他越急，就会越快露出马脚。而且这次不仅有我们，还有黎宴成和舒蓝那边的助力。参谋长，这事我不想再拖了，等下一次机会，不知又要等几年。”

林竞沉吟片刻：“前有狼后有虎。这次的情况不好应付。”

单世钧点头：“所以，擒贼先擒王。如果没有了罗显洋，那帮雇佣兵就没了行动理由。没了金主，他们自然便会罢手。”

林竞：“那我再调一个小队过来协助你们，凡事小心。”

单世钧：“谢谢参谋长。我以为你会极力反对？”

林竞笑了一下：“不，出于私心，我也希望罗显洋这案子能早点了结。这样你也能放下心结，认真考虑下转岗的事情了。”

单世钧轻轻“嗯”了一声。

林竞微一挑眉：“嘿，奇了怪了，太阳打西边出来了。以前跟你说转岗的事，你都是满口推脱和敷衍，这次居然认真答应了。”

单世钧没回话。

林竞形容夸张地叹了口气：“恋爱中的男人，果然不一样，啧啧。”

单世钧继续保持沉默。

林竞眼中划过一抹促狭：“还装死？你就不打算跟我说说曲医生的事？”

单世钧微微一扬眉，终于有了回应：“说什么？”

林竞忽然收了调笑的表情：“你心里有没有怪我把曲筱阳送到T国来？出了这种事，我也要负一定的责任。”

单世钧摇了摇头：“阴错阳差，谁也怪不得。”

这事还真不赖林竞。撮合两人是两边介绍人一起商议合计后的主意。梁绍文中了泰国游的奖是真，林竞不过是将计就计、顺水推舟让单世钧也一起去了。

林竞顿了顿："听舒蓝说，你跟人家姑娘闹了点儿矛盾？"

"舒蓝这么八卦？"单世钧蹙眉，从眼神里能看出明显的不悦情绪。

林竞："这不怪她，是我问的。"

单世钧无语。

林竞："我俩这关系，你就不用瞒着我了。我就问你一句话，这姑娘，你中意不？"

单世钧爽快地一点头。岂止是中意，简直就是相当中意。

林竞："行，那你也别纠结这那的了，赶紧跟人家姑娘说清楚，过了这村，就没这店儿了。你这边犹豫，人家转头嫁人了，你都没地儿哭去。"

单世钧叹了口气："林队，我在顾虑什么，你是真不懂？"

同为特战队出来的，他相信林竞是理解他的。单世钧很难得地用了旧称来称呼林竞。自从林竞离开猎鹰小队，升职后，这些年也只有在私下谈话交心，说到激动时，他们这些老队员才会用上这个称呼。

林竞安静了一会儿，似乎是陷入了回忆。隔了许久，他才缓缓说道："你也知道，我和你嫂子，一开始也走了些弯路。人一辈子很短，那些被耽误的时间，再也找不回来了。我觉得我在利维亚学到的最有意义的一课就是，不要擅自替别人的人生做决定。你觉得这对她来说是最好的选择，只是你觉得而已。活在当下，便应珍惜当下。"

单世钧沉默片刻："队长，我的情况和你不一样。你也知道，罗显洋现在高价悬赏我的人头。这事不解决，谁都安生不了。"他顿了顿，"我不喜欢开空头支票，给人希望，再给人重重一击，谁受得了？我现在不管不顾地和人家姑娘在一起才是不负责。"

"我知道。"林竞气笑了，"你是榆木脑袋吗？你怎么想，就怎么说。说个实话而已，有这么难吗？我看曲医生是个明事理的，你好好解释，人家未必不会理解。"

"我考虑一下。"

自从那日闹了些不愉快后，曲筱阳和单世钧两个人都很有默契地没去提这件事，单世钧也没有再穷追不舍地继续催促曲筱阳回国。两人就这么相安无事地相处了几日。也多亏"耍宝"三人组的存在，两人之间相处少了些尴尬，病房里总是洋溢着欢乐的气氛。

单世钧确实是身体底子好，再加上曲筱阳连日来的悉心照顾，他的伤势好转了不少，至少能自己起身去洗手间。

这天下午，临近黄昏时，单世钧才从午觉中醒来。睡觉，是他恢复体力的最好的办法。这些日子以来，除了吃饭、谈公事，他大部分时间都在睡觉。恢复体力是一方面，另一个原因是他不知道该怎么面对曲筱阳。

然而这会儿，单世钧刚睁开眼，就见曲筱阳坐在病床边，冲他温柔地笑了笑。窗外阳光正好，女人沐浴在金黄色的暖光里，本就精致的五官又平添了几分柔美。

单世钧感觉自己的心脏急速地跳了两下，于是他微微别开眼，不再和她对视。

病房里只有他们两人的时候，单世钧整个人都会处于一个比较紧绷的状态。有关曲筱阳的一切，她的每一个表情、动作，都能轻易牵动他的情绪。

“今天的夕阳特别美，我陪你出去走走吧，老闷在病房里也不好。”曲筱阳似乎心情很好地建议道。

单世钧这才注意到，她手边放了一张轮椅。他心中几个想法转了一遍，刚要开口，便听曲筱阳又道：“或者说，你陪我出去走走吧。”

单世钧最后还是答应了曲筱阳。

她软声跟人说话的时候，尤其是看他时的眼神，很难让人拒绝。

单世钧本来想自己走下楼的，但被曲筱阳竭力阻止了：“我承认你很强，但毕竟不是铁打的。试着偶尔依靠一下别人也没关系的。”

这家私人医院坐落在临海一个僻静的小湾区。院内直接引入了当地的热带植物，花园内树木丛生，鸟语花香。坐在花园里时，能听到远处海浪的声音，确实是个修养的好地方。

在这里安静地听海，看着天际漂亮的火烧云，内心的种种喧嚣躁动，对未来的不确定和不安，在这一刻忽然就平静了下来。单世钧一侧头，便刚好看见坐在他左手边的女人恬静的侧脸，宛如谪仙一般。

“怎么样，很美吧？”曲筱阳有些入迷似的望着天边灿若流火的云霞，微微一笑，“出来走走，心胸会开阔许多，至少我是这样觉得的。”

海风吹过，轻拂她柔顺的发丝，有几根扫过单世钧的唇。留在他唇上淡淡的甜香，久久不能散去。男人专注地盯着女人的侧脸，眸中缱绻万千。

“美。”他答。

夕阳一点一点藏进海平面下，而天际绚烂的火烧云也随着它逐渐暗淡。

待到最后一丝光亮沉入海平面下，暗沉的天幕上，挂上了一轮皎洁的弯月。

两人竟然就在医院的小花园里，看完了一场日落。

“嚓——”曲筱阳划亮了不只从哪儿摸出来的火柴，火光瞬间照亮了她的脸……和她手中捧着的，一块方形的小蛋糕。

她点亮了蛋糕上的蜡烛，在单世钧几乎呆滞的目光下，冲他淡淡一笑："生日快乐。"

隔了许久，单世钧才回过神。其实他完全忘记了这件事。他没有过生日的习惯，从小就没有。小时候，别的同学过生日都是呼朋唤友地大开生日会，只有单世钧，过生日从来都是冷冷清清。他每年过生日妈妈都会给他煮一碗长寿面。那时候，吃一口这样的素面，也让他觉得无比幸福、别无他求。后来到了部队里，生日相近的战友们都是一块儿过生日的，因为军营里会组织集体活动。部队里培养出来的情分，和常人结交朋友感觉真是不一样的。尤其是像他们这样的特殊部队，战友之间是真的亲如手足，不，应该是比手足还亲。那时候，他也觉得很好，虽然偶尔会想念母亲做的长寿面。

再后来，他有了自己的行动小队。常年在外执行任务，枪林弹雨之下险象环生，大多数时候也没人有精力和心情搞什么庆生活动。偶尔战友们想起了，会拉着他喝一顿酒、吃一顿肉。

时间久了，连他自己也逐渐对生日这个概念模糊了。上次他过生日，好像已经是大前年的事了。那次也只是刚好时间合适，跟林竞他们几个聚了一次。

所以在看到曲筱阳捧出蛋糕的那一刻，单世钧整个人都有些懵了。他真的有种被幸福击中的感觉，他脑袋里甚至配了"Duang"的那种特效音。

曲筱阳被他石化般呆滞的神情逗乐了："你发什么呆啊？"

主要平时她看到的都是单世钧冷酷的一面，今天看到他这种"铁憨憨"的反应，就觉得很反差萌。

单世钧轻咳一声，转过头，低声说："谢谢，你怎么知道今天是我生日？"

此时天色已经完全暗了下来，只有花园里路灯发出朦胧的光，和蛋糕上燃烧着的那支蜡烛暖黄的光。单世钧的脸在两种光交错相映下，显出些淡淡的红晕。也不知道是灯光原因，还是别的什么原因。

"是小白告诉我的。"曲筱阳看着他，偏头一笑，眼中藏着一丝促狭，"哎？你好像脸红了。"

她可没打算放过这个机会，这种时候，一定要说出来的。她很想看看单世钧会是什么反应。也不知道是不是她的错觉，听完这句话的单世钧，脸好像更红了。

男人有些不自在地轻咳一声："错觉，是这光线的原因。"

曲筱阳将手中蛋糕往前一递："许个愿吧。难得连生日蛋糕都给你准备好了。生日愿望一年一个，珍惜啊。"

单世钧抬眸看了曲筱阳一眼。其实他从来不做这种事，许愿什么的，感觉是小姑娘才喜欢的东西。但在和曲筱阳对视三秒后，他鬼使神差地合掌闭眼，生平第一次许了生日愿望。

曲筱阳可不知他心里这些弯弯绕绕，在她看来，过生日许愿就是必须要完成的一个仪式，一年一度，不可错过。

单世钧许完愿抬头，曲筱阳用鼓励的语气说："吹蜡烛呀。"

单世钧依言照做。他从来没做过这些事，感觉很新鲜、很奇妙，心里也很暖。他像是找回了儿时过生日，吃到母亲做的长寿面时的那种感觉。不，比那时又多了些悸动。他心脏激烈地跳动着，仿佛在代替他表达着无法言说的喜欢。

单世钧低头盯着曲筱阳手中那个小巧精致的蛋糕："这蛋糕是？"

曲筱阳微微有些不好意思："我昨天烤的，跟食堂大厨现学现卖，也不知道行不行？"

她没告诉单世钧的是，其实烤坏了三次，她昨天一直忙活儿到深夜才终于弄出个稍微像样点儿的。

单世钧看着她，没说话。他眸色深沉而又炙热，隐在夜色里，让人看不太真切。他胸口发烫，喉结上下滚动了一下，才哑声说："谢谢你，我很喜欢。"

曲筱阳笑："你都没吃，怎知喜欢不喜欢？"

单世钧看着她，认真答道："当然喜欢。这是第一次有女孩子给我做吃的，除了我妈，更别说是这么精致的蛋糕了。"

他说得这么直白，曲筱阳脸莫名地有些热，幸好夜色正浓，她脸上表现出的小心思、小情绪都能勉强藏住。曲筱阳飞快地将事先准备好的小勺子塞到他手里："我知道你不喜欢吃甜食。糖放得少，加了些咖啡粉，用的是淡奶油，应该不会腻。"

单世钧从她手里接过蛋糕，顿了顿，邀请道："一起吃吧。"

"啊？"曲筱阳愣了一下。蛋糕本来就只有巴掌大，是一人份，本就只是烤给他的。

而且，分食一块蛋糕，她总觉得是很亲密的行为。曲筱阳和单世钧对视了片刻，支支吾吾地点了一下头："寿星先吃。"

单世钧挖了一勺蛋糕放入口中，细细咀嚼。就像曲筱阳所说的，她没有放多少糖，微甜的口感，像初恋的味道。奶油也是清淡口的，很顺滑，咖啡的香味在口中弥漫，后调里有一点点朗姆酒的回甘。非常好吃，是能让人吃完一大块也不会腻的那种。他可以感觉得出来，这蛋糕，她做得很用心。

单世钧慢慢品尝着口中的美味，心里百味杂陈。有那么一瞬，他是真的很想不管不顾地将曲筱阳拉入怀中，还有那么一瞬，他甚至希望自己只是一个普通人。这样，别人能做到的，他也能做到。别人能给她的，他也有自信能够给她更多。以前，他没有想象过爱情的样子，现在他觉得，爱情的样子，就应该是和曲筱阳在一起。只是这个时机真的太糟糕了。

曲筱阳有些紧张地看着单世钧，对他的反馈，既期待又紧张。其实这也是她第一次做东西给男人吃。以前在家她都很少做饭，闺蜜莫梨也只吃过她煮的方便面。某种意义上，这也算是珍贵的第一次了。

单世钧握着勺子的手，紧了松，松了紧，过了半晌，他只说："好吃，你是不是加了酒？"

曲筱阳松了一口气，又有些高兴："你尝出来了？"

她用手比画了一下："就加了那么一小勺朗姆酒。大厨跟我说这样能让咖啡粉的味道更香醇浓郁。"

单世钧又默默吃了一口，赞同似的点了点头。他挖了一勺蛋糕，递给曲筱阳："你也尝尝。"

曲筱阳看他一眼，心里一动，忽然大着胆子，直接凑过头去，就着他的手叼走了那块蛋糕。

单世钧的手微微一抖，看着女人眸色转深。偏生她还无意识地舔了一下唇上沾到的奶油。粉色的舌尖轻轻刷过那闪着水光的、看上去就很柔软的红唇。

单世钧忽然将蛋糕放入曲筱阳手中，站起身，走到了花园一角。他面朝大海的方向，任微凉的海风一阵一阵地打在他的脸上。

曲筱阳有些莫名其妙又有些担心："你怎么了？"

"热。"单世钧只答了一个字，他的声音听上去更低沉了。

热吗？当然T国一直是热的，可能她已经习惯了，加上今晚有风，所以她觉得也还好。

但单世钧毕竟刚做完手术，耐热耐冷能力都不如平时也实属正常。

他吹了好一阵风，才折回来。两人就这么慢慢地分享完一块蛋糕，却谁都没有提出要回病房。

单世钧安静了许久，忽然说："今天真的高兴，谢谢你，准备了这么多。"

曲筱阳"哈"地失笑，托腮看他，有些俏皮地问："这就叫多啦？你也太好收买了吧。这里条件不足，也只能简简单单意思一下啦。"

单世钧敛眸，淡淡地勾了一下嘴角："对我来说，算多了。其实，重要的不是形式。"

他没有说完后面的话，曲筱阳却知道他想说什么，重要的是心意。因为她也是这么想的。她和单世钧一样，都不是在乎形式、表面功夫的人。她也只在乎对方的心意。所以，她的心意单世钧到底明白了吗？

曲筱阳仰头看着满天星辰，忽然问："你有没有想过以后的事情？"

单世钧："以后的事？"

反正话题都说到这儿了，曲筱阳想着，不如趁这个机会把话聊深、聊透。她不喜欢隔靴搔痒，既然她是认真地想和这个人在一起，那有些问题，就不能逃避。

"嗯，比如，你理想中的生活状态是怎样的？你是想，一直像现在这样，为保卫祖国的事业奋斗在前线，或者，你有别的什么打算，有什么想做的事、想要的生活？"

单世钧看着曲筱阳："其实，我最近有在考虑转岗的事情。我在前线待了很多年了，我上级的意思是，我也差不多该转到指挥部，做幕后工作了……我之前没怎么想过这个问题，但现在我觉得，他说得对，也许我是时候退居二线了。"

就像林竞之前跟他说的，心里有了牵挂，每一步选择都会变得无比谨慎。曲筱阳心中微微一动，思考着他说的这个"以前"和"现在"里的含义，莫名地有些高兴，原来他……

然而她很快又听单世钧换了副坚决的语气："不过这要等罗显洋的事情解决以后。"

不知是不是她的错觉，她每次听单世钧说起"罗显洋"这个名字，都觉得里面藏了丝若有似无的恨意。按理来讲，单世钧缉拿罗显洋这种大毒枭应当算是公事公办，莫不是中间还裹挟了什么个人恩怨吗？

曲筱阳小心翼翼地问："你和罗显洋以前就认识吗？"

单世钧摇头："不，为什么这么问？"

曲筱阳诚实地说："我每次听你提起他，都觉得话语里有些除了办案外的个人情绪。只是我的一个感觉，如果说得不对，你别往心里去。"

单世钧沉默两秒，叹了口气："其实，你说得对。"

曲筱阳有些不解。

单世钧："他是我不得不捉拿归案的一个人，我曾经有一个下属，在他那里做过线人。后来我们的行动计划败露了，我的下属为了掩护我们撤退，主动留下来断后，也暴露了身份。"

单世钧忽然深吸了一口气："罗显洋为了杀鸡儆猴，用很残忍的方式杀害了他。他牺牲前，被罗显洋足足折磨了二十天……罗显洋不知道他是我们的人，还寄了威慑视频到云城的缉毒总队……我那名战友，直到最后，一直紧咬牙关，一点信息都没透露。我在我战友的陵前发过誓……一定会亲手逮捕罗显洋。"

单世钧说这句话时，停顿了足足三次，可想而知，这段过往对他来说有多沉重。曲筱阳有些难过，又有些震惊地捂住嘴。光是听这三言两语，她都觉得心里难过得受不了了。何况是亲身经历这一切的单世钧？而且，她也无法想象单世钧看到那个视频后的心情。以他的性格，的确会是将一切归咎于自己的类型。

沉默半晌，曲筱阳才说：“对不起，我不该问的。”

单世钧摇了摇头：“没关系。”

他微微笑了一下，像是反过来安慰曲筱阳似的，淡淡道：“这些话一直憋在心里，以前也没人说。今天说出来，反而感觉好些了。”

“今天谢谢你……”私心里，单世钧希望这个夜晚长一点，再长一点。如果这是一场梦，他宁愿不要醒来。

那晚，单世钧回到病房后，发现床头柜上摆着一个包装得挺漂亮的盒子。他愣了一下，走过去拿起盒子，又看到盒子下压着一张卡片。卡片上用娟秀漂亮的行楷写着：

生日快乐！愿你以后的每一天都开心快乐、健康平安。我不在的时候，就让它陪着你吧。一周换一次水，水不要加太多，稍微没过根盘就可以了。希望花开的时候，你已顺利归国。

曲字

根？花？这生日惊喜还带层层递进的？单世钧赶紧拆开了那个盒子。

盒子里面是一个沙漏状的水晶花瓶，下半部分装着水，上半部分的碗状口里放着一个长得像洋葱一样的球形植物根茎。球茎已经生了根，生机勃勃地探入水中，汲取养分。

单世钧小心翼翼地将那张卡片收好，又转头去看那颗“洋葱头”。不知为何，他竟越看越觉得可爱。虽然他对植物不是很了解，曲筱阳卡片上也没解释这是什么。不过既然曲筱阳说这“洋葱头”能开花，那他就一定要养到它开花。

ben fu shanhe, benfu ni

第十章 •○ 咫尺天涯

Run to you

T 国近海上的一艘游艇上，一个身穿白色绸缎衫的清隽斯文的男人戴着墨镜，躺在甲板上的躺椅上，有些慵懒地听着旁边外籍民谣歌手弹奏尤克里里，手指轻轻跟着音乐打着节拍。

离他不远的地方支着一个纯木炭的烧烤炉，五星级大厨正在将最新鲜的食材码料，摆盘，准备烧烤。

“啪——”侧前方的船舷上忽然搭上一只湿漉漉的大掌，而后是另一只戴着防水手套的手。一个穿着黑色潜水服的男人身手敏捷地沿着游艇外侧悬挂的绳梯爬了上来。他肩上挂着一个渔网，网里装着丰盛的“猎物”——大海螺、海蟹和龙虾。一趟下去居然能集齐三个品种，这位的身手很是了得。

他上了船，也不招呼人，径自走向烧烤炉那边，一抬手，便将那袋战利品扔到大厨的工作台上。而后他走到罗显洋对面的沙发上坐下，那一身的海水，立刻沾湿了沙发昂贵的真皮面料。他微微侧头，扫了一眼罗显洋手边那张茶几上放着的红酒，也不多说什么，直接端过来一口饮尽。

吴伯对 K 目中无人的态度有些许不满，他微微低头，看向躺椅上的罗显洋：“头家，他这……”

罗显洋不甚在意地摆了摆手，从躺椅上慢慢坐了起来。

“K，你这样下海，手上的伤没关系吗？”

K 漠然地摘下那只防水手套，露出裹着防水纱布的手腕。他盯着手腕看了两秒，微微转动了一下：“It's OK.（没问题。）”

单世钧那一枪，直接贯穿了他的手腕。放整体来看，也许真不算是重伤。他的伤，和单世钧的伤比，小巫见大巫。但医生跟他说过，那枚子弹是擦着他手腕正中的神经而过的，可能会影响到之后他手部的肌肉力量和灵活性。那一枪，不说差点结束他狙击手的生涯，也算是严重威胁到了他的“恰饭本钱”。如果说之前他只是因为钱接下这桩生意，现在这生意里，有了他的主观意愿。

此仇不报，非君子。

“What's the next plan？（下一步计划是什么？）”

罗显洋看着他的手，微微一挑眉：“你这样，能行吗？”

这话音刚一落地，前一秒还有些懒散地坐在对面的沙发上的 K，后一秒却已经像鬼魅一样，站到了罗显洋身侧。他手中不知何时多了一把枪，抵住了罗显洋的太阳穴。

K 微微俯身，用有些生涩的中文，在罗显洋耳边低声说：“要不你试试？”

他手中的枪都已经指着罗显洋的太阳穴了，周围那些保镖才似刚反应过来发生了什么事，齐刷刷地掏枪对准了他。刚才那一刹那，谁都没能看清 K 的动作，他人从沙发上站起再到罗显洋身边，仿佛只是瞬间的事情。

保镖队长额上有一滴冷汗顺着太阳穴滑了下来。这……这就是 M 国前 Delta 特种部队最强狙击手的实力吗？可怕。简直想不到那是人类能达到的速度。

罗显洋微微抬起一只手掌，冲保镖们做了一个放松、放下的手势：“都把枪收了，我和 K 开个玩笑罢了。”

众保镖面面相觑，僵持了几秒，还是听从罗显洋的吩咐，收起了枪。

K 眸中冷光一现，微微勾起嘴角，也收了枪。他很清楚，罗显洋那话，是三分玩笑，七分试探。既然罗显洋这么想知道他行不行，那他就让罗显洋好好看个清楚。

K 冷冷道：“现在可以说下面的计划了吗？”

罗显洋微微一笑：“当然。”

“我们截获线报，罗显洋会在两周后出货。”舒蓝面前放着一台巨大的平板电脑，纤长的手指在屏幕上轻点两下，一张详细的地图立刻出现在众人眼前。

单世钧微微蹙眉：“这么快。”

舒蓝挑起嘴角：“怎么，你觉得他应该给足你时间养好伤？人家很着急的好吧？这批货要是再运不出去，他的资金链就要断了。”

单世钧摇头：“我不是担心这个。”

也多亏他底子好，经过两周休养，他的伤势已经大为好转，现在已经行动如常，简单的体力活也不在话下。再过一周，应该就能恢复正常的体能训练了。林竞这次为了协助他们行动，专门又派了一支小队过来。但两组行动队毕竟没合作过，还是差点儿默契。再加上这边还有国际刑警队派出的警员和他们联合行动，怎么调配战力、安排战术是一个巨大的考验。好在国际刑警队那边有一线作战经验老成的黎宴成坐镇，单世钧倒不是太担心。但毕竟他们这次的角色是奇袭和控场，所以单世钧是希望能在最短的时间内搭配出一支行动力和应变能力都比较强的队伍，重要的是，要有默契。但培养默契，需要的正是时间。

舒蓝用手指轻轻点了点地图上的几个位置，那些位置立刻被做上了红点标记："我们的线人没有打听到具体出货地点，罗显洋这次保密工作做得非常好，只有他的大管家吴永浩和这次直接负责运货的小头目知道地点。不过，我们这边也不是全无头绪。根据线人窃听到的零星的信息，我们圈定了这几个码头。"

舒蓝顿了顿，又道："最好能在码头来个人赃并获。如果他将货物运出了海，就麻烦了。"

单世钧点头："嗯，知道。"

他忽然伸出手指，叉掉了其中几处被圈出来的码头，范围立刻缩小到两个码头，二选一，极大程度上降低了排兵布阵的难度。

舒蓝微一挑眉："理由？"

单世钧两指在地图上微微一滑，放大了被他叉掉的其中一个码头，切换成卫星地图，指着其中一个码头说："这里，虽然仓库众多，但很分散，而且码头周围没有掩体。"他又放大了另一个码头，"这个码头的地势太高，周围两千米内都没有合适的狙击点。还有个问题就是周围的路都不通，如果被围起来就等于瓮中捉鳖了。

"还有这个地方，只有三间大型仓库，太规整以至于太容易被搜查。而且，这里有同第一个地点一样的问题——没有掩体。"

舒蓝微微一眯眼，冲他竖起拇指："专业。"

小白学着舒蓝的样子，唱双簧似的，也冲他家队长竖起拇指："精彩。"

单世钧抬眸看向舒蓝，淡淡地说："如果这次罗显洋没雇狙击手，我可能还不会这么顺利排除这些地点。但恰好他雇了，而且对方还是顶尖高手，那排除这些个地点就容易很多了。像这样的高手，对狙击点的选择，都是很挑剔的。"

舒蓝似笑非笑地看着他："你也是？"

单世钧点头："当然。"

狙击手在一个行动队里的位置至关重要，关键时候，甚至能扭转战局。所以他们对狙击点的选择，也会慎而又慎。因为他们肩负的不是一个人的成败，而是整个团队的生死。

单世钧将那两个被圈出来的码头放大，看了又看，须臾道："我明天让小白他们去实地考察一下，回来我们可以商量一下怎么布置人手。"

舒蓝点头："你们的人要是不方便，就让我们来吧。对外来讲，我们本来就是搞船运的。"

单世钧："我让小白跟你的工作人员一起吧。他们在这方面很有经验，反侦察能力也很强。"

"好。"舒蓝冲单世钧眨了眨眼，"单队，跟你合作很舒服，屡试不爽。"

单世钧没接她的茬儿："对了，还有一件事……"

舒蓝没等他说完，露出一个意味不明的笑，直接接话："我知道。"

单世钧微一扬眉："你知道？"

舒蓝叹了口气："是让我们护送曲筱阳安全离境，对吧？"

单世钧颔首，正色道："没错，我希望你们能安排最好的人手，我也会让小白他们暗中随行。"

舒蓝点头："这个你大可放心，我们有我们自己的渠道。保证将你的心上人又快又安全地送出境。不过，你想让她什么时候走？"

单世钧沉默了一下："越快越好。"

舒蓝顿了顿，神色复杂地看他一眼："你想多快？三天，够不够你们道别的？"

曲筱阳收到舒蓝的短信的时候，是震惊的。她震惊过后，是生气。然后又觉得有点委屈。之前相处时，单世钧没有跟她提过一个字，也没问过她的意见。但她离境的日期，就这么被悄悄地安排下来了……而她是最后一个知道的。

舒蓝大概是怕曲筱阳尴尬或者难过，选择了用短信的方式告诉她这个安排。

曲筱阳之前延签到了月底，本来可以再待两周的。她想着，那时单世钧的伤应该也差不多好了。她本来也就只打算陪着他直到他的伤痊愈。单世钧除了一开始极力要求她立刻回国外，后来便再也没提过这事。她本以为他们在这件事上达成了共识。她本以为，那日为他庆生过后，两人的距离拉得更近了，他们之间也会更坦诚一些。结果还真就只是"她以为"，是一个人的一厢情愿。那扇她以为那天晚上她已经叩开的门，又紧紧闭合了起来。

曲筱阳一开始还替单世钧找了很多理由，也许他是不知道怎么跟她开口解释，也许他不知道怎么面对这样仓促的离别，也许他只是不善言辞……她等了两天，等单世钧主动找她，等他开口跟她解释。

时间一点一滴地迅速流逝，她没有等到单世钧的解释。甚至，他这两天忙得连与她见上一面都难。不是在开会，就是在健身中心做一些基础的体能恢复。她也只有在饭点儿的时候，才能匆匆和他见上一面。然而她心中的别扭，也还生着他的气，即便见了面，也没主动搭理他。结果他竟然也欣然接受，丝毫没因为她的冷淡而表现出丝毫异样。

第三天傍晚，曲筱阳终于忍不住了。她直接“杀”去了他的病房，堵住了刚从健身中心回来的单世钧。

曲筱阳进屋后，“啪”地一掌抵上门：“单世钧，我有话跟你说。”

曲筱阳平时都叫单世钧“单队”的，偶尔皮一下也会叫他“单哥”。连名带姓地叫他的大名，还是头一回。他愣了一下，他从来没见过这么生气的曲筱阳，就连两人相亲那次他故意惹她生气时，她都没像现在这样——紧抿着唇，乌黑的杏眼瞪着他，眼眶有些微红，紧紧攥着手指。仔细看的话，还能看见她的手在微微颤抖着。

单世钧其实是知道曲筱阳为什么生气的。但光是看着曲筱阳湿漉漉的，有些微红的眼眶，他就有些后悔了。那一瞬，他觉得自己真是个浑蛋。

单世钧暗暗叹了口气，放下手中的水瓶，低头看着曲筱阳：“你说。”

“知道我为什么来找你？”曲筱阳一步一步逼近单世钧，走到他跟前，抬头仔细地看着他，仿佛想要看清、看透这人心中的每一个想法。如果单世钧敢说他不知道，她一定不会原谅他。

“离境的事，决定得有些仓促。抱歉，事先没跟你说。”单世钧不由自主地又退了一步，膝弯抵住了身后的床沿。

他退，曲筱阳便又向前走了一步。她离得很近，近到和他脚尖抵着脚尖，近到她抬头的时候，柔软的头顶轻轻蹭到他的下巴。

单世钧喉结上下滚动了一下，耳根微微红了。他身后就是床，如果再退，他就会倒在床上。他稳着心神，没敢动。

曲筱阳摇一摇头，哑声说：“不，你根本没打算问我意见，事后也没打算跟我解释。如果我不来找你，你是不是就准备这样跟我装不熟直到我离开？！”

单世钧现在是真后悔了，他根本看不得曲筱阳难过。

“不是这样的。”她一难过，他的整颗心都被揪起来了，他这两天，也不是故意避着她。

其实心底深处，他也害怕离别，他怕这是见她的最后一面，怕自己一时忍不住说错话，怕自己冲动之下做出什么不可挽回的事情。所以他宁愿不见，他以为这样，就能不想、不念。

“不是这样,那是怎样的？！”曲筱阳微微仰头,近距离和单世钧对视着,眼中隐有泪光，“我问你一个问题，你能诚实回答我吗？”

单世钧下意识地，重而缓地点了一下头。

“你喜欢我吗？”

“……”

“这个问题很难回答？”曲筱阳看着陷入长久沉默的单世钧，眼中闪过一丝失望。她微微笑了一下，像是在嘲讽自己的自作多情。

单世钧看见曲筱阳的眼眶比刚才更红了些，不自觉便抬了手，想去抚摸她的脸，他的手指快要碰到她的脸时，又蜷缩了回去。要回答这个问题不难，难的是之后应该怎么办。很多时候，讲真话比撒谎需要更多的勇气。

单世钧忽然想到林竞跟他说过的话——“不要替别人的人生做决定。说个实话而已，有这么难吗？”有这么难吗？

“喜欢。”单世钧低头看着曲筱阳，认真答道。

这回换曲筱阳愣住。她以为单世钧又会顾左右而言他，没想到他竟然承认得这么爽快。

曲筱阳好半晌都不知该作何反应。她全凭心中一股怒气和委屈，才敢大着胆子过来质问，就是想逼出一个答案。现在答案人家给了，她却不知道下一步应该做什么了。而且，单世钧说喜欢的反应，不是她期待中的反应。你见过谁说“喜欢”的时候，语气给人的感觉像是上坟？

曲筱阳不甘心，追问道：“然后呢？”

“什么然后？”

曲筱阳深吸一口气，一字一顿地说：“我明天就要走了。你就没有别的话想要跟我说吗？”

单世钧握了握拳，沉默良久，垂眸：“明天国际刑警支队的人会过来接你，他们能保证你的安全。你回国以后，也要注意安全。国内总的来说应该是安全的，但我不知道罗显洋的势力渗透到了什么程度，小心一点总是好的……”

曲筱阳忽然伸出手，握住单世钧的胳膊：“单世钧，你看着我……”

单世钧又安静了片刻，终于抬眸，直视曲筱阳。

曲筱阳从男人眼底看到了绝不退缩的坚持。

曲筱阳咬了咬唇，颤声问：“那你要……跟我在一起吗？”

问出这个问题，几乎耗尽了曲筱阳的全身力气和所有的勇气。她长这么大，还从来没主动跟人表过白。某种意义上，这又算是把“第一次”给了单世钧了。这男人好像不知不觉从她这儿“骗”走了很多第一次。从前的她像是没开窍，一直也没什么特别喜欢的人，遇到有好感的也只是远远欣赏一下，更谈不上要跟谁表白了。但现在，她有了一种想要努力试一下、争取一下的想法。连试都不试就放弃，以后她肯定会后悔得肠子都青了。尤其是，她知道单世钧即将要赶赴战场，她不想这一场离别，分得不清不楚、不明不白的。她不想错过单世钧，不想让人生留下遗憾。

曲筱阳问出这个问题后，几乎是屏住呼吸在等单世钧回答。她的心跳一下比一下快，耳朵有些烫，脸也微微发着红，浑身的血都像是逆流到了头部似的。

单世钧看着她没说话，眸色暗沉。

“对不起。”良久，曲筱阳听到单世钧这样回答道。

逆流到头部的血液霎时间退得干干净净，一腔炙热被人一盆冰水从头浇灭。曲筱阳微微仰头，慢慢调整着呼吸，将不断上涌的泪意强压下去。

“好，你告诉我，那我们这样算什么呢？所以你的喜欢，就只是一句‘喜欢’，连往前多迈一步都不愿意？”她微微哽咽了一下，“我以为那天晚上，我们已经说清楚了。我以为我们能坦诚相待，相互之间不再有所隐瞒。原来，只是我一个人‘清楚了’。”

单世钧微微蹙眉，喉结上下滚动了一下，有些话堵在胸口，压得他喘不过气来。

曲筱阳不知道是不是自己看错，在那一瞬间，她似乎看见男人幽深的黑眸中闪过一丝痛楚。就是这一闪而逝的痛楚，让曲筱阳心中重新燃起了希望。

“你遇到什么困难，有什么顾虑，都可以跟我说。我希望你，更信任我一点。”曲筱阳将脑中纷杂乱窜的小情绪一一压了下去，尽量保持理智，换了个沟通的角度。

她愿意相信单世钧不是那种凭一时冲动，就能随随便便喜欢上别人的男人。她不会看错的，直觉告诉她，单世钧心里有很多顾虑，他还是不愿意对她敞开心扉。

曲筱阳心中微微一动，忽然伸出左手，去握单世钧垂在身侧的右手。

曲筱阳感觉到，在她的手指触碰到男人手心的时候，他的手掌微微一颤。她毫不犹豫地握住了单世钧的手，牢牢的、紧紧的。

男人的手指下意识地也紧了紧，像是回应她似的。

曲筱阳仰头看着他：“你还是不愿意告诉我，你的真实想法吗？”

曲筱阳的目光，顺着单世钧微微滚动的喉结，一路向上，最后落到他似刀锋一般，紧抿的薄唇上。她抬起右手，白玉一般的纤长手指轻轻点在他唇瓣上，专注地看着那形状漂亮的唇，似是自语地说："书上说，长这样唇的男人大都薄情。"

单世钧心脏忽地一紧，心跳都要停了。

"可我觉得你不是。"话音刚落，曲筱阳忽然踮起脚尖，将自己的唇印在了男人唇上。

她的唇又温软又香甜，甚至连鼻尖也萦绕着一股淡淡的幽香。单世钧的脑子里"轰"的一声响，他感到血脉偾张，仿佛全身的细胞都在叫嚣。

曲筱阳那轻轻一吻，像是触动了某种兽性的机关。单世钧有力的手臂箍住曲筱阳的腰，另一只大掌忽然按住曲筱阳的后脑勺，吻了回去。

曲筱阳心脏猛地提高，几乎喘不过气来，胸口像要炸开。男人那不能言说的、炙热的、深沉的情感，仿佛都倾注在这一吻里了。

只是接吻而已，曲筱阳甚至有种快要死了的错觉。即便这样，她也不想放开男人，只想放纵自己沉溺。她这辈子，从来没有过这种经历和感觉。那一瞬间，所有烦恼、所有俗事仿佛都消隐无踪，她和他加起来，仿佛就是整个世界。

"嗡——嗡——"就在亲吻变得更加大胆起来的时候，放在床头柜上的手机忽然振动起来。单世钧像是从美梦中骤然惊醒的人，忽然握着曲筱阳的肩，让她后退了些，强行和他拉开距离。他的额角和鼻尖，微微沁出了一些克制的细汗。

曲筱阳依然有些晕，像踩着棉花似的，睁着一双水眸，迷茫地看着他。单世钧咬了咬后槽牙，转身拿起床头柜上的手机。他扫了一眼来电，是舒蓝。他暂且将手机放到一旁。

曲筱阳也从情热中清醒了过来，她咬着微微有些红的唇，没说话，只是看向单世钧的眼神有些委屈。那眼神，像极了某种受了伤的小动物。

单世钧终究于心不忍，握着曲筱阳的肩，低头看着她，哑声说："抱歉，我真的不能……别再撩拨我了，我定力没你想象的那么好。"

热情完全退却，曲筱阳看向单世钧的眼里似乎有泪。

单世钧叹了口气："我是喜欢你，但我不能和你在一起。我们不太合适，我……也给不了你想要的。"

曲筱阳嘲讽似的，轻笑了一下："你觉得，我想要什么？"

"安定的生活，一个能够给你安全感的男人。"

曲筱阳安静了片刻："你这么说，是因为你之后要执行的任务吗？"

单世钧沉默片刻："是，也不是。"

曲筱阳忽然觉有些好笑，男人都是这么自以为是的吗？他把她当成什么了？遇到一点事就会哭唧唧寻求保护的那种女人？她认识他也不是第一天了，难道她是今天才知道他的工作有多危险吗？！

一个原本浪漫而温馨的表白时刻，竟然被他硬生生搞成了生死决别的现场。

“如果这是你拒绝我的理由，对不起，我不接受。”

曲筱阳有些无语地用指节轻轻抵了一下额头：“如果你想专心执行你的任务，没关系，我可以等你……”

“不要等我，也没人让你等！”单世钧忽然打断了她，语气里似乎莫名多了一丝急躁，“谁也别等谁。我现在告诉你的，就是我当下的想法，那就是我们不合适。”

曲筱阳嘴唇微掀：“单世钧，你不要随便替别人做决定，也不要打着‘为你好’的旗号擅自盖棺定论。我不喜欢这种，强迫别人接受类似于自我牺牲的好意，事后又一边舔伤，一边还在那儿自我感动——‘这都是为了她好’。我没你想的那么脆弱。”

单世钧抬眸，目光凌厉地看着她：“好。那我问你，如果有一天，我残了，高位截瘫了，下辈子生活不能自理了，你还会喜欢我吗？”

曲筱阳张了张嘴，震惊地看着单世钧，仿佛不相信这话是从他嘴里说出来的。杀人诛心，有时候只需要一句话。原来他也会说这么伤人的话。

曲筱阳过了许久，才找回了自己的声音。她掐着自己的腿，努力让自己的话语听上去显得平静一点：“你就是，这么看我的？你觉得我对你的感情，就这么肤浅？”

单世钧没说话，很多话不能说出口，也说不出口。如果此刻误会有用，就让她误会又何妨？生命最不可承受之痛，不外乎生离死别。最残忍不过，得到后又亲手拿走，给了希望再亲自扑灭。他亲眼见过已故战友家属是怎么崩溃的，那种钻心剜骨之痛，他舍不得让她也尝过一遍。这次行动的难度和风险系数，没有人比他更清楚了。他没有把握全身而退，唯一能做的便是全力以赴。

曲筱阳安静了许久，又笑了笑：“我以为你了解我，是我错了。”

单世钧垂在身侧的手攥成拳，指甲深陷入掌心。他纹丝不动，紧咬着牙，没说话，也没解释。

曲筱阳看着男人线条冷硬的侧脸，他还是那么好看，那么无可挑剔。但她却觉得，自己好像从来就没看清过他。

“那么你对我呢？也仅仅只是喜欢？”曲筱阳眼神空洞地盯着他，轻声问道。

单世钧："是……"

所以他连多走一步，多信任她一点，甚至尝试一下都不愿意。

曲筱阳忽然笑了："那你的喜欢也太沉重了。这样的喜欢，没几个人承受得起。"

单世钧不知该如何说。

曲筱阳轻轻叹了口气："以后喜欢人的时候，别再随随便便就把命豁出去了。

"你的想法，我了解了。你大可放心去做你想做的事，只希望你一切顺利、平安。"

曲筱阳走后，单世钧独自一人在原地站了许久。他依旧目光沉沉地盯着曲筱阳离开的那个方向，尽管那里什么也没有了。

良久，他忽然感觉左边脸颊微微有些痒。他随意地抬手擦了一下，竟摸到一滴泪。

翌日清晨，白展廷和成昱跟着国际刑警队的人，一起护送曲筱阳离境。为了避开罗显洋的耳目，他们选择直接走水路离开T国。乘坐舒蓝公司的货船，从T国去到M国，再从M国乘飞机离境。T国和M国对待中国公民都是落地签证，这大大提高了曲筱阳他们的灵活性和选择面。

大家在船上坐着一起喝咖啡聊天时，曲筱阳一个人坐在角落里，一言不发地看着窗外的碧海蓝天，神情很是落寞。白展廷暗戳戳地端着咖啡离开了自己的座位，跑到曲筱阳对面坐了下来。

"曲医生，你和单队吵架了吗？"

白展廷不是个会拐弯抹角的人，往往想到什么当场就直说了。连他这么迟钝的人，都发现单世钧和曲筱阳之间的不对劲了。曲筱阳离开医院的时候，单世钧就站在住院部正门的台阶上看着他们。曲筱阳和几个平常照顾单世钧的医护人员一一告别，给了每人一个拥抱，甚至连邱启都有份，却唯独没有抱单世钧。而自家队长，全程一言不发地看着曲筱阳，眸色深沉看不透心思。之前他们都清楚地看到，单世钧在认识曲筱阳后发生的种种变化——他整个人变得柔软很多，甚至也会跟他们开玩笑了。而给他们带来的间接福利就是，被罚跑圈和做俯卧撑的时候少了。成昱还用过一个比喻，这头高冷的孤狼被驯服的时候，就变成了温顺的大型犬类。虽然平时喜欢起哄，但他们打心底里也很喜欢曲筱阳，两人应该是正好能互补的类型。而且他们也希望队长能找到一个真心待他的人。然而没想到，之前还暧昧不已、气氛很好的两人，转眼间就形同陌路了。而自家队长，一夕之间仿佛又变回了之前那个生人勿近、高冷孤傲的狙击手。

面对白展廷的直接，曲筱阳叹了口气："怎么这么问？"

白展廷挠了挠头："不知道，感觉你俩都很不开心的样子。我好久没见队长这么低气压了。"

曲筱阳低头喝了一口咖啡，她不知道怎么接白展廷的话。她感觉自己和单世钧的事，三言两语解释不清，似乎也没有对旁人解释的必要。他们仿佛被围困在一盘杀机四伏的珍珑棋局里，进也不是，退也不是。谁都说服不了谁，又不愿妥协退让。

白展廷忽而又道："队长不太擅长表达。但他很喜欢你，我们都看出来了。曲医生，你……也喜欢我们队长吗？"

"我和他……不合适。"曲筱阳微微蹙眉，只想终结这个话题。

白展廷想了想，认真道："曲医生，我们队长有时候说话不太好听，给人感觉似乎也很冷漠。我们和他相处久了习惯了，知道他就是这样的。你别看他那样，其实他就是嘴硬心软。他是我见过的，最负责最有人情味儿的队长。"

"我知道……"

白展廷摇一摇头："不，你不知道。之前红羽镇那会儿，队长因为擅自提醒你远离罗哲，间接引发了那场冲突。我们不得不改变了行动计划，导致我们提前暴露，任务失败。因为这事，队长是受了处分的。当时完了后，上级要求队长立刻归队，但他为了照顾你，申请延期归队，留在了云城。"

曲筱阳沉默。

"自从我认识队长来，他就一直是我们大队上最强的兵。他拿过两次国家一等功勋。记过处分这种事，离他太遥远了，我们连想都不敢想。队长他向来是个言出必行的人，不会因为任何事、任何人动摇他的原则，但也许……曲医生你是个例外吧。

"那件事发生后，我们都挺吃惊的，不过，这样的队长感觉更多了丝'人味儿'，也算是好事吧。"

曲筱阳忽然想起来，单世钧在云城陪她的时候，有时候似乎也挺忙的，赶这个材料那个报告的，甚至还去了趟军事检察院。现在想来，这事应该给他造成了不小的麻烦，然而他却只字未提。

白展廷见曲筱阳沉默，又道："本来不应该告诉你的，队长也让我们保密。但是，我还是觉得你应该知道。

"因为你的情况，他还到处托关系找人，向业内的专家学习 PTSD 的具体知识，讨论治疗方案什么的……你要知道，单队生平最不喜欢的，就是攀关系走人情了。

“还有很多小事情，他做便做了，却从来没告诉过你……”

曲筱阳有些受不了似的，转头看向窗外：“小白，别说了。”

白展廷有些感慨似的叹了口气：“最后说一件事。队长为了让你安全离境，调派了最精锐的人手来保护你。我、成昱，还有几个从国内过来的战友，都在这条船上。医院那边只剩邱启和另一个特战队成员了。明明他才是罗显洋的目标。罗显洋通知了所有南亚地区的势力，巨额悬赏他的人头。”

曲筱阳握着咖啡杯的手微微一颤：“你，你说什么？什么悬赏……”

白展廷看着她：“你没听错。罗哲是罗显洋的私生子。罗显洋放出话了，不计代价，他要单队的命。”

曲筱阳耳里“嗡”地一响，有如五雷轰顶。她忽然明白，单世钧为什么一个劲儿催促她回国，还故作冷淡地跟她划清界限。跟在他身边，才是最危险的。和他扯上关系，也会被当成目标——这才是真正原因。什么“残了、伤了，你就嫌弃我了”之类的话，根本就是个幌子。但无论如何，他还是没跟她说实话。

这头，白展廷还在继续碎碎念：“成昱本来想留下来的，但队长说了，他要保证万无一失。在他心里，你的命比他重要。

“讲真的，我从来没见过队长这么重视过一个人。曲医生，我希望你能给队长一个机会。这么说也许有点强人所难，你要是不喜欢听，就当我说废话吧。但我们真的很希望他能找到自己的幸福。他孤独得太久，也累了太久了。”

咖啡的热气熏了眼，曲筱阳盯着那杯没有加糖的黑咖，苦涩的感觉，顺着舌尖，滑到喉咙，一路蔓延至心底。不是她不给单世钧机会，是单世钧不给自己，也不给她机会。那个人的爱情，就跟他这个人似的，从头至尾，都那么孤独冷清，仿佛只是他一个人的事。

“老师，我回来了。”曲筱阳走进办公室，看到熟悉的面孔，眼睛莫名地微微有点热。

梁绍文看见心爱的学生突然出现在了办公室，脸上也是又惊又喜：“你之前不是跟我说你续签了吗？怎么这么快就回来了？”

曲筱阳顿了顿，才说：“觉得老待在那儿也没什么事做，不如就先回来了。主要是我想念您了，也想念手术室。”

梁绍文摆了摆手，说：“这‘彩虹屁’就不用吹了，想念手术室是可能的，想我就太虚伪了。”

曲筱阳看了一眼挂在墙上的手术排班表：“您今天有台肝移植啊？我能跟台吗？”

梁绍文愣了愣，莞尔道："你好了？"

曲筱阳沉默了两秒，才微微一点头："我感觉应该是好了，所以我想试试。我不上台，看您操作就好。"

梁绍文意味不明地看她一眼，"啧啧"称叹："爱情的力量还真是伟大。厉害啊，这么快就给你治好了。看来老师这趟让你去T国是去对了，打算怎么感谢我？"

曲筱阳笑了一下："请您吃饭？给您当牛做马！任您差遣。"

梁绍文立刻抓住了她所说的重点："当牛做马就不必了。来，快跟我说说你和小单的感情培养得怎么样了？"

曲筱阳沉默了一下，眼眸里明显闪过一丝不自在和抗拒，仿佛不愿触碰这个话题。

梁绍文敏感地发现了端倪："怎么了，你俩吵架了？"

曲筱阳微微一摇头："也算不上吵架吧。"

"我看你心里好像装了很多事的样子。"梁绍文蹙眉，"跟老师说说？"

曲筱阳一五一十地将在T国发生的事情简单地告诉了梁绍文，只是略过了罗显洋以及单世钧他们要执行任务的事，毕竟那涉及军事机密。她也只是因为被卷进去了，才得知了部分情况，但她也有义务为他们这次的行动保密。

梁绍文听完，沉默了许久，才道："你就因为他说了那句话，便跟人家翻脸，还不告而别了？"

曲筱阳愣了一下："老师，拒绝的人是他，推开我的人也是他。怎么到了您这儿，倒像是我做错了？您怎么胳膊肘朝外拐啊？"

梁绍文摇了摇头："我没说你错了，只是筱阳啊，你还是太冲动了。你只觉得自己委屈，有没有站在他的立场想过，为什么他会在这种时候拒绝你？即便他担心自己伤了、残了，就会成为累赘了。这话说得也没毛病啊。他有这样的顾虑，难道不是他的职业和经历造就的？

"你不同意他的观点，可以有理有据地反驳。怎么偏偏就觉得人家说这个是对你人品和感情的一种否定呢？

"闹脾气是小孩子才做的事。成年人就应该理性地，开诚布公地坐下来好好谈。"

曲筱阳叹了口气："老师，我明白您的意思。"

只是，遇上感情这事，哪儿有那么多理智？能处处理智对待的，就不叫爱情了。她之前不太懂为什么单世钧一个劲儿地将她往外推，现在终于明白了，但似乎也于事无补。他们之间，始终横着一个彼此无法完全理解和信任的结，以及生死未卜的明天。

ben fu shanhe, benfu ni

第十一章 绝地反击

“今天这台手术做得不错。我本来以为你会手生，现在看来，完全没有。”刚结束一台肝破裂修补术，梁绍文一边和曲筱阳往办公区走，一边称赞道。

这是曲筱阳休假回来后主刀的第一台手术。她本来也是有些紧张的，主要就是怕手术过程中自己的身体又出现一些应激反应。然而现在看来她的担忧是多余的，她是真的恢复了。而梁绍文也在手术室里全程观摩了这台手术，他对她目前的状态非常满意。

“这下我就放心了。”梁绍文感叹道，“你要是真因为那 PTSD 上不了手术台了，我估计得折寿五年。”

曲筱阳有些无奈，又似不赞同地看他一眼：“老师，这种玩笑别乱开。”

梁绍文“哈哈”一笑：“我这不是高兴嘛。你可是我悉心栽培的弟子。之前这事儿给我整闹心了，还好一切回到正轨了。以后我还等着你继承我衣钵，你可不能再掉链子了。”

曲筱阳抿唇一笑，微微点头：“嗯嗯，都听您的。”

梁绍文：“你待会儿要去查房？”

曲筱阳：“嗯，对。”

梁绍文：“我听说，小李之前收了一个病人，后来又转到你这儿来了？情况挺复杂的？”

曲筱阳顿了顿，微微颔首：“是有点复杂。是个老太太，今年刚满七十岁，来看病的原因是胆结石。”

梁绍文纳闷：“胆结石也不算特别复杂的毛病，怎么还需要专门转给你？”

曲筱阳笑了笑，有些无奈：“这样吧，待会儿您跟我一起去查房，您给把把关？”

梁绍文点头：“还跟我玩神秘，可以啊。”

曲筱阳放在白大褂口袋里的手机忽然振动了一下，她拿出来，低头看了一眼。

“老师，您先忙吧，一会儿查房见。”

梁绍文意味不明地看她一眼：“哟，你平时都把手机锁办公室里，怎么今天一直随身带着？莫不是……有重要的人找？”

曲筱阳神色有些不自在地抬头看梁绍文一眼：“不是……”

梁绍文笑着摆了摆手：“好啦，不打扰你。待会儿见。”

梁绍文走后，曲筱阳才走到窗边，点开对面发过来的信息——那是一张抓拍的照片，看上去像是一封信，用的是普通的格子纸，上面爬满了黑色的字。

信息是白展廷发过来的。回国前，曲筱阳加了白展廷的微信。那日白展廷在船上跟曲筱阳说了那些话后，她承认，她又心软了。她和单世钧之间那些剪不断理还乱的心结，可以先放一放。她医院工作够忙，有足够多的事让她没有精力去想东想西的。但有一件事，她没办法不去在意——就是那个男人是不是还活着。这是现阶段，唯一能让她牵肠挂肚的事情了。

只要他活着回来，就算他们最后没走到一起，也没关系。

之前她和单世钧搞得那么僵，她也不可能再去主动联系他了。她之所以加白展廷微信，也没别的意思，只是希望他能随时给她报个平安。可没想到，回国不到几天，白展廷不仅给她报了平安，还给她传了一份惊喜过来……

“哇，这是什么？！”白展廷他们在整理房间的时候，碰翻了单世钧放在桌上的文件，从单世钧的笔记本里飘落的一张纸，吸引了三人的注意力。

“好像是信吧，你看，这写着抬头。”成昱说。

“喂，咱们这么大方地窥视，队长要知道了，会不会宰了我们？”邱启有些不放心地说，眼睛里却闪烁着八卦之魂。

“他要是问，我们就说，是信先动的手。”

三个脑袋凑在一块儿，眼睛都精光四射地盯着那封信。这种抓住单世钧小辫子的机会，千载难逢！平时被“欺压”惯了的三人，顿时有翻身农奴把歌唱的感觉，一个个儿跟打了鸡血似的。白展廷难得一次脑子转得快，掏出手机就“咔嚓”来了一张抓拍。

成昱瞪他：“你干什么？看看热闹就得了，拍什么？”

白展廷捂着手机，像保护什么战利品似的：“我喜欢，你管我。”

成昱来气了：“嘿，你这小孩儿怎么说话的，三天不打就上房揭瓦了是吧？”

“谁要上房揭瓦？”

身后传来的声音，让三人俱是一惊。

单世钧见那三人跟石化似的或蹲或趴在地上待着没动，立刻觉出不对劲。

上前一看，就见三人正在围观他的“小辫子”。

背后传来强大的低气压，让三人都心虚不已。

单世钧弯腰，越过三人头顶，捡起那张纸。他也没多说什么，直接将信揉成一团扔进垃圾桶。

邱启直愣愣地抬头看着单世钧：“单队，你这封情……这信……不打算寄给曲医生吗？”

成昱也说：“信的内容，其实我们没看到。”

单世钧没有回答成昱的问题，只说：“今天的事，谁也不许告诉曲医生，更不准向外透露一个字。”

屋内气氛瞬间降至冰点。

还是成昱胆子最大，顶着高压若无其事地站起身：“那啥队长，我还要和B队的人训练，我先走了。”

邱启立刻紧跟着站了起来：“我也是。”

“哎，你们等等我啊！”白展廷慢了一拍，被单世钧揪住了后衣领。

单世钧淡淡道：“你们两个，也给我站住。”

邱启心中有一种不好的预感。

成昱捂脸，不忍直视的表情。

单世钧：“你们三个要是太闲了，去给B队的兄弟们打个样，两百个俯卧撑、负重五千米，好吧。”

白展廷：“别呀，队长，给个机会吧。”

单世钧所说的B队，是林竞派过来协助他们行动的另外四名特战队员。要当着B队的人被罚，还不如杀了他，这老脸以后往哪儿搁？

单世钧面无表情道：“俯卧撑再加一百个。”

成昱摇了摇头，直接将小白拖走了。

白展廷撇了撇嘴，算了，还好他机智，提前拍了张照。也感谢他这一秒钟的机智，曲筱阳才得以看到这封原主永远不打算寄出去的信。

【曲医生，这可是我用三百个俯卧撑换来的，且看且珍惜。】

筱阳：

我没给女孩子写过信，所以想到哪儿就写到哪儿，希望你别介意。

可能最后这封信也不会到你手上，就当是我自言自语好了。

我现在有些明白为什么有人喜欢写日记了。有些话没法跟别人讲，写下来，倒也算是一种倾诉的方式。

对不起，之前害你那么伤心。很遗憾我们最后是以那样的方式告别的，本来还想给你留点好印象。那不是我的本意，我也从来没有轻看你感情的意思。

其实，自从选择这份职业后，我本来已经做好孤家寡人的心理准备。用这短暂的一生，守好这片土地，就足够了。我从来都没想过有一天我也会遇到一个能让我魂牵梦萦的人，一个让我无论身在何处都会牵挂、担忧的人。

你说喜欢我的时候，我不知有多开心。我觉得我很幸运，再次遇到你。感谢老天把你带到我身边。那个人是你，没有比这再好的事了。

哎，这话太肉麻了。但我想说的是，你值得一份完整的、专注的，没有磨难坎坷、没有担忧的感情。如果你还愿意等我，我想告诉你——许君一诺，必守一生。

对了，你给我的那颗“洋葱头”在水下生出了好多白色的根，头顶也冒出了一个绿色的小尖。目前只有一点点，不仔细看的话看不出来。一开始我以为这植物是洋葱家族的，后来我去网上查了一下，才知道是风信子。

我不会在T国待太久，罗显洋最近活动频繁，我们这边也在紧锣密鼓地做着备战准备。

你之前说等到我回国的时候，或许这颗“洋葱头”就开花了。我想，如果顺利的话，我能和你一起等到它开花的时候。

单世钧的字也很好看，一笔一画，苍遒有力，但总感觉里面有几分苍凉。

曲筱阳看着那封信，出神许久，心里说不出是什么滋味，有感动，有叹惋，有无奈……还有就算拼命转移注意力也止不住的担忧。这个人，就算是情书，表达也是克制内敛的。如果这算是情书的话。

手机微微振动了一下，小白又发了一条信息过来。

【千万别告诉队长我把这个传给你看了。信被他自己扔了，还让我们不准对外说一个字。（嘘.jpg）】

曲筱阳握着手机的手微微一颤。原来是一封未曾打算寄出的信。如果不是小白偷偷拍下来传给她，她是不是永远也没办法知道单世钧心里是这么想的？而且，即便是在一封不会寄出的信中，单世钧对于这次的任务和罗显洋的事依旧只是一句带过。就算这种时候，他甚至都没有解释一句，罗显洋悬赏要他命的事。这是不是也证明，对于这件事，他早就下定决心，要将这个秘密永远封存心底。可是，两个人在一起的基础，本应该是毫无保留地信任和坦诚相待……

曲筱阳到那个胆结石的老太太房间查房时，刚好碰到老太太的女儿守在病床前。老太太的女儿是个四十岁左右的中年妇女，身上的穿着打扮，给人的感觉是家里可能没什么钱又要硬拗的那种。

老太太因为胆结石带来的持续疼痛，皱着眉躺在病床上轻声哼哼。

老太太的女儿本来坐在床边刷手机，见曲筱阳他们进门后，却忽然立刻站起身，去轻抚老太太的背，大声道："妈，妈，你怎么样啊？是不是很疼？你放心，等咱做了手术，就不会疼了。"

话音刚落，她便抬头朝曲筱阳看过来："医生，我妈就是来看个胆结石，平时也没什么别的毛病，怎么还这样检查那样检查做来做去的。你们还是早点帮我妈把刀开了吧？"

跟在曲筱阳身后的梁绍文见到老太太的女儿这副模样，几不可察地微微皱了一下眉。老太太本是科里的新人小李收的病人。曲筱阳看过老太太的病历后，就让小李把老太太转给了她。

"哎呀！"女人目光落在曲筱阳胸牌上的名字后，忽然一把拉住了她的手，"原来是曲医生，我早就听说您的大名了！我妈交给您，我就放心了！曲医生，您看，手术到底什么时候做啊？"

曲筱阳好脾气地冲女人笑了一下："王女士，我们做的这些术前检查，都是标准程序。而且您母亲年事已高，既往病历又不齐全。我们为她做这些检查，也是为了降低潜在风险。"

女人一听就不乐意了，皱眉道："可我听说，胆结石是个小手术啊。"

曲筱阳依旧耐心地解释道："任何手术，都有它的风险。这个风险大小，是根据病人本身情况来的。"

女人苦着脸，一个劲儿地摇头叹气："你们就不能给个准信儿吗？光是这住院费一天都要两百元，更别说这样那样的检查。我们就来看个胆结石，至于吗？"

曲筱阳道："王女士，等做完相关检查，我们会尽快安排手术的。至于费用问题，您母亲的医保是可以报销百分之八十的。如果您不太清楚程序，可以咨询我们服务站的护士。"

那女人似乎自知有些理亏，张了张嘴，最后闷声道："那你们尽快吧。"

曲筱阳在前面和病人家属说话的时候，梁绍文就在一旁翻看老太太的病历报告。

待到出了病房，梁绍文问曲筱阳："你真打算做这手术？以我这么多年的经验来看，老太太的女儿恐怕不是个好相处的人。"

曲筱阳叹了口气："我知道，但怎么说呢，她胆里已经全部是石头了，除了手术摘除没别的办法。我也不能因为一个'可能'有问题的家属，就对病人置之不理啊。"

梁绍文叹了口气："行吧，收就收吧。不过，这手术一定要好好准备，千万别整出什么幺蛾子来。还有，和这病人家属的术前谈话一定要详细，要录像。”

曲筱阳：“嗯，我知道。谢谢老师。”

曲筱阳下班时已经是晚上十点多了。今天车辆限号，她是坐地铁来的医院。也许是因为这段时间遇到的事太多，又太匪夷所思，加上之前单世钧也特别叮嘱过她，回国也要小心谨慎，多留意周围，所以她一个人走夜路的时候，总是提心吊胆，甚至有些疑神疑鬼。

比如最近几天，她就总有种被人盯着的感觉。

曲筱阳从医院出来后，就老觉得身后有人似的，然而一回头，却也没见着什么人影。下了地铁后，她担心有人会尾随她回家，特地绕了一圈去便利店买了一瓶水。在店里待了一会儿，没看见可疑的人，才走出去继续往家走。

然而就在她刚拐进小区那条小街时，忽然听见身后传来了一阵急促的脚步声。她感觉到身后那人似乎越走越近，好像就是奔着她来的，她心里一凛，毫无预兆地，撒腿就开始往前狂跑，一边跑一边摸出包里的手机。没想到她一开始跑，后面那人竟然也开始跑了起来。她这下更慌了，脚下也跑得更快。

“请等一下！”一个男人的声音在后面喊道。

等？等你抓我吗？！离小区大门还有一段距离，曲筱阳一边跑，一边着急地打开手机界面。她正准备要报警时，一只手，忽然搭上她的肩。

曲筱阳呼吸一窒，心跳都快飙上一百八了，没办法了，只能死马当成活马医，看看能不能搞点动静，叫出附近的居民来。

“救命——救……”

“曲医生，”身后那人忽然平和地开口叫了曲筱阳一声，声音听起来很是有些无奈，“你误会了。”

曲筱阳惊魂未定，僵硬地转头，看见一个瘦高的年轻男人，有些腼腆地冲她微微笑了一下。他举着手中的一张信用卡：“我是来还你这个的，抱歉吓到你了。”

曲筱阳定睛一看，那确实是她的信用卡。但在经历了罗哲、罗显洋这样不按常理出牌的狠角色后，她看见面容和善的陌生人都有心理阴影了。

她抓着手机后退了两步：“我认识你吗？”

那人“啊”了一声，露出有些抱歉的表情：“自我介绍一下，我叫刘彦，服役于陆军飞刃大队，是单队让我们来保护你的。本来没打算露面的，但看你好像有些心神不宁，还把这卡忘在超市里了，才过来找你的。抱歉，让你受惊了。”

刘彦再次跟曲筱阳道歉。曲筱阳抓着手机，神色依然有些警惕。

“对了，”刘彦忽然想到什么，伸手从自己胸口的衣袋里掏出一个小红本本，打开来给曲筱阳看，“这是我的军官证。”

曲筱阳看清上面的字样，心里紧绷的那股劲儿终于一松，缓了口气：“对不起，我刚才失礼了。”

刘彦赶紧摆了摆手：“没有没有，我完全理解。”

曲筱阳看着他，心情有些复杂地问：“你刚才说，是单世钧让你们来的？你们是什么时候开始……保护我的？”

刘彦颔首：“从你回国以后。单队专门交代了，在罗显洋没被逮捕前，要二十四小时跟在你身边，确保你的安全。”

曲筱阳愣了一下：“二十四小时？那我在医院的时候，你们也在吗？”

刘彦微微一点头：“对，我们也有同志在医院守着。所以你可以稍微放松一点，不用随时随地这么紧张了。”

曲筱阳心里忽然蓦地一暖。原来，单世钧一直时刻惦记着她，默默地关心着她。就算他人远在天边，却仍像是守在她身边一样，不离不弃。

单世钧是半夜三点被舒蓝一个电话叫醒的。

“我们的线人来报，说罗显洋的人行动了。现在正装了货，运往码头。”

单世钧几乎是立刻清醒，一边迅速套上作训服，一边问舒蓝：“知道他们往什么方向去了吗？”

这一个星期以来，他一直处于只敢浅眠的状态。因为罗显洋随时可能行动，而他们也必须随时待命。

舒蓝：“没说，他们的路线保密工作做得很好。”

单世钧说：“没关系，就按之前的计划执行。我带 A 组去 46 号码头，B 组队长耿扬带他的人去 87 号码头。”

舒蓝：“好，国际刑警队这边也会分两队接应你们。”

单世钧叫醒另外三人：“走吧兄弟们，开工了。”

在前往码头的车上，单世钧再次跟几个队友确认计划。

“成昱，邱启，你们前往码头和国际刑警队会合，埋伏准备抓捕毒贩。小白……”

“明白，我和队长你一起行动。”没等单世钧说完，白展廷直接抢过了他的话头。

单世钧看他一眼，难得没怼他。

这次他们的对手是前 M 国特种部队的退伍兵，也都是精英中的精英，实力强劲。以往都是单世钧一个人去狙击点，他们三人一块儿行动。但这次不行了，单世钧需要一个坚强的后背，一个护盾，让单世钧能够专心致志地对付对方的那名狙击手。

“成昱，你和邱启一定要小心。对方的狙击手很厉害，切记每一步都要听从我的指示。还有，要防止那边的人擅自行动。我们没打过配合，他们那边可能会有些不确定性。”

“明白！”

单世钧选的狙击点在距离码头八百米的一处十层居民楼的楼顶。这是码头周边最高的一座楼。单世钧本来还担心对方的狙击手也会选这个狙击点，然而没有。白展廷用几个木箱帮单世钧搭了一个台子，高度正好比天台外围的水泥护栏矮一个人头的高度。单世钧趴上去，刚好能通过瞄准镜看到码头上的情况。而因为这一个头的距离，正好也形成了对外防狙击的天然屏障。

白展廷一边拿着军事望远镜观察周围情况，一边好奇地问单世钧：“单队，你说对方的狙击手，会藏在什么地方啊？不对，他选不选我们这一边还不好说呢。万一在 87 号码头那边呢？”

见单世钧没说话，他又继续碎碎念：“哎，耿队技术没你好啊。要是那狙击手去了耿队他们那边，我还真有点……”

“这种话，以后就不要乱说了。”单世钧淡淡扫他一眼，“不要随便议论他人。”

白展廷撇了撇嘴，赶紧做了个封嘴的动作：“知道了。”虽然他只是实话实说罢了……

“那个狙击手百分之八九十可能是在我们这边。”单世钧的语气非常笃定。

白展廷愣了一下：“你怎么这么确定啊，队长？”

单世钧安静了一会儿，才说：“直觉。这边的地形更复杂，有多个狙击点可供他选择，也可供我选择。如果他真是我想的那个人，那他一定会这么选。”

而且他知道，对方可能也猜到了他会这么选。

白展廷拿着军事望远镜扫了一圈，“啧啧”叹道：“这边楼这么多，队长，你觉得他会在哪座楼上？”

单世钧一边调试狙击枪，一边答道：“他有可能会选择东边那三栋楼中其中一栋，或者西边那独一栋。”

白展廷满头问号：“为什么啊？在那几个位置上要狙码头上的人，挺刁钻的。谁还专门干这费力事？”

单世钧在狙击镜里试着瞄了一下几座楼的位置，一边找着手感，一边不紧不慢地答："是刁钻，但这种难度对他来说应该也还好。主要是，他躲在这几栋楼上的话，我不好狙他。他很懂得利用地理优势。"

白展廷摸了摸后脑勺，咧嘴一笑："嘿，你俩还都挺拧巴的。这可怎么办是好？"

单世钧竖起食指，指了指天。

白展廷愣了一下："啥意思？看天？"

单世钧"嗯"了一声："这种势均力敌的情况下，就看时运吧。"

白展廷顿时蔫了："队长，你不是跟我开玩笑吧？"

单世钧淡淡勾一下嘴角："打起精神来，成昱和邱启他们到码头了。"

从瞄准镜里，能看到成昱和邱启开车抵达码头。根据单世钧的指示，他们将车开到了一间相对算是狙击死角的仓库里，才下车。

成昱："队长，我们已经抵达码头。"

单世钧："嗯，我看到你们了。"

单世钧忽然看到瞄准镜右下角里，出现了几辆国际刑警专用的防弹警车："成昱，我看到国际刑警1队的人了。他们在码头北口。你和他们联系，引导他们安全进入埋伏点。"

成昱："收到。"

单世钧将下巴靠在狙击枪上，调节了一下焦距，将视野放到国际刑警队这边。成昱和邱启的能力他是信任的，但这边的情况，就不好说了。所以还是盯紧一点。

就在国际刑警队的人下车时，单世钧忽然看到他们右前方的仓库后面猫着两个人。

在他们的位置，正好能看到国际刑警队的车。但是对国际刑警队来讲，那两人所处的位置正好是死角。

"成昱，刑警队3点钟方向，有两个埋伏。"

"收到。"

成昱正在跟那边交流情况，便又见刑警队的车辆后方的暗巷里蹿出一个人，举枪就瞄准了正要从车后方下车的年轻警官。

"啧……"单世钧深吸了一口气，毫不犹豫地，按下了扳机。

子弹正中那名预备偷袭的雇佣兵，一枪毙命。这么快就不得不出手，也是单世钧始料未及的。如果可能的话，他是希望地面部队能控制住场面。毕竟，如果是他先出手，对方狙击手就会立刻知道他的狙击点，他也就不得不赶紧换位置。

但是计划永远是赶不上变化的。只是单世钧觉得有些奇怪，为什么对方奇袭国际刑警的雇佣兵会这么草率地行动。在明知道他们这边也有狙击手的情况下，这么冒进地攻击，简直就像是送人头的行为。

但他很快就想通了……

“咻——”一枚如鬼魅般的子弹，自他身后而来，堪堪擦过他的肩，射入了他前面的天台围墙上。单世钧想也不想，抱着狙击枪立刻滚向一旁，顺带扑倒小白，两人一同滚进一旁的水箱背后。

距离单世钧所处位置一千米外的一栋楼的楼顶上，身穿黑衣的狙击手爆了一句粗口。眼见没能一枪干掉单世钧，他立刻起身收拾了枪械器具，向另一个事先准备好的狙击点转移。如果不转移的话，他就会成为活靶子。

上次单世钧的那一枪，的确伤到了他的手部神经。医生跟他说，那是永久伤害。刚才那一枪，在扣动扳机的时候，他的手微微抖了一下。如果是近距离狙击，这么轻微的抖动一般不会造成太大影响。但对于远程狙击，失之毫厘，差之千里。他不是每扣动扳机次动作的时候手都会颤抖。但如果关键的时候手抖了，对他的影响可能是致命的。这就是为什么，K 现在首要的目标是先狙掉单世钧。此仇不报，非君子。单世钧不死，难泄他心头之恨。

“队，队长，你不是说他应该在码头东、西两处狙击点的吗，怎么他在我们后面啊，那个位置，根本就狙不到码头那边了啊。”白展廷整个人都呆滞了，要是刚才那狙击手瞄的是他不是单世钧。那他此时已经凉凉了。

“因为他的首要目标是我，而不是保护罗显洋的人。”单世钧咬了咬牙，“疯子。”

在 K 朝他开那一枪后，单世钧就立刻明白了 K 的目的。上次那一枪因为基本算是盲放的，所以他也不知道到底将 K 伤到了哪种程度。不过就现在对方这疯狗一样的行为来看，应该是伤到重要部位了。

K 根本不在乎罗显洋的人今晚是否会被擒住。他选这个狙击点，相当于已经完全放弃了码头那边。而设置在码头那边的几个抢着送人头的散兵，原本目的就是为了引他暴露位置。

K 的目标从一开始，就是单世钧。在他眼里，今晚就是他和单世钧的生死决战。不是你死，就是我活。上一次在国际军事比赛中没能完成的较量，看来在今晚就能见分晓了。

“队长，你的肩！”白展廷看着单世钧肩头的布料被浸湿了一大片。

单世钧一边更换狙击位置，一边安慰白展廷：“我没事，只是擦伤。小白，你隐蔽好。对方会换到南面七点钟那幢楼上。”

“你，你怎么知道？”白展廷觉得单世钧简直神了。因为平时他们几个都跑在前线，没机会观摩他的狙击现场，今天一看，简直被他的预判能力和临场反应折服了。难怪他能成为飞刃大队最厉害的狙击手。这和普通狙击手的水平，简直不在一个维度。

“成昱，我这边出了点状况。码头那边，暂时需要靠你和邱启把控全局了。”

成昱冷静地答道：“没问题。队长，你那边没事吧？”

单世钧：“嗯，回头联系。”

小白悄悄地插话：“简言之，咱队长和对家那个神枪手正面杠上了。”

成昱知道这其中的凶险，于是不再说话打扰单世钧。

单世钧没有被这突如其来的变故打乱节奏，相反地，他慢慢地调整着瞄准镜，更加冷静地观察着远处几幢楼的情况。对方所在的那座楼，他猜到了。并且也的确在瞄准镜中找到了对方的藏身之处。但问题是，对方将头隐匿在铁挡板之后，而那块挡板刚好挡住了单世钧的视线。如果这一枪，不能命中对方的头部，那下一秒死的就会是他。

最厉害的狙击手之间的较量，能通过弹道轨迹判断对方的枪的位置，只要找到了枪，就能知道狙击手头部的位置。然而，祸向来不单行。单世钧所要面临的另一个问题是，他们没时间了。白展廷从望远镜里看到，十余名雇佣兵，从几个方向包抄过来，直冲他们这边的两栋居民楼而来。

“队长，对家好像把大部分人手都派过来‘干’咱们了。我们怎么办？”

单世钧微微蹙眉，冷声道：“我解决狙击手，你看好楼下的情况。让邱启过来支援。”

剩下的雇佣兵实力不算太强，之前单世钧和他们交过手。现在他们主要就胜在人多。真正可怕的是对方的狙击手，如果不先干掉狙击手，今晚他和白展廷都要交待在这儿。

“老邱，你赶紧带些人过来支援，我们在富力银行旁的那栋楼上。我和队长被雇佣兵围了，他们今晚的目标不是保护罗显洋上货，而是拿下队长。”白展廷对着对内通信频道里说道，神情史无前例地严肃。

邱启神色一凛，沉声道：“我马上过来。”

单世钧通过瞄准镜瞄着那块铁挡板，枪口的位置微微移动了几次，手指放在扳机上，犹豫不决。机会只有一次。他现在没有别的选择，必须一击即中。

白展廷看着离他们越来越近的雇佣兵，眸色逐渐变得深沉，忽然开口问道：“队长，你能根据对家子弹的弹道判断他头的位置吗？”

单世钧慢慢吐了一口气：“能。”

他忽然警觉不对，厉声道：“白展廷，你要干什么？！”

说时迟那时快，白展廷忽然站起身，举枪就朝楼下的几个雇佣兵打了过去。

他出枪速度非常快，而且精准，短短一秒，已经打中了两个雇佣兵。

就在他打出第三枪的时候，从一千米外飞来的致命子弹，“噗”的一声，没入他的胸口。

而单世钧也在那一刹那间，通过弹道的反向推理，锁定了对方狙击手的位置。

中枪后的白展廷身子微微一踉跄，却死死咬着牙，在四肢失去力量前，开了第四枪。与此同时，单世钧红着眼，深吸一口气，稳稳地按下了扳机。子弹破云而过，承载着单世钧的滔天怒火，伴随着风的呼啸，笔直地飞向一千米外的那幢高楼。

那枚子弹射穿了对方用来遮挡的铁板，从K的额心正中穿透而过。K整颗头被子弹的力量冲得向后一仰，而后无声无息地倒了下去……

“小白！”几乎是同一时间，单世钧从狙击台上翻身滚下，扑过去接住了向后倒下的白展廷。

“小白，小白，看着我……”

单世钧根本不敢去碰白展廷胸口的伤，他甚至连多看一眼，都不敢。

K今天为了干掉单世钧，调来了公司最贵最先进的狙击枪。白展廷胸口那处的作训服，连带着衣服下的防弹衣，都被搅碎贯穿。连着皮肉带着骨，直接被重型狙击枪的冲力撞得凹陷下去。

单世钧心里很清楚这样的伤势意味着什么，然而他完全不相信，也不能接受这种结果。

明明半小时前，小白还在贱兮兮地和他开玩笑，现在却毫无生气地躺在地上，殷红的血淌了一地。地上的血每多一分，他脸上的血色便褪去一分。躺在地上的白展廷已是出气多进气少，双眼瞳孔逐渐涣散。他的生命，正以肉眼可见的速度消散而去。

单世钧握着他的手：“小白，坚持住，我一定会救你。坚持住！”

白展廷咳了一大口血，视野中已看不清单世钧的脸了，他断断续续地说：“铅弹……每天痛……睡不着……这样也……解脱……”

单世钧用手擦去他嘴角不断溢出的鲜血，哑声道：“别说了，坚持一下！一定要坚持住！”

说出来的话没有什么连贯性，也词不达意。但单世钧立刻就听明白了，之前残留在小白体内的铅弹，一直折磨着他。估计这两年越发严重了，经常让他晚上疼得睡不着。他像是在安慰单世钧似的，解释说这样他就终于能解脱了。

“队……长，别……难过。”白展廷几乎是用尽全力，说出这句话，而后缓缓闭上了眼。

“小白？小白！”单世钧痛呼着白展廷的名字，然而白展廷脸上露出安宁的表情，就像睡着的孩子，却再也没醒过来。

单世钧爆了一句粗口，一拳砸到地上，双眼通红地抓起地上的枪。

之前白展廷开的那四枪，枪枪到位，直接干掉了四名雇佣兵。剩下的人还有六个，现在已经进入了这栋楼里。单世钧将小白安置到水箱背后的视野死角，而后拉了一根滑降索，手中端着白展廷带过来的突击步枪，沿着外墙翻了下去。他双腿稳稳夹住绳索，倒挂金钩，一边观察楼内情形，一边缓缓下滑。

此时剩余六名雇佣兵已经全部潜进楼内，他们小心谨慎地一层一层上楼。其实他们心里都清楚，楼上有名厉害的狙击手。谁也不想摸上楼白白地送人头，所以他们都期待着 K 能搞定楼上那名狙击手。

“队长，我们已经进入居民楼了。现在楼上是什么情况？”小组带队的负责人通过通信频道和 K 联系。

等了好一会儿，K 一直没回答。

几个队员心里顿时生出一种不好的预感，莫不是……K 被对方狙击手秒了吧？

但是，这怎么可能？在他们的认知里，K 就像是神一样的存在，和所有人都有次元壁的那种。K 这前半生的从业生涯，从未尝过败绩，被誉为 Delta 最厉害的神枪手。所有人都觉得，这样的 K，怎么可能会被一个中国人干掉？

“别慌。”负责带队的那人做了个手势，低声道，“队长可能是暂时不能分神。我们先继续缓步前进，按计划来。”

找到了。单世钧眯了眯眼，透过玻璃窗，冷冷看着在楼道口踟蹰不前的几人。他稳稳举起手中的枪……

三枪，三个人，应声倒下。

这突如其来的奇袭让雇佣兵队乱了阵脚。谁都没想到，竟然会有人从窗外，或者说是背后偷袭他们。所有人都以为，那名狙击手还在楼顶。这像鬼魅般快速而精准的突袭，打得他们是措手不及，七零八落的。

“在窗边！”率先发现单世钧的那名雇佣兵才刚来得及举枪，就被一枪穿头而过。而另外两个见情况不妙，立刻躲到走廊里隐蔽了起来。

还剩……两人！

单世钧对着已经龟裂的窗户又开了一枪，而后荡起绳索，整个人利落地撞进了屋内。

落地后，他借势滚了两圈，滚到墙后，以墙作为掩体。单世钧记得那两人一左一右地分开，躲到了走廊上。所以他们应该是埋伏在门外，等他出来。都是有经验的战士，两边都没有轻举妄动，屏息凝神，寻找机会。

“砰，砰，砰……”

就在这时，走廊外忽然响起了枪声，枪声过后，是一串轻微的脚步声。

单世钧听出了那熟悉的脚步，缓缓吁出一口气，沉声道：“邱启。”

门外那人听到单世钧的声音，立刻闪身进到屋内，看到单世钧人后，整个人都像是松了一口气：“单队，你没事吧？我看门外倒了一串，都是你一个人干的吗？对方的狙击手呢？队长，你受伤了！”

邱启目光落到单世钧肩上，立刻停下了一连串的发问。

单世钧通红着眼看向他，嘴唇微微一抖，哑声道：“狙击手被我干掉了。小白在顶楼水箱后面，你……”他闭了闭眼，“立刻带他去就医，我和剩下的人，继续支援成昱他们那边。”

邱启愣了一下，有些不敢置信似的睁大了眼睛，半晌没出声，仿佛在消化单世钧话里的意思。

单世钧木然地抹了一下脸上的血，忽然吼了一句：“去！别愣着。”

邱启对单世钧行了一个军礼：“队长……请小心。”

而后，他掉头，头也不回地冲上了楼梯，朝天台跑去。单世钧一边找国际刑警队的人补充更换装备，一边联系成昱。

“成昱，你们那边情况如何？”

“队长，我正要跟你报告。一个好消息，一个坏消息。”

单世钧蹙眉：“先说坏的。”

成昱深吸了一口气：“罗显洋跑了。蓝姐那边的线报，这边上货的时候，他正在近海的一艘游艇上。他获悉码头这边苗头不对后，已经将游艇驶向L国了。”

单世钧坐进找国际刑警队借的车内，厉声道：“必须拦住他！让舒蓝把离这个码头最近的快艇的位置发给我……不，我直接联系她。”

成昱愣了一下：“队长，你要一个人去追吗？我跟你一起！我还没来得及跟你说，好消息是，我们在货轮上找到一个集装箱的毒品，初步目测有一吨左右。负责运毒的人员也全部拘住了。”

单世钧沉声道：“干得好。我先去拦截罗显洋，来不及了，你们稍后过来接应。这次绝对不能让他逃跑！”

成昱：“队长！”

单世钧挂断了内线，立刻拨通舒蓝的专线。

舒蓝一接通，不等单世钧说话，便立刻道：“快艇定位发给你了。我的船也已经在路上了，一会儿见。”

单世钧："谢谢。"

不得不说，舒蓝真的是个很好的合作伙伴。她的全局观、预见性，以及对人和事的敏锐度是很多常年在一线办案的刑警都比不上。和她搭档办案，能省一半的力气。

舒蓝给他安排的快艇，开车距离只要五分钟。单世钧抵达指定地点后，一名舒蓝公司的员工已经等在那里了。

"单队，快艇操作需要说明一下吗？"

单世钧微一摇头："不用。"

这艘快艇和普通的还稍微有些不一样，经过改装后，操控台上有个电子追踪地图。

那名员工点开追踪地图，对单世钧说："已经帮您锁定罗显洋的游艇了。这个橙色目标。"

单世钧对他点了一下头："谢谢。"

单世钧单手将装着枪械和工具的包扔到快艇上，自己也紧跟着跳了上去。他轻车熟路地发动引擎，白色的快艇一个飘逸的甩尾，驶离港湾，尾部拖出一条长长的白浪……

"废物，一群废物！成事不足，败事有余的东西！"

海上一艘急速行驶的游艇上，一个神情阴鸷可怖的男人，将手边所及之物一件一件摔碎在地上，无论那是年份稀缺的红酒、价值不菲的瓷器，还是高价收购的雕塑收藏品……

他再没了平时矜贵慵懒的姿态，此时像是个精神病似的，表情狰狞，暴怒发狂。

所有人都安静而有默契地盯着地板，听着罗显洋发飙，没有人敢答话，更没人敢上前相劝。以罗显洋现在的状态，如果谁敢说一个字，只怕是当场就要被卸一条胳膊断条腿的。

吴伯还从来没见过罗显洋发这么大的火，然而他也从来没见过罗显洋这么狼狈，被人逼到这种地步。不过他的崩溃发狂也可以理解。毕竟那一个集装箱的货，价值1.5亿美金。这次交货失败，那边的买家再也不会跟他们合作了。

集团内部的资金链，已经出现了严重问题。罗显洋和他们所有人，都被绑在这艘快速下沉的船上，做着垂死挣扎。

单世钧将快艇的速度调到了最高挡。在接近L国外海的范围内，终于追上了罗显洋的游艇。罗显洋正在船舱里发飙的时候，一只黑色的钩索，被单世钧悄悄地高高扔起，精准地挂上游艇船尾的栏杆上。

单世钧顺着钩索，快速地爬上了游艇，潜入暗处。

一名保镖正巡逻到船尾，黑暗处忽然伸出一只手，在他脖颈后方重重一击。

保镖悄无声息地倒了下去。单世钧趁机换上了保镖的制服，并将他的通信器挂在了耳朵上。

天幕暗沉，漆黑的夜色正好成了单世钧的保护色。他装作巡视船尾的保镖，悄悄观察着船上的战力配备——罗显洋走前就带了五个保镖出来，以及包括吴伯在内的四名心腹。加上他自己，一共十人。看来他这次的确出来得很匆忙，连人都没带够。

五个保镖，三个在外面巡逻，两个在船舱里陪着挨骂。单世钧用同样的隐匿气息的方式，不费吹灰之力放倒了剩下的两名在外面巡逻的保镖。

“不是说黑水的雇佣兵是最强的吗？！这叫最强？这是那帮国际刑警雇来砸场子的吧？是谁，当初是谁推荐的这家公司，自己站出来！”

罗显洋正阴鸷地扫着在场众人，船舱内的灯忽然闪烁了一下，而后，灯灭了。不仅仅是灯灭，游艇的电力系统像是被人切断了一样，连发动机都停止了运转，整艘游艇陷入无边的黑暗与寂静中。

罗显洋先是愣了一下，继而再次暴怒：“怎么回事？！”

然而，他话音刚落，便忽然感觉太阳穴那里顶着一个有些冰凉坚硬的东西。而后，他听见一个鬼魅般的低沉声音，在他耳边响起。

“别来无恙，罗先生。”

“你是谁？”罗显洋竭力平静地问道，不想被人看出他内心的不安和恐惧。他这辈子，很少被人拿枪指过头。这对他来讲，不仅是极大的冒犯，更是一种侮辱。

持枪那人轻轻笑了，低沉冷冽的笑声，寒入人心：“不认识我，还出重金悬赏我的人头？”

罗显洋的心脏猛地往下一沉，身体也微微僵硬：“是……你？”

船上的电源没有恢复，船舱内依然是一片漆黑。离罗显洋最近的那个保镖，根据单世钧的说话声音大致判断出了他所在方位，便微微抬起了手上的枪。船舱内刚才灯火通明，骤然断电，他们的眼睛一时适应不了这样的黑暗。然而单世钧本就是趁着夜色潜进来的，再加上他夜视能力本就很好，所以他能清晰地看到舱内每个人的一举一动。

“我劝你最好不要轻举妄动。”单世钧淡淡道，“你开枪，打中的可不一定是我。”

保镖握枪的手，微微沁出一些冷汗。他咽了口唾沫，没说话。就算看不见单世钧的人，他身上散发出来的那种冰冷的、认真的杀意，也让人不寒而栗。

“都别轻举妄动，”罗显洋额上沁出细密的冷汗，缓声道，“你想要什么，我们可以谈条件。”

“想说的话，留到法庭上说吧。”单世钧一手用枪顶着罗显洋的太阳穴，另一只胳膊横过他的肩箍住他的脖子，冷漠地说了一个字，“走。”

他押着罗显洋，一步一步慢慢退到了船舱外。那些之前待在屋内的保镖也跟了出来。

退出船舱的时候，罗显洋向跟出来的吴伯悄悄使了个眼色。

吴伯会意，正要转身回船舱内，忽听单世钧说：“你最好别动。你动，我可能会手抖。”

吴伯身体僵了一下，慢慢地转过身来。

罗显洋沉默片刻，忽然道：“那个女医生，是你心上人吧？”

单世钧眸色一沉，没说话。

罗显洋笑了一下：“我见过她，很漂亮，也很善良。”

单世钧没说话，一步一步继续带着罗显洋后退，退到了船尾的甲板上。其实要解决眼前这几个保镖，以他的身手来讲，不是难事。但就怕冲突过程中，重要的嫌犯会被乱枪击中。他们这次不仅要抓住罗显洋，还要顺着他查下去，把整个贩毒制毒集团连根拔起。

他每一分每一秒都恨不得手刃罗显洋，为死去的战友们报仇。但是，即便他再恨罗显洋，也要忍耐，要必须留着罗显洋的狗命。他的罪，自有法律来裁决。

罗显洋见单世钧不说话，继续道：“我也很喜欢她……所以，我把她请到我朋友家做客了。”

话音刚落，单世钧忽然单手掐住了罗显洋的脖子：“我没什么耐心，想清楚再说话。”

因为窒息的缘故，罗显洋的脸色立刻变得又红又紫，想咳又咳不出，难受得整张脸都扭曲了，双手拼命地去掰单世钧的手指。

单世钧慢慢松开手指，罗显洋像是溺水濒死刚被捞起似的，拼命地咳着，边咳边大口喘气。

“真……真的……不信，我让吴伯打视频电话！他们要是明天中午十二点前，没接到我的指令，就会撕票！”

单世钧冷冷一笑：“凭什么你说，我就信？”

“吴伯，打视频电话，现在！”

单世钧将视线移向吴伯那边，吴伯感觉那个男人的视线似乎能噬人。见单世钧没有再出言阻止，他两手冰凉地握着手机，拨通了一个视频电话。

电话通了，接电话的却不是罗显洋意料之中的人。简言之，那人他不认识，见都没见过。

罗显洋看见电话那边那个陌生的男人，愣了一下，而后又强装镇定地问："你们老板呢？"

视频那头的人透过镜头，看见站在罗显洋身边的单世钧，便朝他敬了一个标准的军礼。

罗显洋浑身的血液骤然凝固，半晌说不出一个字。

半天前通过这部手机跟他联系的人，还特意发了一张曲筱阳被绑住的照片过来。那时他忙着调度运货的事，也没有拨打视频过去验证真伪。现在仔细一想，这几天那边发来的消息，处处透着诡异。而照片上的曲筱阳，眼睛上一直蒙着一条黑布。那黑布遮住了眼睛和一半的鼻梁，只要换个发型身材类似的女人，都能演出这效果。

单世钧微微勾了一下嘴角："人都抓到了吗？没有漏网之鱼吧？"

"都抓到了，现在已经移交警方看管。"那边的青年如实答道。

单世钧点头："好好审问，看看他们还牵扯了什么别的案子。"

"是！"

挂断电话，船上一时间陷入一片死寂。

"你……早就知道我会派人去劫持曲筱阳？"罗显洋艰难地开口，声音已经有些有气无力。

单世钧淡淡道："你们的基本操作，不是吗？我不会在同一个地方跌倒两次。"他指的是之前罗显洋刻意接近曲筱阳，利用她来设下圈套。

单世钧早就料到罗显洋不会善罢甘休，一定会逮着曲筱阳做文章。所以他专程跟林竞打了招呼，让林竞派专人保护曲筱阳。因此，从曲筱阳下飞机的那一刻起，就有专人二十四小时盯梢，隐藏在暗处保护她。而就在单世钧他们行动的前一天，负责保护曲筱阳的特战队员就发现了跟踪并企图绑架曲筱阳的团伙，并将他们一网打尽。

罗显洋眼睛里彻底失去了生气，仿佛坏掉的人偶，只是僵硬地一笑："你之前不说，是想故意看我笑话？"

单世钧低声在罗显洋耳边说："不。我是想让你……死……也死得明白些。"

"船上的人听着，你们已经被包围了。放下武器是你们唯一的出路！负隅顽抗者，后果自负。"

海面上忽然传来了清晰响亮的通牒警告，声音来自游艇后方的一艘货运船。那艘船的甲板上，满满当当地站了一排国际刑警。他们手中的枪，齐刷刷地对准了游艇上剩下的保镖，和罗显洋的手下。与此同时，两艘快艇一左一右同时抵达游艇的左右船舷。

罗显洋的保镖们，你看看我，我看看你，片刻，纷纷主动缴械……

横行东南亚地区整整十年的大毒枭罗显洋，终于落网。

单世钧从柜子里拿出一个盒子。打开盒子，里面装着一沓白色的信封。这是大家在执行任务前，写好的遗书。这其实是特战队的一个惯例了，每次执行任务前，大家都会提前写好遗书……因为也不知道什么时候会用上。

有些人一遍一遍写着重复的内容，一开始还写得很慎重很仔细，到后来都写得麻木了，有时候甚至会嘻嘻哈哈地开玩笑。这不是单世钧第一次拿出战友的遗书，只是他没想到，会有这么一天，亲手拿出白展廷的遗书。他本想着，带着几个兄弟，平平安安地站好最后一班岗，再将他们完好无损地交给他们的下一任队长……

可惜，就连这个心愿也不能实现了。

邱启见单世钧盯着盒子里的信，迟迟没有动手，便主动将白展廷的信挑了出来，递给单世钧："队长，一封是给他家人的，一封是……给你的。"

单世钧的眼眶，骤然一红。

邱启和成昱对视了一眼，成昱温声道："队长，我和邱启先去整理小白的遗物。"

他们安静地离开了单世钧的房间，将私密的空间留给了单世钧。

单世钧拉开椅子，缓慢地在桌前坐下。他的手，在那雪白的信封上放了许久。好像……只要他不打开那封信，小白就还在似的。过了许久，他才颤抖着手指，拿出了里面的信。白展廷的字，就像他给人的感觉一样，干净，大方，很有亲和力。

队长：

如果你看到这封信，那证明我已先你们一步去天堂享福了。

要不要写这封信，我犹豫了很久。

平时有些话，没有机会跟你说，所以想了很久，还是决定借这个机会告诉你。想说的话有点多，都写下来不可能，我就拣重点说吧。

最初特种部队招人的时候，我几乎各项成绩都是吊车尾。是你发掘了我，培养了我，才让我得以走到今天这步。如果不是你，我可能早就回老家当一个小混混了，又哪儿会有这样的机会和荣幸被刻在纪念碑上。所以，我一直很感谢队长你。是你，给了我一个富有意义的人生。

所以，不要自责。我很感谢当初自己选择了这条路，并引以为荣。

还有一件事，我隐瞒了你们。

其实我已经几个月没睡过一场安稳觉了，疼痛让我难以入眠。

这两年，留在身体里那些铅弹的副作用逐渐加重。你知道，我一直在服用镇痛药。但长期服食，我的身体不仅产生依赖性，而且还逐渐适应了镇痛药带来的效果。半年前，医生开给我的镇痛药已经是医用镇痛类药物里药效最强的了。这量，是一年一年加上来的。我有时候也很迷茫，之后还有那么多年，该怎么过呢？而且，像我这样的身体状况，也决计不可能去祸害哪家女孩子了。队长，你是了解我的，要我一辈子打光棍的话，还不如……是吧。

所以队长，不要难过。这样也好，我终于能睡个安稳觉了。

我都让你这么难受了，就别让邱启和成昱跟着难受了。不过有些话还是不吐不快。休假的时候，邱启总喜欢熬夜打游戏，几乎都没时间好好休息。成昱酒量很差，但他又很爱面子，每次和大队里的弟兄们喝酒，回去都吐得翻天覆地的。队长，你还是管一下吧，我觉得他俩都欠罚。

还有一件事。之前背着你，我一直在跟曲医生联系。抱歉，没听你的话。我觉得，她真的很喜欢你。你回国后，就去找她吧，这么好的姑娘，不要错过了！

我会在上面替你们加油的！

爱你们的小白

一滴圆形的水滴，“啪嗒”落在信纸上，淡淡地洇开一圈浅色的墨迹。单世钧明白，白展廷给他留这封遗书的用意，就是不想让他陷入自责。大概人都是有多面性的。谁能想到，那个平时总是嘻嘻哈哈、没心没肺的白展廷，竟然也有这么细致通透的一面。

单世钧将信放回桌上，沉默地盯着信纸，保持着坐在椅子上的姿势，一坐就是几个小时。

邱启和成昱见单世钧一直没出来找他们，终于放心不下，寻了过来。

邱启进门后，目光忽然被窗边一抹绿吸引了过去。

“单队，你的‘洋葱头’长高了！”

听到邱启的声音，单世钧才如梦初醒一般，转头看向窗台。风信子的球茎顶部，冒出了一丛嫩绿的叶片。生机勃勃，野蛮生长。

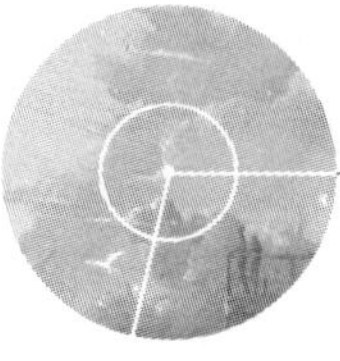

ben fu shanhe, benfu ni

第十二章 不负春光

胆结石手术对曲筱阳这种段位的外科医生来讲，其实是个小手术。只要病人没有其他危险的或者隐藏的基础疾病，一切按部就班来就行了。这类操作对曲筱阳来讲，早已形成肌肉记忆了。但若真就碰上那万里挑一的了呢？

“曲老师，这……这怎么办？”

开腹后不久，曲筱阳的一助就发现老太太有较为严重的肠粘连。一助都发现了，曲筱阳自然是一早就看到了。肠粘连这东西很是邪性，也因人而异。不太严重的，可以进行非手术治疗。然而如果伴随严重的肠梗阻，或者粘连反复频发，就需要及早进行手术治疗，否则病人有性命之忧。还真是怕什么来什么。之前曲筱阳他们已经尽可能完善地做了术前检查，各项指标，B 超，X 光都做了。然而这段肠粘连，就恰好是一个影像设备检查无法发现的粘连带。

老太太的肠粘连，看起来是常年积累下来的毛病了。曲筱阳看了几眼，就发现老太太的肠壁特别薄，所以这个肠粘连，也极有可能不是第一次发生了。也就是说，病人家属一开始就对他们隐瞒了老太太的病史。而病历通网入库，也仅仅是这几年才有的事。再早些年，很多医院用的都是病历本，更别提老太太那个年代了。虽说家属责任重大，但如果现在不处理这个肠粘连，任其发展，迟早也会成为定时炸弹。而且，以老太太的年纪，也经不起反复的手术折腾。

曲筱阳冷静地继续着手下的操作，淡淡说：“先专心做胆囊切除。小胡，帮我拨一下 3 号手术室，找梁老师。”

被叫到的小护应了一声，立刻拨通了电话。那边接起来后，小护士将电话转为功放。

“老师，是我。”

“怎么啦，不要告诉我……你遇上难题了？胆结石这种小手术，你闭着眼睛也能做吧。”梁绍文的声音从电话那头传了过来，从他没什么起伏的声音里，曲筱阳吃不准他此时的情绪。

曲筱阳沉默两秒：“还真有一点小问题。老太太有肠粘连，情况看着感觉不太好。如果就这么放回去……我感觉很快就会出问题。”

梁绍文那头沉默片刻：“我一直不太喜欢医生的第六感，难怪之前就总感觉这老太太有点儿邪性。”

曲筱阳没作声。

梁绍文叹了口气：“那你现在打算怎么办？”

曲筱阳：“老师，您那边的剖腹探查应该比我这边结束得早。您看能不能由您出面，帮我和家属聊一下情况，看看他们愿不愿意补签一个手术同意书。”

梁绍文：“猜到你要这么说了，否则你不会给我打电话。”

曲筱阳笑了一下：“果然什么都瞒不过您。反正都决定救人了，那就一次到位，不要留下隐患。老太太这把年纪了，本也不该反反复复地折腾。”

梁绍文：“行，我一会儿下了手术就过去。”

曲筱阳：“谢谢老师。”

“什么？签什么签？说好的是要做胆囊手术，现在怎么又要动肠子了？我看你们就是想找借口多收费吧？”

梁绍文将老太太的情况告知她女儿王霞后，王霞翻脸不干了，一转之前卑微谦恭的态度，大声在手术室门口嚷嚷起来。

梁绍文压着火耐心地解释道：“我们是出于对您母亲的健康着想，建议做肠粘连剥离手术。像她这样的年龄，如果之后出现肠梗阻，可能会有生命危险。就算及时发现就医，二次手术对身体也是相当大的伤害。既然我们现在发现了问题，从对病人负责的角度出发，我们给出的专业建议是现在就做。当然，最终决定权在您手上。”

“你以为你是谁？你负责，你负得了责吗？”也不知梁绍文的哪句话戳到王霞的痛点了，她几乎是在一瞬间暴跳如雷，抬手狠狠冲着梁绍文点了几下，手指几乎戳到梁绍文的鼻梁上了，“大家来看看啊，这些黑心医生，草菅人命了！”

等候在手术室外的还有其他病人的家属，见王霞这边闹得厉害，一个二个的，都将视线投了过来。

王霞不依不饶：“那个姓曲的医生现在在哪儿，躲在手术室里不敢出来是吧？”

梁绍文安静地看了她两秒，声音里已经有了几分冷意："曲医生还在给您母亲做手术，怎么出来？她让我出来跟您谈，就是本着为病人着想的出发点。本来我们就只负责胆囊切除，大可做完手术直接关腹。何必在这儿和您多费口舌。"

王霞大声嚷嚷："扯这冠冕堂皇的理由，我看你们是心虚了吧！就是因为我没给你们红包，现在想变着法子吃回扣，还想在我妈肚子里这捅一刀，那划一刀！你们当我们母女俩好欺负是吧？！"

跟这种蛮横无理的人，什么道理都是讲不通的。梁绍文也懒得再浪费口舌，转身便摁开手术室大门，走了进去。

王霞依旧在后面高声嚷着："我告诉你，要是我妈有什么事，我一定找你们算账！"

无理取闹的、以怨报德的，各种奇葩的医闹家属，梁绍文这些年已经见得太多了。生气肯定还是会生气，但已经犯不着为这些事情计较了。就是不知道曲筱阳知道老太太女儿是这副嘴脸，会有多心寒。梁绍文走到手术室前台，给曲筱阳的手术室打了个电话。

电话一接通，曲筱阳便问："怎么样，家属签字了吗？"

梁绍文听她那略微焦急的语气，心头微微一动："胆囊切除已经做完了？"

曲筱阳："对，就等您给我信儿呢。"

梁绍文叹了口气："既然做完了，就关腹吧。"

曲筱阳心头微微一沉："家属不同意手术……是什么原因？"

梁绍文怕说出那些话给曲筱阳添堵，便简略地说："她就是不想做，我把可能面临的风险都告诉她了。"

曲筱阳那头沉默了片刻，声音也低了下去："那行吧……"

曲筱阳自然是失望的，不仅失望，也为老太太感到痛心。当医生的，长年累月地接触各式各样的人，对人的好坏辨别能力还是有一些的。那老太太的女儿，曲筱阳一看就觉得不是个善茬儿。会有这种结果，她也不是没料到，但真正发生这种事时，还是不免觉得有些心寒。

一助见曲筱阳神色郁郁，小心翼翼地问："曲老师，那我们……现在关腹？"

曲筱阳点了点头："关。把今天的手术过程，包括我们对老太太病情的讨论，都要详细记录下来。"

一助也是个机灵的，立刻道："明白！"

结束了手术，已经是晚上七点多了。曲筱阳一边往办公室走，一边掏出手机，查看了一下微信。她手指定格在单世钧的头像上，微微顿了一会儿，又点开了和小白的对话框。

白展廷已经好几天没给她发过微信了，也不知道他们那边的情况怎么样了。

早上她给白展廷发了一条消息，直到现在他都还没回复。虽然知道他们在那边肯定是各种忙，没时间和精力来应付别的人和事，但曲筱阳就是忍不住会去担心。心里七上八下的，跟拎了数个水桶似的，平静不下来。打扰白展廷他们是不可能了，曲筱阳想了想，拨通了手机里的另一个电话号码。上次刘彦在曲筱阳面前表明身份后，他就给曲筱阳留了一个联系方式，以便曲筱阳有紧急情况的时候，能随时联系到他们。

电话响了两声，刘彦便接了起来。

“你好，曲医生。”

曲筱阳有些不好意思：“抱歉，打扰你了。”

刘彦在电话那头摇一摇头：“哪儿的话，说得这么客气。”

曲筱阳顿了顿：“对了，你们还在医院附近吗？我刚下班，不知道你们吃饭没？要是你们方便的话，我请你们吃顿饭吧。”

刘彦“啊”了一声，有些腼腆地说：“谢谢你，曲医生，其实有件事还没来得及跟你说。我们已经接到上级命令，从明天起，就要归队了。罗显洋已经落网，你身边的警报也已经解除了，也可以安心上下班了。”

曲筱阳微微一愣，脑袋正在消化这个惊雷般的消息，便又听刘彦继续道：“本来应该跟你当面告个别的，但是队内这边有些急事，走的时候又听说曲医生你还在手术室，就没来得及跟你当面说明。希望你不要介意。”

曲筱阳赶紧道：“哪儿的话，这段时间真的辛苦你们了。改天有空，还是让我请弟兄们吃顿饭吧。”

“曲医生客气了。”

“应该的，应该的。”曲筱阳跟他寒暄两句，终于转入正题，“对了，你刚才说罗显洋……已经被抓住了？”

“对，抓住了。太不容易了，这个人我们追缉了十年了。单队一直锲而不舍地在跟他的案子，现在终于守得云开见月明。单队他们这次立了大功。”

曲筱阳安静了两秒：“那你们单队回国了吗？”

刘彦给予了肯定的答案：“回了，前天回来的。”

曲筱阳：“啊！这样……谢谢你啊。”

单世钧竟然已经回国了。他在她不知情的情况下，就这么回来了。曲筱阳握着手机，在办公椅上缓缓坐下。

她说不出现在是怎样的心情，硬要形容的话，像是被放入油锅里待煎的鱼。刚开始听到单世钧回国时，她内心是难以遏制地欣喜，压在胸口那个沉重的石头，也终于卸下来了。

然而这巨大的欣喜只短暂地维持了几分钟，曲筱阳的心情便慢慢从云端跌落谷底。单世钧回国了，却一条信息也没发给她，连条报平安的信息都没有。她这是什么意思呢？

她本以为，等单世钧回国，堵在两人之间那道无形的屏障，那些说不出口的误会，就能慢慢化解了。但也许，这次又是只属于她一个人的“她以为”。

曲筱阳心里沉甸甸的，总感觉有些委屈，却又不知该找何人说。那种咽不下又吐不出的激烈的情绪，就像是卡在喉头的一根刺，让她万分难受。

“阳阳，我觉得你最近情绪不太对劲？你是在担心之前那个胆结石的病人吗？”

这日中午，莫梨和曲筱阳正在食堂吃饭，眼见曲筱阳一双筷子将盘子里的红烧鱼戳得满身窟窿就是没吃一口，终于忍不住说出了心中的疑问。

这一个星期以来，曲筱阳一直是这样的状态，感觉跟丢了魂儿似的。

“筱阳，你有没有听见我跟你说话？！”莫梨放下筷子，抬手在曲筱阳眼前晃了晃。

曲筱阳回神，冲莫梨笑了一下：“啊……我没事。”

莫梨瞪着她：“还想骗我？你有事没事，我还看不出来？”

曲筱阳叹了口气，微微垂眸。是，不愧是好闺蜜，什么情绪都瞒不住她。

莫梨担心地看着她：“跟我说说吧，自从你从T国回来，就心事重重的样子。我们也很久没机会坐下来好好聊天了。”

曲筱阳微微摇了一下头：“给我一点时间吧，我现在自己也没理清楚头绪，不知道从哪儿说起。”

莫梨叹了口气：“是不是和单世钧有关？我听老师说，你们是一起去的T国。”

曲筱阳又摇了摇头：“莫梨，别问了。”

“好，我不问。不过你如果想找人倾诉的话，我随时都在。你也不要太勉强自己。”

曲筱阳点一点头：“嗯，谢谢你，莫梨。”

曲筱阳其实很讨厌现在这样患得患失的自己。算起来，单世钧回国也有小半个月时间了。

然而这么长的时间，他却一直没联系她，连消息都没有给她发过一条。

一开始的几天，曲筱阳还会替单世钧找理由，也许是因为忙。毕竟罗显洋落网后，肯定会有很多后续工作要展开。然而一周过去了，十天过去了，他依旧音讯全无。她却再没有理由自欺欺人下去了。他再忙，能忙到发条信息，打个电话的时间都没有？

怎么可能？男人不联系你，往往只有一个理由——他不想联系你。

单世钧既然不联系她，曲筱阳也就硬气地没有主动去联系单世钧。之前，人家也说得很清楚了，觉得他俩不合适。现在，单世钧又再次用行动向她证明了，他说的是认真的。就算可能有喜欢这种情绪在，但他也的确没打算继续往下发展了。既然这样，她又何必再用热脸去贴别人的冷屁股？

曲筱阳一直坚信，时间是治愈伤口的最好良药。无论什么样的伤，只要时间够长，她也能慢慢淡忘这段感情。只是……需要多久呢？

这天上午，曲筱阳刚到医院不久，科室里的一个实习生就急急忙忙过来找她。

“曲老师，不好了……不好了不好了……”

实习生跑进办公室的时候，依然上气不接下气的，看来是真的很着急。

曲筱阳心头一跳，微微皱眉：“怎么回事？先喘口气再说。”

实习生手撑着膝盖，喘了两口气，才直起腰继续说：“之前那个胆结石的病人，今天过来挂急诊了。那病人家属，在急诊室吵着闹着要见您。急诊科的医生要帮老太太做检查，被家属拦住了，说是必须您去看。”

曲筱阳皱眉：“我过去看看。”

实习生赶紧拦着曲筱阳：“主任的意思，让您能回避则回避。”

说话间，曲筱阳已经走到了办公室门口：“先去看看再说，我有点担心老太太的情况。”

医院急诊室，总是最混乱、最嘈杂，人流量最大的地方。

曲筱阳刚走进急诊大厅，就见一个值班护士拨开拥挤的人群，匆匆忙忙地跑了过来：“哎，曲医生，你来啦！我们正商量是去找你，还是直接拒收这个病人。”

曲筱阳微微一点头：“别拒，人家之前手术是在咱们这儿做的。带我去看看老太太。”

“好，这边。”

刚跟着值班护士拐了个弯，曲筱阳一眼就看到拥挤的走廊上放着一台担架床，而老太太的女儿王霞一边蛮横地拦着医护人员，一边跟他们在争吵着。

曲筱阳蹙眉，大步走上前去：“这是怎么回事？！”

王霞一看见曲筱阳，二话也不说，冲上去直接揪住了曲筱阳的衣领。

“你看看，你是怎么给我妈开的刀，把她开成这样？！你这是草菅人命啊！”

两个小护士赶紧上前拉住王霞：“你干什么？有话好好说，别动手！”

王霞被两个人架开了，曲筱阳问旁边负责接诊的医生：“什么原因就医？”

那名年轻的医生赶紧解释：“说是腹胀，腹痛，吃不下东西，伴随间歇性的恶心和呕吐。”

曲筱阳心中大致有了数，她之前担心的事情，还是发生了。

曲筱阳手指放到老太太的腹部，轻轻按了几个位置，老太太“嗷哟”一声。

曲筱阳俯下身，温柔地询问：“是这儿疼吗？”

老太太颤颤巍巍地点了点头。

曲筱阳又按了按另外一个位置：“这儿呢？”

老太太又点了点头。

曲筱阳转向王霞：“症状是什么时候开始的？”

王霞挣开那两名护士，冲到曲筱阳身前再次揪住她的白大褂：“就是手术后！是你把我妈给开坏了！你说吧，怎么赔？”

曲筱阳微微一挑眉，对两个小护士和接诊医生使了个眼色，几个人上前，再次将王霞架开。

“王女士，我想先问你一个问题。你觉得，是救人重要，还是赔钱重要？”

王霞张了张唇，顿了一下，高声道：“人，要救；钱，也要赔！你这手术做坏了，肯定得赔偿吧？我妈这么一大把年纪了，凭什么遭这罪？”

曲筱阳几乎把毕生的涵养都用在保持心平气和上了，她耐心而冷静地解释道：“首先，我觉得救人要紧，这绝对不是手术后的术后反应。你母亲现在的情况，我可以合理怀疑是肠粘连引起的肠梗阻。根据你母亲腹部包块的硬度判断，肠梗阻应该就发生在这几天。之前我就让我们梁主任跟你说了肠粘连的风险，建议你最好立刻手术，但是你拒绝了。这，你应该还记得吧？”

而且不仅如此，就王霞现在表现出来的这态度，曲筱阳很怀疑她把老太太接回家后，有没有遵照医嘱扶老太太每天起来稍微活动一下。因为长期平躺着不动，会加重肠粘连甚至造成肠梗阻。术后两周情况忽然恶化，很有可能就是老太太在恢复期并没有得到很好的照顾。

王霞一下就爆了：“明明是你们变着法子想吃回扣。第一次没吃到，你就故意开坏，想再收一次钱是吧？告诉你，门儿都没有！”

曲筱阳皱眉，她之前只是觉得王霞是不通情理，又事儿多的那种家属。但现在看来，对方不仅是无理取闹，可能一开始送老太太来就诊的起心就不正。在那一刻，曲筱阳忽然很想拿张纱布堵住王霞的嘴。这些凉薄话，老太太听到心里，会是个什么滋味？

曲筱阳淡淡道："我们说话做事，是凭良心的。你信或不信，都有手术记录和病历报告做证。"

王霞又想冲上去抓曲筱阳，第三次被人架开："什么意思？你什么意思？"

"我的意思是，"曲筱阳终于也有些动怒了，"现在先让我们给老太太做检查，你该缴费缴费，该签字签字，不要耽误我们救人！"

王霞冷笑，抬手指着曲筱阳的鼻子："我告诉你，救我妈，是你应该的。之前手术给开坏了，就该你负责。至于医药费，你怎么好意思找我要？之前我妈那手术费，是我砸锅卖铁换来的。一个小手术，还被你们玩出这么多花样。我告诉你，人血馒头不是这么好吃的！你给我等着！"

王霞说完话，转身就走。老太太就这么被她扔在了急诊大厅的过道上，这操作把在场的医护人员都看愣了。

"她……她这是什么意思？"

曲筱阳摇了摇头："不管她。先帮老太太照一个肠 CT，做个血检。检查报告尽快给我，然后送到加护病房，先补充水和电解质。"

"好的，曲医生。"

老太太见女儿转身走了，着急地张了张嘴，瞪着女儿离去的方向，半晌说不出话。曲筱阳心口一酸，上前握住老太太的手："您且放宽心，我一定会对您负责到底的。我们待会儿会先给您做个检查，然后再出治疗方案。"

老太太的目光移到曲筱阳脸上，眼圈蓦地红了。

曲筱阳再次轻轻拍了拍她的手。

而检查结果也不出曲筱阳所料，果然是肠粘连造成的肠梗阻。

"曲医生，你打算怎么办？现人老人家的女儿人都找不到。"

科室里的人听闻这件事后，都很担心曲筱阳。不得不说，就冲家属这恶劣的表现，老太太确实是块烫手山芋。

曲筱阳在电脑上一边写手术方案，一边淡淡道："张姐正在打电话联系她女儿和儿子。如果明天早上这两人还是不出现，那就直接手术。"

梁绍文从电脑后抬头看向曲筱阳："你想清楚。"

曲筱阳叹了口气："想得很清楚了。老师，您是没看见王霞今天在急诊室里那阵仗。无论我救，还是不救，她都是铁了心要闹定了。既然这样，我就偏不如她愿，我一定要把老太太治好。"

梁绍文摇了摇头："现在这种白眼狼还真不少。"

曲筱阳苦笑了一下："可不是，我现在就觉得老太太可怜。"

老太太独自一手拉扯大两个孩子，到了晚年，却一个在病床前尽孝的都没有。不仅如此，他们还想方设法地要榨干老人的最后一点剩余价值，当真是人面兽心。

曲筱阳下班的时候，刚走出门诊大楼，就觉得有些不太对劲。要么说第六感是种神奇的东西呢，她的左脚刚迈出医院大门，一只鸡蛋就冲她正脸飞了过来。曲筱阳反应也还算快，立刻抬手挡了一下。不过鸡蛋还是碎了，蛋清泼洒到她头发和衣服上。

“就是她！”

曲筱阳刚拨开被蛋液糊住的头发，几个牛高马大、面色不善的男人就围了上来。

曲筱阳一抬眼，便看见几个人手里举着一条白色的横幅，上面用扎眼的红字写着“医德败坏曲筱阳”几个大字。

曲筱阳转头往旁边一瞅，果不其然王霞就站在旁边。

都发展到这地步了，曲筱阳也没打算跟王霞客气了：“这几个职业医闹，看着挺眼熟。你妈还在病床上躺着，手术同意书等着你签字，你这么做合适吗？不怕遭天谴？”

“遭天谴也是你遭天谴！大家快来看啊，这儿有个医德败坏的医生，为了多赚钱吃回扣，草菅人命，在病人身上随便动刀子！”

王霞又从篮子里抓了两个鸡蛋，抬手就朝曲筱阳脸上头上扔了过来。曲筱阳这次不得不举起两只胳膊去抵御。

她这么一嚷嚷，外加那条醒目的横幅，瞬间就吸引了不少路人围观。

他们人多势众，而曲筱阳形单影只。那一瞬间，她忽然感觉自己被流放到了一座孤岛上，无力感灭顶袭来。

曲筱阳掏出手机，准备给医院保卫科打电话。

王霞一看见她掏手机，立刻像疯狗一样扑了上来，伸手就薅向曲筱阳的脸。一只健壮有力的胳膊，在那刹那间横插了过来，挡在了曲筱阳的面前。

王霞那疯狗般地一薅，在男人的手背上抓出几道血痕。一个高大的身影，忽然挡在了曲筱阳面前，为她竖起一道坚固的保护墙，将所有的恶意和攻击，都挡在了外面。

其中一个男人见一旁似乎有空当，伸手就要去揪曲筱阳。

“哟呵，不愧是赚黑心钱的哈，怎么，理亏就找打手啊。”然而他那只手还没碰到曲筱阳，手腕就被一只大掌握住了。

也不知道握手腕那人使了多大劲儿，男人“嗷”的一声叫，立刻㞞了：

“哎，哎松手，松手，打人了，打人了！”

“耍流氓？我奉陪。”单世钧慢条斯理地卷起袖子，带着寒意的冰冷视线，一一扫过那几个人，“你们谁先上？”

他的眼神本就凌厉，此时带了认真的怒意看人，更叫人不寒而栗，本能地恐惧。

那几个男人㞞了，纷纷不自觉地朝后退了几步。

王霞哆嗦了一下，悄悄地躲到了几个人身后。

单世钧用低沉而又中气十足的声音说道：“职业医闹？想钱想疯了吧？

“我就想问问，你们凭什么让人家拯救你的生命，还要诋毁别人的职业和人格？

“你们这样，以后谁还会豁出一切地去拯救病人的生命呢？谁还愿意当医生呢？”

曲筱阳抬头，愣愣看着眼前那道高大的身影。之前被人砸鸡蛋、挂横幅她都没觉得什么，此刻眼眶却悄悄红了。男人和那些人说了什么，她都听不见了。她脑袋里钻出来的第一个想法是，他怎么在这儿？第二个想法就是，他怎么瘦了这么多？

单世钧的武力值和气场摆在那儿，那几个医闹者一时也没敢上前，贱㞞贱㞞地撂了句狠话，就撤了。

那几人散去后，单世钧才转过身，低头看向曲筱阳。

曲筱阳那向来柔顺漂亮的黑发上，沾了蛋液，糊成一片，苍白的巴掌脸上一双杏眼微红。

单世钧心口蓦地一痛，拳头都握紧了。他伸手过去，用衣袖擦拭着曲筱阳头上残留的蛋液。

曲筱阳如梦初醒一般，头微微一偏，向后躲了躲。单世钧上前一步，仍旧低头看着她，想要去捕捉她的眼神。

男人哑声道：“对不起，我来晚了。”

曲筱阳沉默着，没接话，心口像被滚水浇了一遍，起了一串泡。复杂的情绪在喉头滚动，她却说不出口。

过了一会儿，她低头看着单世钧手背上被抓出的几道血印，轻声说：“你跟我来一下。”

拉上帘子，急诊室里那些嘈杂和纷乱，仿佛就被隔绝在外。

曲筱阳用酒精棉小心翼翼地擦拭着单世钧手背上的伤口，而后蘸了些药膏，轻轻涂在那几道抓痕上。

曲筱阳处理完单世钧手上的伤口，一抬眼，就看见他额角处，隐藏在发间有一处明显的瘀青肿块。曲筱阳微微蹙眉，也没多想，伸手去轻轻探查了一下那个肿块的情况。

“你这里是怎么回事？”女人的手指，微微有点凉，指尖细腻滑嫩，在皮肤上游走的触感，就像有人用羽毛轻轻扫在心尖上一样。

单世钧眸色微沉，忽然抬手，握住了曲筱阳的手腕。

曲筱阳愣了一下，手腕那圈皮肤像被烫到了似的，飞快地甩开了男人的手。

气氛凝固一瞬，而后陷入一阵尴尬的沉默。

单世钧收回手，手指微微蜷握成拳，淡淡道：“不小心撞到的。”

曲筱阳看他一眼：“这么不小心？”

她眼底情绪不明，明显怀疑他这个说辞，却没有说破。单世钧的身手，她是亲眼见识过的，还不止一次。若他都能不小心把脑袋撞这么大一个包，那其他人估计得天天撞个满头包了。

急诊间的帘子忽然被人拉开，小护士探个头进来，将手中的药水递给曲筱阳。

“曲医生，你要的破伤风注射液。”

曲筱阳接过那管药：“谢谢。”

小护士递完药，仍站在那里，悄悄上下打量着坐得笔直端正的单世钧。

男人冷漠英俊，气场强大，外形硬朗，很有气质。

曲筱阳转头看小护士一眼，温言道：“这边没事了。谢谢你。”

小护士脸微微一红，点了点头，赶紧退了出去。

那小护士刚回到护士站，另外两名护士就围了上去，叽叽喳喳地讨论：“里面那人什么来头，竟然让曲医生亲自来清创？”

“莫不是上头的人？”

“不知道，不过我听说刚才曲医生在医院门口被一群医闹找麻烦。是这小哥哥挺身而出英雄救美了呢。”

“哦，难怪难怪。小哥长得挺帅，要是因为这事儿和咱们曲医生发展出点儿什么，也算是郎才女貌。”

“去去去，帅又不能当饭吃。我还是站曲医生和肖医生，强强联合。”

“行了行了，别八卦了，赶紧干活儿吧。”

曲筱阳用针管抽取了破伤风球蛋白，看了一眼单世钧：“把外套脱了，袖子卷起来。”

单世钧没动。

曲筱阳见他半晌没动作，心说难不成还等着她来动手？想得倒挺美。

曲筱阳："你不卷袖子，怎么打针？还是说……你想这针扎在屁股上？"

这话终于让单世钧有了点反应，他脱下外套，卷起长 T 恤的袖子。曲筱阳立刻注意到他手肘上方也有斑斑点点的瘀青。

"再卷高一点，打胳膊是要打三角肌。"

单世钧顿了顿，缓缓将袖子撸到肩头。他胳膊上的青紫竟然还更严重些，难怪他之前不愿意露胳膊。

"这也是撞的？"曲筱阳看着他。

单世钧没作声。

曲筱阳看着那无处下针的胳膊，叹了口气："换另一边吧。"

单世钧："就这边吧。"

曲筱阳心想：也就是说，另一边的伤势更严重。

"是任务里受的伤吧？"曲筱阳叹了口气。都到这地步了，他还好意思睁眼说瞎话？这男人向来这样，从来不屑于解释。

单世钧垂眸，过了半晌，"嗯"了一声。

曲筱阳最后找了处瘀青没那么严重的地方，把破伤风球蛋白给注射了。

"今天谢谢你帮我解围。"曲筱阳收了针，淡淡道。

单世钧微微蹙眉："那几个医闹是怎么回事，好像盯上你了？"

曲筱阳神色莫测地看他一眼："你连事情经过都不知道就随便站边吗？万一他们说的是真的呢？"

单世钧严肃地摇一摇头："我知道你不是那样的人，你……"

他顿了顿，又认真道："你是我见过的，最善良最负责的医生。"

这无条件的信任让曲筱阳老脸微微一热："别，这高帽子不敢戴。好医生多了去了，我只是尽我应尽的责任罢了。"她又摇了摇头，"不说我了，你怎么突然过来了？你……什么时候回国的？"

潜意识里，曲筱阳是希望单世钧解释一下为什么回国这么久没联系她的原因。只要他给一个合理的理由，她都可以不计较他的不闻不问。

"就最近，罗显洋的案子结了。"单世钧抬眸注视着曲筱阳，"我今天……是专程过来找你的。"

曲筱阳有些失望，还是他的老风格，一句解释都没有，甚至连时间都用模糊的"最近"两字一笔带过。

"找我干什么？你要看病？"曲筱阳将针头扔进回收桶里，全程没看他一眼。

单世钧认真地说："我知道你在生我气，我想跟你道歉。"

曲筱阳笑了笑："哪件事道歉？"

单世钧愣了一下，还能是哪件，当然是……

"之前在T国，我说了很过分的话，让你伤心了。"

曲筱阳抬眸看向单世钧，眸中神色莫测："哦？你是说你说我们不合适这件事？之前我不理解，现在我有些认同你这个观点了。"

单世钧心头微微一沉，他不是没想过曲筱阳的反应。但是听她用这么淡漠的语气说出这样的话，他心脏就像被人灌了铅似的，沉甸甸的，直往下坠。伤人总是很容易，要弥补裂痕却是举步维艰。这个道理他明白，但真正要面对现实结果的时候，还是觉得难以承受。

"筱阳，我之前的话，不是真心的。之前在T国，由于一些特殊原因，我不得不拒绝你的好意，但那不是我的本意。抱歉，之前伤了你的心，是我不好。我知道现在这么说，你可能无法相信，我只希望你能给我一点时间，让我证明，我对你的感情，是认真的。"

曲筱阳意味不明地看着他："那你为什么不在能说真心话的时候说呢？我那个时候，是真心诚意地想和你交心，可你呢？连句实话也不愿意告诉我。你凭什么觉得，我就应该一直站在原地等你呢？"

单世钧眼神微微一颤，过了片刻，才哑声道："我明白，我没有要求你留在原地等我。但我……我现在想追你，可以吗？"

曲筱阳沉默良久，叹了口气："你说不喜欢，我就得保持距离远离你；说喜欢，我就得给你机会。你想走就走，想来就来。我从来都不知道你在做什么在忙什么，不知道你有没有危险，不知道你到底在想什么。这样的喜欢，我实在承受不起……"

曲筱阳发现，单世钧根本没意识到他们之间的症结所在。他们之间的这种关系维系，全凭他一个人说了算。他觉得对她好的事情，她连过问的资格都没有，就得全盘接受。没有解释，没有商量，只有"你必须接受这样的安排，这是为你好"。

比如之前T国这件事，如果不是白展廷偷拍了他的那封信，至今她都不会知道他心里是怎么想的。又比如这次回国，半个月了，他一句解释都没有，音信全无。而今天他却又这样不声不响，招呼也不打地出现在医院。这叫人怎么接受呢？

再如刚才她看见的他身上的伤，他连伤是怎么来的，都不愿意跟她说清楚。他根本没有把两人放到一个对等的位置上来考虑他们的关系。这样不清不楚不平等的关系，她宁可不要。她不想有一天睁眼，发现这人又凭空从她的世界里消失，一句解释都没有。

一段健康的恋爱关系，必须建立在公平公开相互信任的基础上。如果只靠单方面的付出也好，施舍也好，或者自以为是的牺牲也好，是走不长远的。但他们之间，现在没有这样坚实的基础。这个问题没解决之前，他们哪儿也到不了。

“你怎么申请提前出院了？”

在办公室里见到单世钧，林竞很是惊讶。

“还不是着急想去看嫂子。”站在一旁的邱启心直口快地说，“刚好点儿，就迫不及待找去人家医院了。”

单世钧转头看了邱启一眼，邱启难得硬气地没有低头，只低声辩了一句：“我只是实话实说。”

林竞眸中闪过一丝笑意：“嗯，你们单队开窍了，也不是坏事。”他顿了顿，轻叹一声，“也不算完全开窍吧，不然怎么跟个木桩子似的杵在那儿任人打。”

邱启也跟着叹了口气：“可不是，要不是我拦着，指不定他还真就打算让小白他爹揍死他算了。他们下手又不知轻重的。”

他们说的是一周前，单世钧带着部队的抚恤金和白展廷留给他的遗嘱，赶赴小白在东北的老家时，被人家揍个半死的事情。

一旁沉默许久的成昱敛了眸，低声道：“队长最实诚的，是直接跟人说‘你儿子的牺牲，都是因为我，是我的责任’，这不上赶着找打吗，我要是小白的爹，我也揍他。”

被批了一圈，单世钧才终于开口：“小白家里，三代单传。本就是我没看好他们儿子，挨顿打，便宜我了。”

林竞看着他：“我知道，对白展廷的死你很内疚。你向来重情义，但也不必将责任全揽到自己身上。当时的情况，我听成昱他们说了。能全身而退，已经是奇迹了。小白是为了国家、为了任务而牺牲，如果他当时不那么做，可能整个行动都会失败……”

单世钧不知该说什么。

林竞：“我知道，你要嫌我说话难听了，但道理就是这么个道理。而且我们当兵的，谁没有做好随时牺牲的准备，你尽全力抓住了罗显洋，也算是对常远和小白有个交代了。还是你觉得，非要让人打个半死，才算得上是补偿？”

单世钧知道，其实无论做什么，小白都回不来了。跟补偿也没什么关系，他只是单纯觉得那样会让他好受一点。

林竞："罗显洋的审问报告放下吧。成昱、邱启，你们先出去一下，我和你们单队有几句话要单独聊一下。"

成昱和邱启离开办公室后，林竞冲单世钧招了招手："坐下说。"

单世钧摇一摇头："不了。报告你先看一下，待会儿回去还要准备罗显洋的庭审资料。"

林竞看着他，从抽屉里拿出一张申请表，递给单世钧："你的转职申请书，批下来了。"

单世钧眸光微微一动："谢谢参谋长。"

林竞笑了一下："不管你是因为什么原因想通了，总算了却我一桩心头事。想清楚了，也好。"

单世钧垂眸，敛去眸底一闪而逝的温柔，只淡淡"嗯"了一声。

"听说，你要给那老太太做肠粘连剥离术？家属不来签字都敢做，是我认识的那个曲筱阳。那句话怎么说来着？不愧是你。"曲筱阳正在手术准备间洗手，忽听身后传来一个温润如玉的声音。

曲筱阳转头，一个身材纤长的男人倚在墙边，狭长漂亮的眼睛从口罩上方露出来，不偏不倚地和她的视线对上。

"是你……"曲筱阳无奈地一摇头，"这八卦怎么都传到心外去了？"

男人轻笑一声："何止心外，你现在可是咱们院的大名人了。他们都说肝胆外出了个铁头女侠，颇有梁老当年的风范。"

"行了吧，你就别说风凉话了。对了肖毅，你什么时候回来的？你回来了也不说一声，太低调了。"

"上上周。我给你发了条信息，你没回。走之前还说回来就给我庆功，你可真不上心。"肖毅微微一偏头，半真半假地说，"我有点伤心了。"

"啊……这不，最近需要操心的事儿比较多嘛……"曲筱阳有些心虚地摸了摸鼻子。这几周不是闹心的医闹，就是因为单世钧的事有些魂不守舍，对肖毅说的这条短信毫无印象。估计当时她心不在焉地随手点开信息，都没来得及看，或者看过又忘了。

肖毅和曲筱阳在医学院就是同学，毕业后都成功留院，一个进了心外，一个进了肝胆外。两人也是多年的老朋友了。两个多月前，肖毅的一个学术项目得了奖，应邀去参加一个国际学术交流项目。院里当时决定回来就给他副高职称，可谓是双喜临门。曲筱阳那时候正忙着要去红羽镇做医疗支援，没时间参加肖毅的庆功会，说是回来请吃饭给他补上。结果中途发生这么多事儿，曲筱阳早就把答应肖毅的事抛在了脑后。

她有些不好意思地说：“你这周什么时候有空，这顿饭一定给你补上。”

肖毅笑：“周五晚上吧，你那天晚上没排班。”

“这你都看好了？！未雨绸缪啊老狐狸，你还真不客气。”曲筱阳调侃道。

肖毅微微一笑：“承让承让。”

“行吧，周五晚上。想吃什么回头告诉我，我订餐厅。”曲筱阳刷完手，转身就朝手术室走。

“筱阳。”肖毅忽然在曲筱阳身后叫住她，收了调笑，声音忽然变得严肃起来。

“手术的事，你可以再思考一下的。你已经做了自己该做的了，没必要非把自己架到火上去烤。”

曲筱阳摆了摆手：“思考过了。你们既然都叫我‘铁头女侠’，就不用劝我了。”她顿了顿，“我应该做的，不就是治病救人吗？”

曲筱阳在手术室里为老太太做手术的时候，手术室外拉拉杂杂地来了一大票人。

拖横幅的，脑袋上绑字条的，怎么花哨怎么来。

横幅上和脑袋上的字条一看就像是一个工厂量产的——一个写着“曲筱阳草菅人命”，另一个写着“曲筱阳医德败坏”。

这么多人一下子拥到手术室门口，再来一个“哭丧式”的家属，想不引起众人的注意力都不行。人一多，有了观众，就更方便王霞开始表演。

“曲筱阳，你没有良心！医德败坏！为了赚黑心钱，连七八十岁的老太太都不放过。

“妈……我对不起你啊……不清不楚地就让人划拉两刀了，我一定要给你讨个说法……”

动静闹大了，医护人员闻风赶来：“你们已经严重影响医院治安了，请你们立刻离开，否则我们就要让保安‘请’你们出去了。”

王霞干脆往地上一趴：“呜……没天理啊！三甲医院草菅人命，暴力封口，我们人微言轻，有理没处说啊！”她指着那些要去拦她的医护人员，“你们敢过来，我就一头撞死在手术室门前！”

“妈，我来陪你了……”

她话音未落，手术室的门忽然开了。曲筱阳从手术室里走出来，冷眼看着门外这场闹剧。

“就是她！人面兽心，魔鬼！你到底把我妈怎么了？今天一刀，明天一刀，还真把我妈当你的摇钱树了？我同意了吗，你就开？”

王霞动作极快，几个医护人员来不及阻止，她已经蹿身而起，扑上前揪住了曲筱阳的衣领。

曲筱阳漠然看着她：“来了正好，补个手术签字吧。”

王霞激动起来，唾沫飞溅：“还想我签字！你把我妈搞成这样，我还没找你负责，你就想收钱！门儿都没有！”

曲筱阳微微偏头，避开王霞的飞沫攻击，淡淡说：“搞成哪样？你母亲的手术很成功。”

王霞眨了眨眼，像是没听清楚曲筱阳的话，下意识地又问：“你说……什么？”

曲筱阳微微一笑：“我说，你妈妈的手术很成功，好好休养，不久就能恢复成之前的样子了。你呢，赶紧把字签了，然后留在医院好好照顾……”

“谁会信你这个医德败坏的骗子！我妈来的时候就是做个胆结石的小手术，可现在呢？还没完没了了！我告诉你，她来的时候什么样，出院时就必须什么样。”王霞自知理亏，只能强行无理取闹。

曲筱阳微微一挑眉：“你的意思是，让我把你母亲那个满是结石的胆再给她装回去？你是想你妈妈活长一点，还是想她折寿？”

王霞被戳穿心事，恶向胆边生，忽然狠狠推了曲筱阳一下：“字我是不会签的！擅自在我妈身上动刀，我一定会找你算账，你等着！”

曲筱阳没料到她会忽然发难，踉跄了一步，肩撞到墙上。

旁边的小护士赶紧上去扶住她：“没事吧，曲医生？”

曲筱阳摇了摇头，将视线转向门口盘坐的举横幅的大汉。

那几人相互对视一眼。

“现在怎么办？”

“还能怎么办？撤呗！继续坐这儿也没钱拿，浪费我的时间。”

几人卷了横幅，站起身，为首的大汉走上前，手指隔空点了点曲筱阳。

那小护士被气得直跺脚，朝那几个医闹的人啐了一口：“这都什么人啊，败类！”

曲筱阳下班，刚走出门诊大楼，就看见等在门外的单世钧。她微微一愣，也不知道是该上前跟他说话，还是假装没看见。

她还没想好怎么做，男人已经径自向她走了过来。

他走到她身前，低头看着她：“下班了？”

单世钧本就生得高大俊朗，往门诊部门口这么一站，顿时吸引了不少眼球。

“哎，那边那个是曲医生吗？”

“旁边那个超帅的男的是谁？不会是她男朋友吧？曲医生难道终于铁树开花，告别单身了？”

“嘘——你再大声点儿，人家就听到了。”

“哇，我认出来了，那帅哥前天晚上还来了咱们急诊室一趟，曲医生亲自给他上的药。”

“喔……”

曲筱阳心说，你们这么大声，是生怕我听不见吧？

这门诊大楼人来人往，又正是下班时间，再这么杵下去，还不知道会遇到多少同事。未免尴尬继续升级，曲筱阳飞快地拉了单世钧的袖子一下：“这儿说话不方便，你跟我来。”

单世钧忽然反握住曲筱阳的手，不由分说地拉着她去了一旁的停车场。

“呃……”

曲筱阳一惊之下，注意力全在那只手上了，也短暂地忘记了她明明可以甩开那只手的。

等到了停车场时，曲筱阳才忽然用力抽出了自己的手。

她面色微红，视线一直盯着灰白的地面，不敢和单世钧对视。她脑子里乱糟糟的，一时间也不知道是该找他理论，还是直接开骂。

“你来干什么？”最后她也只别扭地问出这么一句。

单世钧神情竟然还很坦然，微微低头，专注地看着她：“最近不是总有医闹找你麻烦吗，你的车今天限号，我送你回家。”

曲筱阳张了张嘴，本来想问他怎么知道她车牌号，然而转念一想，之前那段时间二十四小时暗中保护她的人，就是单世钧派过来的，他知道她哪天限行，再正常不过了。

曲筱阳顿了顿：“不用了吧。医闹应该会暂时消停一阵子。今天下午他们过来一趟，见我手术做成了，又灰溜溜地走了。”

单世钧神色不明地看着她：“人还在门口坐着没走呢。一群人拉着横幅，拿着喇叭四处宣扬你的‘光荣事迹’，看样子是打算跟你死磕下去了。”

曲筱阳腹诽：见过不要脸的，没见过这么不要脸的。

单世钧微微一偏头：“上车，我送你。”

再拒绝下去，就有些矫情了。曲筱阳叹了口气，拉开副驾车门，坐了进去。

单世钧微微勾了一下嘴角，也上了车。

车辆驶过医院大门时，果然又看见下午来手术室门外号过的那批人。那几个人正蹲在花坛上有说有笑地吃着盒饭，那些骂她的标语和横幅就歪歪斜斜地插在一边。何其讽刺。

曲筱阳知道这些个职业医闹的手段。他们就是想天天这样骚扰她，直到她受不了，主动低头，找他们和解，他们就能顺理成章地敲诈一笔。但她偏不会如他们意，就是要和他们死磕到底。她没做错任何事，凭什么低头？

“别看了。”单世钧忽然温言道，“为这些没道德没底线的人生气，不值得。”

曲筱阳收回视线，安静了一会儿，忽然问：“你怎么突然就有空了？我记得你说，你们假不多。”

她心里有些别扭。那种感觉很难形容，看不见的时候，她总会不自觉地想到他的事。然而看见这人时，又总莫名地有些儿来气。所以言辞之间，不自觉地就没那么客气，总有点怼人的感觉。

事实上，曲筱阳没意识到，这种不自觉地“怼人”，下意识地埋怨，本就超过了朋友的界限，有点类似于恋人之间撒娇赌气的感觉。

单世钧好脾气地解释道：“罗显洋的案子结束后，有段时间休假。”

“哦……”原来是因为休假，她才有空过来的，并不是专程为了她过来。曲筱阳不知为什么，心里又别扭了起来。

“难得休假，你该回家陪父母的。”

单世钧有些无奈地弯了一下嘴角：“有件事还没来得及跟你说，我调换岗位了，以后工作时间会正常一些，基本上也能做到朝九晚五，平时会有更多的时间，假期也会比之前多。在T国的时候，记得你问过我对以后有什么规划打算……”

单世钧转头看了曲筱阳一眼，神色温柔：“当时我没有给你一个确切的答案。现在我想告诉你，这就是我的打算。”

曲筱阳放在腿上的手指微微蜷紧，低头看着自己的脚尖，没说话。

单世钧又道：“那天你跟我说的，我仔细想过了。我可能是在部队里待久了，习惯于用部队的方式来思考问题。你说得对，我不该把自己的想法强加给你……至少，凡事都应该和你商量着来。从现在起，我会慢慢学着改变。我想请你给我一些时间，或者说，给我一个证明自己的机会……”

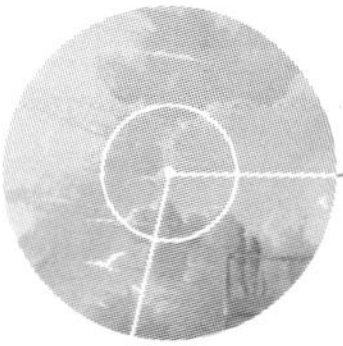

Ben fu shanhe, benfu ni

第十三章 野蛮生长

“明天中午我和军区附院那边的普外副主任有个饭局，你也来吧。”这天曲筱阳刚下手术，梁绍文走过来，拍了一下她的肩。

“去也是可以去的……”曲筱阳愣了一下，“但军区附院的，我都不认识啊。莫非这次是什么学术大牛？”

一般情况，梁绍文都不会拖曲筱阳出去应酬，除非是非去不可的场合。

梁绍文笑了一下：“是可以见见，人家毕竟三十出头就评上副高了。”

曲筱阳“嚯”了一声：“确实厉害。”她警惕地看了梁绍文一眼，“您老不会又要给我拉红线吧？真这样的话，我就不去祸害别人了。”

梁绍文“哈哈”一笑：“人家是姑娘，不是小伙儿。何况，你不都有小单了吗，你俩互相祸害得了。”

曲筱阳脸微微一热：“您又说笑了。”

梁绍文：“主要这次有一个不错的项目，想让你过来一起讨论一下。而且，人家之前也算帮了咱们一个大忙，是该见见。”

曲筱阳一头雾水。

不过很快，曲筱阳就知道梁绍文口中这个“大忙”是什么意思了。

“来，筱阳，给你介绍一下，这位是军区附院的齐玥齐主任。”

齐玥亲切地直接上前轻轻抱了一下曲筱阳：“经常听你们梁老师说起他这个得意门生，终于见到你本人了。”

曲筱阳赶忙摆了摆手：“不敢不敢，您客气了。”

齐玥笑着招呼道：“别这么拘谨，我们坐下来，边吃边聊。”

梁绍文笑：“是，别这么拘谨。今天就我们仨，自家人。”

曲筱阳头上再次缓缓打出一个问号——梁绍文和齐玥私交很好？

梁绍文：“筱阳，齐玥教授这边有个项目要跟我们院一起合作。我想就让你代表我，跟齐教授做这个项目。如果这个项目能做出点成就，你明年评副高就有希望了。”

当着其他医院教授的面说得这么直白，曲筱阳都有些不好意思了。

“梁老师，这种事还是顺其自然吧……不过，您想要做的项目，我这边肯定是全力支持的。”

齐玥摆了摆手：“你可千万别‘顺其自然’，你梁老师跟我说了你的情况，以你的水平，早就该评副高了。你就是太‘佛系’了，一心泡在手术室里，不争不抢的。”

梁绍文轻轻一拍桌：“对，你看你同学，心外那小子，捣鼓了一篇论文，出去晃一圈回来，就评上副高了。”

曲筱阳无奈地笑了一下：“老师，肖毅那篇‘改良 NOAC 法用于房颤’确实很牛啊。”

梁绍文摆了摆手：“齐玥现在手上的项目正好和你之前肝移植的研究方向对口。你们这个如果能做出来，比肖毅那个牛多了。我的学生，还能比王学东的学生差吗？”

曲筱阳捂脸，这话让人怎么接?

得，老梁这是和心外杠上了，怎么连这种话都说出口了，面子里子都不要了。

梁绍文看曲筱阳一眼：“你也不必这么拘谨，齐老师是自己人，随和一点。”

齐玥“扑哧”一笑：“抱歉，我都没正式自我介绍过。我爱人是单世钧的上司，以前他们是一个特别行动队的，大家关系都很好。”

曲筱阳微微有些石化。难怪梁绍文一口一个“自己人”，原来当初介绍单世钧来相亲的，就是齐玥。她愣了片刻，才“哈哈”一笑，点头：“啊，这样……”

她和单世钧之间的事儿还没理清楚呢。两人毕竟还不是那种关系，现在当着介绍人的面，感觉说什么都好像不太合适的样子。

齐玥确实不知道单世钧和曲筱阳的具体情况，只从林竞那里听说单世钧决定转岗了，就觉得两人的事应该差不多定下来了。

“之前我和我爱人还一直担心单世钧钻牛角尖，不肯从前线退下来。现在他决定安定下来，我们也就放心了。这都是多亏了你啊。”

曲筱阳摸了摸鼻子：“也没有……”

曲筱阳有种赶鸭子上架的感觉。上次单世钧来医院找她时，也提到了转岗的事。按理来说，这好像是跟她有一些关系。但，他俩现在也并没有走到齐玥他们所想象的那种地步。所以她感觉她是解释也不合适，不解释也不合适。

“小单这孩子，踏踏实实的，又有责任心，我也很喜欢。”梁绍文亲自盖章认证，“今天应该把他也叫上的。”

齐玥微微一摇头：“他最近忙着结案，交接工作，焦头烂额的。而且之前他在医院躺了一个多星期，积压了不少工作。”

曲筱阳莫名就有了种心虚的感觉……既然单世钧那么忙，为什么还非要逞强三天两头地去医院找她？

“他是任务里受了很重的伤吗？”曲筱阳立刻抓住了重点。

住院的事，单世钧一个字都没跟她提过。

“啊……他没跟你说吗？”齐玥愣了一下，无奈地摇一摇头，“说起来这事也真是……不是任务里受的伤，是被他一个战友的父亲揍的。”

曲筱阳想也没想便追问道：“为什么啊？！”

齐玥叹了口气：“这次T国任务里，他的一个战友牺牲了。他回去给战友父母送抚恤金的时候，被揍了一顿。”

曲筱阳心头一跳，立刻追问道：“抱歉，冒昧问一下，他那个牺牲的战友是……谁？”

曲筱阳话一出口，便觉得有些唐突，赶紧解释道：“之前单世钧在T国住院的时候，我和他的战友也都挺熟的……不知道方不方便告知一下？”

齐玥微微一点头：“是白展廷。”

曲筱阳脑中“嗡”地一响，脑子里有很多画面走马灯似的回溯。最后定格的画面，是小白送她回国的时候，在船上开解她时耐心又温柔的笑容。

好好的一个人，怎么说没就没了呢？曲筱阳喉咙里像是哽了一根巨大的鱼骨，吐不出咽不下，难受得一句话也说不出。有很长一段时间，她都没能回过神，只希望是自己听错了。

曲筱阳自己从事着一个见惯了生离死别的职业，本以为遇到这种事，她应该能够足够冷静理智地面对。然而她高估自己的接受力了。真遇到这种事发生在身边人身上时，她还是完全不能接受，难以面对这样的事实。

曲筱阳想到自己最后给小白发的那条信息，小白没有回复。当时她以为是因为他们已经回国了，或者别的什么原因耽搁了。她脸皮薄，也没有继续追问。但现在她后悔得想扇自己一巴掌……她怎么就这么粗心大意呢？怎么就没有想到这个可能性呢？

梁绍文递了一张餐巾纸给曲筱阳。曲筱阳这才意识到，眼泪不知什么时候失的控，眼前早已模糊一片。她接过餐巾纸，轻轻覆在脸上，鼻子还是止不住地发酸，一闭眼就仿佛看到小白那张又皮又阳光的笑脸。他怎么说走就走了呢？他还那么年轻……刚进入生命中最好的年华……

曲筱阳不免又想到，连她都这么难过了，那单世钧呢？他之前来见她时，竟然一个字也没提。而在他身上看见的那些瘀青和头上的肿块，就是被小白父亲揍的吧？

曲筱阳很难想象，单世钧是以一种怎样的心情，去面对小白的父母。光是想想，她就觉得心头压着一块千斤的巨石，沉重得无法呼吸。

曲筱阳那天下午一直魂不守舍的。饭局结束后，她就给单世钧打了个电话过去，然而电话响了很多声也没人接，最后被转入了语音信箱。她后来又打了几个电话过去，都是一样的结果。她也不知道为什么，头脑一热，直接跟科室里的人调了班，便径自前往单世钧所在部队的军区。

车都开到军区门外了，她才意识到，自己就这么匆匆忙忙赶过来，似乎连一个合理的探视理由都没有。但她总觉得，应该和单世钧见上一面，说点什么。然而打单世钧的手机，依然没有人接听。

探访登记处的小战士热情地接待了曲筱阳。

“请问您是谁的家属吗？”见曲筱阳面露迟疑，小战士悄悄地朝她眨了一下眼，“或者准家属？”

曲筱阳尴尬地摆了一下手：“不是，我来找朋友。”

“哦，朋友啊！”小战士露出了然的神色，又热情地问道，“您的朋友叫什么名字？”

曲筱阳：“单世钧。”

小战士呆滞了两秒。

曲筱阳疑惑，难道找错地儿了？她记得是这个地址啊。然而下一秒，小战士立刻乐呵呵地咧开嘴，那表情就跟中了五百万似的。

“稍等稍等，我帮您查一下。”

过得片刻，小战士微微蹙眉：“啊……单队今天有事，不在队里。要不，您先在这里喝口茶，等一等？”

“这样啊……不了，谢谢你。”曲筱阳心底有些失望，那股不管不顾一头热的情绪，也慢慢地冷了下来。她礼貌地跟小战士道了谢，转身就要离开。

“请等一下，要不留一个联系方式吧，等单队回来我会跟他转达您来过。”

曲筱阳微微一摇头：“不用了，谢谢你。”

离开军区，曲筱阳直接掉头回了医院，去值之前和同事调换的晚班。一直忙到接近十一点，曲筱阳回到办公室，才发现手机上有七八条短信，和三通未接电话。

全都来自同一个人。

曲筱阳发了条信息过去：我刚才在值班。

短信发过去不到一分钟，那边立刻打了电话过来。曲筱阳盯着来电愣怔两秒，还是接了起来。

“抱歉，今天下午罗显洋的案子开庭，我去出席庭审了。我听说，你下午来找过我，是……有什么急事吗？”

刚接起来，男人低沉好听的声音就从电话那头传了过来。虽然声音听着还是和平时一样，冷静沉着，但曲筱阳却总觉得他话里话外，藏着一丝焦灼的情绪。

曲筱阳顿了顿：“其实也没什么。”

人的情绪有时候就是这么奇妙。如果是下午那阵，见到单世钧的面，她肯定会不顾一切冲上前去抱住他。可能会质问他为什么不告诉她小白的事情，又或许什么都不说，就抱着他痛快哭一场。然而有时候冲动也就是那么一瞬间的事，错过了，就再也找不回当下的那种心情了。时机，真的很重要。

电话那头，单世钧安静了片刻，忽然问道：“你下班了吗？”

曲筱阳下意识地答：“刚下……”

单世钧微微一顿：“我……能见你一面吗？我就在你们医院门口。”

曲筱阳愣了一下，她快速收拾好东西，跑出门诊部大楼，果不其然，在门外花坛边看见了一个高大的身影。

“你……你什么时候过来的？”曲筱阳走过去，有些不自在地抬手摸了一下耳朵。他第一次给她打电话，是八点过的时候，而现在，已经十一点了。

他不会是……在这里等了三个小时？

单世钧低头看着她：“我刚到不久。”

曲筱阳伸手，用手指在他外套的肩膀上轻轻一划，指尖沾下一层白色的冰晶。

“都结霜了。”曲筱阳搓了搓手指，心又有些软了，“就算要等，也应该在车上等吧。傻不傻？”

单世钧微微笑了一下：“我不冷。”

曲筱阳摇一摇头，垂眸道：“既然你有事，直接发条短信就行了，何必还特地跑一趟？”

单世钧看着她：“你过来找我，是有什么事吗？”

曲筱阳很轻很轻地叹了口气。她斟酌着，该怎么开口。

单世钧顿了顿，又道：“你饿吗？我知道一家不错的砂锅粥店。”

寒夜漫漫，结束一天的工作，喝一碗热气腾腾的鲜美的粥，的确是解乏又暖胃的好方法。

曲筱阳有些心动，但最后还是摇一摇头。

“小白的事……我听说了。”

单世钧慢慢收了笑容，沉默了两秒，才说：“我没有故意隐瞒你的意思。”

男人声音微微有些哑，缓慢地说：“上次过来，本来打算告诉你的……但感觉你这边闹心的事好像也很多，我就没说。而且……”

而且他不知道怎么开口。小白的事，就像扎在他心头的一根刺，每每触及，便让他痛不欲生。他根本不愿去想这件事，要开口去说，更是难上加难。

曲筱阳观他神情，也能猜到他的一点想法。男人虽然刻意收敛了情绪，但在她提到白展廷的那一瞬间，他眼中流露出的痛楚，是骗不了人的。

曲筱阳想问发生什么事了，却又不敢问。能让这么一个骄傲的、冷静的、理性的、坚强的人，露出那样的表情，这样惨烈的回忆，她不愿让他再剖开伤口回顾一遍。

曲筱阳不知道该怎么安慰他，言语的力量，在这种时候太薄弱了。

单世钧是他们的队长，身上肩负双重责任——队员的安危和任务的成败。她也带过队，大致能理解单世钧的心情。更何况，白展廷不是普通的同事，而是一起朝夕相处、出生入死的兄弟。不是亲人，胜似亲人。

曲筱阳抬手，微微撩开单世钧的额发。他前额处的挫伤，即便过了一周都还是那么明显。曲筱阳都不敢想象一周前，躺在医院里的单世钧是什么模样。

她鼻尖微微有些酸涩。像他这样的人，如果不是心甘情愿被人打，又怎么会受这么重的伤？何况伤他的只是一个普通的中年人。

曲筱阳不知道，单世钧当时是抱着怎样的心情去挨白展廷父亲的打。

她用手指轻轻碰了一下那处挫伤：“疼吗？”

单世钧抬眸，直直地看着她，没说话。他的黑眸转深，藏着压抑的、深刻的、无处宣泄的情绪。他忽然抬手，又重又缓地握住了曲筱阳的手指，微微用力，将她拉至身前。

“不疼。”单世钧低着头，依旧那么看着她，嘴唇幅度不大地抖了一下，再开口，声音却已然哑了。

曲筱阳眼眶一涩，再也忍不住，忽然伸出手，轻轻抱住了眼前这个站得笔直的，坚强又脆弱的男人。没有人会用“脆弱”来形容单世钧，这是个和他形象和作风完全不沾边的词。

但曲筱阳知道，那坚强的外壳下，是一次一次被打碎又粘好的信念。任何困难面前，他都不会倒下，他只会一路向前，坚定地跨过重重阻碍，哪怕道路布满荆棘。

但这并不意味着他不会痛。

曲筱阳知道，他那冷漠坚韧的外表下，藏着一颗柔软而炽热的心。

伟岸英挺的身躯，因为曲筱阳的这个动作，微微僵硬了一下。

然而僵硬也只是那么一瞬，下一秒，结实有力的手臂环过曲筱阳的肩和腰后，将她紧紧收入怀中。他身上带着冬夜寒霜的清冷气息，但怀抱却是温暖而令人安心的。

过了许久，单世钧才放开她。

曲筱阳忽然觉得刚才的行为有些唐突，主动拉开了一点距离，低声问："我是不是错过小白的葬礼了？"

单世钧见她不着痕迹地朝后退了两步，眼神微暗了一下："下次，我们可以一起去看他。"

曲筱阳愣了一下："小白葬在这里？"

单世钧点头："在我们军区下辖的烈士陵园。"

曲筱阳眼眶微微一红："好。"

单世钧依旧看着她，他似乎有话想跟她说，斟酌许久，才道："筱阳，我想问你……"

"丁零零——"

曲筱阳口袋里的手机忽然铃声大作。

她跟单世钧做了一个手势，接起电话。

"曲医生，抱歉这么晚打扰你，急诊这边有个病人不行了，我打李主任的电话一直没打通。"

"我马上过来。"

曲筱阳挂了电话，对单世钧说："我要回去工作了。"

单世钧心头微微一动："我等你？"

曲筱阳愣了一下。

单世钧怕她误会，又解释道："等你忙完，我送你回去吧……疲劳驾驶不太好。"

曲筱阳摇头："不用了，我今晚就在医院睡。"

单世钧看着她，眼神里露出些担心的神色。

"我得走了，你也赶紧回吧。"曲筱阳似乎有些着急，朝他摆了摆手，转身便朝急诊中心跑去。

做完急诊手术，已经是后半夜了。曲筱阳就在医生休息室的沙发上猫了几个小时。梁绍文进来的时候，看到的就是曲筱阳歪在沙发上，脸上盖着杂志睡觉的样子。

曲筱阳是被咖啡的香气熏醒的。

“好香……”她缓缓坐起身，眯着眼寻找香气的来源。

梁绍文端着一杯刚泡好的美式咖啡，走到曲筱阳面前，递给她：“我记得昨晚不是你值班啊，搞这么狼狈。”

“昨晚和小周调班了。”曲筱阳打着哈欠，接过梁绍文递过来的咖啡，轻轻嗅了嗅，“嗯……光是闻着这味儿，我就醒了一半了。”

梁绍文微微一挑眉：“哦，对，你昨天下午好像是急急忙忙出去了一阵。”他眼中露出点意味不明的神色，“让我猜一下……”

“打住！老师，您饶了我吧。”曲筱阳揉着脖子站起身，“我先去手术室冲个澡，这蓬头垢面的，都不敢见人了。”

曲筱阳抓起桌上的手机就要溜号，忽然瞥到上面有一条未读信息。她点开一看，是单世钧发过来的。

【好好休息。】

消息发送时间是凌晨四点。曲筱阳那会儿刚结束手术，躺在休息室里倒头睡，所以没看到。她心里微微一动，给单世钧回了条信息。

【你昨晚几点走的？】

他不会真在医院外等到大半夜吧？应该没这么傻的人吧？

过了一会儿，那边回消息。

【你回急诊后，我就走了。】

曲筱阳松了口气。

单世钧刚回完短信，林竞的电话就打了进来。单世钧将电话接入车载蓝牙，发动引擎，将车驶出停车场。

“你小子可以啊，一谈恋爱，都开始玩失踪了。”

单世钧一边打着方向盘，一边淡淡道：“我记得……我还在休假。”

言下之意这是私人时间，少管闲事。

林竞嗤道：“你平时休假不都在训练场上训那帮新兵蛋子吗？怎么，现在觉得外面的花花世界特别美好了？”

单世钧无语两秒：“说重点。”

“团长今天正好过来了，听说了你的事迹，想见见你。他老人家难得来一趟，你那边要是没有特别重要的事，就回来一趟吧？”

林竞在“特别重要”几个字上放了重音，很有些意有所指的感觉。

单世钧依旧淡淡地说："我在回来的路上。"
"行，中午一起吃个饭吧。"

下午五点半，曲筱阳结束了一天的门诊，刚回到办公室，就听见"咚咚"的敲门声。曲筱阳一抬头，便见肖毅笑意盈盈地站在门口，偏头看着她。
"给你打电话你手机关机，我只好过来找你了。"
电话？曲筱阳摸出口袋里的手机，用手滑了一下屏幕。
"啊，我手机没电了。你找我是……"曲筱阳忽然顿住，她后知后觉地想起之前跟肖毅说好的今天吃饭。
她微微扶额，有种想要钻地缝的冲动。她差点儿又给忘了。
曲筱阳很不好意思地冲肖毅笑了一下："你看我这记性……"
肖毅见她眼下一圈淡淡青黑，叹了口气："熬夜了吧？要不，改天？"
曲筱阳立刻站起身，摆了摆手："不不，就今天吧，正好今晚没排班。这都拖了多久了，再拖我这老脸真挂不住了。稍等一下，我把这份文件整理好我们就走。"
肖毅微微一笑："不急。"
曲筱阳收拾好医案，换下白大褂，转头问肖毅："你想吃什么？"
肖毅想了想："咱以前学校外那家烧烤店，不知道还在不在？"
曲筱阳眼睛微微一亮："还在！前段时间莫梨和她同寝的几个姐妹还去了一次。听说他们现在还开成连锁了。你这么一说，我还真有点想去了，他家烧烤是真好吃。"
肖毅笑："走吧。"
曲筱阳狐疑地看他一眼："选这种地方，不会太便宜我了吗？我还以为你会趁机好好敲我一顿。"
肖毅微勾了一下嘴角："比起外面那些花里胡哨的高档餐厅，我还是喜欢记忆中的美味。"
曲筱阳一点头："行吧，既然你都不介意，那我自然主随客便了。"

单世钧回到宿舍，忽然看见窗台上摆着的那颗"洋葱头"绿油油的花苞顶上开了一道十字形的小口，露出一点嫩白的花瓣。
原来，曲筱阳给他的那盆风信子是白色的。
单世钧心口狂跳，一种难以言喻的喜悦充斥心间。他一时间想不到别的事情，只想第一时间告诉曲筱阳这个好消息。如果有机会，也想让她看看这盆即将绽放的风信子，和她一起共赏最初的花开时刻。

明明昨天两人才见过面，但单世钧还是按捺不住那种想要再次见到曲筱阳的心情，和对她无尽的想念。

他给曲筱阳打了一个电话，电话提示说她关机了，直接转入了语音信箱。

单世钧想，曲筱阳可能又是在加班。

他盯着那盆含苞待放的风信子看了一会儿，心中忽然做了一个很冲动的决定，小心翼翼地将那盆风信子抱了起来。潜意识里，他知道，自己只是在找一个去见曲筱阳的理由。

他每天都想见到她，见不到就会想念、会担心。这种从来没有过的感觉，甚至让他觉得有些害怕。他怕一不小心就会错过，怕一不留神就会让她溜走。似乎只有时时刻刻看着她，他才会觉得安心。所以，看见风信子开花的那一刻，他甚至觉得盛开的仿佛不是风信子……而是他的心。

花开了。还有比这更好的理由吗？

单世钧满怀欣喜地赶到医院，只想给曲筱阳一个惊喜。

“曲医生早就下班了，五点多就走了。”医院的护士如是告诉单世钧。

单世钧愣了一下：“多谢……”

“这里真的是没变。”

曲筱阳抬头看着那家豆腐块店面的烧烤店，露出了怀念的表情。

烧烤店是一对夫妻开的，老公在后面烤串，老婆在前面招呼。十年了，还是这个味道，还是这个调调。

这个时间点，店里已经七七八八地坐满了小年轻，大都是学生模样。

肖毅转头悄悄对曲筱阳说：“感觉咱俩这对老叔叔老阿姨是来装嫩的，格格不入。”

曲筱阳“扑哧”一笑：“你别说破，我还可以假装一下我才十八岁。”

肖毅侧头看着她，莞尔：“你在我眼里，就是十八岁的样子。”

曲筱阳被肖毅说得鸡皮疙瘩起了一身，狠狠瞪他一眼：“去去去，少贫。”

她总觉得……肖毅今天有些怪。

“呀，是你们啊！好久不见！”

曲筱阳和肖毅刚走进那家烧烤店，老板娘就热情地上前跟他们打了个招呼。

“好久不见啊，老板娘，你还是没变，记性依然这么好。”

自从毕业后，曲筱阳就很少再过来了，而上一次光顾这家店，已经是一年前的事情了。然而老板娘竟然还是能一眼就认出她来，实属不易。

老板娘领着他们去到一张空桌坐下，一边擦桌子，一边感慨地叹了口气：

“岁月不饶人，老了。见到你们，感觉也挺怀念的。现在你们工作挺忙的吧？”

曲筱阳微微一点头：“是啊，所以都没什么时间过来，虽说上学那阵也忙，但终归不一样。”

老板娘将茶水和茶杯放到桌上，了然一笑：“烦恼总是随着年纪增长的。今天吃点儿什么？”

曲筱阳看了肖毅一眼，肖毅示意曲筱阳先点：“女士优先。”

“掌中宝、猪五花、特色牛肉、猪大肠、韭菜、小土豆、藕片、烤茄子、包浆豆腐，还有烤脑花！”曲筱阳迅速地报上了菜名，那熟练程度，就像已经点了千百回的感觉，“肖毅，你看还要加点什么？”

肖毅笑了一下：“再加两碗蹄花汤。”

曲筱阳一拍手：“对，差点儿把这个忘了！”

老板娘笑眯眯地记下两人点的菜：“好勒，稍等。”

老板娘走后，肖毅从筷笼里抽了两双筷子，用纸巾仔细擦拭了一遍，将其中一双递给曲筱阳。

“听说，你和军区附院的齐教授要一起弄个项目？”

“嗯……哟，昨天才敲定的事，今天你就听说了，消息挺灵通啊。”曲筱阳意味不明地朝他眨了一下眼，“怎么，你们心外，还真把我们当假想敌了？”

肖毅无奈一笑，摇了摇头：“连你也这么想？”

曲筱阳赶紧摆摆手：“开个玩笑而已，这么认真干什么……”

肖毅倒了两杯茶，递给曲筱阳一杯：“大家都在说，将来大外科的主任，很可能是从心外或者你们肝胆外出来。你就，真没有一点想法？”

曲筱阳接过他递过来的茶，淡定地喝了一口：“肖大神，你这是想要套我话？”

肖毅叹了口气：“你知道我不是这个意思。”

曲筱阳笑了一下，微微摊手：“那你也应该知道，我对这些虚的头衔向来不感兴趣。办公室政治让我头疼，而且我也讨厌这样会啊那样报告的。当了主任要管多少事啊，想想都心累，我还不如就待在我的手术室里磨炼技术，自在。不过嘛……肖大神，你要是以后当了大外科的主任，可别像咱钟主任那么抠，多给我拨点手术经费，升级一下手术室和器械。”

肖毅微微垂眸，轻叹一声：“你还是跟以前一样。”

“跟以前一样什么？技术宅？”

肖毅笑着摇一摇头。

说话间，老板娘端着烤好的烧烤上来了。

曲筱阳盯着眼前那碗还在“吱吱”冒油的脑花，眼珠子都快瞪出来了。

曲筱阳一边伸出跃跃欲试的筷子，一边漫不经心地问：“肖毅，我记得你以前说过你是想要一心往上爬的。”

肖毅低头看着女人明亮动人的眼眸，和因为辣椒刺激而有些微红的唇，安静半晌，才点了点头：“我是说过这话……你会不会觉得我很功利？”

曲筱阳一边开心地享用美食，一边摇了摇头：“人各有志，喜好不同罢了。那照普通人的社会标准，我不想去争这些名头，别人岂不是要说我不知上进？”

肖毅立刻道：“自然不是。”

曲筱阳抬眸看他，笑道：“这不就结了。走好自己的路，纠结那么多干什么？只要定下目标，坚定地去执行就行了。你为了自己的目标，也付出了很多努力，这些大家都看在眼里。我相信你不仅仅是为了权或者是利，你不是说过吗，要让咱们医院变得更好，更上一步台阶。你看得远，也担得起这份重任。所以你放宽心，该是你的早晚都会是你的。”

肖毅喉结微微滚动一下，半晌才说：“谢谢你。”

曲筱阳见他迟迟没有动筷，好奇道：“怎么不吃啊？烧烤要趁热吃才好吃！我怎么感觉你今天心不在焉的，谁给你穿小鞋了？”

肖毅摇一摇头，露出一个略微有些涩然的笑：“这些年一心扑在事业上，总感觉错过了很多。也有很多遗憾，没办法回头。”

曲筱阳托着下巴，想了想：“但是要想得到什么，就必须得有所付出。舍得舍得，有舍才有得。关键是看你更看重哪一头了，对吧？”

肖毅沉默许久，又笑了笑：“你说得对，是我自己选的。”

“很久没这么敞开吃了，今天算沾你的光了。”曲筱阳手搭在车窗边沿，懒散地支着额头。吃太饱就容易犯困，好在夜风微凉，正好醒醒神。

肖毅一手打着方向盘，转头冲她微微笑了一下：“我看你平时在食堂也是敞开吃的啊，你是说很久没敞开吃这种路边摊了？”

曲筱阳闭了闭眼：“肖毅，你可闭嘴吧，就我们平时那工作量，不多吃点，是要等低血糖晕在手术台上吗？真是凭本事单身。”

肖毅笑道：“哦？说得好像你不是单身一样？”

“我……”曲筱阳顿住，心底某个角落划过一丝隐秘的悸动。只要一想到那个男人，她的心跳就总会不自然地加快频率。

肖毅见曲筱阳不说话，轻轻一挑眉：“你有情况啊？啊……我想起来了。听说梁老之前给你介绍了一个相亲对象，怎么，看对眼了？”

曲筱阳双手绞紧，有些不自在地抠了一下手指，嘟囔道："怎么连这事儿都传开了，咱医院是八卦集中营吧？"

肖毅瞥见她的小动作，眼神微微一沉，过了一会儿，才慢慢道："还真是啊，对方是做什么工作的？"

"部队上的……"曲筱阳下意识地答了，后知后觉地又觉得有些可气，"怎么连你也这么八卦，是不是还要问问人家几岁，家里什么情况？这是查户口呢。"

肖毅沉默了一阵，才说："这职业……和军人在一起，以后会很辛苦的。"

曲筱阳撩起眼皮看他一眼，继而微微一笑："这职业怎么了？我觉得挺好的，和我们医生很搭。"

肖毅无语。

"某种意义上来讲，医生和军人，有异曲同工之妙。在国家需要我们的时候，都要义不容辞地顶上去，都会面临不同程度的危险，也都有需要拼命的时候。所以相互沟通理解起来，也更容易。"

"我都还没说什么，你这就着急护上了？"肖毅轻笑一声，"你们交往多久了？"

"没交往，我看不得职业歧视不行吗？"曲筱阳摸了摸鼻子。她刚才是有些急了，有些话没过脑，下意识地就冲口而出。

肖毅笑了："没交往你这么着急？看样子，你是真的很喜欢他了？"

曲筱阳脸微微一热。她承认，刚才说那番话的时候，确实存了有意维护的心思。她也不知道为什么，但就是听不得别人说单世钧一句不是，以往的冷静理智，都不知道哪儿去了。

车辆驶到曲筱阳住的小区门外，曲筱阳忽然道："停这儿就好了。"

肖毅有些无语，摇了摇头："你对我的事是真不上心。我去参加学术交流会前搬过来了，就你家斜对面那栋，忘了？"

曲筱阳尴尬地愣了一下："啊，我刚想起来。"

之前肖毅确实跟她说过在找房子，可能会搬来她这个小区。因为离医院近，上下班方便，周边配套设施也很齐全。

肖毅好脾气地叹了口气，将车开到曲筱阳住的那栋楼下。

曲筱阳下车，朝肖毅挥了挥手。

"筱阳，问你个问题。"肖毅一只手随意地搭在车窗上，探出头来看着曲筱阳，眼中神色晦暗不明。

"你问你问，知无不言。"

肖毅顿了顿，认真地看着她："如果我当年没出国，我们，有可能吗？"

曲筱阳愣愣地看着肖毅，半晌没说话。之前她还有些睡意迷糊，现在整个人彻底清醒了。她甚至怀疑自己耳朵出了问题，听错了。肖毅对她……怎么可能？

这种感觉就像睡你上铺的兄弟忽然跟你表白一样，怎么想怎么别扭，浑身不适。讲真的，她和肖毅要是能在一起，早就在一起了，还用等到现在？！认识这么多年，从一开始她就和肖毅不来电，两人之间完全没有那种感觉。她以为肖毅跟她的想法是一样的，所以两人才相安无事地当了多年的兄弟、朋友、竞争对手。所以，肖毅今天是吃错药了吗？

曲筱阳都不太敢直视肖毅的眼睛，尴尬得脚趾都能在地上抠出一座歌剧院了。

半晌，她才为难地看向肖毅："你在开玩笑吗？"

肖毅看了她两秒，忽然"扑哧"一笑："是啊，逗你的。"

曲筱阳有些无语地看着他："能不能别开这种玩笑？你想吓死我啊。"

肖毅微微一点头："行行，不说了。今天谢谢你的晚餐。上楼吧，早点休息。"

曲筱阳朝他挥了一下手："回见。"

回到家后，曲筱阳先将手机插上充电器，而后转头去洗澡。

都是成年人了，曲筱阳也不笨，自然知道肖毅说的话，未必是真，但也未必全都是玩笑话。

曲筱阳叹了口气，如果肖毅打算来真的，以后她便只能躲着他走了。同一家医院工作，现在还成了邻居，这关系以后要怎么处？她刚才之所以把话说那么绝，也是想把肖毅的这种想法扼杀在摇篮里。她不希望两人的关系走向那种尴尬的境地。

小区门外的街边，停着一辆车。昏黄的路灯照在车身上，在地上拖出一个长长的斜影，显得那辆车更加形单影只。

驾驶座上坐着一个高大英俊的男人，他眸色暗沉地盯着小区的大门，沉默而孤寂。副驾驶座上摆着的，他小心翼翼包好的那盆植物，在车内暖气的吹拂下，轻轻晃着头。它得意扬扬的小模样，仿佛在嘲笑男人的一意孤行。

单世钧瞬也不瞬地盯着小区紧闭的大门，好看的薄唇抿成一条线，脑中走马灯似的一遍一遍回放着刚才看到的那个画面——娇俏美丽的女人有些慵懒地倚在车窗上，侧头和驾驶座上的白皙斯文的男人有说有笑，和谐中带着丝丝暧昧。

单世钧垂在身侧的手微微握紧成拳，片刻后，低头滑开手机锁屏。屏幕上干干净净。两个小时前发出的信息，依然没有收到任何回复。

单世钧不知道自己为什么还要继续待在这里，但就是像魔怔了似的，大脑有些昏沉，手脚也跟灌了铅似的，就是动不起来。

明明看着曲筱阳和别的男人一道进了门，他心中却依然抱着一丝渺茫不可及的希望，总觉得下一秒钟，就能收到她回复的信息。

然而没有。没有消息、没有解释，什么都没有。

单世钧像一尊石像似的，就那么一动不动地坐在驾驶座上，眼看着时间一分一秒地流逝而过。逝去的每一分每一秒，都像是扎入他胸口尖锐的刺。

至于曲筱阳那头的画面，他连想都不敢想。光是想到她会冲着另一个男人笑靥如花、柔情似水，会……他就觉得心中郁结、喘不上气。他甚至有冲动直接杀到曲筱阳家门口去，砸开门，将那个男人轰出去。现在这样无声而漫长的等待，几乎要生生逼出他的戾气。

林竞曾经跟他说过的话，此时像是魔音灌耳般，莫名其妙地从脑中蹦了出来，往复循环。

没有人会一直停在原地等他，一旦错过，就回不去了。

曲筱阳点了香薰，舒舒服服地洗了个泡泡浴。这是她一天里最放松的时候，完全的大脑放空，什么都不用去想，不用去担心。泡在浴缸里出神的时候，她脑子里各种各样的想法都冒了出来，一会儿想到小白，一会儿又想到单世钧，想到他身上头上那些还没好完的伤。

她知道，真正痛的，并不是这些外伤。外伤终究会痊愈，但那些刻在心里的伤，可能一辈子都去不掉了。单世钧跟她说他从前线退下来，转了岗位的时候，她心里其实是很高兴的。这种想法可能有点自私，但谁又愿意让自己身边亲近的、爱的人，一次又一次地身陷险境呢？

所以曲筱阳也能理解小白父母那种，痛失爱子，不能原谅不能接受的情绪。

他们的工作实在是太危险了，充满变数，看不清明天。作为他们的亲人、爱人，必须有一颗强大的心，能够和他们共同去承担、去肩负。曲筱阳想到之前单世钧的伤刚好一点，就来医院找她，她却因为心里憋着气，故意说了一些很伤人的话。但他竟然没有反驳，也没有辩解，而是全盘接受了她的抱怨，还好脾气地说要努力改变，变成她喜欢的样子。

这几次都是单世钧主动过来找她，每次也是他先发信息过来。而且之前等她的时候，也是十二分的耐心……

曲筱阳叹了口气。他确实是看着脾气硬，做事也是雷厉风行不易接近的样子，然而内心却很柔软。她是不是对单世钧太严苛了？

曲筱阳想，也许她也应该主动一次，至少问问他伤怎么样了。

她一边用吹风机吹头发，一边拿起一旁充好电的手机。开机后，屏幕上瞬间弹出好几条消息，两通未接来电的提示。医院护士台那边给她打了个电话，单世钧给她打了一个电话。还有两条单世钧发过来的信息。

曲筱阳顿了顿，还是先给医院那边回了个电话。

“小静，是我，曲筱阳。”

“啊，曲医生！这么晚您还没休息吗？”

“刚才手机没电了，医院这边有什么事吗？”

“也没什么事。只是之前有位男士过来找你，你当时不在。我想说给你打个电话的。”

曲筱阳安静了两秒：“我知道了，谢谢你，小静。”

曲筱阳挂了电话，直接点开了单世钧的信息。

【风信子开花了。我把它带过来了，你想看看吗？】

【我在你家小区外面，有空见一面吗？】

电话是六点过后打的，和医院那通电话时间几乎是一前一后。看来单世钧先去医院找的她。

短消息，第一条是七点过后发来的。

第二条的发送时间是九点半。

曲筱阳惊得赶紧起身。

现在都快十一点了。曲筱阳这下连头发也顾不得吹了，扔下吹风机，匆匆套上外套，她一边给单世钧打电话，一边着急地穿鞋出门。

“嘟——嘟——”

电话响了好几声，才被接起来。

单世钧接起电话后，没说话。

曲筱阳心头微微一动：“你在哪儿？你还在小区外吗？”

单世钧握着手机的手微微一紧，刚听到曲筱阳的声音从电话那头传来的时候，他甚至怀疑自己是在做梦。

过得半响，他才压着嗓音“嗯”了一声。

曲筱阳立刻道：“等我一下！我现在就出来！”

她跑得很急，冬夜的寒风刮在脸上，有一点刺痛。但她已经全然不在意了，她甚至都没觉得有一丁点的冷。她刚跑出小区，旁边忽然伸出一只大手，牢牢握住了她的胳膊。

她还没回过神，就被人拉入怀中，紧紧抱住。

曲筱阳有那么一瞬间真的觉得有些喘不上气来，但又有点不忍心将这个男人推开。他身上带着一点清冷的寒意，抱她的手，似乎也微微有些颤抖。像是丢失了什么重要的宝贝，又失而复得的感觉。

过了一阵，单世钧才慢慢松开曲筱阳，他低头看着曲筱阳，哑声道：“抱歉……弄疼你了吗？”

曲筱阳摇一摇头，抬头看着单世钧。

他抿着唇，视线专注地追寻她的目光，眼底有些微红。她总觉得他此时有些莫名的脆弱，又似在拼命忍耐着什么。她抬起手，缓缓贴上男人有些凉的侧脸：“对不起，我手机关机了，才看到你的消息。”

单世钧微微摇一摇头：“没事。”

他目光落在曲筱阳还有些湿润的头发上，上面残留的水汽在遇到冷空气后，结成了小粒小粒的冰晶。他抬手，轻轻按在她后脑上，手指慢慢地揉捻了一下沾着水汽的长发：“你刚才……在洗澡？”

曲筱阳微微一点头：“嗯……”

单世钧眸色猛然一沉，有些晦暗疯狂的东西悄悄在眼底流转。自从看到她和那个男人一起回家后，每一分每一秒对单世钧来说都是煎熬。他一直焦躁地盯着时间，希望那人只是送曲筱阳回家，希望他们只是朋友或者同事，就算上楼坐一坐，也是因为有工作要聊……

单世钧等了很久，却一直没等到那个男人从小区出来。那种隐秘的疼痛，从心尖蔓延至心脏每一个角落。有那么一瞬，他感觉自己心脏病都要犯了。

曲筱阳身上随意地披了一件外套，拉链潦草地拉了大半，领口处露出一件带圆点的棉质衫，有点像是睡衣。感受到男人身上忽然爆发的不同寻常的低气压，曲筱阳有些疑惑又有些担心地抬头看着单世钧：“你……”

后面的话，单世钧没有再给她机会说出口。

曲筱阳只觉得眼前一暗，男人已经低头压了过来，用力堵住了她的唇。他的大掌紧扣着她的后颈，强势地将她压向他。他高挺的鼻梁顶着她的鼻尖，之前唇上带着的冬夜寒凉的气息，很快消散在两人唇间，连呼吸都变得炙热起来。

就在曲筱阳觉得大脑空白，快要喘不过气时，单世钧忽然克制地停了下来。他微微后撤，离开了曲筱阳的唇，眼神却依旧紧紧锁定曲筱阳的每一个表情。他像是在观察她的反应，又像是在给她时间逃跑。

曲筱阳脑袋发晕，心跳如雷，呼吸间都是男人身上清冽好闻的气息，靠在他怀里，手脚都有些使不上力。她有些懵地看着那好看的眉眼，和那有些性感的薄唇，根本没法移开眼，更别说要逃开他了。

见曲筱阳没有反抗的意思，单世钧眸色转深，再次压下唇来，便再也不给她逃开的机会了。那是个让人完全无法抵抗的深吻，热情得让人窒息，甜美得让人只想沉溺。

曲筱阳脑子都不转了，情绪的起伏，身体的反应，都被男人掌控着。她迷迷糊糊想起两人之前在T国的那个吻，也是这样的深情和炙热。只不过这一次他不再克制，多了很多的占有欲和放肆。

等到单世钧终于愿意放开她时，她只能靠在他怀里微微喘着气，半晌说不出一句话。

单世钧温热的手指轻抚一下她的脸颊，将粘在她唇边的发丝仔细地挂到她耳后。他抱着曲筱阳，半晌，才在她耳边低声道："拜托你，再等等我。"

曲筱阳脑子依然有些懵，一时间有点回不过神，等……什么？

"不要跟别人在一起。"单世钧顿了顿，话语里带着丝恳求的意味，嗓音都有些嘶哑了。

"你如果愿意给别人机会，是不是也能给我一个机会？"

曲筱阳云里雾里地听了半晌，这下终于有些明白过来了。她稍微一细想，便猜到了前因后果。

单世钧大概是看见肖毅送她回家了，难怪这么反常。

曲筱阳"扑哧"一笑。

单世钧愣了一下，忽地收紧手臂："笑什么？"

曲筱阳觉得有些好笑，但更多的是不忍心。她也没想到，一个小误会竟然把这"钢铁直男"折磨得如此心力交瘁。她头一次发觉，单世钧竟然还有这么可爱的一面。眼前这个眼眶微红，小心翼翼请求她给机会的男人，让人心软，又心疼。

曲筱阳叹了口气，仰头看着单世钧："你都怀疑我带男人回家了，怎么还傻乎乎地在这里等着我？"

单世钧安静地看了她半晌，认命似的闭了闭眼，低头抵上她的额头。

"我也不知道，但就是不想走，感觉这样能离你近一点。"

曲筱阳胸口微微一涩，漂亮的杏眸里波光流转："那要是我，一晚上都不回复你呢？你打算在这儿傻坐一晚？"

单世钧安静了一会儿，用唇轻轻蹭了一下她光洁的额头，哑声说："我不知道。"过了许久，才又道，"我可能还是会等你。"等你回头看到我。

明明也是天之骄子一般的人，怎么就愿意为她退让到这种地步呢？

曲筱阳解释道："今天送我回来的，是我大学同学，也是我同事。他也住这个小区，正好顺路，我可没请任何人到我家里去。"

单世钧有些无语。

曲筱阳打趣道："现在你知道真相了，是不是有些后悔刚才说那些了？"

单世钧摇一摇头，认真道："我不想把你让给任何人。

"这份心情，是认真的。"

曲筱阳哑然，又觉得有些臊得慌，只得转移话题："不是要看风信子吗？"

单世钧微微一点头，握住她的手："来。"

他将曲筱阳带到车内，拧开车灯，和她一起看着那盆含苞欲放的风信子。

曲筱阳："你把它照顾得很好。我本来以为你在T国那么忙，情况又危急，应该没时间养它。"

单世钧只说："这是你给我的。"

言下之意，他再忙再乱，也会看顾好这盆花。

单世钧忽然拉过曲筱阳的手，抬眸看着她："白色风信子的花语，我后来查了。"

说不出口的爱。

那时曲筱阳想传递给单世钧的心情，亦是单世钧想要传达给她的心情。

"筱阳，和我在一起试试吧。"

人生苦短，本不应蹉跎光阴。

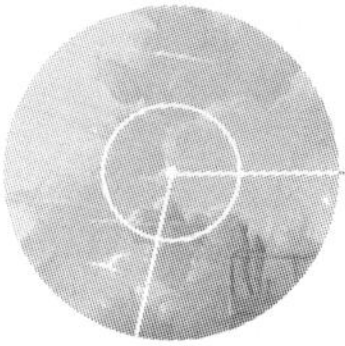

ben fu shanhe, benfu ni

第十四章 渐入佳境

“你不对劲，很不对劲。”

在曲筱阳又一次查看手机后，莫梨直接伸手抽走了她的手机。

“这上面是有什么花吗，比我还好看？一顿饭时间，你看了五次手机了。你以前吃饭可从来不看手机的。”

“还我……”曲筱阳叹了口气，朝莫梨伸出手，“你幼稚不幼稚？”

莫梨贼兮兮地一笑，冲她眨眨眼：“让我看看，究竟什么东西这么有吸引力，居然能让你抵抗住美食的诱惑。”

难得一次两人都有午休时间，于是相约去医院外一家地道的家常菜馆改善伙食，点了几道最爱的小炒。

平时有这种机会，曲筱阳都是专心致志埋头大快朵颐的，偶尔才会跟莫梨闲聊几句。

而今天的曲筱阳，依然只是偶尔才跟莫梨闲聊几句，但让她专心致志埋头钻研的，不再是美食，而是她的手机。莫梨的第六感告诉她，这丫头有情况。

莫梨看了一眼没收来的手机，微微一挑眉：“哟……还真是花啊。”

她说的是曲筱阳手机的锁屏，上面是一盆刚刚露出一个花苞头的风信子。

曲筱阳的锁屏壁纸从来都是星系航拍图，什么时候少女心地换成花了？事出反常必有妖。这女人果真有情况！

莫梨眼尖地注意到，壁纸相片的一角露出了一只捧着花盆的手。骨节分明匀称，很有力量感，那是一只男人的手。

“谁送你的花？”莫梨转手将手机还给曲筱阳。她倒没有真正要窥探曲筱阳手机里秘密的意思，只是想逗一下曲筱阳。

曲筱阳摇一摇头，正要开口，莫梨便又做了个“停”的手势：“让我猜一下……”

“是我们的肖大医生吗？啊，不对，现在该叫他肖副教授了。”

“这……”曲筱阳露出无语又尴尬的表情，“饭可以乱吃，话不能乱说。”

莫梨“扑哧”一笑：“肖毅原来这么没魅力，你脸都青了。”

曲筱阳扶额：“我又没肝病，还脸青，你可是医生，说话能不能别这么夸张。”

“好啦，好啦……我猜，是你那个兵哥哥送你的吧？”

曲筱阳没作声。

莫梨双手交叉于胸前，微微一点下巴：“说吧，给你三分钟自我陈述的时间。坦白从宽，抗拒从严。”

曲筱阳有些好笑地看着莫梨，微微一点头：“好，我先说结论，你猜错了。”

莫梨目瞪口呆：“不会吧，还有别的我都不知道的男人？！”

曲筱阳“扑哧”一笑：“不是。我是说那花，不是他送我的，是我送他的。”

她说这话时，眉眼间是掩饰不住的甜蜜，嘴角微微上翘的弧度，竟有几分可爱小女人的感觉。

莫梨被酸倒一片牙：“啧啧……这恋爱的酸臭味。你俩还挺有情趣。所以，你们真在一起了？”

曲筱阳垂眸，又笑了笑：“嗯。”

那晚到底还是没扛住某人的美男计加苦肉计，她心软了，嘴也软了。

小白的事情让她想了很多。人生本就短暂，生命已然足够脆弱，不应该再把时间花在那些小纠结小别扭上。就像单世钧说的，他爱她的那颗心，是认真的、炙热的，而她对他的感情也是一样。最重要的东西，她已经得到了。珍惜身边人，过好每一刻，才是最重要的。

莫梨露出一个真心的笑容：“恭喜你啊，感觉你们磕磕绊绊这一路走来也挺不容易的。”

曲筱阳垂眸一笑：“是不容易。”所以才格外珍惜。

莫梨叹了口气：“唉，不过这样一来，肖毅就完全没机会了。他现在肯定很后悔当时选择了出国。”

曲筱阳有点无语：“这跟肖毅有什么关系，你怎么老喜欢把这事儿往肖毅身上扯？”

“哈，你俩当时可是我们系出了名的金童玉女啊。我们都觉得你们最后一定会在一起。我感觉肖毅挺喜欢你的，他每次看你的眼神都……很有感情。”

曲筱阳无语，搁以前她肯定立刻就怼回去了，然而自从那天肖毅半开玩笑似的说了那句话后，她再没有反驳的理由了。

莫梨：“不过说真的，我一直想不通……你跟他当了这么多年的朋友，怎么就真的对他一点感觉都没有？

“好歹人家也是要才有才要貌有貌，你这么无动于衷，让人有点意难平啊。你要知道，追肖毅的人都能从咱们门诊大楼排到医院大门去了。”

曲筱阳摸了摸鼻子：“那可能是……我和他气场不太合吧。”

莫梨摇一摇头：“缘分这东西，感觉挺玄学的。”

下班后，曲筱阳刚走出门诊大楼，就被人从身后拍了拍肩。曲筱阳一转头，就看见肖毅微微笑着，看着她。

“好难得啊，几乎就见不到你正常时间下班。怎么，最近想通了，要摆脱工作狂的 tag（标签）了？”

“是挺难得，主要是今晚没有加手术。你不也是吗？”

肖毅微微抬起手，车钥匙在他修长的手指上潇洒地打了一个圈：“走吧，你今天车辆限号吧？顺路捎你回去。”

曲筱阳微微愣了一下：“啊……不用了。”

肖毅微微一挑眉，神色莫测地看着她：“为什么？是因为那天我说的那些话吗？”

眼见气氛又要变得尴尬，曲筱阳赶忙道：“不是……是我男朋友要过来接我。”

曲筱阳刚从门诊大楼出来，单世钧远远地就看见她了。他正准备走上前去接曲筱阳，就见另外一个男人匆匆从门诊大楼里走了出来，截住了曲筱阳。

单世钧微微眯了一下眼，他想起来了，这男人他见过，是那晚送曲筱阳回家的人。

男人笑着对曲筱阳说了什么，眼神甚至称得上有些温柔，曲筱阳微微摇了一下头，那人眼中的光又褪去一点。

单世钧从容不迫地拾级而上，而后便听曲筱阳对那人说道：“我男朋友要过来接我。”

他微勾一下嘴角，径自走上前去，伸手轻轻揽住曲筱阳那盈盈一握的纤腰。

“今天下班下得挺早。”

曲筱阳先是微微一惊，而后转头看向单世钧，不自觉地，就仰起脸冲他露出一个笑：“你来多久了？”

最近这几天，单世钧没事总会往医院这边跑。等着曲筱阳下班，接上她一块儿去吃个饭，时间早就看个电影什么的，时间晚就直接送她回家。曲筱阳工作本来就挺忙的了，大部分时间自顾不暇，剩下不多的时间里，能见到喜欢的人，简简单单约个会，也挺好的。

而且曲筱阳发现一件很神奇的事。就是无论她下班早或是下班晚，单世钧总是那个等待的人，风雨无阻。

单世钧笑着轻揉一下她的头："刚到。"

肖毅看着两人自然而亲昵的互动，没说话。他的目光在单世钧揽着曲筱阳腰的那只手上微微停留两秒，而后又礼貌地移开视线。

曲筱阳这才想起旁边还有个人，她拉着单世钧说："介绍一下，这位是我大学同学，肖毅。"

单世钧主动朝男人伸出手："单世钧。"

肖毅微微笑了一下，握住单世钧的手："你好。之前听筱阳提过你，终于见到本尊了。"

两个男人视线对上，眼神交错的瞬间，气氛有那么一瞬间的冷凝。

肖毅又笑了笑，收回手："那我就先走了，不耽误你们。筱阳，明天见。"

"嗯，明天见。"

也不知是不是她的错觉，刚才虽然两人面上挺和谐的，但她夹在两人中间，总有一种极其压抑的感觉。

单世钧忽然轻轻掐了一下曲筱阳的腰："人都走了，还看？"

"谁看了？！"曲筱阳怕痒，微微挣了一下，结果一扭身反而撞到男人怀里去了。

单世钧沉声一笑，顺势手臂一收，将她拉入怀中。

曲筱阳轻轻挣了一下："喂，注意点儿，医院门口呢，熟人多。"

单世钧低头，唇瓣扫过她的耳郭："那一会儿没人的地方就可以了？"

这次不仅是耳朵，她连脸也红了。这人简直流氓啊，之前那副生人勿近、正人君子的模样，都是装出来的吗？！

可能他还真是装的。一上车，单世钧就俯身过来，吻住曲筱阳的唇。曲筱阳完全没想到单世钧会突然袭击，下意识地轻轻推了下他的肩。虽然单世钧停车的地点和医院隔了一条街，但曲筱阳担心被熟人看见。这要是被人看见了，明天一准被人炒上院内网头条……

单世钧轻咬一下她的唇，退开一些，和她鼻尖贴着鼻尖，低声问："怕你的男同事看见？"

曲筱阳愣了一下，又好气又好笑。这男人吃起醋来，还真没女人什么事了。

她主动仰头在他唇上轻啄了一下："这你也要吃醋……我是怕明天咱俩就被挂到院内网八卦版首页上了，标题是某某医生和陌生男子车内激吻。"

单世钧微微一挑眉："陌生男子？"

曲筱阳笑着抬手去抚他的眉："这叫标题党，吸引眼球。乖，不气不气！"

单世钧握住她的手，放在唇边亲了一下："你和你那大学同学，关系还不错？"

曲筱阳背脊微微一寒，只觉得这题若答不好，可能会是道送命题。

"也就还……可以吧。"

单世钧看着她："以后只要部队那边没紧急情况，我都会来接你。"

曲筱阳有些忍俊不禁，总觉得这样醋意横生的单世钧很可爱。

"他的车虽然比我的好一点，但其他的一定没我好。"

周五晚上，曲筱阳一台手术做到深夜一点才下台。她换了衣服，收拾好东西走出住院部时，单世钧已经等在了门外。

单世钧看着曲筱阳明显有些倦容的脸，环过手臂，轻轻将她抱住："辛苦了。"

曲筱阳抬手摸一摸男人微凉的脸："不是跟你说别过来了吗？你看你冻得……"

她今天这台手术是临时加的。本来她应该七点多下班的，结果急诊那边收了一个重症病人，情况危急，不得已就把这台手术加上了。

加台对于曲筱阳来说也算是家常便饭了，但现在她总觉得对单世钧很抱歉，她总是在让他等待。两人的情况，好像调了个儿。

就像今天，她本来和单世钧约好了去看电影。结果急诊那边一个电话，她就不得不放了他鸽子。她给他发了短信让他别过来了，但他还是出现在了这里。

曲筱阳有些心疼："你看你，本来休息时间也不多，这不是白跑一趟吗？"

单世钧按住她的手，低头去寻她的眼睛，微微笑了："没白跑，我见到你了。"

只要能见到这张可爱的脸，抱一抱她，感受她在身边，哪怕只有短暂的一会儿，他所有的疲惫都会烟消云散，所有的等待都是值得的。

曲筱阳微微仰头，吻了吻男人线条刚毅的下颌："以后我值夜班，你就别等了，这样多累啊。"

单世钧握着她的手，揉捏了两下，拉到唇边，轻轻吻在她指尖上。曲筱阳感觉心尖儿都颤了颤，耳朵都热了。两人十指相扣，慢慢往单世钧的车走去。两人的影子在地上被拉得老长，相依相偎，交缠一处。曲筱阳将头轻轻靠在单世钧的胳膊上，他的臂膀结实坚硬，靠上去很有安全感。

上了车，单世钧从后座拿过一个纸袋递给曲筱阳。

曲筱阳打开纸袋，看见里面放着一个保温桶："这什么呀？"

单世钧淡淡说："这家的煲汤味道很好，你试试。我发现你老不按时吃饭，明明自己就是医生，却不爱惜自己的身体。"

曲筱阳心底一暖："谢谢……"

虽然她自己是医生，但其实生活上并没那么讲究，有时候大半夜下了手术，饿了直接泡碗方便面。不仅是她，大部分外科医生其实都没办法兼顾事业和自己的胃。保温桶里的汤依旧热气腾腾，有些微微地熏了她的眼。曲筱阳一个人在外打拼多年，对这样的生活早就习以为常。她从来也没奢求过，有人能在寒冬腊月里大半夜地等着她，给她送一碗热汤。然而当真有这么一个人守在她身边时，却似乎激活了她埋藏在内心许久的，最柔软最脆弱的一面。

单世钧将曲筱阳送到她公寓楼下，转头看她："你明天上班吗？"

曲筱阳摇了摇头："明天休息。"

顿了顿，曲筱阳心头一动："那我们……"

"那我明天来找你？"

单世钧和曲筱阳想到一块儿去了。两人平时工作都很忙，能待在一起的时间不多。到了周末，肯定都是想要抓紧时间腻在一起的。

曲筱阳沉吟了片刻，低着头说："今天太晚了，你这一来一回的也不方便。要不你就住我家吧？"

说这话的时候，她都没好意思去看单世钧的眼睛，说完这话，她的脖子、耳朵都红了。她其实有点担心单世钧会不会觉得女孩子说这话不太矜持，但她其实就是单纯地不想让单世钧大冷天的还要这么来回跑来跑去地折腾。

单世钧心疼曲筱阳加班，而曲筱阳心疼单世钧不知疲倦地等待和奔波。她的心情，和他是一样的。

单世钧愣了一下，过了片刻，才低声问："你确定？"

曲筱阳有些不好意思地别过头，做了个抬手捂嘴的动作，低声嗫喏："这种时候，就不要反问了好吧……"

单世钧垂眸看着她，眸光中流转过一些深沉复杂的情绪，眼神很是温柔。

曲筱阳轻咳一声："先申明，我只是觉得太晚了收留你一晚。我，我家有多余的客房，你……别想太多。"

单世钧微微笑了一下，凑过去，亲吻了一下她的脸颊："嗯。"

深更半夜，孤男寡女的共处一室，说不紧张是不可能的。

生平第一次带男人回家，曲筱阳连手脚都不知道怎么安放了。她完全没有这方面的经验，从单世钧跟着她进屋开始，整个心脏就像不是自己似的，在胸腔里怦怦乱跳。

曲筱阳悄悄按着自己那颗不争气的小心脏，又有些懊恼自己竟然一时冲动邀请单世钧留下来过夜了。她不会成为古今中外第一个因为男朋友留宿而心梗的人吧?

作为主人，曲筱阳还是贴心地带着单世钧看了客房，准备了新的床单、被褥以及洗漱用品。单世钧看着曲筱阳同手同脚地领着他走进浴室，微叹了口气，从背后靠上前去，用手握住了曲筱阳的胳膊。

男人从背后贴过来时，曲筱阳立刻身体僵硬，连动都不会动了，一副任人蹂躏的小鸡崽模样，又可怜又好笑。

单世钧低头时，温热的气息就轻轻拂过曲筱阳的后颈。她脖子上起了一串鸡皮疙瘩，心跳得更快，整个人都要疯了，满脑子都是“我是谁”“我在哪儿”“我要干什么”……

“筱阳，”单世钧低头看着女人紧张的模样，微微叹了口气，“别这么紧张。你放心，我不会逼你做任何你不想做的事情。”

曲筱阳微微侧头，看到镜子里的男人似是有些无奈的样子，眼神依旧很温柔……

啊……她感觉单世钧有些误会她的意思了。

她也并不是抗拒和他亲密接触……只是，凡事都有第一次，没经验还不准人紧张一下吗?！她正纠结着要不要稍微解释一下，单世钧又伸手揉了一下她的头：“太晚了，早点休息吧。”

好像也不是个适合解释的时机，曲筱阳摸了摸鼻子：“嗯……你也早点休息，晚安。”

单世钧忽然拉了曲筱阳一下。

曲筱阳疑惑地回头，下一秒，眼前忽地一暗。单世钧朝她低下头来，一个亲吻落在她额头上。

“晚安。”

曲筱阳整晚都睡得不太踏实，明明身体已经很疲惫，但大脑就是处于半兴奋状态迟迟不愿意入睡。也许是因为单世钧就睡在她隔壁的原因，她脑子里塞满了很多画面和想象，一会儿是他俩初遇的场景，一会儿是他在T国拉着她惊险逃亡的情形。还有一些，不可描述的，冒着粉红色泡泡的画面。在床上翻来覆去胡思乱想，折腾到后半夜，她才终于入睡。

早上她是被一阵葱油的香味弄醒的。

隔着一道卧室门，她隐隐约约听到开放式厨房那里传来锅铲碰撞的声音。曲筱阳愣了一下，迅速从床上坐了起来。迟钝的大脑逐渐清明起来，她想起来昨天留了单世钧在这里过夜。

曲筱阳迅速地冲了个澡，收拾妥当后才从卧室里出来。一眼便能看见厨房里身材高大的男人忙碌的背影。系着围裙专注做饭的男人也特别帅。

曲筱阳轻手轻脚地走过去，正见单世钧从锅里铲出一个摊好的煎饼，放入盘子里。

单世钧早就听见曲筱阳的脚步声了，这会儿她一靠近，他便转头冲她笑了一下："早。休息得还好吗？"

曲筱阳一想到昨晚睡前满脑子都是他，便觉得有些不好意思和他对视。

单世钧却不知道她心里这些个弯弯绕绕，只问："本来想给你泡杯咖啡，但我没见你的咖啡粉在哪儿了？"

曲筱阳"啊"了一声，赶紧将咖啡粉拿了出来："我来泡吧。你喝浓点还是淡点？"

"浓点吧，谢谢。"

单世钧很快摊好了所有的煎饼，盛盘端上桌。煎饼里放了鸡蛋、胡萝卜、香菇、小葱，又营养又好看。吃到嘴里，味道更是惊艳。

曲筱阳忽然觉得，幸福大抵也不过如此了。周末的早上不用上班，睡个懒觉，喝一杯香浓的咖啡，品尝爱人亲手烹制的爱心早餐。不用轰轰烈烈，只愿细水长流。

享用过单世钧的爱心早餐，两人都不太想动，窝在沙发上，有一搭没一搭地闲聊。

曲筱阳感叹道："想不到你厨艺这么好。"

单世钧微微一笑："嗯，身上要没两把刷子，女朋友都要跟着别人跑了。你喜欢的话，以后常做给你吃。"

曲筱阳愣了一下，微微有些不好意思："什，什么跟着别人跑了，哪有什么别的人？"

单世钧偏头看着她："就那个，车比我好的那个。"

曲筱阳无语凝噎半晌，微微扶额："我的单大队长，你怎么这么记'仇'呢……"

他不过也就见她坐过一次肖毅的车，这就惦记上了。

单世钧淡淡地说："我昨天等你的时候，逛了一下你们门诊部的宣传栏。那个肖毅，是心外的副教授？"

曲筱阳终于明白单世钧为什么忽然醋意横生了。男人似乎都有这种不知从何而来的，谜之胜负欲。她忽然就起了坏心眼儿，想逗一逗单世钧："是啊。肖毅可是我们院最年轻的副教授，青年才俊。"

单世钧果然上当，瞬间没了耐心，不甘示弱地说："等我升了职，也是我们大队最年轻的正团级，我明年就能换一辆比他好的车。"

这小孩儿似的赌气发言让曲筱阳忍俊不禁，她微微一摇头："我又不在意这些。"

顿了顿，她忽然回过神："你要升职了？"

单世钧点了点头："嗯，也是最近大队决定的。本来想等事情敲定以后再告诉你，不过现在，我觉得还是可以先跟你说一声。"

曲筱阳看着他："你要知道，我喜欢你，是因为你这个人，不是别的什么。"

单世钧看着她，认真道："我知道。我只是想告诉你，你既然选择了我，我便一定不会委屈了你。"

曲筱阳又笑了笑："哪儿来什么委屈？只要跟你在一起，就不委屈。何况，车这种东西到底是消耗品，身外之物。而且……你不是说，你车技比他好吗？"

单世钧眼中闪过一丝意味不明的神色，忽然挪近了些，一只手横在曲筱阳身前，搭在沙发一侧的椅背上，形成一个将曲筱阳"圈"在怀里的姿势。

他低头看着曲筱阳的眼睛，声音里忽然染上一抹喑哑的欲望："是……你想试试吗？"

曲筱阳脑子"轰"的一声，直愣愣地看着他，整个人都好似瞬间被点燃了。从脖子一路红到耳根。

两人对视良久，谁都没有先动。最后，单世钧眸色一深，认输似的，低头吻住她的嘴唇。

就在此时，曲筱阳放在桌上的手机忽然响铃，不依不饶，一声盖过一声……

两人都僵了片刻，最后曲筱阳有些无奈地拿过手机。一看来电显示是医院，便立刻接了起来。

"曲医生，32床那老太太突然不行了，你赶紧过来看看吧！"

32床，正是之前医闹那个王霞的母亲。曲筱阳瞬间像是被冷水泼醒了一般，什么旖旎浪漫的遐思都褪了个干干净净。

单世钧见曲筱阳神色沉郁，也收了那些旖旎的心思，看她的眼里也露出几分担忧："出什么事了？"

曲筱阳有些抱歉地看着他："我得赶回医院，有个病人情况不太好，抱歉，今天又不能陪你了。"

难得休假一天，本来说好两个人在一起，不问工作，就安安静静地和彼此待一天的，但她又不得不放单世钧的鸽子了。

曲筱阳心里愧疚，却不得不赶回医院。

单世钧用拇指轻轻抚过她的脸，理解地说："没关系，你有你的职责。我们有的是时间，但病人等不起。"

单世钧开车送曲筱阳回医院。

下车前，曲筱阳主动凑过去，在单世钧脸颊上轻啄了一下。

"对不起，下次补回来。"

单世钧心脏猛跳一下，看她的眼神晦暗不明："补什么？"

"你想要什么就补什么。"曲筱阳飞快地在他耳边留下这么一句，转身下了车。

单世钧看着曲筱阳迅速消失在住院部大楼里的身影，指尖轻碰了一下曲筱阳亲过的那个位置，心口一阵一阵地发烫。

他所求并不多，像这样一个简单的吻，一句简单的情话，就能陪伴他撑过那些曲筱阳不在身边的难熬的时光。

曲筱阳赶到住院部时，老太太已经被送入了重症监护室。

"怎么回事？"曲筱阳穿上无菌服走进重症监护室，向值班医生了解情况。

"急性心梗。已经喂患者服用了阿司匹林和替格瑞洛，曲医生，现在怎么办？是保守溶栓治疗，还是支架？"

曲筱阳接过病历报告快速扫了一遍："老太太年纪大了，而且前不久做过手术，溶栓风险大，成功率低。通知心外的人了吗？"

"心外的刘大夫过来看过了，建议保守治疗……"

曲筱阳蹙眉，眼神中隐有怒意："谁帮我去叫一下肖毅，他现在在手术台上吗？"

曲筱阳知道，"保守治疗"不过是一个推托的借口罢了。全院都知道，这老太太是块烫手的山芋，本身年龄大了，基础条件也不好，再加上子女不孝，只把她当作摇钱树。现在老太太早年那点积蓄都被她女儿薅光了，她住在这里的治疗费，一部分来自医保，剩下那部分都是曲筱阳和她科室里垫付的。心外不愿意接这烫手山芋，究其根本，就是怕老太太上了手术台又下不来，徒惹一身骚。但凡和医闹沾了关系的病人，本就没几个医生愿意接手的。

肖毅过来的时候，看到曲筱阳在翻看老太太的检查报告。

见肖毅过来，曲筱阳直接将手中报告递给他："这是造影的结果，你看看。支架还是搭桥，你说了算。”

肖毅接过造影报告单扫了几眼，又抬头看向曲筱阳：“我们……借一步说话。”

曲筱阳：“好……”

两人走到重症监护区走廊的尽头，肖毅才开口：“筱阳，我觉得老太太这情况，还是保守治疗吧……”

曲筱阳愣了一下：“什么意思？”她心头微微一动，“所以，刘铭建议保守治疗，你是知情的？”

肖毅无奈地看着她，没说话。

曲筱阳眼神微颤，起先似乎还有些不敢置信，而后眼神中的不理解慢慢变为了无奈。

她似自言自语，又似自嘲，轻声道：“也对，你现在是副主任了。科室里大大小小各种事，肯定都是要跟你报备的。”

肖毅上前一步，握住曲筱阳的胳膊：“你别激动，这事你听我跟你好好说。”

曲筱阳微微后退一步，挡开肖毅的手：“你说。”

肖毅有些尴尬地收回手：“筱阳，你也知道这老太太家什么情况。我们无论做什么手术，家属都不会签字的。造影你也看了，血管堵成这样，她这把年纪，不可能装支架，只能考虑搭桥。以她如今的身体情况，风险有多高，不用我跟你说了吧？就算万一成功了，她又能坚持多久呢？无论她是死在手术台上，还是死于术后并发症，家属都不会放过我们的。就算你想救人，也要考虑值不值得吧？你想过这事可能会对你，对别人的职业生涯造成什么影响吗？”

肖毅所说，合情合理，但曲筱阳还是难以接受。

曲筱阳安静了很长时间，无奈一笑：“肖毅，你的顾虑我都明白。说来也是好笑，我记得刚毕业那阵子，大家什么疑难手术都敢接都敢上，但行医时间越久，胆子反而越小了。现在面对病人的时候，还要先判断他有没有救的‘价值’。一旦考虑到病人余下的时间不多或者家属难缠，就觉得不值得浪费钱财和精力，或是承担风险去做手术。我只是在想，面对病人的时候，更纯粹一点不好吗？”

肖毅看着她，叹了口气：“因为医生也是人，不是神。这世上那么多人需要我们去救助，你救得过来吗？资源有限的情况下，不如去救那些值得救的。”

曲筱阳其实知道，肖毅现在的位置比较敏感，他不仅对自己负责，还要对心外这个科室负责。他毕竟是新官上任，这种关键时刻，自然不能让人抓住把柄。他只是观念和她不一样罢了，她也不可能用两人的关系去道德绑架肖毅。

曲筱阳抿了抿唇：“我理解你的难处，我不为难你。”

曲筱阳在加护病房里守了大半天，看老太太情况稳定后，才回到医生休息室。

她摸出手机，愣怔地盯着屏幕发了一会儿呆。她想给单世钧打个电话。尤其是现在这种时候，她特别想听听他的声音。却不知道这么晚了，他是不是已经休息了。

曲筱阳最后发了条信息过去。

【睡了吗？】

短信发出去不到两分钟，单世钧便打了电话过来。

曲筱阳握着电话的手微微一紧，而后立刻接起来。

“筱阳。”男人低沉的、富有磁性的、令人安心的声音从听筒里传出来。

曲筱阳也不知道那一声呼唤触及她的哪根神经了，但她的眼圈就是莫名地，微微地有些热。

“嗯……”连带着她的声音也有些哑了。

单世钧几乎是立刻就从曲筱阳的那声“嗯”里，听出她情绪的不对劲。

“你还好吗？病人的情况如何？”于是，不等她说话，男人倒率先问出了口。

曲筱阳抖了抖嘴唇，顿了许久，才压低声音答道：“不太好……我，我不知道该怎么办了。”

单世钧顿了顿：“你还在医院里？”

“嗯……今晚我可能就待在这边了。我怕病人有什么情况。”

单世钧温声道：“你愿意跟我说说，关于这个病人的事吗？”

“嗯……”曲筱阳正觉得心里憋屈得慌，又难受得紧，想找人倒一下“垃圾”。

“这个老太太，是我之前收治的一个病人。她女儿你见过的，上次在医院门口医闹那女人……”

…………

前因后果，是非曲直，曲筱阳大致讲了小半个小时。她将医院里这些复杂的难处，利害关系，也一并告诉了单世钧。

“我知道他们说得都对，但我就是心里难受……”

单世钧忽然道：“蟹粉汤包和天鹅榴梿酥能让你好受一点吗？”

曲筱阳微微一愣，因为这个神转折一时有些回不过神：“啊？”

本来沮丧难过的心情，瞬间转化为不可抗拒的食欲。

“大半夜的，你能不能别这么诱惑我，诱惑我是要负责的。”

单世钧“嗯”了一声，低沉的声音里染上一丝不易觉察的笑意：“好，我会负责的。你下来吧，我现在在你们住院部楼下。或者，告诉我你在几楼，我上去找你。”

在听到这句话后，曲筱阳原本那些轻微的困意，瞬间消影无踪：“你说你在哪儿？！”

曲筱阳几乎是以百米冲刺的速度跑下了楼。她出了电梯，刚跑到大厅，便见到那个在门外徘徊着的，高大而熟悉的身影。

曲筱阳都没想到今天还能再见到单世钧，感觉像中了奖一样开心，三步并作两步，径自跑出大厅，直接扑进了单世钧怀里。

单世钧长臂一展，顺势将曲筱阳揽入怀中。他结实有力的胳膊环过那纤细的腰和骨感的后背，用力抱紧了怀中的女人。单世钧下巴抵在曲筱阳头顶，轻轻蹭了一下。

“辛苦你了，曲医生。”

曲筱阳将头埋在单世钧的胸口，闷声道：“你之前在哪儿？没回部队吗？这么快就过来了。”

说实在的，她太需要这个拥抱了。外面风雨再大，只要有这个拥抱，她就有了一个安全的避风港。

单世钧没答她的问题，只低声问：“饿吗？”

曲筱阳心头一动，隐约闻到食物的香味，低头便见单世钧手上提着一个纸袋。纸袋上印着的标志是一家她很喜欢的二十四小时营业的广式点心店。而蟹粉小笼包和榴梿酥是她最喜欢的两道广式点心。她只跟单世钧吃过一次早茶，他便记得了。

曲筱阳心头像有什么汩汩流过，忽然踮起脚，紧紧搂住了单世钧的脖子。

“谢谢你过来。”有些话她说不出口。但今晚的她，真的很需要有人陪伴。

曲筱阳口袋里的手机忽然铃声大作。她低头掏出手机，看见来电显示——是肖毅。

她抬头看了单世钧一眼：“我得接个电话。”

单世钧表示理解地点一点头，松开了手。

曲筱阳走到一旁，按下接听键，将手机放到耳边：“肖毅。”

单世钧眼神微微一动，侧头看向曲筱阳。

电话那头的肖毅似乎轻叹了口气：“还在医院？”

曲筱阳：“嗯……”

肖毅：“我回去后仔细想了一下……那手术，我帮你做。”

曲筱阳沉默了。她还记得肖毅白天拒绝她时，分明是斩钉截铁的、不可动摇的态度。

肖毅是什么样的人，曲筱阳自认为还是有几分了解的。他向来有了明确的目标后，就不会轻易改变。无论前行的路上遇到什么阻碍，他都能披荆斩棘，坚定信念不动摇。所以当他告诉曲筱阳说不值得手术的时候，那就是最原始的，出自他本心的想法。那他又是为了什么，一晚上就改变了主意呢？

曲筱阳安静了片刻，才说："肖毅，我问你一个问题，你要诚实回答我。"

肖毅："你问吧。"

曲筱阳缓缓地吸了一口气，沉声问："你答应给老太太做这个手术，是因为改变想法觉得值得了……还是因为我？"

曲筱阳刚说完这句话，单世钧便转头朝她看了过去。男人黑眸幽深，意味不明。

电话那头，肖毅又是一声轻叹："我知道瞒不住你，我的想法，和早上一样。我还是觉得，这刀不值得开。但是……"

"那还是不要了。"曲筱阳忽然打断他，过了半晌，又才艰难地说，"逼你做出违心的选择，是道德绑架。我自己怎么做是我自己的事，但我得对你的职业生涯负责。"

肖毅有些无奈："筱阳，这是我自愿的……"

"不用说了，肖毅，这事就这样吧。"曲筱阳忽然打断他，"不管怎么说，谢谢你打电话过来。"

曲筱阳挂了电话，一回头却差点撞到单世钧的下巴上。他不知道什么时候跟了过来。

曲筱阳毫无防备地吓了一大跳，这一闪神，身子便朝后晃了晃。

单世钧伸手搂住她的腰，将曲筱阳拉了回来。

曲筱阳脸微微一热，又有些恼："你怎么走路没声儿的，这么悄无声息地靠上来，吓死我了。"

单世钧低头看着曲筱阳，没说话，但眼神里是掩饰不住的担忧。

曲筱阳抬手戳了一下单世钧的脸："怎么这个表情，醋坛子又打翻了？"

单世钧拉过曲筱阳的手指，攥在手心："你不是本来想找肖毅做这台手术，怎么现在又拒绝了？"

之前曲筱阳在电话里也告诉过单世钧，心外现在估计愿意帮这个忙的，也就肖毅了。但肖毅早上已经拒绝了这台手术。

曲筱阳垂眸："他本就不想接这手术。肖毅刚升职，本是该好好稳固他在心外地位的关键期。如果这种时候牵扯进医闹事件，对他以后的职业生涯极为不利，我不能对朋友干出这种事。"

单世钧摸了摸曲筱阳略带倦容的脸，叹息："你总是替别人考虑很多。"

曲筱阳摇了摇头："也不是，只是觉得，这样的人情，我还不起。"

单世钧沉默片刻："因为他喜欢你。你不想因为这个，道德绑架他？"

曲筱阳抬眸和单世钧对视："是。"

她不想对单世钧有任何隐瞒。一段感情里，最忌讳的就是猜忌和不信任。之前他们就是因为相互之间没有做好沟通，该说的话没说清楚，才产生了诸多误会。所以自从曲筱阳决定和单世钧在一起的那刻起，就下定了决心，无论将来遇到什么样的事，都不会对他有所隐瞒。有什么事，什么困难，两人都可以共同面对。

单世钧像是有些忍不住似的，胸口的情绪满得快要溢出来了。他双手捧着曲筱阳的脸，在她唇上轻轻吻了一下："我的傻姑娘。"

"先来吃点东西吧，你是不是晚饭都还没吃？"

被他这么一说，曲筱阳空荡荡的肚子立刻应景地发出一声呐喊。

单世钧无奈地叹了口气："你看，你的肚子都抗议了。以后不管多忙，都要记得按时吃饭。"

曲筱阳讪讪地摸了摸鼻子："嗯……"

答应很简单，但以外科医生手术排班的情况来看，执行起来很有难度。

单世钧带来的不只有她最喜欢的蟹粉小笼包和榴梿酥，还有清淡暖胃的艇仔粥和飞鱼子烧麦。作为一顿美味又温和的宵夜，再适合不过了。

他打开餐盒，取出筷子递给曲筱阳。

曲筱阳早就饥肠辘辘，此时也顾不得好看不好看，一口一个小笼包，瞬间就吃了三个。

她吃得腮帮子鼓起一个可爱的小包，见单世钧没有动手，疑惑地问："你怎么不吃？"

单世钧嘴角勾起一个清浅的弧度，淡淡地摇一摇头："我吃过晚饭了。这些是给你带的。"

某人秀色可餐而不自知。只是看着曲筱阳吃，他就觉得很满足了。

曲筱阳夹起一个小笼包，在姜醋汁里轻轻一裹，而后送到单世钧唇边："张嘴。"

单世钧对上女人有些执着可爱的眼神，心头一动，下意识就乖乖张开了嘴。心底划过一丝无奈的甜意，单世钧慢慢咀嚼着口中的美味，眼神却依然落在曲筱阳脸上。

"好吃吗？"曲筱阳咬着筷子看他，那模样，仿佛她投喂的不是小笼包，而是别的什么……

单世钧看着曲筱阳，眸底流过什么情绪，半晌才低声道："好吃。"她亲手喂的，就算是石头草木也好吃。

曲筱阳点一点头，随意地说："对嘛，宵夜就是要一起吃才香。吃独食是要'遭天谴'的，你也不想我胖成猪吧？"

单世钧忍俊不禁，半晌又有些严肃地说："你是该多吃点，你太瘦了。"

曲筱阳忍不住老脸一红。以前总听别人家男友这么说，也不论姑娘胖瘦，所以她一直觉得这话自带情侣滤镜，又瞎又好笑。但现在轮到她了，却感觉好像也不坏，听着挺顺耳的。

吃完宵夜，曲筱阳躺在休息室的沙发上，盯着天花板出神。单世钧去扔了垃圾回来，看到的就是曲筱阳这副双眼无神又忧郁的疲态。

单世钧在曲筱阳身边坐下来，曲筱阳本能地依偎过去，将头靠在他的肩上，低头寻到单世钧的手，无言地把玩着他的手指。常年握枪的手，指腹上有一层厚厚的茧，摸起来有一点粗粝，却莫名让人心安。

单世钧翻过手掌，与她十指相扣："还在想老太太的事？"

曲筱阳默不作声地点点头。美食只能暂时转移她的注意力，却不能解决眼前棘手的难题。

单世钧转过头，对上曲筱阳的视线："你现在打算怎么办？"

曲筱阳极为缓慢地摇一摇头："先按他们说的，保守治疗吧。我明天再去找找这方面的大师，看看现在国外有没有什么新的治疗方案，针对这类基础条件较差的老年患者。我不相信，就只能这样被动地等待。"

单世钧看着曲筱阳认真的神情，莫名有些动容。其实最开始曲筱阳吸引他，就是因为她身上的这种纯粹。这种对她职业的纯粹的信仰，以及无论遭遇什么事，都还是愿意相信人性的那种善良。

曲筱阳有些自嘲地一笑："你会不会觉得我这样的坚持有些可笑？连老师都劝我接受现实。"

单世钧爱怜地抚上曲筱阳的脸颊："不会。我觉得你做得没错。对每个病人负责到底，不放弃任何一点希望，是最难能可贵也最该坚持的医者仁心。"

单世钧一直没有机会告诉曲筱阳，当年他的这条命也是曲筱阳一念仁心救回来的。初遇之时，他因为境况特殊而不能暴露身份。如果曲筱阳因为他身份可疑或危险，而没有全力施救，那他可能早已死于失血过多或者伤口感染了。但正因为在救治他时，曲筱阳心无旁骛，只将他当作普通的病患来对待，他幸运地活了下来。

单世钧温言安慰她："医生有没有尽全力，病人是能感受到的。我相信，无论结果如何，老太太都不会怨你的。在她生命的最后一段征程里，能遇到你这样认真负责、不离不弃的医生，也算是一种慰藉了。"

曲筱阳抬手捂眼：“心累。你说病人看病，医生治病，本该简简单单的一个因果关系，怎么能扯出这么多糟心事儿来？

“如果不是因为医患关系这么紧张，现在的医生也不可能在施救前总是如履薄冰。救人还要先考虑对自己的危险系数，何其可笑。”

单世钧也不知道怎么安慰她，只能说：“希望有一天，这种情况能够慢慢地改善。只要不放弃希望，总会有那么一天的。”

曲筱阳安静了半晌，几不可察地点一下头：“我知道。虽然现在的情况不尽如人意，但我始终相信，医疗系统和医患关系在将来能变得更好。总有一天，医疗会成为单纯的社会福利和人文关怀的一部分。”

单世钧摸了摸曲筱阳的头：“你睡会儿吧。昨晚就熬夜了，今晚再继续这样熬，身体会受不住的。”

曲筱阳其实也是又累又困，就势在沙发上躺下，合上眼：“嗯，我躺一会儿。你也赶紧回去休息吧。”

单世钧脱下外套披在曲筱阳身上，又抬起她的头枕在自己腿上，尽量让她睡得舒服一点。

他低头，温柔地看着曲筱阳：“睡吧，我就在这儿陪着你。”

曲筱阳大脑有些混沌：“可是……”

单世钧淡淡一笑：“安心睡吧。我这样坐着也能休息得很好。以前在外执行任务时，我的身体早就习惯了各种极限条件。”

曲筱阳没再推托，只轻轻握住单世钧的一只手：“谢谢你。”

与脆弱无关。但此时的她，的确很想有一个人能在身边陪着。

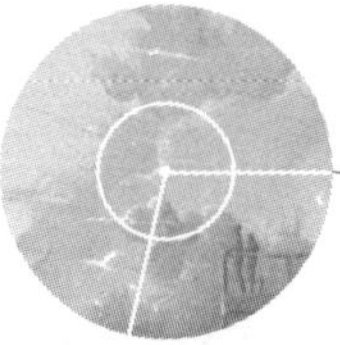

第十五章 别来无恙

ben fu shanhe, benfu ni

老太太还是没能等到曲筱阳去找新的治疗方案。保守治疗的效果很不好，不过两天，她就以肉眼可见的速度衰弱下去。由心衰，很快发展至全身器官衰竭。她去得很快，也还算没有太大痛苦。

曲筱阳是亲眼看着老太太离世的。就算是尽力抢救，也无力回天。

当医生这么多年了，她早就不是第一次直面死亡，然而每次和死神搏斗失败后，她心情都还是会低落一段时间。但这次老太太去世带给她的打击，似乎又比之前多了那么一些。大概就正如梁绍文所说，这是和病人走得近了带来的“副作用”。

曲筱阳站在抢救室里安静地宣读了死亡通知，逐一跟几个医护人员交代遗体保管和通知家属的事项。

“曲医生，你……没事吧？”跟曲筱阳一起参加抢救的小护士有些担心地看着她。

另一个麻醉科的同事也拍了拍曲筱阳的肩，安慰她道：“人各有命。对于这个患者，你真的尽了全力了。有些事强求不来。”

曲筱阳正纳闷怎么一个二个的都转头来安慰她，而后就感觉到左脸颊上有些痒。她抬起手背薅了一把，竟然摸到一手背冰凉的泪。

曲筱阳有些自嘲似的，低叹一声，垂眸道：“抱歉，我把个人情绪带入工作了。你们该忙的忙，都散了吧。”

说来也是可笑。老太太那女儿王霞，在老太太住院的时候，全程连个脸都没露过。可她母亲这才刚刚过世，哭灵跑得比谁都快。医院这边才刚通知她，不到两个小时她就带了一帮人拉拉杂杂地在门诊外围了一大圈。

还是那医闹老三件：哭灵、横幅、小喇叭。

王霞这边大张旗鼓地敲敲打打，甚至直接闹到了医务处的主任那里。主任一开始好言好语地试图跟家属解释，无果。王霞根本不管院方说什么，病案也好手术记录也好统统不看，就一口咬定是医院草菅人命，要他们赔钱，而且张口就要五十万。

赔钱是不可能赔钱的。

其实站在医院角度，除了之前肠粘连剥离手术没有家属签字外，从头到尾，院方这边没有一丁点责任和问题。不仅没有责任，甚至可以说是仁至义尽了。这段时间的住院费、手术费，有一半都是曲筱阳他们科室垫付的。而其中，曲筱阳出了大头。

不过不管是真投诉还是目的不纯的医闹，摆平他们都是医务处的职责所在。医务处主任最擅长的，除了协调矛盾，就是和稀泥。想着多和一和，慢慢跟这种医闹周旋个一年半载的，捞不到好处的自己就会放弃了。但为了走过场，主任还是把曲筱阳叫来了。本意是想让她稳住家属情绪，而后院方会从中协调，尽量不把事情闹大。

但曲筱阳自己都在这边闹心呢，自然是没空搭理王霞的无理取闹，更不可能给她好脸色看。从头到尾，她正眼都懒得给王霞一个，只冷冰冰地说："你母亲才刚去世，你就用她来勒索医院。说话做事都是要讲良心的，你觉得你这么做，合适吗？想要钱？告诉你，门儿都没有。病历医案手术过程，我们都有完整的记录，你如果执意索赔，我们就法庭见吧。"

王霞本就理亏，被曲筱阳怼得下不来台后，恼羞成怒，当场甩下一句："你给我等着！我要你吃不了兜着走！"

一个不尿就是刚，一个撕破脸皮走人，主任差点当场被气出心梗来。这梁绍文的弟子，怎么都倔得跟头牛似的，不懂变通呢？

王霞自己也知道，这事如果走了法律程序，那这好处十有八九都是捞不到的了。她自己又蠢又毒还没本事，但她找的医闹团队倒是"专业的"，索性一不做二不休，直接捅到网上去。

在网络这种匿名人士的聚居地，躲在马甲背后的是人是鬼都不知道，黑人的成本简直不要太低。

这医闹团队有几个长期合作的营销号，最擅长抓住网友的吃瓜猎奇心理。取一个吸睛的标题，配上一个一波三折的故事，混入王霞偷拍的混淆视听的照片，瞬间成就了一个三甲医院黑心医生为了牟利从年迈体弱的弱势群体身上榨取最后一点剩余价值的故事。

这通稿一出，吸尽眼球。

更雪上加霜的是，曲筱阳在医务处说的那段话，被王霞偷偷录下来，并且断章取义地放到了网上。

王霞只截取了"想要钱？告诉你，门儿都没有。病历医案手术过程，我们都有完整的记录，你如果执意索赔，我们就法庭见吧”这段话，甚至还通过后期加工植入了王霞抽泣哽咽的音轨。

曲筱阳当时正在气头上，说话的语气也不太好。于是这段录音听上去就像是黑心医生面对痛苦的病人家属，不仅冷漠地驳回了理赔投诉，还未雨绸缪地做好了所有相关记录。

新闻出来的那天上午，两个小时内，曲筱阳微博下就多了一百多条谩骂。

曲筱阳虽然不如明星和公众人物那样引人注目，这件事也远没有达到全民关注的地步，但网络之大，一人一口唾沫都能将她淹死了。她又不是真有一颗钢铁之心，到底还是架不住舆论的恶意。

曲筱阳刷着手机，看着那些连带她家祖上三代都一起辱骂了的留言，眉头越皱越紧。她有些高估自己的承受能力了。饶是她自诩平时抗压能力不错，也还是受不住同时几百人在她微博下肆意谩骂泼脏水，有些人骂了她还不过瘾，甚至还将矛头直指他们医院，说他们包庇徇私，是非不分。

憋屈、难过、愤怒、失望……那一瞬间，什么样的负面情绪都从她心里冒出了头。

手中的手机忽然被人抽走了，曲筱阳一抬头，便见梁绍文一脸担心地看着她。

“别看了，这不是自己找罪受吗？”

“对啊，没必要为了别人的愚蠢来惩罚自己。”留在办公室里的同事也纷纷出言相劝。

曲筱阳向后一仰，靠在沙发靠背上，闭起眼。道理她都懂，要做到却很难。

梁绍文担心地看着曲筱阳，微微叹了口气：“要不这样，我放你回家休个假。现在的网友都是金鱼记忆，等过一周，谁还会记得你这事儿……”

“梁老师，老师不好了……”

莫梨忽然推开科室大门，风风火火地冲了进来，目光触及曲筱阳，微微一顿，欲言又止。

曲筱阳叹了口气：“都这样了，还有什么不能说的吗？”

梁绍文也微微颔首：“说吧，她迟早也是要知道的，不如有个心理准备。”

莫梨又看了一眼曲筱阳，才说：“有媒体赶到咱们医院了，指明要采访筱阳。”

梁绍文蹙眉：“医务处让人去挡了吗？”

莫梨显然是从外面急急忙忙跑回来的，此时依然有些气喘吁吁，摇一摇头：“挡了，但堵了这头堵不住那头……王霞带着那帮医闹过来了，说是要讨个说法。”

梁绍文：“筱阳，你就待在办公室，哪儿也别去。莫梨，你待在这儿陪筱阳，把办公室门给我锁死了。”

莫梨应了一声，又疑惑道：“梁老师，你呢？”

梁绍文：“我估计这帮媒体今天不见着我们科室的人是不会走人的。我毕竟是科室的负责人，由我出面说明一下会比较好。”

曲筱阳立刻站起身：“老师，事儿是我惹的，应该由我……”

“闭嘴，坐下！”梁绍文直接打断了曲筱阳的话，“莫梨，你给我看好她。”

莫梨立刻敏捷地拦住曲筱阳：“交给我了！”

“梁老师！”

莫梨化身人形娃娃机，八爪鱼似的缠住曲筱阳：“我的姑奶奶喂，你就好好待这里吧。出去干吗，等人把你‘撕’成渣吗？放心吧，咱老梁谁啊？大风大浪见惯了的，不比你顶事？”

单世钧这天早上在操练场训练新兵的时候，邱启忽然偷偷过来找他。

“单队，单队！”他探头探脑地站在训练场边冲单世钧招了招手。

单世钧见他神色焦急，于是转头跟另一名教官交代了两句，而后去了邱启那边。

“什么事？”

单世钧训练的时候，不喜欢被人打扰。这点他的队员都知道，所以邱启这时候突然来找他，肯定是有急事。

邱启也不多说别的，直接将自己的手机塞到单世钧手上：“你看看这个。”

单世钧盯着手机屏幕，表情越来越严肃，眉头越皱越紧，最后拧成一个川字。

邱启给他看的正是被转得最火的那个营销号写的稿子。

网上都骂成这样，还不知道医院那边会是什么情况。

单世钧手指在评论区往下划拉了一下，看到了一个短视频链接，视频封面就是曲筱阳他们医院门口。一点进去，就看到一群医闹，浩浩荡荡地打着标语朝着门诊大楼去了。

“队长，你说现在的人怎么这样啊，曲医生还不知道多糟心呢。”

单世钧将手机还给邱启，转回身跟负责新兵的教官交代了几句，而后大步流星地走出了训练场。

“单队，你去哪儿啊？”邱启竟然要小跑着才能跟上单世钧的速度。

单世钧头也没回，淡淡道：“谢谢你告诉我。我还有事，回头再说。”

邱启见单世钧直奔军部干事大楼去了，挠了挠头，也没好再继续跟着。

单世钧直接去了林竞的办公室。

“报告。”

“进……”

林竞“进来”两字才只说了一半，就见单世钧已经风风火火地闯了进来。

林竞微微一扬眉：“你今天吃火药了？”

他印象里的单世钧，做事从来都是从容不迫的。哪怕是在遇上和敌方高手互狙，陷入重重包围的时候，也都能保持冷静和理智。像今天这样焦急甚至莽撞的一面，林竞还真没见过，有些新鲜。但肯定出什么事了。

单世钧迅速朝他敬了一礼：“参谋长，我想申请请一天假。”

林竞愣了一下：“理由？”

单世钧沉默两秒：“个人原因。”

林竞蹙眉：“今天重要的领导都在这边，他们难得过来视察一次，本就是想见见这次罗显洋事件立了大功的战士们，你非要现在走吗？”

单世钧坚定地说：“非走不可。有我没我，都不会影响领导们的视察工作照常展开。”

但此时的曲筱阳身边必须有他。他绝不会在这种时候将曲筱阳置于孤立无援的境地。

林竞有些无语凝噎的感觉，片刻后，才压着声问：“你到底是因为什么事？我现在不是以参谋长身份问你，是以你朋友的身份在问你。”

单世钧顿了顿：“曲筱阳那边遇到点麻烦，我……不能放着她不管。”

林竞微微蹙眉：“很严重？”

单世钧点头：“对。”

林竞叹了口气，有些头疼似的，摆了摆手：“滚滚滚，男大不中留。”

“谢谢参谋长。”

“喂，”单世钧走到门口时，林竞忽然又叫住他，“我总这么三天两头为你破例，这都不能把姑娘带回来，只能证明你不行了。”

单世钧微勾一下嘴角：“我行不行，你说了不算。”

他走后，林竞摸了摸下巴，咂摸出一点味道来，言下之意，曲筱阳说了才算呗。

臭小子。

单世钧赶到医院时，刚好遇到那群医闹带了些人来，将曲筱阳他们科室的大门围了个水泄不通。医院的保安人手不够，根本拦不住。

正所谓擒贼先擒王。单世钧眯了眯眼，一眼便锁定冲在最前面堵在办公室门前的壮汉。

单世钧一只胳膊就挡开了几个医闹，轻松地排开众人走到了科室正门外，精准快速地揪住了为首那个医闹的后领。

他揪着男人衣领，胳膊一转，微微发力。

一米八的大男人，竟然被单世钧用拎小鸡的方式拎了起来。

“喂你干什么，你谁啊？你放开我！警告你啊，我叫人了！”那人又是踢腿又是挥胳膊的，就是挣脱不开单世钧的手。

“人你不是都叫了吗？十几个大男人欺负一小姑娘，也不害臊。”

他身后传来一个冷漠低沉的声音，语气里带着的冷意，让人不寒而栗。

剩下的那些个医闹，见这人单手就搞定了他们中最结实的人，顿时噤若寒蝉，面面相觑，都有些懵了。

曲筱阳本来有些心神不宁地坐在电脑前刷院内网，忽然听到门口依稀传来单世钧的声音。

她愣了一下，立刻起身。

莫梨受了梁绍文的嘱托，一直尽心尽力地盯着曲筱阳，这会儿见她突然站起身，立刻条件反射地拦了上去：“哎……你干什么？”

曲筱阳视线紧盯着紧闭的办公室大门，脚步向那方向挪了一步：“我好像听见单世钧的声音了。”

莫梨也不管她说什么，都只当她是想找出门的借口：“听错了吧？”

曲筱阳有些无语：“莫梨，咱俩这么多年了，能不能多点信任？我答应了你和梁老师不出去‘惹事’，就一定会做到。”

莫梨眨巴了一下眼：“你要真觉得听见你男人的声音了，给他发条短信问问他人在哪儿不就行了？”

曲筱阳瞥了一眼手机，没动。其实她也不确定，刚才是不是真听见单世钧的声音，毕竟门外吵吵嚷嚷各种声音混杂在一起，也许是她听错了也不一定。也许她只是潜意识里希望能见到单世钧。她既想见，又不想见。还是觉得没必要让他也见到这糟心的一面。

会是他吗？曲筱阳悄悄地又朝门口的方向看了两眼，心中有些忐忑，又隐隐生出些希冀。

那壮汉被单世钧直接从门口那帮医闹的内围圈揪到外围圈，一身蛮力毫无用武之地，直接蒙了。其余人一时也是惊疑不定，也不知该不该继续上赶着作死。

但就算动手不行，动动口这群人还是可以的。他们正面刚不过单世钧，便开始隔着门朝着办公室里面的人喊话："曲筱阳，你个胆小鬼！叫打手算什么，有种出来面对面和我们说清楚！"

单世钧反手抄过其中一人手里拎着的木棍，就势凌空一挥。这么嘈杂吵闹的走廊，竟然也能听见木棍劈开空气时那种破空的呼啸声，可见他那随手一挥的力道和速度，是有多恐怖。

单世钧随手挥完后，漠然地睨着那群乌合之众："打手？那这样会不会更像一点？

"今天谁要是敢越过这道门，我不介意将这个名号给坐实了。"

这些人都是职业医闹吃这碗饭的，目的是索赔，不是真为了打架报复。叫人来围追堵截也好，手上带着的"作案工具"也好，都只是为了起到恐吓作用，目的不过是给医生造成心理压力。见到有人要真刀真枪跟他们硬刚，立刻就尿了。单世钧也知道这群人就是手段下作，有贼心没贼胆。他小试牛刀露两手，也只为让他们知难而退。

为首那壮汉单看单世钧出手那利落的两下，就知道他是个练家子，不好惹。反正今天他们威慑的目的已经达到了，没必要跟单世钧硬碰硬。于是他朝手下人做了个手势，一群人便拉拉杂杂地很快走了。

曲筱阳这次很确定是真的听见单世钧的声音了，快步走到门口，隔着门，正想要开口问，便听有人在门外轻轻敲了两声。

曲筱阳心中一动："单世钧？"

"是我。"门外传来男人低沉坚毅的声音。

曲筱阳眼眶莫名一热，立刻拉开了门……

高大俊朗的男人就笔直地站在门外，低头朝她看过来。两人对望两秒，曲筱阳主动拉着单世钧的胳膊，将他带进了门。

在那短暂而沉默的对望里，两人似乎都看懂了对方心中所想。单世钧单手带上门，转身便将曲筱阳拉入怀中，紧紧抱住……

曲筱阳将头埋在单世钧胸口，那些委屈、愤怒、不甘和难过，化作眼角一滴晶莹的泪，轻轻蹭在他胸前那层衣料上。男人的出现，仿佛将她心中那些千转百回的沟壑都慢慢地熨烫平整了。

无论外面风浪再大，她知道，只要回头，总会有那么一处安全的避风港在等着她。

"咳，哼……"莫梨觉得有必要提醒一下两人，办公室里还有她这枚200瓦大灯泡。

曲筱阳倒是没忘记莫梨在，只是刚才情绪上来，身体先于大脑，情不自禁就抱了上去。她有些不好意思地抬起头，放开搂着单世钧的手，转头看向莫梨。她想到还没正式给莫梨介绍过单世钧，微微有些羞赧地低声对莫梨说：“介绍一下，这是我闺蜜莫梨，这是单世钧。”

莫梨大方地跟单世钧打了个招呼：“哈哈，之前在筱阳手机里见过。真人比照片更帅。”

手机？照片？单世钧神色奇异地看了曲筱阳一眼。

曲筱阳脸更热了，只能假装淡定，没去接这茬儿。

莫梨感受到了空气中浓厚的粉红色泡泡，立刻非常自觉地说：“我去看看梁老师那边需不需要帮忙，一会儿还要去准备手术，我先走了。单大帅哥，既然你来了，就好好看着筱阳吧。哦，不对，你送筱阳回家吧。筱阳，你还是听梁老师的，回去休息两天，避避风头。我先走啦！”

莫梨离开后，办公室里便只剩下他们两人。

曲筱阳抬头看向单世钧：“你是看到网上的新闻了？”

单世钧点头，神色担忧地看着曲筱阳：“你……还好吗？我送你回家吧。”

曲筱阳甚至特意甩了甩胳膊，伸了一下腿：“没缺胳膊没少腿，好得不得了。”

好是不可能好的。就算是内心再强大的人，遇上铺天盖地的流言蜚语和恶意，也不可能做到心中毫无波澜。单世钧放心不下曲筱阳，特意请了一天假在曲筱阳家里陪着她。

他发现曲筱阳虽然面上看不出来什么沮丧颓废的情绪，但埋在内心深处的难过和崩溃却无声地渗透到生活中的每个细节。比如，洗面奶直接被当成牙膏挤在牙刷上；又如，去拿酸奶，随手将电视遥控器留在冰箱里……

在曲筱阳又一次将咖啡倒得满到溢出杯子后，单世钧终于看不下去了。他从身后贴近曲筱阳，顺着她手臂抚上她的手，拿走了那杯已经溢出的咖啡，放到一旁。

结实的双臂从背后环过曲筱阳身前，将她紧紧收入怀中。

“有什么不痛快你跟我说，难受了就哭一场，别闷在心里，也别用其他人的愚蠢惩罚自己。”

曲筱阳愣怔片刻，又摇了摇头：“抱歉，我只是有些走神了，我在想怎么解决这件事……”

单世钧轻叹一声，只将曲筱阳抱得更紧了些，宛如珍宝。

这一天一夜，网上的谩骂从未停止过，说什么的都有。一夜之间她便仿佛成了人人喊打的过街老鼠。

曲筱阳甚至都怀疑，自己这么多年的努力，是不是都白费了？

经历过一开始的颓废、震惊和郁闷，曲筱阳逐渐让自己回归理智。她知道，郁闷难过都不能解决问题，而她也不能像鸵鸟一样龟缩在家里，坐以待毙。

第二天，曲筱阳起了个大早。

单世钧正在厨房里准备早饭，见到曲筱阳时愣了一下："你起这么早？怎么不多睡一会儿？"

曲筱阳摇一摇头："我今天要去趟医院。"

单世钧皱眉："别去了，你老师不是都让你在家休息吗？你若是现在过去，情况可能和昨天一样……"

曲筱阳缓缓叹了口气："嗯，我知道。不过我有事去趟院办，总之，先了解一下情况，然后看看医院这边下一步计划是什么。这么在家里龟缩着，并不能解决问题。"

单世钧心头微微一动："你有什么想法？"

曲筱阳苦笑一下："闹成这样，也只能通过法律途径解决问题了。其实，从收治老太太起，我们就保存了完整的病历、手术记录，以及和家属术前沟通的视频。我相信，法律最后能还我一个公道。"

单世钧点一点头："行，我送你过去。"

单世钧靠过去，握住她微凉的手："不过，你也别太勉强自己了，大家都会帮你想办法的。"

曲筱阳抬头冲他笑了一下："嗯，我知道。"

车刚开到医院门外，曲筱阳就已经看到堵在门外的那些医闹和媒体了，而且阵势比起昨日，有过之而无不及。曲筱阳看着黑白横幅上那一字字一句句触目惊心的标语，眼神一黯。

单世钧转头看着她，欲言又止，最后还是语气温柔地说："我开到地下停车场，你从那儿进吧。"

曲筱阳微微一点头："嗯。"

眼见着曲筱阳强颜欢笑，把脆弱藏起来，独自舔舐伤口，单世钧心疼不已。

他知道曲筱阳不会认输，不会坐以待毙。但不代表，他就能这么眼睁睁看着曲筱阳被人欺负。总有一些事，是他能为曲筱阳做的。

"哟，小曲，你今天怎么来了？老梁不是让你在家里休假的吗？"院办的张主任见曲筱阳出现在办公室，惊得直接站起了身。

他上下打量着曲筱阳："门外那些医闹和媒体……没为难你吧？"

曲筱阳摇了摇头："我走的地下停车场直达电梯，他们应该没看见我。"

"那就好。"张主任长吁一口气，招呼曲筱阳，"坐吧。我猜到你迟早要来找我，只是没想到这么快，本以为你还在家哭鼻子呢。”

曲筱阳哭笑不得：“张主任，这种时候，您就别‘落井下石’了吧？”

张主任转身给曲筱阳倒了一杯水，这才自己坐下：“你老师前脚刚走，你就来了。你们师徒俩，脑回沟长得一模一样吧？”

曲筱阳愣了一下：“啊……梁老师也来过？”

张主任摇头笑道：“可不，最宝贝的徒弟受了这等委屈，他还不操碎了心。”

曲筱阳有些愧疚：“这事是我不对，又让老师替我操心了。”

张主任摇了摇头：“咱们当医生的，一辈子哪能不遇上点磕磕绊绊，别被这点破事左右了情绪。”

“嗯，我知道。张主任，我今天来，是想了解一下咱们院处理这类事件的程序，需要我配合做什么工作吗？病人的病历档案、详细的手术记录，还有术前谈话记录我们科室都有备份……”

“我知道，小曲，这个你放心。”张主任摆了摆手，安抚曲筱阳道，“梁老师昨天便已经将相关证据提交给院方，我们也看过了。你的记录做得很完整，很详细，为我们的工作展开节省了时间。这点我要表扬你，工作做到位了。这次医闹的性质嘛，确实比较恶劣，我们已经报警立案，证据也提交给了警方。”

“但是……”曲筱阳听他这个开头，就知道下面要来转折了。

“但是，有一件事你确实做得不对，给人留下了把柄。”

曲筱阳叹了口气：“我知道，第二次手术，没有家属的签字。”

张主任看着她：“对啊，我们讲规章制度的时候再三强调，没有家属签字，绝对不能手术。你也不是初入这行了，为什么不遵守呢？”

“我本来是打算手术后找家属补签……”奈何遇到了赖皮家属，即便手术成功也死活不签字。这又能怎么办呢？曲筱阳知道，这件事终归是自己理亏。

“对不起主任，这确实是我的错。只是，老太太当时情况紧急，家属又躲着我们不肯露面，如果不手术，二十四小时内就会有性命之忧。我们遇到急重伤患，如果都严格按照没签字不手术的标准来，又会有多少患者因错过黄金抢救时间而丧命？见死不救才是真正的草菅人命。”

张主任被曲筱阳的理直气壮气得梗了一下：“都这种时候了，服句软会死吗？”

曲筱阳微微垂眸：“对不起张主任，我错了。您骂我吧。”

张主任又瞪她两眼：“骂你有用吗？你看看门口那乌烟瘴气的样儿，给咱们医院形象造成多大的影响，啊？”

曲筱阳再次道歉："对不起，主任。那……警方那边怎么说？"

张主任摇了摇头，叹了口气："现在这些医闹也不傻，既没打人，也没打砸抢破坏公共财产，让你连个硬性的入刑指标都找不着。就是用软刀子扎你，日日骚扰你，搅得你心神不宁。你要控告他，最多说他们破坏医院治安，扰乱医务人员正常工作。但这种情况，也不构成刑拘条件。所以说啊，这从古至今，文化人跟泼皮流氓斗，总是文化人吃亏。"

曲筱阳知道主任的意思，这些医闹也正是在钻这种法律灰色地带的空子。

她想了想："但是我可以起诉他们侵犯我的名誉权，告他们诽谤。"

张主任看着曲筱阳，微微点一点头："嗯，我们跟警方交涉时也提出了这点。他们在网上散布的那些不实言论，包括那个剪辑过的音频，都可以作为他们的罪证。"

曲筱阳看着张主任的表情，无奈地问："您不会又要说'但是'了吧？"

张主任叹了口气："但是……现在这类事件审理时间长，光是取证、调查，就要花不少时间。你做好跟他们长期消耗的准备了吗？"

曲筱阳不知怎么回答。

张主任摇了摇头："他们这些地痞流氓倒是无所谓，成天蹲在这儿恶心你就是他们的主业。可是你呢？你的时间成本，我们的时间成本，怎么能和他们比呢？"

张主任又叹息道："所以现在很多医院对上这种'软性医闹'，很多还是选择私下和解。"

曲筱阳神色渐冷："院方不会真打算赔钱吧？我不赞同，这件事我没错，我不会退缩。"

张主任摊了摊手："我们也知道啊。院里和你是一条心。你放心，暂时还不会走到赔钱这步。今天早上，咱们院医疗官司的代理律师已经将律师函发出去了，先看看对方的反应吧。"

曲筱阳点一点头，忽然又想到："对了。之前老太太的医疗费是我们科室垫付的，付款凭证什么的都在。这些有用吗？"

张主任眼睛微微一亮，拍了拍曲筱阳的肩："对案件推进没什么用，但对扭转舆论风向多少有点用，这事做得不错。"

单世钧送曲筱阳去了医院后，便返回了飞刃大队。归队后，他第一时间就去找了林竞。

林竞见单世钧进来，便朝他招了招手："来得正好，我正准备找你。"

林竞见他脸色不善，叹了口气："曲医生的事我在微博上看到了，她现在情绪怎么样？”

单世钧只摇了摇头，没说话。

林竞：“这件事，他们医院肯定不会放着不管的。哪家大医院没遇到过医闹，对于这个，他们有一套常规的处理程序。你也不要太担心了。”

单世钧微微垂眸，不知在思索着什么，过了片刻才说：“我知道。”

林竞微微一点头：“我找你来，是有件好事要告诉你。虽然昨天表彰大会你不在场，不过你这几年追缉罗显洋的事迹大家都知道了。领导们都很看重你。经上方决议，准备给你颁发一等功，升职为中校。”

单世钧眼神微微一动，却依旧沉默着，脸上也没有明显的喜悦之情。

林竞微微一扬眉：“这么沉得住气？笑脸都不给一个？”

其实升职这事，之前林竞已经跟他提过了，这次正式通过决议，单世钧也不是很意外。

他沉吟两秒，才道：“参谋长……我有一个请求。”

“哟，太阳打西边出来了。你可是向来不求人的。”林竞勾了一下嘴角，“说说看吧，什么事？”

曲筱阳本来已经做好跟这帮医闹打持久战的准备了，看谁耗得过谁。她倒也没有因为医闹事件影响自己的正常工作，在家窝了两天后，就回到医院正常上班了。

她本来已经做好受尽病人冷嘲热讽的准备了，然而她惊奇地发现，之前她收治的病人大多数，跟她相处时依旧和从前一样，对她很是依赖和信任，也没人用奇怪的眼光看她。而知道她出了这事的病人，也大都是在劝她放宽心。有些阿姨会悄悄给她塞水果，嘘寒问暖。有个小女孩甚至还亲手折了九十九只千纸鹤送给她，希望能把好运带给她。而能真切感受到的冷意，也仅仅是门诊挂号的人数少了一些。然而医闹事件发展到第五天，却忽然迎来了戏剧性的转变。

这天早上，她依旧像前两天那样，准备绕开那些堵在门口的医闹，或是媒体，悄悄“潜进”医院。然而奇怪的是，今天医院大门外人似乎少了很多。握着话筒举着摄像机的那帮人不见了，只剩下孤零零的几个医闹，没精打采的，甚至连横幅都躺在一旁的花坛上没人管。

其次就是，看挂她门诊的人，又多了起来。不仅恢复到了以往正常水平，甚至比平时还要火爆。她登录自己的账户，看见自己的号都排到下下个月时，有瞬间是懵的。

曲筱阳从大早上忙到快下午一点，才得了些空去食堂吃饭，见莫梨也在，便端着餐盘去了她那桌坐下。

坐莫梨对面的护士长见曲筱阳来了，笑眯眯地跟她打了个招呼，赶紧识趣地端着盘子走了，给她俩腾说话的空间。

“我那事是平反了吗？我看今天医院门口少了好多人。”曲筱阳坐下后，终于从口袋里掏出手机，“我看看，是不是咱院把我们捐款的证据发上去了。”

莫梨跟看怪物似的看着曲筱阳：“我的神，你是‘村通网’吗？”

曲筱阳低头翻医院的微博：“今天太忙了，我这一上午，连喝口水的时间都没有，更没时间看手机。啊……我说呢，咱院出面澄清了，捐款和缴费证明也贴上了。虽然不能暴露病人隐私，但贴我们自己的转账记录总不违法。”

曲筱阳快速扫了两眼文案：“张主任这文案写得够煽情，绝了。不愧是咱医院的发言人。”

莫梨一脸“关爱智障”的表情看着曲筱阳，欲言又止：“你就不觉得……大家今天看你的眼神，都很有点儿那种……老母亲的感觉？”

曲筱阳低头吃了一口菜，一边快速翻看那条微博下的评论，一边心不在焉地问：“什么意思？同情？”

莫梨受不了了，直接抢过曲筱阳的手机，在搜索框里输入几个关键字，而后点开了一条微博：“找地儿都找不对，你看看这个！难怪梁老师说你在这事儿上不开窍！你看看你，还有谁比你更迟钝？！”

曲筱阳被莫梨这么一通说都给说懵了，扒拉过手机一看，竟然是条采访。

再看发微博的人——陆军飞刃大队宣传部。

曲筱阳瞬间更懵了——这都什么跟什么，然而她点开视频的手，却不经意地微微抖了一下。

前段时间，国家禁毒大队多年以来的心头大患，号称南亚地区“海 × 因之父”的大毒枭罗显洋终于落网。针对罗显洋的缉捕行动跨时六年半，由陆军飞刃大队领头，称之为“斩枭行动”。“斩枭行动”大获成功的消息，通过罗显洋庭审视频释出这个契机，登上了各大媒体，传遍全网。彼时，国内各家顶级媒体都争先恐后地联系过飞刃大队，想要采访“斩枭行动”的负责人，但都被军方以各种理由婉拒了。

然而时隔两月，飞刃大队宣传部联合党媒，共同放出了这条采访。正是针对“斩枭行动”负责人的一个专访。

为了保护当事人，采访没有透露被访者姓名，镜头也只切到了他嘴唇往下的部分。曲筱阳直愣愣地看着那形状好看的薄唇一开一合，心里想着的竟然是，这人就算只露一个下巴，也还是好看到不行。而且也不知道是不是视频收音有什么特殊的地方，镜头前的他，声音听起来似乎更富有磁性了。

整个视频采访一共三十分钟，莫梨有些迫不及待似的，探头过来，直接将进度条拖到了二十一分钟左右的位置。

曲筱阳莫名其妙地看莫梨一眼，莫梨解释道："前面讲的都不重要，你想看回头再看，这里才是重点。"

主持人问单世钧："在这个过程中，你有遇到过生命受到威胁的时候吗？"

男人微微颔首，给出肯定的答案："当然。"

主持人："方便跟我们透露一点具体的情况吗？"

男人沉默两秒，缓缓道："具体案件情况不太方便说，不过我可以说一件五年前我在执行任务中发生的一个插曲。

"五年前我和我的小队在滇疆执行任务，任务中出了意外，我和小队成员分开了。我当时中了枪，被敌人追击，被迫躲在边界一个小村子里避难。那时，我遇到了一名前去支边的医生。

"因为任务原因，我当时不能暴露身份，不能就医，也没办法求援，不得已，只能躲藏在一个废弃的仓库。那名医生大约是寻着血迹找到了那间废弃仓库。

"一开始我以为她是对方的人，差点对她出手。她受到惊吓后本来准备逃跑，但看我受了重伤，便顶着压力和恐惧，主动留下来帮我取弹。"

单世钧顿了顿："面对这么个身份可疑又危险的人，她当时完全可以一走了之的，但她没有。"

主持人接话道："把救死扶伤放在第一位，这名医生信念感很强，也做到了对所有患者一视同仁。"

单世钧点头："是的。现在想来，如果没有她，可能我早就死于失血过量或是伤口感染了。当年的救命之恩，我铭记于心，时时感恩。"

主持人笑了一下："嗯……那也不会有今天'斩枭行动'的成功了。那您还记得这名医生的样貌吗？"

单世钧停顿片刻，忽然用前所未有认真的语气，一字一顿地说："其实，我一直想跟救我的那名医生说句谢谢。之前因为任务在身，不方便亲自前去说明。这句道谢晚了五年，我感觉很抱歉。不过以我对这名医生的了解，她向来只兢兢业业救人，从来不在乎这些身后名。她救过无数的人，我也不过只是其中的沧海一粟。

"但我还是借今天这个机会，对华城复兴医院的曲筱阳医生说，感谢你。感谢你在五年前我最落魄狼狈的时候，挽救了我的生命，赐我以新生。"

屏幕上的画面逐渐变得有些模糊，曲筱阳大脑里甚至出现了短暂的忙音。

记忆里的画面随着单世钧的那句话飞速地倒退，仿佛回到了五年前那个夏天，在黑水村的废弃仓库里，和那个神秘又冷酷的男人相遇时的场景。以前和单世钧接触时，偶尔有些怪异的说不通的情绪和感觉，终于找到了根源。

原来是你啊。

别来无恙。

罗显洋事件本就是受到高度关注的热点话题，采访视频一出，那点击和转发量用“现象级”一词来形容也不为过。而单世钧在采访里提到的医生曲筱阳，自然也成了关注对象。

这条采访，配合曲筱阳他们医院发表的申明和曲筱阳主动为患者垫付医疗费的证据，瞬间“打脸”王霞编造的恶劣谎言。事情真相如何，大众心里也大都有了谱。而且因为单世钧牵了这个头，很多曲筱阳以前的病人，也纷纷插到了他的采访视频下面，讲述曲筱阳倾尽全力救治他们或者他们亲人的故事。就像单世钧视频里说的，曲筱阳对待自己的职业，有着高度的信念感。无论贫贱富贵，在她眼里都是一样的，无论对待什么样的患者，只求问心无愧。

而世间也还是有公道在，你善待世界，也终将会被世界善待。

其实本来医闹一事，也没有那么大的影响力。但单世钧这个采访出来后，曲筱阳是真正地被大众记住了——以妙手仁心的形象。

“林队，谢谢你。”事后，单世钧诚恳地跟林竞道谢。

林竞笑着一摇头：“谢什么，这是你自己争取来的。”

之前宣传部也问过单世钧的意向，军方内部本也想做一次有关“斩枭行动”的专题。但单世钧之前都是有些抗拒态度的，一来是他向来低调，不喜欢成为被关注的焦点，二来是因为常远和小白的事，让他以任务成功者的姿态接受专访，他过不去自己心里那道坎。

这个任务，在他心里不是功勋，而是一道永远愈合不了的伤。只是单世钧提出接受采访的条件，就是要加入关于曲筱阳的这段故事，并且专访要对外公开。

林竞赞许地点一点头：“能想到用这样的方式为曲筱阳正名，你可以。”

单世钧安静片刻，才道：“我知道……”

林竞微微一挑眉：“知道什么？”

单世钧看着他：“今天这个结果，是您在领导面前为我说话，竭力争取而来的。”

林竞笑了笑：“不，我们也承了曲医生的情。投桃报李，理所应当。”

正如单世钧所说，曲筱阳救的不仅是他的命，更是整个“斩枭行动”。

而林竞和单世钧一样，都是重情的人。曾经一个队里出生入死的兄弟、战友，对他们来说，都是不可或缺的家人。

单世钧垂眸："你为我们做的，我一直都知道……"

林竞受不了似的皱眉："行了行了，酸死我了。你有空在这儿酸我，不如早点带小曲来咱们家吃饭。

"还是那句话，帮你追媳妇儿，我可是下了大功夫了。"

单世钧莞尔："我争取吧。"

看了那条视频后，曲筱阳一下午都没了上班的心思。医闹的事都没能让她分心，单世钧的一个采访视频，却让她的心早飞到他身边去了。

曲筱阳跟晚上值班的医生安排好了查房的注意事项后，破天荒地准时下了班。毫无意外地，她在门诊大楼门口，见到了那个让她几乎走神了一下午的男人。

曲筱阳一步一步朝他走去，脚下的步子轻快而坚定。直到走到男人跟前，近到和他脚尖相触，曲筱阳才停下来。她仰起头专注地看着他，眼神里隐有盈盈的水光。

"嗨，好久不见。"她这句话，是对着五年前的那个单世钧说的。

单世钧微微地，也露出一个笑："好久不见。"

"明天周六，我不上班。"

两人吃过晚饭，单世钧送曲筱阳到家门外，曲筱阳忽然低声说了这么一句。

女人说话的声儿有些软有些绵，七分娇俏，三分魅惑。听得人耳根子软，心也软，酥酥痒痒的，像有羽毛轻轻扫在心尖上。

曲筱阳话里的意思，单世钧几乎是立刻便听懂了，却有些坏心眼地故意问："嗯，所以呢？"

"所，所以……就别走了吧。"曲筱阳说完这话，血液立刻往头上涌，脸色绯红，耳朵也跟着发烫。她说话的时候，都不太好意思和单世钧对视。

单世钧微微低头，凑到她耳边："这是……邀请的意思吗？"

…………

深夜两点。

曲筱阳躺在单世钧怀里，明明很累了，却毫无睡意。就算两人都不说话，就这么安静地搂在一起，也觉得很安心很舒服。

之前因为害羞，她没好意思一直盯着单世钧的身体看。现在，倒是能好好看看他了。男人身上有很多伤疤，大大小小，什么样的都有。

医生这职业，就是这点不好，光是看着那些伤痕的形貌，曲筱阳就能精准地判断伤势怎么来的。哪些是烧伤、烫伤，哪些是钝器伤，哪些是枪伤，她都能一一说出来。

曲筱阳不想说话时，就用手指一个一个数过他身上的伤痕。每数过一个伤疤，她的心就多痛一分。这个人竟然到现在还活着，不得不说已经是一个奇迹了。

单世钧觉得有些痒，握住她的手指："你再撩我，后果要自负哦。"

曲筱阳没说话，低叹一声，低头吻了吻他的心口。肩头往下靠近心脏的位置，有一个星芒形的伤疤。那是这个男人用生命爱着她的痕迹。

曲筱阳抚摸着那道疤，问："有个问题，我一直很好奇。"

单世钧笑了两声，胸口跟着微微颤动一下："你问，我一定知无不答。"

曲筱阳抬头看着他："你是什么时候喜欢上我的？"

单世钧弯了弯嘴角："很早之前。"

曲筱阳来了兴致，伸手勾勾他的下巴："很早是多早？"

单世钧垂眸看她："你猜？"

曲筱阳想了想："总不会是我们第一次相亲的时候，你那个时候可嫌弃我了。"

"我没有嫌弃你。"单世钧哭笑不得，怎么这一页还没翻过去呢？

曲筱阳抢白说："那至少对我没什么兴趣。"

单世钧握着曲筱阳的手，慢慢道："不是对你没有兴趣。之前不是说了吗，我那个时候，咳，是装的。"

终于套出某人话来，曲筱阳忍俊不禁，乘胜追击："哦？那你那时候再见到我，是不是欣喜若狂，按捺不住内心的蠢蠢欲动，还要装高冷？哦不对，你把这辈子的演技都用在演一个'妈宝''直男癌'上了。"

单世钧有些无奈，又觉得有些好笑，勾起手指，轻轻刮了一下曲筱阳的鼻子："曲医生，你打算什么时候放过我？"

曲筱阳兀自笑了一会儿，才正色道："我以前只当你是为了快速甩掉相亲对象才那么做。现在我倒是真的明白了。"

单世钧低头，视线正对上曲筱阳的。

曲筱阳抬手轻轻摸了一下男人的脸："你当时其实是觉得，自己经常出生入死的，不适合跟任何人谈恋爱，索性就狠狠心，把任何可能性扼杀在萌芽里。"

单世钧笑了笑，微微点一下头："嗯，是这个想法。"

“差一点你就成功了。”曲筱阳叹了口气，“幸好我是个透过现象看本质的人。”

单世钧笑：“嗯，感谢曲医生的明察秋毫。”

曲筱阳忽然想到什么，抬头看他：“让我看看你腿上的伤。”

“嗯？”单世钧意味不明地一挑眉，“刚才还没看清楚？”

曲筱阳轻轻拧了他一下：“你够了。别贫了，让我看一下。”

那是一个不太规则的圆形伤疤，和大部分的枪伤一样。只是这一个，明显又比普通经过正规手术治疗的伤疤看上去更狰狞了些，外缘是一圈不规则的锯齿形。

曲筱阳轻抚那道疤，叹息：“一看就知道你当时没有好好养伤，是不是也没遵医嘱，及时去医院拆线？”

单世钧垂眸：“嗯……当时条件不允许。抱歉。”

曲筱阳摇一摇头，看着她，认真道：“以后我守着你，不会让你再这么糟蹋自己的身体了。”

单世钧又笑了笑，又握紧曲筱阳的手：“那就请曲医生务必守好我。”

曲筱阳伸出手指，轻戳一下他的前额：“话说，你可真能装啊，身份的事，竟然瞒了我这么久。你跟我说句实话，再次见到我时，心里到底是个什么想法？”

单世钧眸色缱绻而温柔：“开心。能真正认识你，真的很开心。”

顿了顿，他轻叹一声：“我本来以为这辈子会就这样，孤独终老的。”

曲筱阳觉得有些心酸，又有些好笑：“要不要这么悲观。”

单世钧摇一摇头：“我之前对情爱一事，看得很淡。本来也不觉得会遇上能让我动心的姑娘了。”

“不过现在感觉，上天还是眷顾我的。我想，我是个幸运的人。”单世钧翻过手掌，与曲筱阳十指相扣。

单世钧其实一刻也没将曲筱阳忘记。那个心地善良、勇敢坚强的小医生，从一开始，就在他记忆里留下了不可磨灭的印记。所以当他再一次和曲筱阳相遇，还阴错阳差地建立了这样深厚的羁绊时，他是真的第一次，对命运充满了感恩。

曲筱阳微微一笑：“我也是。”

这天中午在医院食堂吃饭时，肖毅不知打哪儿出现，径自走到曲筱阳对面坐了下来。

“听说，王霞的事解决了？”

曲筱阳点头："尿了呗。一见网上舆论一边倒，她消失得比逃命还快。"

肖毅看着她："你还继续追责吗？听张主任说，你之前已经找了院方代表律师起草律师函了。"

曲筱阳莞尔："已经寄出去了。"

她撑着下巴，看向肖毅："成年人了，总得为自己犯过的错付出代价。赔款追责什么的，其实我无所谓，但我觉得医闹这件事不应该轻易原谅。否则，医闹成本这么低，以后那些有心之人岂不是动不动就利用这个来讹诈医务人员？"

肖毅微微笑了一下："我觉得你做得对。"

曲筱阳给了他一个眼神，有点小得意的样子："那是，这亏我可不能白吃。趁这次机会，得给同僚们涨涨信心。"

肖毅神色复杂地看着曲筱阳，似乎欲言又止，半晌才道："抱歉。"

曲筱阳啃糖醋排骨啃得正起劲，冷不防听见这一声语气诚恳的道歉，都没回过神儿。

但见肖毅的神色，不像是在开玩笑的样子。

曲筱阳摸了摸鼻子："好端端的，道什么歉？你是吃错药了，还是做什么亏心事了，肖主任？"

她本来想用一个玩笑化解两人之间尴尬的气氛。然而肖毅没有给她打太极的机会。他沉默两秒，看着曲筱阳，认真地说："如果我早点答应给老太太手术，也许她不会……"

"肖毅，"曲筱阳打断肖毅，也认真地看着他，"干我们这行，没有也许，也没有万一。你不能这么想。如果每次判断，每次手术，我都要去想'万一'，这医生还怎么做？我相信你当下的判断，所以你不要再自责了。"

曲筱阳顿了顿，垂眸温声道："肖毅，这次医闹的事，本就跟你没关系。就像张主任说的，做人也不会一直顺遂。所以，你不用这么自责。而且，现在一切事情不都圆满解决了吗？所以你也别再纠结了，更不应该自责。"

肖毅安静地凝视了曲筱阳一会儿，微微笑了一下。那笑容有些复杂，有释然，有自嘲，似乎还夹杂了一丝淡淡的苦涩。

"网上那个采访，我看到了。他的确很男人，有担当，我祝你们幸福。"

曲筱阳笑了笑："谢谢。"

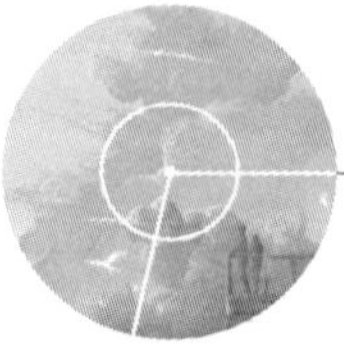

ben fu shanhe, benfu ni

第十六章 盛情难却

恋爱很美好，工作很忙碌。曲筱阳以前是常常忙到没时间吃饭，现在是忙到连上厕所的时间都没了。平时被工作榨干，周末还得对付一个精力旺盛的男朋友。

但她又舍不得周末不和单世钧见面。那是他们仅有的能够独处的时光了。

该死的热恋期，甜蜜又恼人。

曲筱阳跟莫梨抱怨：“我觉得，咱们院能同时完成事业 KPI（关键绩效指标）和恋爱 KPI 的，都是铁人。”

莫梨丝毫不理解曲筱阳的烦恼：“我警告你啊，少在我面前炫耀。你这叫‘饱汉不知饿汉饥’！”

梁绍文从两人身后走过，乐不可支地安慰曲筱阳：“挺过这一年，等你升上副高，加班打杂的事，就轮到年轻一辈了。”

忙碌归忙碌，然而有一件事已经在曲筱阳心里压了很久。是她早就想做，却一直没来得及做的。之前因为各种原因，她没有跟单世钧提。

而现在，似乎也是时候了，是时候，去见见小白了。和单世钧一起。

飞刃大队的烈士陵园坐落在城郊一座青山脚下，墓园中种满了万年长青的松柏。陵园第一层的广场正中央有一块巨大的大理石雕刻成的纪念碑，上面刻着自建队以来，所有在任务中牺牲的烈士的名字。而广场后方的石阶，则通向一层一层的个人墓碑。

曲筱阳和单世钧相携而上，走到最上层的碑林，站到了小白的墓前。

曲筱阳知道，再一次面对小白的墓碑，单世钧用了很大的勇气和定力。

她和单世钧十指交扣，所以能感受到，他的手指有些凉，而且微微颤抖着，整个人处于极度紧绷的状态。但他还是来了，带着曲筱阳一起。

曲筱阳记得，白展廷生前也说过，希望能看到她和单世钧在一起。

曲筱阳叹了口气，对着墓碑上那张年轻的脸说：“你说你，怎么就不能走慢点，亲眼见证一下呢？”

单世钧没说话，眼眶却渐渐红了。

曲筱阳微微躬身，将手中白色的花束放到了小白的墓前，用干净的手巾仔细地擦去落在墓碑上那张黑白照片上的一层灰。

无论看几次，都还是觉得，这张脸太年轻了。他把美好留给了这个世界，却没有时间亲自去见证这个世界的美好。

“我大概能理解你当时站着任人揍的心情了。”曲筱阳叹了口气。

单世钧敛眸，没说话。

走的人卸下了肩上的担子，活着的人却依然要替他们背负着这信仰、重担，继续前行。

曲筱阳转头看着单世钧：“但小白没有走，只是换了种轻松些的方式活着。”

单世钧鼻腔一酸，微微别过头去，半晌才道：“我知道。”

只要他们还活着，就会有人记得小白留下的那些足迹。

两人祭奠完小白，并肩往回走。曲筱阳转头看了身边这个高大沉默的男人一眼，忽然伸手过去，覆住单世钧垂在身侧那只紧握成拳的手：“我听说，你之前那采访，是用功勋去换的？”

单世钧愣了一下，转而又笑着摇一摇头，语气轻松地说：“本来是怕上面不同意。但好在，领导们也都通情达理。要真换成了，我肯定得拿这事儿到你面前邀功，放心。”

放心什么放心！

曲筱阳忽地停下脚步，转头看着他：“你呀……以后别再这么傻了。”

单世钧转头看向曲筱阳，也跟她一样，停下脚步，伸手一点她的鼻尖：“胆儿肥了，敢说我傻。”

曲筱阳没有笑，也没有跟着打趣。她仰头看着他，神情是前所未有的认真。

“单世钧，其实有些话，我早就想对你说了，只是一直没找到机会。”

曲筱阳微微一顿：“其实，不管你选择继续留在前线战斗，还是退居二线坐镇指挥部，我都会支持你。”

单世钧神情复杂地看着曲筱阳，瞳孔有些微的震动。

“之前你一直觉得，没有一个安稳的基础，就不应该谈恋爱，不应该耽误别人。所以相亲时你直接让自己出局，咱俩的事，你也一直等到转岗后，才敢来找我。”

单世钧不语。

曲筱阳叹了口气：“我一直想告诉你，其实你完全不需要因为自己从事的职业而在感情上畏首畏尾，更不用卑微。你也看到了，我的工作在某种意义上，也是所谓的‘高危’行业。医闹、不理智的病人会一直伴随我的职业存在。而且，假如明天咱们这儿突然爆发严重的流行病，作为医生，我肯定是要冲在最前面的。如果有一天，有人需要我去到危险的疫区，拯救他们的生命，你会拦我吗？”

单世钧抬手，轻抚了一下曲筱阳的脸颊：“不会。”

“这就是了。我理解你的职业，也理解你的信念。这和你理解我的职业，也理解我的信念，是一样的。”

曲筱阳眼中隐隐有水汽浮现：“一辈子很短，我们谁也不知道明天会发生什么。我只想珍惜和你在一起的每一天。”

单世钧看着她，视线专注而深情：“我明白。我以前是有这样的顾虑，但自从和你在一起后，那样的想法也慢慢有了改变。你说得对，人这一生本就短暂，活在当下，珍惜当下，才是最重要的。

“但是有一点我也想跟你说明。选择退居二线，是我的主观意愿，是心甘情愿的选择，没有人逼我。不如说，现在我反而觉得，待在这样的位置上，我能为我的团队，为我的战友，做到更多以前做不到的事。这样也很好。”

阳光照在男人英俊的面容上，他微微勾起嘴角时，那发自内心的，恬淡平和的笑容，仿佛能够治愈世间所有的伤痕。他看向曲筱阳的眼神，真挚而火热。

她心中最后一点疑虑，随着这个笑容消散。

曲筱阳情不自禁地用手勾勒了一下他好看的眉眼，转而也淡淡地笑了：“齐玥教授前两天跟我说了句话，我觉得挺有道理的。她说‘只要两个人的心在一处，任何困难都可以克服’。”

单世钧拉住她的手，放到唇边，轻轻一吻：“嗯，齐教授说得对。

“筱阳，我很开心，你今天能陪我过来。之前一个人来时，我感觉胸口一直压着块巨石，喘不上气，甚至不敢直视小白的照片。不知为什么，今天有你在，我感觉好了很多。”

曲筱阳有些心疼地反握住单世钧的手，正色道：“以后都有我陪着你。”

前半生你在荆棘里踽踽独行，伤痕累累；后半生我只希望陪在你身边，抚平那些岁月的伤痕，与你共同前行。

因为两人工作性质的特殊，曲筱阳和单世钧每周只能保持着只见一次的频率。

以前单身的时候，曲筱阳一天里最快乐的时刻，就是睡觉时。和单世钧在一起后，一周里最开心的，莫过于两人一起睡觉的时候。一人份的开心，变为两人份的开心。但美好的时光总是短暂的，每次单世钧离开前的那个夜晚，就成了曲筱阳又开心又沮丧的时刻。听上去好像很矛盾很割裂，但是没办法，一觉醒来，就又要再等一个星期了。

“唉……这一天天的，时间都去哪儿了？”

曲筱阳看了一眼床头柜上电子钟显示的时间，心里这么想着，便直接说了出来。

单世钧刚洗完澡出来，就听见曲筱阳这么幽幽一句喟叹，不禁莞尔。

“是太短了。每周都觉得待不够，只想把你绑回去。”他坐到另一侧床沿，用毛巾将头发上的水汽尽数擦干，才掀开被子躺上床。

曲筱阳转过身，安静地看着他。这张脸，无论看多少次，也还是觉得好看。

有的人，空长了一张漂亮的脸，内里却是一团败絮，再漂亮再倾国倾城的脸，顶多三个月就会腻；有的人，用普通的躯壳承载一个有趣的灵魂，时间久了，越看越顺眼，越看越喜欢，就像一瓶不起眼的陈年佳酿；还有极少数的人，里里外外都是金玉。美丽的容颜点缀了有趣的灵魂，有趣的灵魂丰富了美丽的容颜。这种人，当属人中龙凤，得之我幸。

“得之我幸。”

曲筱阳伸出纤细的手指，轻轻在单世钧高挺的鼻梁上划过，最后停在那好看的刀削般的薄唇上。

单世钧眸色一深，一只手握住曲筱阳的手腕，另一只手按在她的肩背后，微微一使力，便将她拉入怀中。

曲筱阳安静地将头枕在他结实的胸膛上，听着他强有力的心跳，有些孩子气地玩着他的手指。

“筱阳……”

过了许久，单世钧顿了顿，像是已经酝酿了许久似的，郑重地说道：“我想了一下，这样下去也不是个办法。”

曲筱阳轻轻握住他的手指：“我知道，咱俩相处的时间太少了。一年五十二周，平均一周一天，不到两天。算上十几天假期吧。能见面的时间也才六十来天，不到六分之一的时间。”

单世钧笑了笑：“算这么清楚，听上去好像是挺少的。”

曲筱阳微微敛眸：“我是不是太贪心了？我知道，其实和许多军嫂比，我已经幸运许多。”

单世钧收了笑，摇一摇头：“不是，我才是那个贪心的人。”

曲筱阳心头一动：“你是不是要跟我说什么？”

以她对单世钧的了解，他一般情况不会抱怨，也不会说废话。所以他牵头提出这个问题，一定是已经想好解决方案了。

单世钧又笑了笑，轻轻点了一下她的鼻尖：“什么都瞒不住你，机灵鬼。没错，我是想找你商量来着。

“你知道，我们大队军官级别的在职人员，是不用强制性住在部队宿舍的。我们可以选择住在军区大院，购买我们大队售房区内的现住房，或者购买政府组织建设的经济适用房和商品房。”

曲筱阳愣了一下：“啊？我还以为你们一定要住在军区。”

“以前当士兵的时候当然是必须住部队宿舍，这样其实是方便服从管理和任务调遣。不过现在情况不一样了。”

曲筱阳若有所思地点一点头：“这确实是我孤陋寡闻了，其实还是因为对你们这行不太了解。”

她顿了顿，忽然福至心灵：“你是不是打算搬出宿舍？你想搬到哪儿去？”

单世钧莞尔：“我最近在看一套房子，那个小区刚好是在离你医院和我们军区比较折中的一个位置，是咱市政府建的商品房。我觉得那个小区环境不错，而且是新建的，安全系统完善，周边配套设施也比较齐全。

“我想着，我也差不多到了该买房安定下来的年纪了，我想下周带你过去看看，你觉得呢？”

曲筱阳愣了一下，单世钧这明显话里有话，但她不太确定，他所想的，是不是她想的那个意思。

单世钧见她愣怔着没说话，又继续道：“筱阳，我想和你在一块儿。不说二十四小时，若是能每天见上一面，我就知足了。或者不说每天，至少一周能有一半的时间，让我见到你。”

单世钧伸出手，握住曲筱阳的手，认真地看着她的眼睛：“我是认真地想跟你好好走下去。我知道，这么说可能有些快有些突然。如果你不愿意，也没关系，可以慢慢想。我能等。”

啊，果然就是她想的那个意思——单世钧这是对她发出了同居邀请。

曲筱阳心“怦怦”直跳，有些兴奋，又有些羞赧。

怎么有人能把同居这事说得这么好听又深情？！

曲筱阳偏了偏头，狡黠地眨了眨眼，有心逗他：“啊，你这是要让我跟你一起拼单买房吗？”

单世钧微微一愣，立刻道：“不是。”

他无奈一笑：“我怎么可能让你花钱。”

曲筱阳微微一挑眉：“嗯？不是才说的，想跟我一块儿好好走下去？两个人在一起，花谁的钱不是花，有什么区别？”

单世钧摸了摸鼻子：“有。”

曲筱阳看着他。

单世钧顿了顿，才道：“我养我的女人，天经地义，断没有反过来的道理。”

曲筱阳“扑哧”一笑，俏皮地伸出手指，戳了戳那张一本正经的严肃脸：“哇，想不到你骨子里这么大男子主义。”

单世钧握住她的手指，认真道：“和大男子主义无关。你跟着我，是为了享福，不是为了吃苦受累的。我只是想让你过得自在舒心一点。”

曲筱阳感觉自己牙被酸倒一片，认真解释的单世钧很可爱，而她竟像被他传染了似的，莫名地因为这种类似“老古董”的思想而感到心暖。“我想照顾你”这个意思，用这样朴实无华的方式说出来，竟也很动人的。

单世钧看出曲筱阳在逗他，无奈地弯了一下嘴角：“曲医生，你怎么说？赏脸吗？”

曲筱阳凑过去，在他颊边轻轻烙下一吻，笑道：“那以后就请多多指教了，单长官。”

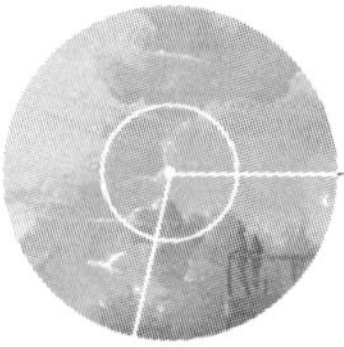

ben fu shanhe, benfu ni

第十七章 执子之手

单世钧将他在战场上雷厉风行的作风一路发扬到生活中，既然曲筱阳点了头，买房和搬家的事很快便也敲定下来。

单世钧的东西不多。他一直住在部队上，个人物品就是衣物、书籍一类的，打包起来就几个箱子的东西。曲筱阳的东西加起来，却堆满了整个过道和半个餐厅。两人陆陆续续搬了几次，终于将所有必要物件都搬到了他们的新家。剩下的最后一步工作，便是整理箱子，将物品分类收纳好了。

整理完大部分衣物和家用物品，曲筱阳忽然瞥见角落里还有个没开封的，包装得很仔细的小纸箱，便用裁纸刀划开纸箱上面的胶带。小纸箱打开，乍眼一看，感觉像是专门用来屯放废弃物品的，里面放着什么门票啊，笔记本的纸，甚至还有收据一类的杂物。曲筱阳愣了一下，收集“废品”实在不像是单世钧的风格，因为他的个人物品可以用四个字概括——极简主义。所以，按这个逻辑倒推，这些“废品”一定不简单。

曲筱阳仔细一看，忽然在一堆票据中发现了一张淡蓝色的小卡片，看着很是眼熟。她将那张卡片取了出来，一翻开便看到自己熟悉得不能再熟悉的字体。那是去年单世钧过生日的时候，她在送他的那盆风信子时顺便夹的一张贺卡。

原来他一直留着。

曲筱阳心头一动，将卡片放到一旁，又低头去查看盒子里别的物件：

在云城时，两人在医院后面那条夜市街一起去的那家手工面片儿汤店的收据。

在缉毒大队做笔录时，曲筱阳随意涂画写废的一页从笔记本上撕下来的纸。

离开云城前，两人一起去的那家日料店赠送的寿司形状的小挂件。

T 国他们住的那家酒店的钥匙扣。

去海滩时，一个拍卖立得商贩抓拍的他俩在一块儿时的照片。曲筱阳甚至都不知道他是什么时候折回去买下来的。

还有 Logan 影展的门票……他居然连这个都留着。

曲筱阳发现门票的一角，有一块深褐色的印记。现在想来，应该就是那晚他中枪后留下的血迹。那种窒息般的绝望和痛楚，她这一生都不想再次经历了。

而压在箱底的，是一个白色的信封。

曲筱阳将信封取出来。这信没有封口，信封上也一片空白，没有写收信人。曲筱阳将里面的信笺拿出来，打开……

依然是印象里苍遒有力的字体，而内容，也是她所熟悉的。

这上面的内容，她都熟悉到几乎可以背诵了。

毕竟，那封被小白偷拍下来的信，依旧存在她手机的相册里，时不时还会被她翻出来看看。但曲筱阳记得，小白在微信里跟她说过，那封信已经被单世钧当着他们几人的面扔垃圾桶了。

只是她没想到后来他又悄悄捡回来了。曲筱阳的眼眶莫名地就有些热。

头顶上方忽然投下一片阴影，而后身侧有人蹲了下来。一只手伸过来，从曲筱阳手中抽走了那封信。

曲筱阳转头，安静地看着单世钧，单世钧也沉默地看着她。

过了好一会儿，曲筱阳抿了抿唇，说："你怎么什么都留着？"

单世钧瞬也不瞬地看着她："这些都是属于我们的回忆。"

曲筱阳喉头微微一哽，过了片刻，才问："你是怕我们最后没在一起，所以才都留着？留个念想？"

然后守着这些记忆，在余生里孤独地回味？

单世钧垂眸一笑："留的时候也没想那么多，只是觉得这样能让我自己的记忆更鲜明一些。我喜欢有质感的记忆。"

曲筱阳伸手抚上他的脸，叹息："傻子。那 Logan 影展就是个陷阱，至今回想起来，也觉得心惊胆战。这样的回忆，你也留？"

单世钧按住曲筱阳的手："仔细回想，那个晚上，除去后半夜的'大逃杀'，还是很美好的。我平白赚得一次和你约会的机会，而你也见到了喜欢的摄影师。"

单世钧顿了顿，莞尔："而且，那是我第一次见到你为我哭。"

两人对视片刻，单世钧忽然揽过曲筱阳的脖子，在她唇上轻轻印下一吻。

"虽然我不喜欢见你落泪，但我还是很高兴。"

"真傻。"曲筱阳轻轻喟叹一声，"我问你，这信既是给我的，为什么后来也没交给我呢？"

单世钧无奈一笑："其实本来也没打算给你。写得悲春伤秋的，一副哀怨语气，不想拿给你看。但毕竟当时经历的那些心情是真的，旧东西就像日记一样，扔了又觉得好像有点可惜。"

曲筱阳看着他："其实，有件事我一直没告诉你。"

"你说。"

"那封信……我看过了。"

单世钧微微一愣，而后立即反应过来："是小白？"

曲筱阳点了点头："对。当时他看到这封信便偷偷拍了张照，后来传给我了。"

单世钧有些无奈，又有些好笑地摇了摇头："有时候觉得他大大咧咧没心没肺，有时候又觉得其实他心思比谁都细腻。"

曲筱阳叹了口气："大约没心没肺是他想要活成的状态吧。现在想来，小白其实是个妙人。"

单世钧微微敛眸，没说话。

曲筱阳握住单世钧的手："清明咱们再去看他。"

"嗯。"

"对了，有件事还没来得及跟你商量。"单世钧忽然说道，"我们参谋长一直想叫你吃饭来着。之前你一直在忙，咱俩又总是聚少离多两头跑，一直没匀出时间。"

曲筱阳若有所思地点一点头："你说的是咱俩的大媒人、你那个好兄弟、齐教授的老公、那个传说中的林竞？"

单世钧这么一说，曲筱阳倒想起来确实是有这么一茬事儿。之前齐玥也跟她提过一嘴，当时她觉得齐玥应该是跟她客气一下。后来又如单世钧所说，两人都太忙，这事就一直搁置下来了。

单世钧抬手轻轻捏了一下曲筱阳的脸颊："是不是传说中的我可不知道。不过人家托我问问你，下周哪天有空，咱一块儿上人家里吃个饭。"

曲筱阳"扑哧"一笑："是你想让我去，还是人家想让我去？"

单世钧顿了顿："都是。"

曲筱阳转过头，促狭地看着他，没说话。

单世钧静了两秒，无奈一笑："是我。我想把你介绍给我最好的兄弟、朋友。给我这个机会吗，曲医生？"

曲筱阳眸中露出些未明的情绪，认真地看着他："林竞，就是最早你待的那个行动队的队长吧？"

单世钧点头："对。我自从进入飞刃大队起，就被编入林队的行动小队了。后来他离开小队去了指挥部，就由我接管了行动队。”

光是听他叙述的语气，曲筱阳就能得知两人渊源深厚，关系匪浅。有些情谊，用言语说出来都太轻了。

曲筱阳握住单世钧的手：“我下周五晚上没有排手术也没有值班，当然周六更合适，一整天都有时间。我早就想见见你的朋友了。”

想见见那些对他来说，至关重要的人；想了解那些，她未曾参与的过去。

聚餐最后定在了周六晚上，在林竞家里吃涮羊肉。

曲筱阳本来以为这次聚会就他们俩和林竞一家四口。然而算上他俩，屋子里居然乌压压地齐聚了十号人，还都是成双成对的，场面甚是壮观。

曲筱阳和单世钧是最后到的。

齐玥热情地拉住曲筱阳的手：“单世钧终于把你带过来了。”

单世钧揽着曲筱阳，跟随齐玥走进餐厅。一桌人的目光都齐刷刷聚集到了曲筱阳身上，让她瞬间有种回到门诊的感觉。

单世钧主动介绍：“我女朋友，曲筱阳。”

曲筱阳落落大方地向众人打了个招呼：“你们好。”

“哇喔……”

“恭喜咱们单队终于摆脱‘孤家寡人’的头衔了，哈哈哈！”

“可不是，现在我们这桌人终于能齐齐整整了。”

曲筱阳发现，这一大桌子人见到她后情绪异常高涨，搞得她都有点不好意思了。

坐在主位的一个长得硬朗英俊的男人率先站起身，朝他们这边迎了过来。他先跟单世钧打了个招呼，而后转向曲筱阳：“终于得见庐山真面目啊，幸会啊，筱阳。”

曲筱阳立刻猜出这人身份，朝他眨了一下眼：“之前照片上见过吧，林参谋长？”

毕竟，一开始还是齐玥和林竞替两人牵的线。

林竞哈哈一笑：“曲医生这是打算秋后算账？”

曲筱阳莞尔：“没，其实我是想感谢您。如果不是您牵这根线，我也不会找到这么完美的男朋友。”

“噢哟……完美！”一群人立刻又跟着起哄。

单世钧轻咳一声，耳尖微微染上一抹绯色。

林竞摆了摆手：“什么参谋长不参谋长，在家里不用这么客套，叫名字就行了。”

曲筱阳微微一笑："那我跟他们一样，叫你林队吧。"

坐在几人对面的陈冲一拍腿，高兴道："这就对了，还是这个称呼听着顺耳。都是自己人，不用客套。"

他自来熟地起身，也朝曲筱阳伸出手："你好，我叫陈冲，单世钧的前队友。"

曲筱阳笑着和他握了一下手："你好。"

曲筱阳和单世钧入座后，林竞又向曲筱阳挨个介绍了桌上剩下的几人。陈冲左侧坐着他老婆，他们今天还带着个小的，如今刚满半岁。陈冲右手边坐着余海和他女友。加上余海，前猎鹰小队全员到齐，的确是齐齐整整。林竞家俩宝贝今天也在家，大女儿林知乐今年四岁，小儿子林承宣一岁半。

今天的火锅是齐玥亲自准备的，上等的食材加上上乘的汤底。汤底是现熬的，正宗涮羊肉的清汤底家庭版，加了口蘑、大葱、姜片和干贝。上好新鲜的羊肉切成薄片，摆了满满一大盘。另有雪花牛肉、鲜毛肚、冻豆腐、粉丝、白菜。

曲筱阳看了一眼摆在桌子另一侧的蘸料，芝麻酱、腐乳、韭菜花、香油、生抽、辣油应有尽有，配套齐全。她自己本就是个吃货，一看这配置便忍不住赞道："这吃法挺正宗的呀，行家。"

林竞笑："那是。齐玥也是个吃货，你俩很搭。"

众人哄笑。

饭局过半，林竞意味不明地看向单世钧和曲筱阳，半开玩笑地问："你俩是不是也好事将近了？"

曲筱阳哭笑不得，感觉最近不知为何，到哪儿都会被这么一问。周围一圈朋友，个个儿比他们着急。

"余海那小子下半年结婚，你俩倒是可以比一下，看谁是老幺？"

余海笑着一摇头："林队，这可就没意思了。猎鹰是要把竞争意识从工作中一路发展到私生活上吗？那你这算作弊啊，既当吹哨的又当领跑的。"

单世钧也莞尔："附议，这赛制有问题。而且陈冲居然赢了我，这事不能忍。"

陈冲一听就不干了，立刻开始撸袖子："来来来，冰块脸你什么意思，给我说清楚，有种跟哥们儿出去单挑。"

单世钧微微一挑眉，漫不经心地将一只胳膊搭在椅背上，冲他微微勾了勾手指。

陈冲刚站起身，便又被余海拽回去坐下："行了吧，你哪次单挑赢过他？"

众人再次哄笑。

陈冲有些委屈地转头去看自家媳妇儿。他老婆倒是个成熟懂事的，伸手轻轻拍了拍他的头，以示安慰。陈冲那一身奓起的毛立刻乖觉地软塌下去。

曲筱阳低头吃菜，忍俊不禁。从她与这两届猎鹰小队的成员接触来看，他们都是个性鲜明、单纯正直，又可爱的人。而且就如单世钧所说，他们真的是像家人一样在相处，这种亲密又融洽的关系，是可以维系很多年都不改变的。她很喜欢这种纯粹温暖的感觉，也能明白单世钧为什么这么看重他们。

陈冲缓过一口气，眯眼看着单世钧，一看就在那儿使劲儿憋坏。

果不其然，片刻后，他笑嘻嘻地转向曲筱阳："曲医生，你想不想知道咱们英明神武的单大队长军校时期是什么样的？他大概还没跟你说过他的那些'光辉事迹'吧？"

单世钧的过往，的确是曲筱阳想了解的，那是她不曾参与过的，却对他来说很重要的人生经历。无论好的坏的，开心的还是痛苦的回忆，她都想多了解一些。

单世钧听完陈冲这番话，也没什么特别的反应，只淡淡道："要说'光辉事迹'，不是你自己的更多一些？"

余海捂脸，小声吐槽："这就是传说中的能动嘴绝不动手，陈冲，你这脸皮厚得可以砌墙了。"

陈冲笑嘻嘻："脸皮是什么？哥只有一身铁皮。"

曲筱阳转头看了单世钧一眼，见他依旧似笑非笑的，并没有那种被冒犯到或者尴尬不适的神情，便对陈冲说："来来，我听听，什么'光辉事迹'？"

陈冲撸一撸袖子，大吃一口羊肉，这才摇头晃脑地慢慢说道："让我想想，冰块儿脸的故事该从哪儿说起？"

陈冲用他独有的贱兮兮的小眼神在桌上扫视一圈，吊足众人胃口，最后落在曲筱阳脸上："说真的，曲医生，他是和你在一起后，话才变得多了起来。你大概不知道，以前还在咱猎鹰小队的时候，这人一天里能跟我们说上三句话就不错了。"

余海附和地点头："你这么一说……感觉好像还真是。"

齐玥笑道："肯定是跟你们这帮大老爷们儿待在一起太无聊了。"

陈冲摇一摇手指："我们自然是不如曲医生来得有趣了。不过，你们大概都不知道，冰块脸在军校的时候，像是得了自闭症。你们都没见识过。我当年跟他一个宿舍的，还是上下铺。进校第一年，一整个学期，他只跟我说过一句话。一句话！"

单世钧面无表情，淡定地给曲筱阳夹菜，连多余的眼神都不屑于给陈冲一个。仿佛陈冲嘴里那人根本不是他。

余海忍俊不禁："是有些为难你了。毕竟，你是个话痨。想说话，没人给你回应，你肯定很抓狂。"

陈冲摇一摇手指："那时候我们都觉得这人超级臭屁，孤傲，不合群，超会装。"

余海插言道："但偏偏人家成绩好，干不过他，所以只能干瞪眼。"

这倒是实话，单世钧当年是以军校第一名的成绩被选拔进入飞刃大队的。尤其是他的射击成绩，从来没人破过他的纪录。当初林竞也是看中了他的资质，钦点他成为猎鹰小队的狙击手。

陈冲的老婆忽然幽幽地说了一句："你确定人家不跟你说话不是因为……你太讨人嫌了？"

事关男人颜面，陈冲梗着脖子硬声硬气："怎么可能？！我人见人爱，花见花开。"

众人默契地沉默了两秒。

片刻后，余海好奇问道："所以那句价值千金的话到底是什么？"

陈冲停顿许久，才小声说："你挡道了。"

众人哄笑。

陈冲摆了摆手，仿佛这样就能摆脱尴尬似的："好了好了，这不是我要说的重点！"

林竞："你的铺垫略长。"

余海："略长。"

曲筱阳终于忍不住笑了，转头问单世钧："陈冲是不是在你们猎鹰小队的时候，就一直担任受气包的角色？"

陈冲："不是！"

林竞和余海几乎是同时道："是。"

单世钧莞尔："以及活宝担当。"

陈冲小可怜："你们……还有人听我说重点吗？"

曲筱阳饶有兴致地鼓励道："你说吧，我听着呢。"

有人捧场，陈冲便瞬间来了精神，哼哼一笑："你们大概想不到，就他这万年冰山生人勿近的性格，也是有女生追的，而且是非常高调地公开示爱。"

单世钧微微一挑眉："你说谁？"

陈冲不可置信地看他一眼："勤务学院管理系的系花，你忘了？文艺会演的时候人家在台上唱了首歌，点名道姓送给你。"

单世钧仔细想了想："哦，你说体能考核全线亮红灯那个。"

陈冲"哈"地一拍手："看看，知道这货这么多年是凭本事单身了吧。

开玩笑，女生在我们那儿都是大老爷们儿的地方多吃香啊，更何况人家还是系花！那时好多人追她，人家正眼也不给一个。也不知她为啥就看上你这不解风情的榆木疙瘩。”

曲筱阳看热闹不嫌事大，莞尔：“那他可能是脸盲吧。”

单世钧在餐桌下悄悄握住曲筱阳的手，侧头在她耳边低声道：“我不是脸盲。我女朋友就是最漂亮的，谁都比不上。”

陈冲的老婆轻咳一声：“这好多人中，也包括你吗？”

陈冲强烈的求生欲让他光速否认：“没有，绝对没有！我、我那时也是脸盲！”

陈冲摆了摆手：“重点来了，有一次我们下乡支援建设，做义工。那女孩儿负责清理仓库杂物，她要把一些废弃木材搬到附近一个回收站。路上见着单世钧，就柔柔弱弱地请他过去搭把手，说自己抬不动。你说正常男人，谁会忍心拒绝一个娇滴滴的女人的求助，咱们单队那叫一个清新脱俗，直接拒绝了。”

“你们猜猜，他跟人家姑娘说啥？”

齐玥悄悄转头跟林竞耳语：“感觉陈冲这小子今晚回去要跪键盘了。”

林竞低笑：“同感。”

见一桌人没人接他的梗，陈冲只能假装什么事都没发生，继续慷慨激昂地说道：“他拒就拒了，还跟人家姑娘说她不适合待在部队里，让她趁早换专业换学校。”

单世钧淡淡道：“我只是实话实说。”

曲筱阳忍俊不禁，心说还真是太符合他“钢铁直男”的作风了。

陈冲摇头一笑：“更扯的是，后来姑娘居然真的转学了。这事儿一度让他成为我们这届的红人。凭借一己之力，怼走了勤务系最漂亮的妹子，多少兄弟欲除之而后快。”

余海听得瞠目结舌，冲单世钧竖起拇指。

单世钧默然回想了一下，淡淡道：“难怪我总觉得有一年找我练单人格斗的人特别多。”

陈冲捂脸：“可惜都被这货‘揍’服了。”

林竞笑了一下：“用硬实力说话的人，不需要看人脸色。”

曲筱阳在桌下悄悄捏了一下单世钧的手，单世钧转头看她，两人相视一笑。

一顿火锅，从下午五点吃到接近晚上九点。还是因为陈冲家里有个孕妇，林竞家俩宝贝要准备睡觉了，大家才依依不舍地散了场。

“羊肉吃得太多了，感觉稍微有点腻。”曲筱阳头靠在车窗上，看着窗外街景。有些疲懒，但不知为何又不太想立刻回家。

单世钧转头看她，眼中藏着宠溺：“想喝点什么解腻？”

曲筱阳眼睛微微一亮：“啊，我忽然想起来，附近新开了一家抹茶店，我想去看看。”

单世钧打着方向盘，温柔一笑：“好啊。”

都走到了店门口，曲筱阳又微微有些迟疑：“这么晚喝茶，可能会睡不着。”

单世钧低头过去，在她耳尖上轻轻吻了一下：“睡不着正好可以做点有意义的事情……反正明天是周日。”

曲筱阳抬手捂住耳朵，有些嗔怪地瞟了他一眼。她耳朵其实特别敏感。几乎到了碰一下就红，咬一下就腿软的那种程度。

单世钧深黑的眸看着曲筱阳，眼底浮起淡淡的笑意，搂过她的腰：“走吧，来都来了。”

这个时间点，店里只有曲筱阳他们和另一对小情侣。

晚餐已经吃了很多了，曲筱阳就点了一份柚子羊羹冻、一份抹茶蕨饼、两杯煎茶。

其实曲筱阳只是想借这个机会，跟单世钧再单独享受一下二人约会的夜晚。毕竟，他们出门约会的机会，是真的很少。

“尝尝这个蕨饼，”曲筱阳将那盘看上去软软糯糯的，翠油油的和果子往单世钧面前轻轻一推，“你吃过吗？”

单世钧一摇头。常年的部队生活外加长期在外执行任务，让他鲜有机会去旅游或是尝试这些新奇东西。

曲筱阳：“这是我最喜欢的一款和果子，简单朴素，但好吃。”

单世钧用店家为他们准备的精致的小陶叉叉起一块蕨饼，放入口中。

“好吃。”单世钧中肯地评价。

曲筱阳也吃了一块蕨饼，再配上一口煎茶，瞬间露出满足的笑容。

“感觉陈冲还挺逗的。”曲筱阳一边享用美味的甜品，一边跟单世钧闲聊。“你军校第一年真的只跟他说过一句话？你是一直都不怎么爱说话？”

最开始接触的时候，曲筱阳也觉得单世钧话比较少，但也远到不了陈冲形容的那种程度。

单世钧叹了口气，轻轻握住曲筱阳的手：“陈冲说得没错。我以前，确实是挺孤僻的。上学的时候就是，独来独往惯了，跟谁都不熟的那种。至少在入伍前是这样的。”

单世钧其实没怎么跟她讲过他小时候的事，她只知道他是单亲家庭。人的后天性格形成跟成长环境和自身经历是分不开的。曲筱阳不知为什么，就是有种感觉，他小时候也许过得并不好。

单世钧缓缓道："我爸是个赌徒。我三岁前的记忆不多，就记得我爸身上总是有很浓的酒味。他大部分时候不在家，在家的时候总跟我妈吵，有时候还会动手。打我妈，打我。我妈在他动手时都拼死护着我，自己却总是搞得伤痕累累的。"

曲筱阳叹了口气，反握住单世钧的手。一个不到三岁的孩子，在本该天真烂漫，对世界充满好奇的年纪，却被迫理解了什么叫作暴力和无奈。

"我印象很深的是我三岁生日的那天。我妈给我买了一个蛋糕，正在唱生日歌的时候，他酒气醺醺地回来了。他回来就跟我妈大小声，具体吵了什么我不记得了，估计年纪小也听不太懂。但我就记得他走到桌前，抄起生日蛋糕就扣在了我头上。"

曲筱阳握着单世钧的手指微微扣紧，那一瞬间心头涌上凉意和心疼，仿佛那蛋糕是扣在她头上一样。

单世钧倒是挺淡定地拍了拍她的手背："都过去那么多年了。"

曲筱阳抿了抿唇，没说话。有些伤，可以随着时间愈合，但伤痕却会永远留下。更何况，是被有着血缘关系的亲人刻在心头的伤。

"这件事让我妈坚决地和他离了婚。"

曲筱阳："你妈妈很坚强。"

单世钧点一点头："我妈人很好，也勤快，就是吃了学历的亏。白天打一份工，晚上在那种夜市大排档、酒馆里做兼职。"

"你妈妈很辛苦，也很不容易。"曲筱阳忽然有些难过地想到单世钧妈妈前几年就去了的这事。其实她年龄也不大，才五十几，完全是被生活压垮的。

曲筱阳想了想："你上学那阵不太爱和人交际，是不是因为同学对你不太好？"

单世钧微微一点头："我刚上小学那会儿也还好，只是不太爱说话，倒也不至于太孤僻。大概是三年级的时候吧，有同学跟着家长去吃宵夜，认出我妈了。这事儿后来被全班传了个遍。你知道小孩子口无遮拦的，什么话都说得出口。

"有一次他们背后说些不中听的，被我听见了。我就和他们打了一架。"

单世钧虽然没有明说，但曲筱阳已经能够想象出来，应该是很难听的话，才会逼得单世钧动手。

"那次动手得罪了班里一个家里挺有钱有势的小孩吧，从那时候开始，我彻底被孤立了。毕竟他和我相比，大家肯定是都不愿意得罪他。"

曲筱阳叹了口气：“你这也算是，提前遭受社会的毒打了。”

单世钧轻轻捏了一下曲筱阳的手，没说话。

曲筱阳看着他：“初高中也是差不多的情况？”

单世钧微微颔首：“我读的是重点中学，自己考的。”

话到这里，曲筱阳也就明白了。像这类重点中学，大部分孩子家境殷实，而单世钧和他们在一起，就会很难融入进去。人类的本质都是排他而又惯于歧视的。而比起成年人，心智不成熟的小孩儿更不擅长隐藏这种天然的恶意。单世钧不愿意去迎合，便索性封闭自己，独来独往。曲筱阳知道，单世钧只是点到为止地解释了一下他之前那样的原因。但真实发生过的那些点点滴滴的事，肯定比他这潦草几句话来得更血淋淋，更让人绝望心寒。

单世钧忽然笑了一下：“但所幸，我做了人生中一个最正确的选择。”

曲筱阳抬眸看着他：“当兵？”

单世钧点头：“我遇到了很好的人。找到了人生的目标，找到了归属感。”

猎鹰小队第一次让他感受到，除去血缘亲情之外，人与人之间的羁绊可以那样深厚，可以那样毫无保留地信任彼此，以性命相交。

“而现在，我又遇到你。如果不当兵，可能我们也不会相遇。”单世钧凝视着曲筱阳，眼神深情而炙热。

曲筱阳的存在让他认识到，原来爱情可以这么美好，这么让人奋不顾身。原来真的有这么一个人，光是看着就觉得开心，时时刻刻都想和她待在一起。而你和她加起来，似乎就是整个世界。

“我曾经也彷徨过，质疑老天不公。但我现在觉得，之前受的那些磨难，都是为了成就今天所拥有的一切。

“谢谢你。”单世钧忽然认真地对曲筱阳说道。

谢谢你，愿意选择这样不完美的我。谢谢你，让我重拾对感情的希望，赋予我对爱人的能力。

曲筱阳摇了摇头：“不，该说谢的人是我。”

谢谢你，尽管伤痕累累，却仍愿意善待这个世界。

也谢谢你，愿意信任我，毫无保留地对我敞开心扉，让我走进你的世界，走入你的心。

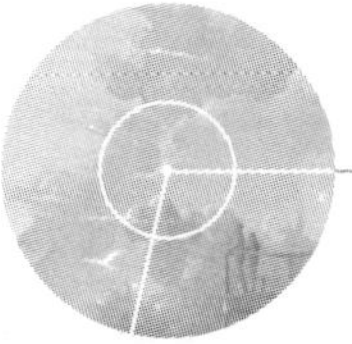

ben fu shanhe, benfu ni

第十八章 余生有你

“恭喜你啊！”

冷不防被人一掌拍在肩上时，曲筱阳嘴里还含着刚呼噜了一半的重庆小面。那半截儿面条随着她被拍得一晃的上半身也微微一晃，红油齐齐整整地飞溅一排在桌上……零星几点还飞到了她的白大褂上。

曲筱阳面无表情地把挂在嘴巴外面那半截儿面条嘬进嘴里，转头去看那个罪魁祸首。

莫梨也看到刚才发生的“惨剧”了，略微有些尴尬地将那只罪魁祸“手”收回来，顺势挠了挠头：“啊哈哈，今天食堂有小面啊。”

曲筱阳撩起眼皮看她一眼：“你来晚了，卖光了。我可以分你一点。”

莫梨大剌剌地在她对面坐下，摆了摆手：“你吃你的，小面可是你的心头爱之一。难得咱们大厨心血来潮弄一回，我就不跟你抢了。不过你回头得请我吃大餐啊！”

曲筱阳笑了一下：“消息传这么快。”

莫梨朝她眨眨眼：“这么给老梁长脸的事，他自然不会藏着掖着了。”

莫梨说的是曲筱阳去年和齐玥一起做的那个课题，两人辛苦忙活了一整年，终于出了些成果。论文发表后，前段时间在国际上拿了个奖。

莫梨感叹：“我其实挺佩服你的。这一年我看着你那疯狂的作息表都觉得累，没想到你真的咬牙坚持下来了。这回评副高应该稳了吧？”

曲筱阳莞尔：“不知道，看看吧。”

莫梨被她这副淡定的模样气得牙痒，轻轻捶桌：“曲筱阳，你就不能配合一下吗？！我发现你跟着你家那位学坏了，你现在连说话的表情和语气都越来越像他了。”

曲筱阳微微一笑：“承蒙夸奖。”

莫梨摇了摇头：“你现在算是熬出来了。等你升上副高，休息时间会多一些，也不用再这样值班，以后就能有更多时间去陪你男人了……你俩交往有一年半了吧？我看他到现在都还经常过来接你下班，风雨无阻，啧啧。”

曲筱阳微微一笑，没说话。单世钧向来都是通过行动来表达爱意的。他不是那种会满嘴甜言蜜语的男人，但他有他独特的浪漫方式。

“对了，你们打算什么时候结婚？”莫梨看着曲筱阳，好奇道，“如果感情稳定，差不多就结了吧，也别老拖着。”

曲筱阳手中筷子微微一顿。这个问题，她也在心里问过自己，什么时候，是合适的时机？

这一年来，她的高强度工作并没有像她一开始担心的那样对两人的感情造成任何障碍。反而，两人的感情与日俱增，默契度也越来越高。这其一，得感谢单世钧给予她的高度理解和包容；其二，还是得感谢单世钧……他果断买下那套房让她搬过去一起住这件事，大大增加了两人相处的机会。就算没时间一起吃饭，约会，但累了一天回到家时能安静地抱着自己爱的那个人入睡，也是一种淡淡的幸福。

她这一年这么拼，高强度的工作以外还要苦心钻研学术，也是想为了两人将来更好更稳固地在一起而打下基础。等事业稳定下来，她能给予家庭的时间和精力更多的时候，差不多就是考虑结婚的时候了。不过，这件事，她一个人说了不算。

单世钧除了一开始刚跟她搬到一起住后，有意无意，半开玩笑似的提过几次结婚的事，之后却再没有正式跟她谈过这件事。以至于她有些吃不准，他到底是什么打算。曲筱阳虽然不介意开诚布公地跟单世钧谈这事，但情感上来讲，她还是希望男人能先开口。

日子就在曲筱阳为心中潜藏的这一点点隐秘的纠结而左右摇摆时，一点一滴悄悄滑过。

这天，曲筱阳从门诊下来，一进办公室，就听见耳边“啪啪”几声脆响，而后无数的彩色亮片从头顶缓缓飘落，差点儿迷了她的眼。

“恭喜！”

“恭喜升官，曲主任！”

曲筱阳回过神了，半开玩笑似的纠正那同事：“说少了一个‘副’字，别喊错了，下不为例。”

“噢哟，这就新官上任三把火啦！”

“好怕怕，我要躲得远远的！”

曲筱阳看着咋咋呼呼起哄的同事们，无奈一笑。可能是物以类聚吧，梁绍文带领下的肝胆外氛围一直很好，同事之间的关系也都很不错。曲筱阳知道，大家是真心为她开心的，不过她也是真心不太适应这种“众星捧月”般的感觉。比起管人，她还是更喜欢自个儿待在手术室里。

“行啦！你们别逗筱阳了！她脸皮薄你们又不是不知道。”莫梨拨开挡在前面的众人，上前给了曲筱阳一个拥抱，“恭喜，我就知道你能行！”

莫梨那日跟曲筱阳说恭喜，其实也是因为知道副高的事多半能成。

而现在尘埃落定，曲筱阳只觉长久以来，悬在心头的一块巨石终于落地。

曲筱阳有些开心，又有些如释重负地抱住莫梨：“谢谢你，梨。”

单世钧来接曲筱阳下班的时候，就感觉到曲筱阳今天的状态和往日相比，有那么些微的不同。具体来讲，就是觉得她整个人松弛了不少，有种如沐春风的感觉。

他抬手温柔地摸了摸曲筱阳的脸，低头看着她：“今天发生什么好事了吗？”

曲筱阳有些诧异，差点儿也想抬手摸摸自己的脸：“我表现得很明显吗？”

她本来还想克制一下，待会儿再给单世钧一个出其不意的惊喜。没想到这才刚见面，就被识破了。亏她还以为自己装面瘫装得很成功，原来她演技这么糟糕的？

单世钧嘴角微微一勾，揽过曲筱阳的肩往停车场走：“那倒不是。只是，你开不开心，我从你眼神里就能看出来。”

曲筱阳叹了口气：“唉……你这样，搞得我以后都不能有秘密了呀。”

两人说话间已走到车门旁，单世钧忽然猝不及防地压过去在她嘴边轻啄了两下。

“你还想有什么秘密，嗯？”

曲筱阳捂住嘴，赶紧左右瞅瞅，见没人往这边瞧，才轻轻推了单世钧一下：“在外面呢，你收敛点儿。”

单世钧搂着她，低笑：“你都想有秘密了，我还不得赶紧宣告一下主权。说说吧，什么好事？”

曲筱阳抬头看着男人英俊的眉眼，有些紧张，又有些开心：“我评上副高了。”

单世钧看着曲筱阳，先是愣了两秒，而后嘴角高高牵起，手掌微微一用力，便将她拉入怀里紧紧抱住。

这个拥抱炙热而有力，过了许久，曲筱阳才听他在耳边道：

“太棒了！我真的很开心！”

曲筱阳甚至能感受到他的胳膊都有些微微的颤抖，他是真的很开心，似乎比她本人还要开心。受到单世钧情绪的感染，曲筱阳双手环过他的脖子，抬头在他下巴上飞快地啄了一下："我这么棒，有什么奖励吗？"

单世钧低头看着曲筱阳，深色的眸锁住她的视线，低声道："你要什么，就给什么。"

曲筱阳歪了歪头："这个承诺有点厉害，那我得好好思考一下了。"

单世钧沉声笑："不急，慢慢想。不过……我正好也有件事要跟你说。"

曲筱阳心头微微一动："什么事？"

男人的表情忽然变得谨慎又认真，缓声问："下个月国庆小长假，你能休一周的假吗？"

曲筱阳想了想，之后的工作安排确实会轻松一些，而且手上也没有项目了，匀出一个星期假应该不是难事。

她微微一笑："告诉我你的计划，我争取一下。"

单世钧看向她的眼神深情又缱绻："我想带你回趟家。我是指……老家，我长大的那个地方。"

单世钧说的老家，在北方的一片草原上。

两人辗转到家的时候已经夜幕降临了，单世钧说的"家"，是一座很典型的农家两层小楼，自带一个院落的那种。

曲筱阳新奇地打量了一下这间院子，转头问单世钧："这别墅是你的？世外桃源啊！"

单世钧轻笑一声，伸手刮了一下曲筱阳的鼻子："穷乡僻壤的，是有点委屈你了。但这房子大，我托人帮我提前收拾出来了，保证让你住得舒服。周围有些好玩的地方，也想带你去看看。"

曲筱阳握住他的手："怎么可能会委屈？我喜欢这里，明儿带我去附近好好转转。我想去看看白桦林，还想学骑马。我还没骑过马。"

单世钧眼神温柔地看着她："我教你。"

曲筱阳好奇地看他："有什么是你不会的吗？"

单世钧莞尔："你会的我就不会啊。"

他拉着曲筱阳的手，走到小楼门口："房子是我外公的，后来留给了我妈，我妈又留给了我。我三岁到十一岁，一直住在这里。我爸妈离婚后，我妈就带着我搬回来住了。但她想让我读好学校，有出息，我十二岁时，她带着我搬去了大城市。"

曲筱阳无奈地一摇头："之前知道你老家在这边后，我本以为你是那种住在蒙古包里长大的。”

单世钧笑：“出来走走是对的，更新一下固有印象。现在除了少数以放牧为生的牧民，大部分人都住在城镇里了。”

两人正说着话，忽然听院门口传来“吱呀”一声响。

曲筱阳一转头，就见门外扫过来一束手电筒的光。

她条件反射地抬手挡了一下眼睛，而后便听见一个女人热情地喊着：“钧钧，你回来啦？”

曲筱阳刚放下手，就见一个四五十岁上下的中年妇女已经走到两人面前，伸手拍了拍单世钧的胳膊：“你好像又长高了。”

女人说完这句，便将好奇的目光投向曲筱阳。

单世钧拉着曲筱阳的手，为两人介绍：“萨仁婶，这是曲筱阳，我未婚妻。”

曲筱阳差一点儿就没忍住回过头去瞪他。

未婚妻？这叫法好新鲜，连曲筱阳也是第一次听到这个说法。

“筱阳，这是萨仁婶。我妈妈的好姐妹，小时候……”

“闺女，我是看着小单长大的呀！”单世钧还没说完话，萨仁婶已经笑眯眯地拉过曲筱阳的手，热情地说道，“这孩子从小就懂事，早熟，就是不善言辞，但心肠绝对是热乎的。闺女你多担待些。”

曲筱阳“扑哧”一笑：“嗯，我明白，放心吧，萨仁婶。”

萨仁婶又转向单世钧：“你说你，几点回来也不先打声招呼，我也好备桌烤肉，给闺女接接风啊。要不是我想过来看看屋子他们给你收拾好了没，还不知道你都回来了。”

也不等单世钧解释，曲筱阳倒是先替他解释了：“没事的，萨仁婶。他其实是怕我们路上耽搁太晚了，你又在这边等，不太好。谢谢你替我们张罗，明天让他请你吃饭。”

萨仁婶拍了拍曲筱阳的手背：“明天来我家吃饭，就这么说定了。今天太晚了，不耽误你们休息。你们赶紧看看屋里有没有缺什么东西，缺了跟我说，我给你们送过来。”

单世钧跟萨仁婶道过谢，领着曲筱阳进了屋。

这里的住宿条件虽然不如大城市里的精装套房，但莫名地很有人气儿。小楼被萨仁婶一家打扫得很干净，床上都换了全新的床单被褥。浴室里的瓷砖像是换过新的了，装上了全自动热水器，还放了一个半人高的大浴桶，容纳两人绰绰有余。这也算是具有当地风土味儿的浴缸了吧。开上暖气，坐在暖黄的灯光下，她捧着单世钧给她泡的奶茶，从身到心，都格外温暖舒适。

曲筱阳戏称这里为“世外桃源”其实并不是调侃，而是认真的。这里和她待惯了的喧嚣繁华的大都市完全不一样。但她打心底里觉得喜欢。待在这里她整个人都很放松，平日里那些令人烦恼的人和事，在这一刻和她隔着整个大草原的距离。

奶茶喝了一半，单世钧放好了泡澡水，过来叫曲筱阳。

曲筱阳将奶茶放到一旁桌上，踮起脚尖去吻他，这男人怎么越看越帅呢。

单世钧搂着她的腰，两人在温暖的小楼里深情接吻。

曲筱阳睡了一个绵长而安稳的觉。等她醒来的时候，都快中午了。单世钧早已经不在卧室里。单世钧为了让她多睡一会儿，一直以来，起床后都是悄无声息地离开卧室。

曲筱阳收拾好下楼时闻见厨房里传来阵阵的香味，走过去便见灶台上摆着一碗还冒着热气的酸汤面鱼儿。只是屋里到处都不见单世钧的身影，曲筱阳觉得有些奇怪。难道是去买东西了？或者去萨仁嫂家里了？

不过，美食当前，曲筱阳决定先不要浪费单世钧的心意。她给单世钧发了一条短信，就坐下来享用他的爱心早餐。

一碗汤快见底的时候，她忽然听到小院那道铁门发出“吱呀”一声响，随后是节奏颇为规律的“嘚嘚”声，朝着小楼这边来了。

曲筱阳愣了一下，心头微微一动，立刻放下筷子跑到窗边朝外张望。

首先映入眼中的，是一匹乌黑油亮的高大骏马。马旁站着一人，手里牵着缰绳，身形比例完美，牛仔夹克的袖口微微卷起，露出小麦色的结实手臂。

曲筱阳只觉得这辈子从没见过这么帅的人和马。一人一马杵在灿烂的骄阳下，那瞬间让人感觉日月星辰都要为他们黯然失色了。

曲筱阳心情有些激动，蹬上运动鞋就跑出了门。

“哇，这马好帅啊！”

单世钧偏头看她：“有我帅？”

曲筱阳冲他眨了眨眼：“你从哪儿弄来的这头活宝啊，黑马王子？”

单世钧也笑道：“这是萨仁婶家里自己养的，叫小黑。脾气不太好，不过是匹千里马，厉害着。”

他说“脾气不好”时，那小黑用前蹄在地上跺了两下，鼻子里“咴”的一声，像是在表达不满。

曲筱阳觉得这马可太有个性了，越看越喜欢，便伸出手想去摸摸马头。哪知，小黑傲娇地打了个响鼻，将头转开了。曲筱阳“嚯”了一声，不知想起什么，又抿唇笑道：“我感觉这小黑还挺有性格的……和某人有些像。”

单世钧微微一扬眉：“我跟它哪儿像了？”

曲筱阳抬手在单世钧头顶拍了拍："就这傲娇样儿啊，咱俩第一次见面时，你可比小黑傲娇多了。"

摸不成马头，摸摸人头还是可以的。

单世钧攥住她的手，握在掌心里。手下微微一用力，将曲筱阳拉到身前，低头看着她。

"第一次？你说的是哪一个第一次？"

曲筱阳脸微微一红："啊……是相亲那次。"

单世钧沉声笑："那是第二次见。

"我今天带你去个地方。可能要出去几个小时，我买了水和零食。你有什么要带的吗？"

曲筱阳摇头一笑："没了，我想的你都带上了。我们去哪儿啊？"

单世钧忽然伸手揽住她的腰，另一只手托住她的腿弯，轻轻用力，便将她抱上了马背。

曲筱阳完全没有心理准备，慌乱之中连手都不知往哪儿放。好在下一秒，单世钧便一脚踩着马镫，翻身坐到了曲筱阳身后。他双手环过曲筱阳的腰，握住缰绳。

背靠男人结实的胸膛，被他揽在怀里，曲筱阳瞬间有了安全感，心也不慌了。

"去了就知道了。"他在曲筱阳耳边低声说。

单世钧带着曲筱阳，直接从镇里的小道驰上了广袤的草原。

为了让曲筱阳适应马背上的感觉，一开始他只是让小黑小步小步地跑。进入草原，慢慢地翻过两道小丘后，单世钧才逐渐开始加速。

曲筱阳还是第一次体验在草原上策马狂奔的感觉。一开始觉得有些害怕，但后来适应了小黑奔跑的节奏，再加上单世钧的骑术是真的又稳又好，便也放宽心来享受这种纵马驰骋的自由和快感。很奇妙地，她感觉身体里的血液都沸腾起来了。

两人一马，跑了大约二十来分钟的路程，曲筱阳忽然看见眼前出现了一大片白桦林。

碧空白云下，绿色和金色的树叶混杂在一起，像一幅浑然天成的美丽画卷在眼前展开。

单世钧在白桦林边停了下来，将缰绳拴在林口一棵碗口粗的白桦树上，拉着曲筱阳走进了林子里。地上已经积了一些落叶，每一脚踩下去，都会发出"沙沙"的响声。细碎的阳光透过树叶的间隙慵懒地洒在落叶上，斑驳灿烂，甚是好看。

“真漂亮。”两人十指交扣，在林中漫步，曲筱阳忽然感叹道，“以前看过照片，没想到真正来这里看，比照片上美多了。这种美，还是必须亲自来一趟，才能感受得到独特的美。”

单世钧低头轻笑：“小时候我心情不好的时候，经常跑到这片树林来。有时候在这地方静静地坐一下午，烦恼慢慢地就消散了。”

曲筱阳点了点头：“我以前心情不好时，也喜欢找个安静的地方自己待着想事。不过大城市嘛，哪儿哪儿都是人，没有这样的地方。”

她顿了顿，忽然道：“你骑术挺好的，我都没想到。你还会些什么？”

单世钧微微勾一下嘴角：“骑马是因为小时候在这边长大，耳濡目染便学会了。至于别的吗……嗯，怎么说，我们这类工作，各种奇奇怪怪的生存技能总是要会点的。”

曲筱阳看他：“潜水？”

单世钧点头：“有证，你有兴趣，以后带你去潜水。”

曲筱阳想了想：“跳伞？”

问完她又立刻自问自答：“啊这个不用问，你肯定会。”

单世钧莞尔：“感觉你不会喜欢跳伞。不过，滑翔伞比较温和，也很有意思。这个可以试试。”

曲筱阳笑道：“好啊，那就拜托单队你带我飞。”

两人又走了一阵，单世钧忽然停在了一棵白桦树前。

曲筱阳稍微一观察，便发现这棵树好像和别的白桦树，又有那么些不同。仔细一看她才发现，树干上竟然刻着好些名字。但如果不仔细看的话，也很难一眼看出来。大多数名字已经很久远了，随着风吹日晒雨淋的，痕迹已经变得很淡了。

“这是？”曲筱阳转头看向单世钧。

单世钧手轻轻抚摸了一下树干：“镇里老一辈的人管这棵树叫情人树。”传说在白桦树上刻上恋人的名字，有情人就能终成眷属。

曲筱阳愣了一下，眼神微动，低喃道：“白桦树上刻名字，我想起苏联二战时期的那个故事。以前有首老歌，不也唱的是这个故事吗……”

单世钧笑了一下：“就是那个故事里传出来的习惯。”

他安静了片刻，仰头看着这棵白桦树，淡淡道：“这里刻着的很多名字，都是以前在这边支援建设的战士们和他们的心上人。他们在这里一待就是好几年，很多人好几年都轮不上回家探亲，尤其是那些班长，都把机会让给了手底下别的小战士。很多人回家后，发现暗恋的女孩都嫁人生子了，或是女朋友分手了，相亲对象也早跑没影儿了。

“但即便如此，他们还是心怀希望。也许真的有姑娘愿意等他们呢？”

他不就遇到了这么个傻姑娘吗？

曲筱阳心里有些触动，又有些说不清道不明的，淡淡的难过。她心里一直盘旋着一段旋律，便不自觉地哼唱了出来。

阴霾的天空下鸽子飞翔

白桦树刻着那两个名字

他们发誓相爱用尽这一生

有一天战火烧到了家乡

小伙子拿起枪奔赴边疆

心上人你不要为我担心

等着我回来在那片白桦林

天空依然阴霾依然有鸽子在飞翔

谁来证明那些没有墓碑的爱情和生命

单世钧转头看她：“你也知道这歌？很老了。”

曲筱阳轻轻点头，眼眶莫名有些湿润。小时候听过的一首歌，那时候她不太能体会歌曲里的那种感情。但现在看到眼前这片场景，仿佛能感同身受。歌曲里那姑娘的心上人战死在沙场，她花了一辈子，守在那片白桦林，等一个不归人。

单世钧转头见曲筱阳眼眶红了，展臂将她揽入怀中：“一首歌而已。”

曲筱阳摇了摇头，抬头看着他：“我比那姑娘幸运，你回来了。”

她只是觉得，自己真的已经很幸运了。她爱的人，也爱着她。她爱的人，历经千险，回到了她身边。幸福难得，夫复何求？

单世钧低头吻了吻她的脸颊：“嗯，我不走。搞得这么伤感，我接下来的话要怎么说？”

曲筱阳愣怔地看着他。

单世钧执起曲筱阳的手，放到唇边轻轻一吻。而后，他握着她的手，单膝跪地，望向她的眼神既虔诚又炙热。

“其实我……”男人开口时，声音竟然有些哑了，仔细看，能看到男人眼圈底部有一丝微红。

单世钧一向都是很硬气的，天塌下来都能扛的坚毅性格，曲筱阳也只见过两次单世钧红了眼眶的模样。第一次是两人去给小白扫墓的时候，第二次就是现在。

两人早就心意相通，单世钧的情绪立刻就感染了曲筱阳。他们走到今天这步，其实也挺不容易的。除去本就存在的不可抗力，中间经历的那些事情，如果不是因为两人价值观一致，两人都先后尝试过努力去靠近对方，也许他们早已经错过了。

她的眼圈蓦地也跟着红了，眼里莫名有泪意在翻涌，只是强忍着。

“筱阳，”单世钧安静了片刻，再开口时，声音已经沉稳了下来，“其实，我这个人嘴笨，你也知道的。虽然陈冲他们几个还让我来之前先打个草稿的，但我还是不想背些我本来不会说的漂亮话来哄你。”

曲筱阳本来眼里噙着泪，听单世钧这么一说，便笑得眼泪直接从眼角落了下来。

她擦了擦眼角，抿唇看着单世钧，用些许无奈，又有着很多宠爱的眼神看着他。

“但是，我想跟你说……”他认真地看着曲筱阳，淡淡微笑，“和你在一起的这一年九个月零五天，是我人生中过得最开心的时光。”

曲筱阳微微笑着，抬手擦掉再次溢出眼角的泪。

单世钧抬头看着她，深情表白：“所以……我想说，今后的每一天，我也只想和你在一起度过。不是你就不行。”

曲筱阳想说，我也是。

除了父母，从来没有人这么包容她，理解她，无条件地宠着她。他满足了她对“好男人”这个定义的一切幻想。最重要的是，他们互相理解，志同道合。找个爱你宠你的人不是那么难，找个爱你宠你还懂你的人，概率还真不是想象中那么高。生活中很多人的婚姻，都是各种妥协后的结果。曲筱阳很高兴，她不用对任何人、任何事妥协。

有好事者曾问过她，你都没试过和别人交往，怎么就确定你要的就是这个人，怎么就知道他是最好的？曲筱阳当时告诉那人，恋爱不是买菜，能货比三家最后再挑一个合适的。恋爱更像是割稻草，割下后，如果不要，便只能继续向前，不能回头了。

曲筱阳说，如果我遇到的这个人，是无论如何我都不想错过的人，让我有错过便会后悔终身的感觉，那这个人就是对的人。她曾经并不相信命中注定，但现在她觉得单世钧就是她的命中注定。一个她无论如何都不愿错过，不想放手，今后余生也想与之共同度过的人。

幸运的是，她爱的那个人，想法和她一致。

曲筱阳忽然发现，单世钧的右手里忽然握着一只不知道从哪儿拿出来的红色天鹅绒的盒子。

他拇指微微用力一推，打开盒盖。露出的钻石和蓝宝石在阳光下散发出耀眼的光芒，刺目得让曲筱阳稍微闭了闭眼。

“筱阳，嫁给我。”男人凝视着她，郑重而认真地说道。

曲筱阳用手背擦了一下脸上的泪痕，一边笑着，一边也跪在地上，动情地抱住单世钧。

单世钧双臂环绕在曲筱阳后背，将她紧紧收入怀中。

“我帮你戴上。”单世钧在曲筱阳耳边轻声说。

“嗯。”

曲筱阳伸出左手，单世钧握着她的手，缓缓将那枚漂亮的钻戒套入她纤细白皙的手指。

他低头看着那只戴着戒指的手，过了许久，微微勾起嘴角：“真好看。”

曲筱阳也跟着微微笑了：“是好看。怎么这么合适？你悄悄量过我手指的尺寸？”

单世钧似乎有些不好意思，笑了笑，才微一颔首：“嗯，有一天趁你睡着时量的。”

钻戒是很大方优雅的款式，是曲筱阳喜欢的类型。她盯着戒指看了一会儿，好奇地问：“这戒指你什么时候买的？”

单世钧顿了顿：“有一段时间了。”

曲筱阳忽然便有了打破砂锅问到底的精神，又问：“一段时间是多长时间？”

单世钧无奈一笑：“去年年底买的。”

年底的话，离现在已经十个月了。他那么早就决定要娶她了，却一直藏着，直到现在才拿出来。也不知道私下里一个人经历了怎样的纠结和忐忑。

曲筱阳忽然觉得有些心疼又有些好笑，伸手捧着他的脸：“那你怎么不早点拿出来啊？拖了这么久。”

单世钧安静了一会儿，才说：“那时候你专注在做那个课题，我不想让你分心……而且我也怕，你不会那么快答应我。我想，让我们多相处一些时间……让你看到，我是认真的。”

曲筱阳心里暖意融融的，他确实不会说什么漂亮话，也不会玩那些哄小姑娘的浪漫花招。但他做的每件事背后，都藏着他的深情和执着。

曲筱阳伸手轻轻刮了一下那高挺的鼻梁，调侃地说：“咱们天不怕地不怕的单长官，竟然也有害怕的事。”

单世钧神色复杂地看着她：“有啊，当然有。”

曲筱阳看懂那眼神了，心口微微一颤。男人大约是想说，所有和她相关的事，都会让他忐忑，让他不安。

单世钧握住曲筱阳的手，看着她，用有些孩子气又有些执拗的语气说："戴上我的戒指，就是我的人了。这辈子都是我的人，别想跑了。"

曲筱阳笑着，凑上前吻了一下男人形状好看的薄唇："盖戳。你也是我的人了。"

两人在白桦树下静静地接吻。

（全文完）